Los niños de Lemóniz

Estela Baz

Los niños de Lemóniz

ESPASA

Espasa es un sello editorial de Editorial Planeta, S. A.
Avda. Diagonal, 662-664
08034 Barcelona

Preimpresión: MT Color & Diseño, S. L.

Depósito Legal: B. 28.485-2018
ISBN: 978-84-670-5107-0

Espasa, en su deseo de mejorar sus publicaciones, agradecerá cualquier sugerencia que los lectores hagan al departamento editorial por correo electrónico: sugerencias@espasa.es.

www.espasa.com
www.planetadelibros.com

Impreso en España/*Printed in Spain*
Impresión: Cayfosa, S. A.

El papel utilizado para la impresión de este libro es cien por cien libre de cloro y está calificado como **papel ecológico**.

A todos aquellos que vivieron situaciones terribles y que todavía, a día de hoy, no son capaces de ponerles palabras.

A esas madres que día a día se esforzaron para que sus familias fueran felices, a pesar todo lo que estaba ocurriendo.

Y, especialmente, este libro va dedicado a ellos, a los que perdieron la vida de forma injusta. Estén donde estén, espero que sientan el cariño con el que está escrito.

Índice

Prólogo
Carta de un lector

Confieso que no la conocía personalmente, pero cuando Estela Baz me pidió que prologara este libro y me contó brevemente su enfoque, no dudé ni un segundo en comprometerme con su proyecto. Una mujer que se propone hacerles justicia a las víctimas más indefensas de los años de plomo en el País Vasco es una mujer valiente y merece toda mi admiración y mi incondicional adhesión.

Los niños de Lemóniz es un testimonio novelado que narra, con la tensión y la veracidad de quien lo ha sufrido en carne propia, la historia real de unos niños y niñas que, invisibles para las estadísticas, fueron cruelmente golpeados por el terrorismo de ETA. Hijos de amenazados o de asesinados que vieron alteradas sus costumbres, su entorno protegido de la infancia, sus amigos. Situaciones de la vida cotidiana se tornaron en imposibles, como cuando la protagonista narra cómo pasó de reunir a todos sus compañeros de clase en su fiesta de cumpleaños, a que asistieran apenas cuatro amigos de confianza, hijos de personas señaladas como su padre.

Confieso que sentí un cierto pudor cuando me reconocí en ese «hombre de la radio» al que la pequeña protagonista escucha con su madre. En ese capítulo los personajes adultos se refieren a mi valentía cuando, desde el altavoz del programa *Protagonistas,* denuncié el asesinato del ingeniero José María Ryan. Actué por decencia, por compromiso, y después no me he arrepentido, ni siquiera cuando durante tantos años me convertí en objetivo de la banda. Tomé partido y asumí las consecuencias. Actúe voluntariamente, pero mi propia experiencia se queda en nada comparada con el padecimiento de quienes no tuvieron elección. Esos niños que ETA incluyó en los «efectos colaterales de la lucha» eran víctimas inocentes que ni siquiera sabían qué les estaba pasando a ellos y a sus familias. Ellos han sido los grandes agraviados, no solo por el sufrimiento que padecieron, sino por la cortina de humo que se extendió sobre ellos. Un rápido repaso por Internet me hizo comprobar con estupor que solo los niños víctimas directas han pasado a formar parte de la historia. De los otros no se ha hablado hasta este libro, que por eso resulta revelador.

¿Por qué nunca llevé este tema a antena? ¿Por qué no lo hice ni siquiera cuando durante muchos años tuve un gran altavoz? A partir de aquella llamada de Jon Idígoras, cuando me amenazó en directo en el programa, mis hijos tuvieron que llevar escolta, pero yo no lo conté, no pude hacerlo. Probablemente, la explicación se halle en la conveniencia de no victimizar a los niños por partida doble. Esa fue, sin duda, la razón del silencio que en torno a ciertos temas se hizo entre la sociedad bienintencionada. Sin embargo, ahora que el libro de Estela Baz me ha obligado a reflexionar, creo que cometimos un gran error: lo que no se cuenta en los medios de comunicación, lo sabemos bien, simplemente no existe, y un dolor tan inmenso requiere sin falta una reparación colectiva. *Los niños de Lemóniz,* lo mismo que *Patria* de Fernando Aramburu, construye un relato para los que carecían de él. Y por eso, además de ser una lectura apasionante, es absolutamente necesaria.

Más allá de la historia están los hilos del destino que me unen con la autora. El padre de Estela fue compañero del ingeniero Ryan en Lemóniz y estuvo amenazado, y cuando tuvo que huir del opresivo ambiente del País Vasco acabó estableciéndose con su familia en mi amado pueblo de Ponferrada. La historia de estas personas se entreteje de un modo especial con mi propia historia. Por eso hacer este prólogo ha sido un privilegio que agradezco a Estela y que les invito a compartir. De alguna manera, todos estamos en deuda con ellos: afortunadamente, la lectura es ya una reparación.

Luis del Olmo

NOTA DE LA AUTORA

Un día, no sabes por qué, ocurre algo en tu vida que te lleva a preguntarte por vacíos en tus recuerdos, momentos en los que ocurrió algo que luego nadie te contó. Y entonces comienzan a aparecer en tu mente imágenes como destellos. Y te percatas de que necesitas llenar esos vacíos para saber quién eres de verdad. Pero, al mismo tiempo, te preguntas si debes comenzar ese camino y te cuestionas si eso te dañará, o si dañará a las personas que más quieres.

Esta historia surge de esa inquietud.: ¿Por qué se hizo el silencio? ¿Por qué no se habló de ello? ¿Por qué no me lo contaron? A pesar de los miedos, decidí comenzar la aventura de descubrir qué había detrás de ese silencio que se creó a mi alrededor, cuando todavía era una niña, y que se había mantenido hasta mi presente. Pero el pensamiento infantil se esfuma con la edad adulta; la cronología y la lógica funcionan de una manera en la infancia que la narración difícilmente puede reproducir.

Antes de preguntar a quienes lo vivieron, acudí a la prensa de la época, documentos, fuentes históricas, y a expertos como Raúl López, historiador especializado en los llamados «años de plomo», y concretamente en Lemóniz, lugar en el que se centra la historia.

Entonces mi corazón se encogió. Mis padres habían vivido todo aquello en primera persona.

Los niños de Lemóniz es un testimonio novelado, basado en hechos reales. Es la suma de mis recuerdos recuperados y de las conversaciones con muchas otras personas que aportaron sus experiencias a este viaje. Habla de personas, emociones y situaciones, pero sobre todo habla de niños. De cómo vivieron esa realidad unos pequeños a los que sus padres intentaban ocultar las situaciones límite que estaban viviendo, con el único objetivo de protegerlos. Niños que, como dice Luis del Olmo en su prólogo, nunca han sido tenidos en cuenta, ni siquiera en las estadísticas. Y también habla de mujeres, de madres que, a pesar de su juventud, fueron extremadamente valientes, generosas, protectoras y luchadoras.

La cartulina de *agur*

Madrid, miércoles 4 de abril de 2018

Cuando las dos rayitas rosas se dibujaron nítidas en la ventana del test, volví a leer el prospecto de arriba abajo, incrédula. Voy a cumplir cuarenta y tres años, tengo una vida profesional plena y una relación de pareja que está bien como está. Hace un par de años, Javier acabó instalándose definitivamente en mi apartamento sin que yo me diera mucha cuenta, y compartimos además un ático amplio en el centro, la mitad para su agencia y la mitad para mi estudio de grabación, con entradas separadas. Su manera de ir colándose en mi vida ha sido tan sutil (sibilino, le digo yo a veces en broma) que mi necesidad de independencia nunca se ha visto resentida. ¿Y ahora? De este último tren no voy a poder apearme, aunque me asuste la imprevisibilidad del largo viaje que acaba de empezar. Preguntas y preguntas saltan en mi mente desde el día que me dieron los resultados definitivos. «Ángela, ¿cómo conseguirás hacer esto bien? ¿Podrás hacer que este pequeño o pequeña sea feliz? ¿Cómo le protegerás? ¿Y si no estás, qué será de él? ¿Tomará las decisiones correctas cuando crezca? ¿Te querrá?…».

Como cada mañana, exprimo un limón en un vaso de agua mientras Javier se prepara para salir. Se da una ducha rápida, se viste y desayuna despacio, dulce y abundante. A mí tan temprano no me apetece nada de eso, y últimamente menos que nada. Le beso en algún punto de esa rutina suya y me despido distraídamente hasta la tarde, la noche o la semana siguiente, depende del plan que llevemos: sus viajes, los míos, las familias, los amigos… Hoy no sé muy bien cómo voy a organizar la jornada y eso me aturde; llevo varios días con dificultades para concretar. Pero es que tenemos que mudarnos. Mi casa está bien para dos personas, pero para una tercera la cosa se complica. Javier ha encontrado un nuevo piso, y el traslado ya está en marcha. Las cajas inundan el salón y las habitaciones, y el camión de la mudanza vendrá dentro de dos días.

Todavía con el vaso de agua de limón en la mano, me meto en el cuarto insonorizado. Diseñé esta habitación con la ayuda de un técnico de sonido y el trabajo de un albañil y un carpintero, hace ahora once años, cuando compré el piso. Las paredes, sobre el revestimiento y el acolchado, están tapizadas de lona negra, con finos listones de madera clara para rematar. Me siento al piano y dejo que mis manos vayan posándose sobre las teclas con el mínimo control posible. Trato de sacarle partido a todas esas notas que deja el sueño en la imaginación. Después, suelo revisar anotaciones y partituras y escuchar una vez más mis últimas grabaciones. Pero hoy no, hoy mis pensamientos están lejos de aquí. Durante las últimas semanas no he podido concentrarme. Si sigo así, tendré que hacer alguna llamada y retrasar entregas. ¡La dichosa mudanza! El problema no es ir haciendo cajas y meter en ellas la ropa, libros, vinilos o cuberterías. El problema es decidir si se vuelven a guardar ciertos recuerdos.

Y es que hoy he bajado del maletero del armario «la caja de los recuerditos», como la llamó mi madre cuando andaban con su última mudanza y me la trajo para que yo guardara lo que quisiera y tirara lo que no. Pero yo la metí ahí arriba sin abrirla y ahí se quedó. Esa caja es la única que queda por revisar. Con su cierre daré por terminado el trabajo de embalar.

Las tijeras ya estaban en la sección «cosas de cocina», así que saco las llaves de casa y con una de ellas rasgo la cinta blanca medio despegada y desgastada... Ahí está mi primer diario que comencé a los nueve años. Mis zapatillas de *ballet* con la puntera desgastada y con las que di mis primeros pasos de bailarina, mis cartas a los Reyes Magos, el vinilo de Parchís, un montón de dibujos (con protagonismo de cometas, árboles y monigotes), una pulserita diminuta con un cascabel, el álbum que me regaló Andrea, todas las cartas de Silvia atadas con una cinta roja...

Había guardado todas las cosas de la casa a una velocidad frenética. Pero ahora, saco poco a poco cada objeto y los recuerdos retornan a mí. Vuelvo a ser la niña de pocos años en el País Vasco. Nunca había regresado a mi niñez, aunque en mi DNI pone «nacida en Bilbao». Caras que creía olvidadas aparecen en mi mente, revivo momentos buenos y momentos malos. Cada objeto de la caja me genera una sensación extraña, mientras me toco la tripa, a pesar de que es pronto para sentir a esa personita que llevo dentro.

Veo un tubo de cartulina blanca enrollado en una esquina de la caja. Lo saco y con cuidado le quito la goma que lo sujeta. Despliego la cartulina. Hay estampadas un montón de manitas realizadas con pintura de colores, amarillo, verde, rojo, azul. Cada mano acompañada de un nombre: Asier, Patxi, Marcos, Alejandro, Óscar, Irantzu, Alberto, Edurne, Ruth y un gran titular *«Agur,* Ángela». Al volver a ver esa cartulina me arrolla una avalancha de sensaciones. Abrir la caja de los «recuerditos» ha sido como abrir en mi cabeza una caja de Pandora.

Mi madre tenía veintidós años cuando yo nací, veinte menos que yo ahora. Esos años en el País Vasco habían supuesto una época muy difícil para ella. Cuando todo terminó, un silencio denso se cernió sobre aquel tiempo, que quedó encapsulado, casi olvidado para siempre. Tal vez era lo mejor. Tal vez era la única manera de seguir adelante.

Pese a todo, tuve una infancia feliz, mis padres se ocuparon de que fuera así, contra viento y marea. Pero ahora siento la necesidad de contarme mi propia historia para llenar de palabras ese silencio y poder compartirla algún día a mi hijo. Porque en los periódicos apenas salen niños, y yo nací en mitad de esa vorágine y viví dentro de ella hasta los siete años. ¿Qué lugar ocupan los niños pequeños en las historias? Un lugar insignificante, seguro, y sin embargo esos primeros años marcan las vidas de las personas. Por eso necesito imaginarme, juntar con mis herramientas de hoy las piezas del puzle y tratar de ver el dibujo completo desde la estatura de mi infancia. No es una labor sencilla. Necesitaré la ayuda de mi madre para poder darme a mí misma respuesta a esas preguntas que ahora ya no puedo dejar de contestar: ¿quiénes fueron aquellos niños? ¿Quién fui yo? ¿Cómo nos afectó a nosotros aquella situación terrible en la que nos vimos envueltos?

El revoloteo de ideas en mi cabeza es imparable. Renuncio a trabajar esta mañana. Se me mezclan los asuntos más variados con recuerdos precisos de mi primera infancia. Hasta el más mínimo detalle de los bancos de arena y las rocas de la playa de Zilgora. Las miradas de la gente por la calle. El llanto de mi madre. ¿Tendré que comprarme ropa premamá…? Le pediré ayuda a mi amiga Ivonne, y que se encargue de ello como siempre, a estas alturas de mi vida sigo sin poder pasar el umbral de los centros comerciales, casi siempre abarrotados de gente.

Las pintadas, los paraguas negros. *Bat, bi, hiru, lau, bost, sei, zazpi…,* como Zipi y Zape, me dijo Iñaki, y él tenía razón, ya nunca se me olvidó. Iñaki… Tampoco volví a ver a Silvia, mi cascabel contra el miedo, ni a Gonzalo, ni a Andrea… de nuevo vuelvo a pensar en ellos con el amor absoluto de la niñez. Y Laura, claro, la primera de todas, mi compañera.

Ya son las once, pero no me decido a vestirme, en su lugar me pongo las gafas y enciendo el ordenador. En el buscador escribo: «Lemóniz». Se me van las horas atrapada en los periódicos de entonces. Nunca había leído esas noticias, los titulares me golpean los oídos por dentro y las fotografías circulan en mi imaginación como un documental con banda sonora de Ennio Morricone: deformación profesional. Seguro que muchos de esos periódicos los vi entonces, recuerdo ahora su presencia sobre las mesas y en las manos de los adultos, como objetos cotidianos con letras y dibujos indescifrables, aburridos. Y recuerdo la desaparición repentina de esos objetos cotidianos y la aparición de todas las nuevas rutinas que fueron pautando nuestras vidas. Eran las rutinas de un estado de emergencia y a mí me parecían normales, o casi normales. No había vuelto a pensar en ellas.

Voy recogiendo en un Excel toda la información que encuentro. Mis Excel… Mi hermano se burla de ellos, pero yo no entiendo cómo los demás pueden poner orden en sus vidas sin esa herramienta. Todos los temas de mi vida están recogidos en tablas con el número exacto de pestañas, los de trabajo y los personales. Este documento está alcanzando ya unas dimensiones considerables. Pego fotografías, recortes de prensa, letras de canciones infantiles que ahora vuelven a sonar en mi cabeza. ¿Cabrá la vida de un niño en un Excel?

Necesito salir un poco de casa, es casi la hora de comer cuando me meto en la ducha y me calzo los tacones. Pienso en ir a tomar un ceviche, pero enseguida caigo en que el pescado crudo quizá no sea la mejor idea. Pues nada, un sándwich y una botella de agua aquí abajo, en realidad estoy ansiosa por volver a sentarme al ordenador.

Cuando subo, me preparo un té verde y cojo el móvil, pero tardo un rato en decidirme a hacer la llamada que sé que tengo que hacer.

—¿Mamá?

—¡Ángela! ¡Dichosos los oídos! Casi una semana sin dar señales de vida, ya estaba preocupada…

—Mamá, necesito hablar contigo.

—Qué seria te pones, hija, ¿pasa algo?

—Sí, mamá…

—¿Qué ocurre, cariño? ¿Algo malo?

—Huum… No, malo no, creo que no… Es que… creo que el estar embarazada me ha hecho cuestionarme muchas cosas.

—¿Qué cosas, Ángela, estás bien?

—Sí, estoy bien, con el estómago un poco revuelto, nada más. Lo que me pasa es que estoy muy sensible y… constantemente le doy vueltas a mi propia infancia, ¿sabes, mamá? Y pienso en ti, en cómo sería todo para ti cuando Quique y yo nacimos. Tengo como un hueco y al mismo tiempo muchos recuerdos concretos, no sé…, pero es que yo necesito recordar, mamá, tienes que ayudarme a reconstruir aquellos años, los primeros años. Es importante para mí.

—Ay, mi niña, las cosas del pasado es mejor dejarlas estar.

—Ya, ya sé que tú piensas así…

—Hace mucho de eso, Ángela, ni siquiera yo me acuerdo bien.

—Pero, mamá… ¿por qué nunca me habéis hablado de lo que ocurrió?

—Todo aquello pasó, no hay ningún motivo para recordarlo, conseguimos rehacer nuestras vidas y…

—¿Y? Nunca he tenido la necesidad de preguntar, entendía que aquello era un tema tabú, pero ahora lo necesito, si no eres tú, conseguiré hablar con alguien que pueda ayudarme.

—Ni se te ocurra, Ángela, no quiero que sufras ni que provoques que otros lo hagan a estas alturas. Todos hemos cerrado esa etapa, no vengas tú después de más de treinta y cinco años. Está bien como está.

—Si tú no me ayudas, yo, de la manera que sea…

—Si quieres te doy el teléfono de Isabel, hace un siglo que no nos vemos, pero creo que ella puede echarte una mano, pero por favor, solo habla con ella y deja de remover cosas. En cuanto colguemos, te paso su teléfono.

Mi madre tarda veinte minutos en mandarme el contacto de Isabel. Y yo no tardo más de treinta segundos en llamarla. Hacía mucho tiempo que no escuchaba su voz, pero sigue igual de firme y alegre, siento su sonrisa al otro lado del teléfono. La complicidad entre las dos se mantiene a pesar de los años.

—¿Entonces me contarás algunas cosas?

—Hace muchos años que no hablo de esto, Ángela, pero… ¿qué necesitas saber?

Sin apenas darme cuenta comienza a hablar de forma incontrolada, mientras yo busco dónde apuntar toda la información que me está proporcionando. Seguimos así mucho tiempo, hasta que Isabel se para en seco. Me doy cuenta de que no puede continuar y nos despedimos para hablar en otro momento. Me quedo apenas sin moverme. Un mensaje de Javi me saca de ese estado: «Qué tal tu día, preciosa? En un par de horas salgo para allá».

Abro un documento de Word. Me quedo mirando unos segundos el parpadeo del cursor y enseguida mis manos empiezan a moverse sobre el teclado al ritmo frenético de mis ideas.

1
El runrún del motor

Lemóniz: la bomba estalló entre los trabajadores.
(*Deia,* 18 de marzo de 1978).
Estalló un artefacto en la central nuclear:
dos muertos y catorce heridos en Lemóniz.
(*ABC,* 18 de marzo de 1978).
Que vengas a ganarte el pan y te vuelen por los aires.
(*Deia,* 18 de marzo de 1978).

Nos íbamos de viaje. Me imagino a mí misma sentada en la alfombra en mitad del salón, apenas entretenida con aquellos cubos de colores que solo encajaban en una posición. Las pinzas de la ropa eran un juguete mucho más divertido, sin reglas, pero a mi madre no le gustaba echar la mano a la cesta y palpar el vacío.

Durante toda la mañana estaría viendo ir y venir a mi madre por la casa, recogiendo, moviendo cosas de un lado a otro, llenando bolsas. Cuando hacían así las maletas era porque nos íbamos unos cuantos días. Pero mi padre aún no había llegado, así que nos tocaría esperar.

De vez en cuando yo pronunciaría un «mamá» poco convincente y ella vendría, pero ya se conocía mi truco, así que me sonreiría, me daría un beso, tal vez me dirigiría algunas palabras en el tono cantarín que adoptan los adultos cuando hablan con los niños pequeños, «preciosaaa», «cómo está mi niñaaa», y volvería a correr de un lado a otro.

Un sonido leve de pisadas fuera de casa hacía que mi pequeño corazón se acelerara y me ponía a dar palmas: eso era que llegaba papá.

—Carmen, ¿cómo vas con todo?

—Bien, casi listo. Voy a ver si se nos olvida algo y nos vamos.

—Cojo un par de cosas de trabajo y ya. Si salimos ahora llegamos a la hora de cenar.

—Sí. ¿Cómo te ha ido hoy?

—Como siempre, las cosas están revueltas, pero se irán calmando poco a poco. Sigo sin bajar a la central y a la oficina la información no llega de la misma manera… Pero bien, es un proyecto apasionante. De todas formas, necesito que salgamos de aquí un poco y cambiar de aires. En el pueblo siempre me relajo. Y ya sabes que me va bien incluso trabajar en el restaurante de tus padres.

—Yo también, David, esta Semana Santa tendremos días para ir asentando cosas.

—Pa-pá, ma-má…

—Ángela también tiene ganas de que nos vayamos… Me voy llevando esto al coche y te esperamos abajo.

Mi padre bajó un poquito después con unos papeles en la mano, siempre llevaba papeles.

Yo me ponía contenta con aquellos viajes. Iba moviéndome en el asiento de atrás a pesar de las advertencias de mi madre, me contagiaba del ambiente cálido entre mis padres dentro del coche, y cuando ponían uno de mis casetes al principio siempre me entusiasmaba y después poco a poco iba quedándome dormida entre el runrún del motor, sus voces tranquilizadoras, *La Abeja Maya* sonando bajito…

En un país multicolor
nació una abeja bajo el sol…

Debió de acabarse la primera cara sin que me diera cuenta porque unos pitidos me sobresaltaron. Era ese *piii piii* que siempre hacía que mis padres se quedaran callados y escucharan atentamente las voces que salían de la radio.

—Ma-má, Mayaaa.

—Sí, cariño, espera un momentito que escuchamos una cosa y ahora ponemos otra vez a Maya.

—Dos trabajadores muertos, otros catorce heridos y…

Es probable que mis padres se olvidaran de volver a poner el casete. El silencio se abatiría sobre nosotros, ahora solo roto por el runrún del motor. Me quedé dormida. Enseguida iba a ver a mis abuelos.

2
Tres deditos

Si no surge ningún obstáculo más,
hoy se vota en el Congreso la moción sobre Lemóniz.
(*Egin,* 11 de octubre de 1978).
40 encartelados antinucleares recorrieron las calles de Bilbao.
Se disolvieron sin que se produjeran incidentes.
(*Deia,* 4 de noviembre de 1978).

Parecía que habría una fiesta y que yo sería la protagonista porque mi madre me había puesto un vestido muy bonito, me había peinado despacio y me había echado colonia. En la mesa de la cocina había de todo, pero lo que de verdad creo poder recordar es la gran tarta de chocolate que ella había preparado para mí. Su aroma delicioso se había propagado desde el horno por toda la casa y ahora que estaba encima de la mesa yo quería meter mi dedito ahí como fuera, me ponía de puntillas y alzaba mi brazo por encima del tablero de formica.

No era un día festivo porque mi padre no estaba, pero sí de fiesta para nosotras. Mi madre estaría seguramente ilusionada, aunque también algo nerviosa.

—Ay, mi pequeñaaa —otra vez con ese tono de los mayores cuando hablan con los niños—, ya cumples tres añitooos. Ya verás qué de amigos vienen a soplar las velas contigo.

Llamaron a la puerta. Laura y su madre. No recuerdo tener una amiga antes que Laura. Con ella iba al parque, con ella conseguí terminar mi primer puzle, y juntas escuchamos música por primera vez.

Durante la semana nos bajaban por las mañanas a la playa y recuerdo perfectamente nuestros pequeños pies jugueteando sobre las piedras del camino que iba hasta la arena. Vivíamos enfrente, solo había que cruzar la calle y en un segundito estábamos juntas.

Laura y yo éramos muy diferentes: ella delgadita, muy morena, con el pelo muy liso y siempre corto, «como una gitanilla», le decía la gente por la calle, y yo rubia, con una melenita que se me rizaba en las puntas. Al salir de la bañera mi madre me cepillaba y luego me revolvía el pelo con la mano y aparecían esos ricitos. Me gustaba verlos aparecer y me encantaba que me peinara de aquella manera. Muchas veces me ponía cerquita de ella y le pedía con gestos que me tocara el pelo.

A Laura siempre le ponían esos vestidos de marinerita, con los zapatitos a juego y muy brillantes, que a mí me parecían preciosos y por los que sentía un poco de envidia. Pero a ella no debían de gustarle mucho porque yo la veía estirarse el vestido hacia los lados, intentar abrírselo tirando con las manos del cuello hacia abajo, como para coger aire, y siempre terminaba quitándose los zapatos. Pero nunca decía nada, ella siempre sonreía. Y al poco de salir de casa ya se le había olvidado.

A mí en cambio mi madre me llevaba con petos o pantalones vaqueros y zapatos como los de los chicos.

La madre de Laura, Isabel, y mi madre eran muy amigas, y nuestros padres trabajaban en el mismo sitio.

—Qué pronto habéis llegado.

—Sí, es que Laura estaba muy guerrera, tenía muchas ganas de venir y darle su regalo a Ángela.

—Pasad, estoy terminando de colocarlo todo.

—¡¡¡Ángela, Ángela, miraaa!!! —gritó Laura mientras corría hacia mí.

Traía un paquetito de color verde con un lazo, y su madre la cámara de fotos colgada al cuello, como tantas veces.

Fueron llegando los demás niños, cada uno con un regalo para mí. Marcos, Pedro, Lucía, Margarita, Irantzu, Laura y yo mirábamos hipnotizados la merienda que Isabel y mi madre habían colocado en la mesa baja del salón, sobre todo las medianoches de Nocilla.

—Irantzu, no se puede empezar a comer hasta que estemos todos.

Marcos cogió a escondidas un trozo de pan con mantequilla y azúcar e Irantzu le lanzó una mirada rápida con sus ojillos achinados. Quizá esperaba que compartiera con ella una parte de su botín, pero él se lo llevó a la boca en un movimiento rápido de camaleón y siguió mirando al frente como si nada.

Por fin pudimos abalanzarnos todos sobre la merienda y, cuando ya no podíamos más, entró mi madre con la tarta en una mano y haciendo parapeto con la otra para que no se apagaran las tres pequeñas velitas que la coronaban. Según me han contado —y me temo que las fotos lo atestiguan—, me hicieron falta más de tres intentos y toda la ayuda de mis amigos para apagar esas velas.

Nos fuimos a jugar a mi cuarto, yo arrastrando a Cua-cua de su cuerdecita, y probablemente de camino por el pasillo le lanzaría una mirada fulminante a la puerta, que no terminaba de abrirse para dejar que apareciera mi padre. Cua-cua hacía un ruidito muy simpático al rodar; a mis amigos les encantaba.

Las madres se quedaron en el salón hablando todas a la vez; montaban casi tanto jaleo como nosotros, y a pesar de eso escuché por fin el murmullo de pisadas del otro lado de la puerta, y enseguida las llaves.

—¡Papá, papá, papá! —exclamé, dando saltitos esperando su abrazo inmenso.

Quería contárselo todo y enseñarle mis regalos. Detrás de mí escuché el *cua cua cua cua.* Era Laura, que había salido del cuarto arrastrando mi patito y también venía hacia la puerta. Posiblemente su papá vendría con el mío. Yo siempre le dejaba a ella otro juguete también de arrastrar, un perrito de madera, el primo de Cua-cua. Perrito tenía unas grandes orejas rojas que se balanceaban. Pero ahora Laura había preferido arrastrar a Cua-cua, yo también se lo dejaba.

Mi madre no se levantó, solo miraba con una sonrisa desde el sofá. Sé que le hacía feliz verme tan ilusionada esperando la llegada de mi padre.

Por fin se abrió la puerta, papá dejó caer el maletín con los papeles al suelo, me cogió en brazos y me besó.

—¡¡¡Preciosaaa, felicidades!!! No he podido llegar antes.

Laura nos miraba desde abajo muy seria, esperaba ver a su padre.

—Laura, tu papá está subiendo, ahora viene.

Yo seguía a mi padre de un lado para otro.

—Cariño, déjame que salude a los amigos… Tengo una sorpresa para ti, pero te la daré luego, cuando estemos más tranquilos.

Volví con los demás. Ahora quería que todos se fueran para estar con mi padre y ver esa sorpresa. Pasó un rato largo. Mi cuarto estaba patas arriba. Entró Isabel:

—Chiquitines, nos vamos, recoged los juguetes.

Me quedé calladita, ahora ya no quería que se fueran. Las despedidas duraron un buen rato. Qué aburridas aquellas despedidas.

—¡Por fin solos! Ángela, ven.

Cua-cua voló por el pasillo detrás de mí. Me subí al sofá al lado de mi padre.

—Felicidades, eres una muchachita muy mayor ya. Toma, esto es para ti.

Con mucho cuidadito y con su ayuda, abrí el paquete. Era un libro grande. En la portada salía un niño pelirrojo y con rizos; estaba colgado de una de las letras, a lo mejor era la «a», o la «o».

—Mira, se llama Teo y se parece a ti, mira el color de su pelo y los ricitos que tiene. Es un niño muy listo y vive muchas aventuras, tantas como las que tú vas a vivir. Hay que ver lo mayor que te estás haciendo, qué rápido pasa el tiempo… Cuánto me gustaría poder estar más contigo…

—Papá…, Cua-cua.

Mi patito se había quedado tirado en el suelo. Mi padre me colocó a un lado y recogió a Cua-cua. Me lo puso entre las manos y de nuevo me sentó sobre sus rodillas.

—¿Sabes que hoy Cua-cua cumple un año?

Me concentré para lograr sacar tres deditos de mi puño y esconder los otros dos.

—Tú cumples tres añitos, sí, como esos tres deditos. Pero Cua-cua cumple uno —dijo mientras con su mano enorme escondía en mi puño dos de los deditos que yo había dejado fuera.

—¿Ves? Tres deditos son tus años, un dedito los años de Cua-cua.

Yo adoraba ese juguete de madera pintado de amarillo.

—Me acuerdo muy bien del día que lo traje a casa...

¿Iba a contarme la historia de Cua-cua? ¿Dónde estarían sus papás? Mi padre muchas veces estaba callado ratos largos, pero también contaba historias preciosas.

—Ibas a cumplir dos años. Estabas aquí con mamá, yo estaba muy lejos, fuera de este país.

—¿Fuera?

—En un pueblo que se llama Ringhals, en Suecia, que es un país muy bonito, al norte, con mucho mar y mucha nieve. Yo estaba trabajando allí y me quedaba en un hotel porque mi casa estaba aquí con mamá y contigo.

No entendía mucho, pero mis ojos estaban muy abiertos y lo escuchaba atenta.

—Iba a pasar allí una semana pero tenía mucho trabajo y al final estuve fuera más de lo que yo imaginaba. Y cada minuto de todo aquel tiempo pensaba en ti y en mamá.

»En Suecia hay muchísima nieve y mucho hielo, como en el Polo Norte, y en invierno los días son muy, muy cortos, y las noches muy, muy largas. Yo estaba allí y tres días después iba a ser tu segundo cumpleaños. Y yo iba a montarme en un avión para venir a estar contigo. Pero había una tormenta de nieve que duraba días y días, hacía muuucho frío. De todas formas, aproveché el ratito de luz del día para desafiar la tormenta y buscar una tienda de juguetes. En una callecita desierta, entre los copos de nieve que volaban con el viento, vi un escaparate pequeñito, iluminado como un faro. Y a la luz cálida de aquel escaparate pequeñito, desde la calle cubierta de hielo, vi un patito amarillo de madera, entre otros juguetes preciosos, todos de madera de muchos colores. Entré. Dentro hacía mucho calorcito y había juguetes y marionetas por todas partes. Por gestos, como hacías tú entonces, me entendí con la ancianita que hacía los juguetes. Porque en Suecia no hablan español… Señalé el patito. Ella lo puso en el suelo, lo hizo rodar y la lengüeta empezó a sonar, *cua cua cua*. Ese patito se venía conmigo. Cuando ya me iba, desde una estantería al lado de la puerta, un perrito me echó una mirada lastimera… Vale, ese también…

»Con Cua-cua y Perrito me volví al hotel, con mucho cuidado para no resbalar en el hielo, no fueran a caérseme…

»En cuanto te di a Cua-cua empezaste a tirar de él por el pasillo, tan feliz… Y así hasta hoy, pequeñaja…

—¡Ángela! —Era mi madre desde el baño—. Vamos, preciosa, que es tardísimo.

Esa noche Cua-cua durmió en el salón, y yo soñé con aquel pueblo nevado y la aventura de mi padre para traer el patito a casa.

3
El viaje largo

Se reanuda una campaña antinuclear calificada como definitiva. El próximo día 14, manifestación en distintos puntos de Euskadi.
(*Egin,* 5 de enero de 1979).
A petición del CGV, el OIEA prepara un estudio sobre la central de Lemóniz.
(*El País,* 12 de enero de 1979).

—Perfecto, la bajo en cinco minutos —le dijo mi madre al teléfono.

Era Isabel, que iba a venir a recogerme.

Preparar el equipaje con una niña tan pequeña rondando por la casa debe de ser misión imposible. Trato de ponerme en el lugar de una madre y me recorre una emoción nueva y un desconcierto. Yo que voy de un sitio a otro con lo justo… Recuerdo aquellas dos maletas con las que íbamos siempre al pueblo de mis abuelos, la negra y la roja, y por supuesto mi maleta violeta de los juguetes. Pero esa vez habría también cajas y bolsas por todas partes, y mi madre hasta habría descolgado las cortinas para lavarlas porque ella es así, cuando se va de viaje limpia la casa de arriba abajo. Y aquel, sin duda, iba a ser un viaje largo.

Sonó el timbre del portero, mi madre terminó de ponerme el abrigo y las botas de agua. Llovía, seguro que llovía.

—Carmen, ya estoy aquí, ¿bajas o subo?

—Sube, por favor, que estoy hasta arriba.

Dejó la puerta entreabierta y enseguida Isabel la empujó y entró. Entonces aún se hacían cosas normales. Esta vez Laura no venía con ella.

—David está todavía en la oficina, pero en un par de horas estará aquí y todavía tengo que terminar de recoger todo esto. Queremos salir muy temprano.

—¿Alguna instrucción de última hora?

—No, lo que hemos hablado, vienes a echar un vistazo de vez en cuando y nos recoges el correo. Me agobia un poco dejar la casa cerrada tanto tiempo, y sobre todo no saber cuánto estaremos fuera. Aunque dice David que serán pocos meses, hasta que termine la formación de todo el equipo.

—Bueno, por un lado, estaréis más tranquilos, os evitaréis estar viendo todo este lío que se está montando, piénsalo así.

—Sí, eso también lo pienso, claro. Y también sé que es su sueño, por lo que ha luchado todo este tiempo, y quiero seguir apoyándole. Tenemos que estar orgullosas de ellos. Vosotros estaréis bien, ¿verdad?

—Sí… Y además, el tiempo pasa volando.

Isabel y mi madre, las dos embarazadas de pocas semanas, como yo ahora pero mucho más jóvenes.

—¿Cómo te encuentras?

—Sigo con los vómitos, me mareo y me da asco casi toda la comida. Con Laura no me pasó…, qué cosas.

—Enseguida nos sentiremos mejor, yo ya me lo conozco…

—Ya. Y a ver si en Madrid no hace mucho calor este verano… Te va a encantar, ya verás, pero el calor que hace allí en verano es para morirse. Ah, oye, y toma, este es el teléfono de una amiga que vive allí, Alba. Su marido está en la Guardia Real y, aunque son de Galicia, se mudaron a Madrid con el nuevo destino. Si te sientes sola, llámala. Es un encanto. Tiene tres hijos y la pequeña les sacará dos o tres años a las nuestras. A Ángela le vendrá bien estar con otros niños.

—¿Son de confianza?

—Totalmente. Ellos también están pasando por una situación complicada, con el trabajo de él y eso, y de verdad que son unas personas estupendas.

—Pues te lo agradezco. Fíjate que esta vez está siendo más difícil que cuando nos fuimos a Estados Unidos, aunque no haya que cruzar un océano… Vosotros no venís y con Ángela y el otro en camino me siento más vulnerable.

—Todo va a ir bien, Carmen, de verdad. Queda con Alba y llámame a mí para tenerme al tanto de todo, ¿vale?

—Claro… Voy a echarte mucho de menos. Como quien dice, acababa de adaptarme a esto y ya estamos otra vez de mudanza… En fin, luego David se pasa por vuestra casa a recoger a la niña, ¿te parece?

—Sí, que jueguen un rato y les doy la cena, tranquila.

—Laura, Laura…

—Sí, preciosa, Laura está en casa esperándonos, vámonos.

Pero yo tenía un plan:

—Mamááá, quiero a Perrito.

—Vale, cariño, espera un momento…

Mi madre lo sacó de mi maleta nueva. La recuerdo perfectamente. Dentro llevaba mis juguetes para el camino, mi cuaderno, mis lápices y un montón de secretos.

—Toma.

Lo cogí, Isabel me agarró de la mano y nos fuimos a su casa. No dejaba de llover. En nuestro portal ella abrió el paraguas y echamos a correr pisando los charcos.

—Laura, tú cuidas de Perrito, ¿vale?

—Sí. ¿Tú no puedes?

—Sí, pero yo cuido a Cua-cua y tú a Perrito, ¿vale? Hasta que termine el viaje largo.

—Vale. Me gusta mucho Perrito.

Con una ternura infinita mi padre me ha contado muchas veces cómo nos encontró aquella noche, yo dormida en el sofá y abrazada a Laura, que, dormida también, rodeaba con su bracito el juguete de madera.

—Vamos, cielo, voy a ponerte la chamarra y te llevo a casa.

Había dejado de llover.

—Buenas noches, princesa, descansa mucho que mañana empieza otra gran aventura.

Me gustaban las aventuras.

4
Madrid, ese sitio

Un herido grave en la manifestación de San Sebastián.
Actos antinucleares en Guipúzcoa.
(*Egin,* 16 de enero de 1979).
Ofensiva antinuclear en Euskadi.
(*El País,* 18 de febrero de 1979).

Había dormido todo el camino y cuando me desperté me puse a mirar por la ventanilla. Casas muy altas, muchos coches y gente caminando a toda prisa. Ni una nube en el cielo resplandeciente.

—Mamá…

—Dime, Ángela.

—¿Vamos a ir a la playa?

—Estamos en invierno, preciosa, y además aquí no hay playa… Pero haremos muchas cosas divertidas, ya verás.

No había playa, no estaba Laura… ¿qué iba a hacer yo en ese sitio?

—¿Cuándo volvemos a casa?

—Muy pronto, ya verás qué rápido se te pasa. Son como unas vacaciones largas.

Estaba disgustada. Quería volver a mi pueblo de la playa, con sus casitas bajas y esas otras que parecían de cuento, con el tejado rojo y mucho jardín alrededor. Aquí no había de esas casas.

Mi padre paró delante de un edificio alto de ladrillos marrones.

—Pues ya hemos llegado. Esta será nuestra casa durante un tiempo.

—¡Vamos allá!

Hacía un frío raro. Atravesamos una verja también marrón, mis padres cargados con una caja grande cada uno.

—Cariño, ve delante, es aquella puerta de ahí enfrente.

Mi padre dejó la caja en el suelo, sacó las llaves y abrió la puerta de cristal y metal pintado de marrón. Iba a ser nuestra nueva casa. No había que subir escaleras para llegar. Nuestra casa de verdad tenía muchas escaleras, pero esta estaba en la parte de abajo de aquel edificio.

Me quedé en la puerta esperando a que me dijeran qué tenía que hacer, dónde tenía que ir.

—Ángela, ven, pasa, puedes ir a ver tu cuarto.

Mi madre me llevó de la mano por el pasillo. Había una cama, un armario y unas cortinas feas. Mi nueva habitación. Me quedé allí, sentada en la cama, con mi patito de madera en el regazo pero sin animarme a jugar a nada.

Ellos entraban y salían de la casa. Las habitaciones fueron inundándose de cajas. Mi padre las dejaba en la puerta y mi madre iba abriéndolas y sacando cosas.

Me decidí a investigar las habitaciones. Había más camas de las que necesitábamos. Abrí un armario y vi que había cosas nuestras dentro. Reconocí los trajes de mi padre y un abrigo muy elegante de mi madre. Alguien había estado allí antes y había dejado todo aquello.

—Mamá, ¿aquí hay parque? ¿Vamos?

—Sí, Ángela, claro que hay parque, hay muchos parques preciosos. Esta tarde vamos a uno, en cuanto terminemos.

Pero no fuimos a ninguna parte. Ese día mis padres solo pararon para comer la tortilla y las empanadillas que había preparado mi madre en casa el día anterior. Por la noche estrené mi nueva cama. Era mullida, con una manta naranja muy suave, pero yo no me sentía cómoda. Olía diferente y mi mirada no encontraba dónde posarse: la habitación estaba demasiado vacía.

5

Mamá, quiero jugar con otros niños

Santurce: disparos contra la térmica de Iberduero.
(*Egin,* 22 de marzo de 1979).
Pilar Careaga, grave.
Un terrorista disparó contra la exalcaldesa de Bilbao cuando iba a misa.
(*La Gaceta del Norte,* 27 de marzo de 1979).

Mi habitación ya tenía alfombra, una mesa, un banquito de mimbre y una estantería en la que estaban todos mis cuentos y mis juguetes. Ahora a veces pensaba que nuestra casa de verdad estaría muy triste, vacía y sola.

Estaba todo el tiempo con mi madre, lo hacíamos todo juntas: la veía preparar la comida, íbamos a comprar a un mercado que estaba cerca de casa, me llevaba al parque y me leía cuentos y poesías.

Habían pasado días y días y por fin dejaba de hacer frío en aquella ciudad. Desaparecieron los charquitos helados que tanto me llamaban la atención. Me acostumbré a no tener que bajar escaleras y hasta a que no hubiera playa, pero echaba de menos a Laura y a mis otros amigos de Zilgora. De vez en cuando hablábamos con alguien en el parque, siempre gente distinta, y así no había manera de hacer amigos de verdad.

—Mamá, quiero jugar con otros niños.

—Claro, bonita, no te preocupes, ya verás cómo enseguida tienes tantos amigos aquí como en casa.

Mi madre sonreía mucho, y yo también, pero parecía cansada.

—David, ¿no podrías llegar un poco antes? Es tardísimo.

—No queda nada, Carmen, el último esfuerzo. Pero sí, voy a intentar llegar al menos a cenar con vosotras. ¿Cómo te encuentras?

—Muy cansada, me duele un poco el pecho, tengo calambres en las piernas y estoy muerta de sueño todo el tiempo.

Me habían contado que iba a tener una hermanita. Bueno, mi madre estaba convencida de que sería una niña y me contaba que estaba creciendo dentro de su tripa.

—¿Te duele, mamá?

—No, cariño, no me duele nada.

—Pero tienes la tripa más grande.

—Sí, preciosa, porque tu hermanita está creciendo.

—¿Laura también va a tener una hermanita?

—Sí, o un hermanito, lo tendréis a la vez.

Por eso se tocaban Isabel y mi madre las tripitas al despedirse. Tenía que contarle a Laura que nuestras madres tenían un bebé dentro.

—Mamá, necesito hablar con Laura.

—No queda nada, muy pronto la veremos.

Mi padre empezó a venir siempre a cenar con nosotras, pero después se sentaba con sus libros en la mesa del salón, con solo una lamparita iluminándole las manos sobre los papeles en mitad de la oscuridad. A veces me despertaba por la noche y él siempre seguía ahí, en la misma postura, mirando muy concentrado hacia abajo y escribiendo. Ni siquiera se daba cuenta de que yo había entrado. Así que me iba de nuevo a la cama sin hacer ruido.

—¿Papá va al cole, mamá?

—Bueno, va al trabajo, pero también tiene que estudiar mucho.

—¿Cuándo iré al cole yo?

—Cuando pase el verano.

Isabel llamó esa tarde, como casi todas las tardes. Era como si mi madre siguiera unida a nuestra antigua casa mediante ese cablecito enrollado y mediante el hilo de la voz de su amiga. Se pasaban mucho rato al teléfono. A veces me ponían con Laura, pero no nos dejaban hablar casi nada. Era divertido escuchar solo lo que decía mi madre, no se entendía nada.

—¿Cómo ha sido?

—...

—Sí, me lo ha contado David, dice que son cosas de los comienzos, pero que tenemos que estar tranquilos.

—...

—Por aquí todo bien, aunque todavía estamos adaptándonos. Y Ángela... No terminamos de hacernos con un grupo de gente cercana y ella echa de menos a Laura y creo que también todo lo otro, la playa, los árboles... —No dejaba de sonreírme mirándome a los ojos mientras le decía eso al teléfono—. Igual que yo.

—...

—No, sigo sin verle casi, trabaja mucho y estudia por las noches, y yo tachando los días... Le echo de menos. Pero hago muchas cosas con la enana, de verdad que lo intento...

—...

—Sí, lo de Pilar Careaga es brutal, a ver si sale adelante.

—...

—Fíjate, yo sabía que fue la primera mujer ingeniero industrial, lo comenté con David cuando nos enteramos de lo del atentado.

—...

—Que sí, voy a llamarla... Alba se llamaba, ¿no?

Estaba tan concentrada escuchando lo que decía mi madre que aquella vez no oí los pasos de mi padre en el portal ni las llaves en la puerta. De pronto él estaba en el salón, de cuclillas detrás de mí, con los brazos abiertos preparados para un abrazo gigante. Pero después en la cena algo pasó, mis padres se pusieron tristes, hubo silencios.

—David, he hablado con Isabel, me ha contado lo del atentado en las torres de Iberduero.

—Sí, yo he hablado con Lázaro, pero solo hay que darle la importancia que tiene...

—Ya.

6
Riiing

Bilbao: dos horas de manifestación antinuclear. No hubo incidentes y se respetaron las consignas en todo el recorrido.
(*El Correo,* 28 de abril de 1979).
Millares de personas se manifiestan contra Lemóniz.
(*La Vanguardia,* 28 de abril de 1979).

Mi madre tenía guardado aquel papel que le dio Isabel antes de irse. Una vez la vi sacarlo del monedero y desdoblarlo, pero lo volvió a guardar. Así que tuvieron que ser los numeritos que había apuntados en aquel papel los que la buscaran a ella.

Riiing.

—...

—Sí, soy yo.

—...

—Hola, Alba. Sí, Isabel me dio tu teléfono. Perdona que no te haya llamado, no quería molestaros. Estamos todavía adaptándonos un poco... Además, como es temporal...

La escuché reírse.

—...

—Que sí, de verdad, cuando te venga bien.

—...

—¿Esta tarde? Vale, perfecto.

—...

—Dime dónde quedamos. Yo voy con mi hija.

El autobús: me acuerdo muy bien de aquel primer viaje en autobús con mi madre, estaba nerviosa y feliz. Y esos sentimientos volvieron después cada vez que durante aquellos meses de mi infancia mi madre y yo recorrimos en autobús las calles arboladas y sucias de Madrid.

—Vamos a conocer a una amiga de Isabel, tiene una hija.

—¿Como Laura?

—Es un poco mayor que vosotras, pero va a ser muy divertido.

En el autobús podía verlo todo desde arriba y mi madre me miraba y me cogía de la mano. Era mucho mejor que el coche.

Mi madre me aupó para que yo tocara el timbre para solicitar la parada. Caminamos un poquito hasta la terraza de una cafetería. Desde lejos, una mujer alta nos dedicó una gran sonrisa y nos hizo un gesto. Detrás estaba su hija. Claro que no era como Laura, era muchísimo más alta.

—Ya era hora de que nos conociéramos.

—Encantada, Alba. Gracias por la llamada. Esta es mi hija Ángela.

—Hola, Ángela, qué sonrisa tan bonita tienes, vaya hoyuelos. Esta es Andrea.

—Dile hola a Andrea, cariño.

Nos sentamos. Con aquel vestido cortito se me clavaba la silla de metal en el culete.

—Ángela —me sentí muy orgullosa de que una niña tan mayor me dirigiera la palabra—, ¿vamos a por unas chucherías? Ahí enfrente hay un kiosco.

La madre de Andrea sacó unas moneditas y se las dio. Cuando volvimos, era como si ella y mi madre se conocieran de toda la vida, hablaban sin parar y se reían y de pronto se ponían serias y luego otra vez se reían. Andrea me dejó jugar con sus pegatinas.

—Nosotros hace algo más de dos años que estamos aquí. Rafael está feliz con el destino y el trabajo le encanta. Siempre había soñado con vivir en la capital. ¿Vosotros qué tal en el País Vasco?

—Llevamos allí poco más de tres años, mi marido está en el equipo de la central de Lemóniz con Lázaro, lo de ahora es un periodo de formación.

—De vez en cuando hablo con Isabel y me pone al día. Parece que está el patio revuelto por allí con el tema de la central.

—Sí, pero desde aquí todo se ve de otra forma. David me dice que no hay que preocuparse, que al principio con este tipo de proyectos siempre pasan cosas así, pero que todo se calmará con el tiempo. ¿Vosotros aquí qué tal estáis?

—Por el trabajo de mi marido a veces te planteas cosas, en Madrid ETA es cada vez más activa y podríamos ser un objetivo, pero puede serlo tanta gente que es mejor ni pensarlo... Estamos bien, nuestros tres hijos están creciendo aquí, en buenos colegios, y vivimos en una casa pequeña, pero...

—Jo, no estoy acostumbrada a escuchar la palabra ETA de esa manera tan natural, Alba.

—Bueno, es mejor así. La situación no es fácil pero nuestras vidas siguen. No deberíamos tener que preocuparnos más de lo normal. Y que sepas que estamos aquí para lo que necesitéis. El verano está a la vuelta de la esquina. En nuestra urbanización tenemos piscina y hay muchos niños para que Ángela pueda jugar. Los míos están en el colegio todavía, pero en menos de dos meses les darán las vacaciones. Tenemos que hacer planes todos juntos este verano. Por cierto, ¿darás a luz en Madrid?

—Pues no lo sé todavía. Depende de cómo vayan las cosas.

Aún siguieron un buen rato hablando, y a mí Andrea me contó cosas de su colegio y de sus hermanos y sus padres y me regaló una de sus pegatinas, que brillaban y se pegaban en el cuerpo además de en el papel.

De vuelta, desde la ventanilla del autobús pude ver las luces que empezaban a encenderse.

—Dice Andrea que su papá trabaja con el rey.

Mi madre sonrió.

—Trabaja para el rey, no con el rey, cariño. El papá de Andrea protege al rey.

—¿Protege?

—Sí, cuida de él y le ayuda cuando lo necesita.

—Ah, ¿y yo puedo conocer al rey, mamá?

—Anda, cariño, esta es nuestra parada. Agárrate fuerte a mí y vamos para casa.

Aquella noche busqué en mis cuentos reyes y a los señores que los protegen, pero no encontré nada. Tenía que pedirles a mis padres un cuento nuevo.

7
La fuente mágica

Los trabajadores portuarios de Bilbao se niegan a sacar de un barco una pieza para Lemóniz. Se descargará en otro puerto.
(*La Gaceta del Norte,* 13 de mayo de 1979).
Plan Energético Nacional: restricciones y aumentos de precios. La oposición no lo acepta y propone una moratoria para las centrales nucleares.
(*El Correo,* 17 de mayo de 1979).

Yo era la encargada de comprar el periódico. Al volver del mercado parábamos en el kiosco, mi madre me daba unas monedas y yo se las daba al señor que vivía allí dentro. Él salía de su casita y venía a mi encuentro porque yo no llegaba a alcanzarle las monedas por la ventana, y cada vez me quedaba mirando los chupachús y esas pegatinas como las de Andrea, los cromos. Pero me gustaba llevar el periódico a casa, era una misión importante, mi madre lo leía todos los días con mucha atención, mi padre los fines de semana.

Desde nuestro primer encuentro, habíamos empezado a ver bastante a Andrea; lo hacíamos algunas tardes y los fines de semana. Mi madre y la suya siempre tenían muchas cosas que contarse, y nosotras, mientras jugábamos en el parque o en nuestras casas. Ellos vivían en una casa con jardín. Aunque yo creo que Andrea se aburría un poco conmigo. Ella tenía los años de todos los deditos de una mano y uno de la otra, y sus hermanos, mucho mayores, ni me miraban.

Ese sábado prometía ser especial. En casa, mi madre sacó de una bolsa un vestido muy raro, con lunares y volantes.

—¿Vamos a jugar a los disfraces, mamá?

—Jajaja, no, cariño. Son las fiestas de Madrid, San Isidro, y se celebran bailando y merendando rosquillas y limonada en la Pradera. Este es un traje de chulapa.

—¿San Isidro?

—Sí, San Isidro Labrador, un santo. Es el patrón de los madrileños.

—¿Un santo?

—Sí, un santo es una persona que hace cosas muy buenas por los demás, cosas incluso extraordinarias. Los santos hacen milagros, por eso son santos.

—¿Milagros?

—Los milagros son cosas buenas que no se pueden explicar, cosas maravillosas.

Todo sonaba fenomenal. Me recogió el pelo y me puso un pañuelo blanco en la cabeza, con un nudo por debajo de la barbilla. Me apretaba.

—Mamááá, que me ahogooo.

—Espera un poquito, ahora se da de sí y deja de apretarte.

Me puso una flor roja de mentira en el pelo sujeta con horquillas, ¡y zapatos rojos de tacón!

—¿Y tu vestido, mamá?

—Yo no tengo, solo he comprado uno para ti... Oye, Ángela, cuando lleguemos a la pradera habrá mucha gente, así que no te separes de mí, ¿vale? Hemos quedado con Alba y con Andrea, y creo que también vendrá uno de sus hermanos.

—¿Vamos en autobús?

—No, vamos en metro. Ya verás, eso también va a ser una aventura.

El metro: escaleras que bajaban al centro de la tierra, los chirridos de las ruedas de metal sobre las vías en los túneles oscurísimos, mi madre explicándome el sentido de los carteles con los nombres de las estaciones. En el metro se podía caminar dentro de los vagones y jugar con las barras. ¡El metro me gustó aún más que el autobús!

En la pradera es verdad que había muchísima gente, gente sentada sobre mantas en el césped, merendando, gente que bailaba, músicas entrecruzadas y griterío, puestos humeantes con cosas raras de comer.

Me extrañó que mi madre pudiera encontrar entre el gentío a Alba, a Andrea y a Mario, que estaba con cara de pocos amigos. Alba llevaba una bolsa grande, como casi todo el mundo. Mi madre y yo no llevábamos bolsa.

—Qué vestido tan bonito, Andrea —dijo mi madre.

—Me queda un poco pequeño porque es el del año pasado.

—Y tú, Mario, ¿cómo estás? Te veo muy serio.

Alba le hizo un gesto a mi madre tipo «Déjale, no le hagas mucho caso».

—Quiero ir con mis amigos. —Era gracioso verle tan enfurruñado con la gorra de cuadritos en la cabeza.

—¿Y dónde están tus amigos? Alba, si quieres nos ponemos por donde estén y así él puede estar con ellos.

Era mi madre quien hablaba, pero Mario miraba fijamente a la suya, que se había puesto un poco seria y se mantenía callada.

—Ahí, donde ese kiosco.

—Vale, pues vamos para allá —dijo Alba por fin, todavía muy seria—, pero no te muevas de ahí sin avisarnos.

Alba sacó una manta de su bolsa gigante, entre mi madre y ella la extendieron en el suelo y nos dijeron que nos sentáramos. Luego colocó tres platos de metal, cubiertos de papel de aluminio, un bote grande con tapa de rosca y una botella de agua.

—Mamá, quiero rosquillas.

Miré a Andrea. Me moría de ganas de probar esas rosquillas de las que todo el mundo hablaba.

—Espera un poco, todavía es pronto para comer.

—Pero todos están comiendo ya... ¿Y limonada?

—Eso sí, Andrea, ahora os doy un poquito.

—Alba, voy a comprar unas rosquillas para llevar a la cena —dijo mi madre.

—Claro, aquí te esperamos.

Alba abrió el bote con la tapa de rosca.

—A ver, chiquitinas, que os pongo un poco de limonada, que está fresquita.

Di un trago, los ojos se me arrugaron y mi boca se convirtió en una mueca.

—Mamá, le falta azúcar, está muy ácido —dijo Andrea.

—No os mováis, voy ahí enfrente a por un poco de azúcar. ¡Mariooo! Échales un vistazo a las niñas, que voy a por un poco de azúcar.

Mario se acercó de mala gana y se quedó allí de pie mirándonos. De repente empezó a gritar:

—¡Un ladrón, un ladrón!

A lo lejos vi cómo la madre de Andrea echó a correr de vuelta hacia donde nosotras estábamos.

—¡Mario! ¿Qué está pasando? —preguntó Andrea.

Todo el mundo alrededor cuchicheaba. Me rebullí nerviosa y mi limonada se derramó. Mario volvió a gritar:

—¡Mamá, mamá…, un ladrón!

Entonces apareció mi madre con una bolsa blanca de plástico y cara de preocupación.

—¿Qué ha pasado?

—Desde lejos me ha parecido ver que alguien se acercaba y se llevaba algo. Mario, ¿no te dije que vigilaras?

—No le vi, mamá.

—¿Qué se han llevado?

—¡Mi bolso! —dijo mi madre—. Con mi documentación, las llaves de casa y todo lo demás… Solo me llevé el monedero. Lo que me preocupa es la documentación.

—Vamos a recoger. Tenemos que ir a denunciarlo. Mario, ¿tú le viste de cerca?

—No, mamá, ya te he dicho que no he visto nada.

Caminamos hasta un extremo de la pradera, donde había un grupo de señores vestidos con un uniforme marrón que yo nunca había visto.

—Mario, quédate con las niñas, no te separes de ellas ni un momento, vamos a hablar con la Policía.

Enseguida volvieron.

—Venga, ya podemos irnos.

Fuimos andando hasta donde Alba había aparcado, metieron las bolsas en el maletero y nos fuimos a su casa.

—Jo, mamá, no me ha dado tiempo ni a comerme el bocata de calamares.

—Tú cállate, Mario, que lo que tenías que hacer era vigilar.

—Pero, mamááá.

—Ni mamá ni nada.

Nos quedamos los tres callados en el asiento de atrás. Yo tenía una sensación imprecisa de haber hecho algo mal. Estaba cansada, incómoda dentro de aquel vestido. Me quité los zapatos.

—Alba, me da miedo lo de la documentación…

—Ha sido solo un ladrón, buscaría dinero y nada más, de verdad.

—Me preocupa que sepan quiénes somos. Debería llamar a David.

—Llegamos enseguida, tranquila. Seguro que están ya los dos en casa.

Cuando entramos en la casa Mario salió disparado a su cuarto sin decir ni mu y Andrea y yo fuimos detrás de él.

—Niñas, en la habitación tenéis la ropa para cambiaros.

A Andrea le costó bastante quitarme aquel pañuelo estrangulador, y yo le pedí que me dejara puesta la flor de mentira.

—David, me han robado el bolso.

—Pero ¿cómo ha sido eso? ¿Y llevabas algo de valor?

—No, solo el carné y las llaves de casa.

—Bueno, tranquila, cambiamos la cerradura y ya está.

—Pero si saben quién soy yo podrán averiguar quiénes somos todos, quién eres tú.

—Por favor, Carmen, no hagas un mundo de esto… ¿A quién va a interesarle quiénes somos?

—¿Cómo que a quién? Ya sabes lo que nos ha contado Isabel, ellos están empezando a sentirse perseguidos…

—Carmen, estamos en Madrid, lejos de todo, y no estamos en ninguna lista, nadie nunca nos ha dicho que estemos en peligro. ¿Quieres tranquilizarte, por favor? Rafael, díselo tú, anda.

—Carmen, tu marido tiene razón, es un episodio sin importancia.

—Sí, Carmen, no puedes llevarte estos disgustos, llevas a un pequeñajo dentro…

—Una pequeñaja, creo.

—Eso, sí, pero tú siéntate y descansa, hazme el favor. Tienen nuestro teléfono para avisarnos con lo que sea.

Para cenar nos pusieron lo que tendríamos que habernos comido en la pradera. Me quedé dormida en el coche de vuelta y, cuando estábamos entrando en casa, me desperté en brazos de mi padre con los timbrazos del teléfono.

—…

—Sí, muchas gracias, mañana voy a recogerlo.

—¿Quién era?

—La Policía, que han encontrado al ladrón, por lo visto había robado a más gente.

—¿Y?

—Tienen mi bolso con todo lo que había dentro. Es lo que decía Alba, solo buscaban dinero.

—¿Ves? Tanto agobio para nada…

8

Un babero hasta los pies

Una joven muerta en la manifestación antinuclear en Tudela
por un disparo de la Guardia Civil.
Huelga general en Navarra convocada para hoy. Incidentes en Pamplona.
Ocho detenidos en Tudela. Al parecer era miembro de la Coordinadora Ecologista.
(*Hoja del Lunes,* 4 de junio de 1979).
Dos jóvenes colocaron la bomba que mató a un trabajador
de la central nuclear de Lemóniz.
(*El País,* 14 de junio de 1979).

—Hola, Alba. Sí, la verdad es que no estamos con muchos ánimos. Aunque las niñas lo pasan fenomenal en la piscina y de verdad que me da mucha rabia por esa comida estupenda que nos había prometido Rafael…

—…

—Pues me parece muy buena idea. Venid luego cuando queráis.

Colgó.

—David, al final no vamos a comer a casa de Alba y Rafael. Vienen ellos esta noche.

—Mejor, hoy prefiero no salir de casa, quiero estar pendiente del teléfono.

—Rafael va a cocinar aquí. Son fantásticos. La verdad que es una suerte tenerlos cerca.

—Mamá, yo quiero ir a la piscina, tengo mucho calor.

—Mañana, ¿vale? Esta noche vienen ellos, y ya verás qué cena tan rica nos va a preparar Rafael.

Me fui a mi cuarto algo contrariada. Entre los barrotes de la ventana podía ver el parque que había detrás del edificio. Esas rejas, marrones como todo lo demás, no me gustaban nada. Era como en los dibujos cuando metían a alguien en la cárcel, pero en los dibujos siempre se escapaban entre los barrotes, a veces hasta los doblaban con sus brazos. Popeye lo hacía mucho, se comía las espinacas y doblaba los barrotes como si fueran de chicle. Yo me comía todas las espinacas, y nada.

Entre aquellos barrotes vigilaba el parque al acecho de los otros niños. Cuando veía a alguien jugando avisaba a mi madre para que me sacara. Durante la semana apenas veíamos a Andrea y no me había quedado otra que desembarazarme de mi vergüenza. Ahora me colaba en el juego de los desconocidos con la urgencia del náufrago que vuelve por fin a la civilización.

—Mamá, ¿bajamos al parque?

—Hace mucho calor para estar en el parque, Ángela. Voy a preparar la comida y luego nos echamos una siesta los tres, ¿quieres? Andrea y sus papás van a venir pronto esta tarde.

Todavía me invade una sensación de felicidad al evocar aquellas siestas del verano en Madrid. Los tres en la cama de mis padres, mi madre ya con una tripa muy grande, los rayos potentísimos de la luz que entraba por las fisuras de la persiana bajada.

Me asustó el teléfono. Estuvo sonando un rato hasta que mi madre se despertó y fue a cogerlo. Me quedé en la cama al lado de mi padre dormido, escuchando la voz de mi madre desde el salón.

—...

—Isabel, ¿qué tal? Sí, con este calor lo único que apetece es echarse la siesta, y la barriga ya pesa, qué te voy a contar...

—...

—Que no, de verdad, no te preocupes, si tengo que darle la merienda a la niña, llevamos unos horarios...

—...

—Ya, yo sigo sin creérmelo... ¿Vosotros le conocíais?

—...

—Nosotros igual, conocido de conocidos.

—…

—Sí, intento estarlo, me devoro el periódico, pero David no quiere hablar mucho del tema, al final casi me entero de más cosas por ti que por él.

—…

—Íbamos a ir a su casa a comer, pero mejor vienen ellos esta noche. David prefiere no salir. A Alba no he tenido ni que explicárselo, siempre lo pone todo fácil, qué intuitiva es… Menos mal que te empeñaste en presentarnos.

De pronto pensé que a lo mejor podía hablar con Laura. Me levanté a toda prisa.

—Mamá, Laura.

—Espera un momento, cariño… Isabel, ¿está Laura contigo?

—…

—Vale, ponla al teléfono que Ángela quiere hablar con ella. Me encanta cómo hablan por teléfono estas dos.

—Hola.

—Hola, Ángela.

—Aquí hace mucho calor.

—Aquí no, pero cuando hay sol a veces bajamos a la playa.

—¿Y Perrito?

—Conmigo, mamá y yo le hemos preparado una cama para que duerma. Y ayer vi a mucha gente en bici por la calle.

—¿En bici? Qué diver.

—Sí, pero la playa es mejor.

—Yo voy a la piscina. No es como el mar, pero por algunas cosas me gusta más.

—Adiós, Ángela, un beso grande.

—Vale, adiós.

Mi madre me cogió el teléfono y se despidió de Isabel.

—¿Qué te ha contado Laura, cariño?

—Ella va a la playa. Ha visto mucha gente en bicis… Yo quiero una bici.

—En cuanto volvamos a Zilgora te compramos una, ¿vale?

Todavía no era de noche cuando Andrea, Alba y Rafael llegaron a casa. Fue a abrir mi padre.

—Pero qué cargados venís, pasad, por favor.

—Todo controlado, David, cena galega. Me encanta comer con mis amigos cosas de mi tierra y beberme un albariño.

—Gracias, Rafael, de verdad, seguro que está todo riquísimo. Nosotros no hemos preparado nada, llevamos todo el día de líos y de llamadas. Bueno, podemos aportar lomo del pueblo, de la matanza, a ver si os gusta.

—¡¿A ver si nos gusta?! ¡Qué rico el lomo! Si os parece paso a la cocina...

Yo me fui al cuarto a coger los últimos cromos que me habían comprado para llevárselos a Andrea. Ella tenía un álbum para pegarlos. Le quedaban muy bien, justo en el recuadrito y con el pegamento justo para que no se despegaran y tampoco sobresalieran pegotes por fuera. A mí no me salía así de bien. Me prometió que cuando tuviéramos todos los cromos me regalaría el álbum.

Entré corriendo con los cromos en la cocina, pero Andrea no podía ayudarme, llevaba puesto un babero gigante que le llegaba desde el cuello hasta los pies.

—¡Qué babero tan grande!

Rafael sonrió. Era muy alto y tenía mucho pelo, más que mi padre, y siempre estaba sonriendo. Estaba muy fuerte, como los superhéroes, a lo mejor era un superhéroe de verdad porque para proteger al rey tendría que tener poderes, ¿no? Porque el rey era muy importante.

—No es un babero, es un delantal. Andrea me ayuda a cocinar y se lo he puesto para que no se manche... David, ponte un vino, anda. Está fresquito, en su temperatura justa.

—No bebo, muchas gracias.

—Pues tienes que hacer una excepción. Esta comida hace falta regarla con un buen vino blanco.

Mi padre se sirvió una copa, se la llevó a la boca y noté que le gustaba.

—¿Cómo te afecta a ti lo que está pasando, David? He hablado con algunos compañeros que están en Bilbao… No pinta nada bien.

—Yo me paso el día entre cuatro paredes, no me relaciono más que con el equipo al que estamos formando, pero evitamos hablar de lo que pueda estar pasando allí. Carmen está más informada, ella habla con Isabel todos los días. Yo lo único que quiero es que nuestras vidas sean normales.

Se quedó mirándome. Yo estaba atenta a un plato lleno de unos círculos blancos con el borde rosa.

—Es pulpo, Ángela.

—Pulpo *á feira* —puntualizó Rafael—. ¿Quieres ayudar a Andrea?

—Sí, pero quiero un babero.

—No es un babero, es un delantaaal —me dijo mi padre—, espera que te busco uno.

Me subí a una silla y Andrea me dejó remover un chocolate negro que Rafael acababa de volcar en un recipiente. Metí el dedo y lo probé, pero solo porque Andrea lo había hecho antes. Estaba riquísimo.

—Los Comités Antinucleares cada vez están más fuertes, hay manifestaciones todo el tiempo y parece que ETA está apropiándose del discurso antinuclear…

—Ya.

—Te lo digo para que estés alerta. Puede que se quede en nada, pero el cariz que está tomando el asunto no me gusta lo más mínimo.

—A nosotros la empresa nos transmite otra cosa. Confío en ellos, siempre han mirado por nosotros, no nos pondrían en peligro, ni a nosotros ni a nuestras familias.

—Yo solo te pido que tengas los ojos bien abiertos, cada vez me gusta menos cómo se está poniendo esto… Por cierto, creo que han puesto en libertad condicional a los que cogieron por el atentado en el que murieron dos trabajadores.

—Hay mucha confusión en todo lo que se publica. ¿Vosotros cómo estáis? Lo de Luis Gómez ha tenido que ser un buen golpe. Es terrible.

—Prefiero no hablar de eso. Qué crueldad... David, mi trabajo puede ser peligroso, pero ahora el de Lázaro y el tuyo también. Y ya sé que creéis en lo que hacéis, lo mismo que nosotros...

Alba y mi madre entraron en la cocina.

—Niñas, ¿qué hacéis?

Andrea y yo teníamos las manos y la cara llenas de chocolate, pero no se enfadaron.

—Chocolate. ¿Cuándo vamos a comérnoslo?

—Luego con las filloas, ya veréis qué rico.

Sonreían, yo creo que era por nuestra cara de sorpresa al no haber recibido ninguna regañina.

—David, Rafael, por favor, no habléis de estas cosas delante de las niñas, que se enteran de todo.

—Rafael, ¿cómo es el rey?

Rafael sonrió.

—Venga, niñas, vamos a llevar estas cosas a la mesa que ya está casi todo.

—Pero ¿cómo es el rey?

No me contestó, pero su sonrisa de siempre se hizo aún un poco más grande. Mi padre nos llevó a Andrea y a mí al salón.

—Niñas, vamos a dejar cocinar a Rafael, que somos muchos aquí. Id a lavaros un poco las manos y jugamos en el salón hasta que esté la cena.

Andrea me ayudó a subirme a la banqueta de llegar al lavabo. Se enjabonó las manos y luego me limpió las mías, me pasó agua por la cara y me secó. Pensé que yo también iba a cuidar así de bien a mi hermanita. Tenía ganas de verla ya. Mi madre me decía que seguro que se parecería a mí.

—¿Tus abuelos viven lejos de aquí? —me preguntó Andrea cuando estuvimos en el salón.

Yo creía que sí, pero no sabía cómo de lejos.

—Sí, los abuelos de Ángela viven un poco lejos. Pero vamos mucho a verlos, algunos fines de semana y en vacaciones.

—Entonces como yo a los míos.

—Nos fuimos a vivir al País Vasco porque yo tengo que trabajar allí. Vamos a volver pronto. A Ángela le gusta mucho Zilgora, ¿verdad?

—¿Y entonces, por qué estáis aquí en Madrid ahora?

—¿Quieres que te cuente nuestra historia? Ángela ya se la sabe.

—Sí, sí, cuéntamela.

Me encantaba escuchar esa historia, cada vez que mi padre la contaba pasaban cosas nuevas y era más divertido. Además, yo salía en esa historia.

—¿Cuál quieres? ¿La corta o la larga?

—La larga, la larga…

—No, mejor la corta, preciosa, que tu papá está a punto de terminar en la cocina.

Mi madre y Alba estaban sentadas en el otro extremo del sofá y nos miraban de reojo. Mi madre se acariciaba la tripa con movimientos circulares; era muy grande, redonda y dura, y se movía. A mí también me gustaba acariciársela. Hoy, tantos años después, me toco incrédula mi propia tripa y no la noto tensa, es mi tripilla de siempre, pero sí tengo una sensación desconocida, algo que me oprime ligeramente por dentro… Quizá sean solo imaginaciones mías.

—Antes de que naciera Ángela, su mamá y yo vivíamos en un pueblo pequeñito, un pueblo muy verde, con muchos árboles y animales. Yo trabajaba en el campo los fines de semana y durante la semana me iba a la ciudad a estudiar.

—¿Ibas a la ciudad con el tractor del abuelo de Ángela?

A Andrea le gustaba mucho que habláramos del tractor de mi abuelo porque sus abuelos no tenían tractores y los míos, dos.

—No, Andrea, iba haciendo autostop; los tractores van muy despacito y habría tardado días en llegar.

—¿Autostop?

—Sí, es cuando le pides a algún desconocido que te lleve en su coche. Te pones en la carretera y haces así con el dedo.

—Ah... ¿Y te llevaban?

—A veces sí, a veces no.

—¿Y por qué no ibas en tu coche? Mi papá va en coche a todas partes. Tiene dos. Cuando vamos a Galicia vamos siempre en el coche grande.

—Porque en aquella época no teníamos dinero, no podíamos comprarnos un coche, en realidad no podíamos comprarnos casi nada. Pero yo quería estudiar para trabajar en algo que me gustara y ganar dinero para que, cuando tuviéramos a Ángela, pudiéramos darle todo lo que necesitara.

—Ah.

—Así que me pasaba la vida yendo y viniendo. Nos veíamos muy poco, pero los viernes, cuando regresaba, ella estaba siempre esperándome a la puerta de su casa.

—¿Y esperaba mucho?

—A veces sí, otras menos. Pero cuando por fin llegaba nos abrazábamos y queríamos estar juntos todo el tiempo. Aunque yo tenía que trabajar en el campo y ella ayudaba en el bar de la abuela... Y bueno, después nos casamos y decidimos vivir una aventura: cogimos un avión y nos fuimos a vivir a Estados Unidos. Allí yo podía seguir estudiando y aprender mucho.

Se había saltado la parte del circo al aire libre, cuando él le dejó la chaqueta a mi madre porque hacía frío y dos días después se puso enfermo.

—Eso está muy, muy lejos, ¿no?

—Sí, muy lejos. Carmen, cuéntale tú cuando no entendías a la gente y te perdías todo el rato.

—No, sigue tú, que lo cuentas muy bien.

—Pues eso, la mamá de Ángela no sabía inglés y al principio se perdía y no podía preguntar por el camino, así que tuvo que aprender un poquito.

—¿Y tú sí sabías inglés?

—Sí, yo había estudiado inglés antes de ir.

—¡Yo sé inglés! —No pude contenerme.

Todos se echaron a reír y yo me enfurruñé. Era verdad que sabía inglés: todas las mañanas, en el desayuno, mi padre me enseñaba una palabra nueva, y ya me sabía muchas. Desde la cocina nos llegaba la voz de Rafael, que tarareaba mientras seguía trajinando.

—¿Y tú sabes inglés, Andrea?

—No, yo no sé inglés. Dicen que voy a aprender francés.

—El francés es muy bonito… Bueno, continúo: conocimos a mucha gente nueva en Estados Unidos, y a Carmen le pasaron un montón de aventuras; a mí menos porque estaba todo el rato estudiando y trabajaba mucho.

—¿Y dónde estaba Ángela?

—En la tripa de su mamá, como ahora su hermanita.

—¿Y quién cuidaba de Carmen?

—Tenía amigos, y la mamá y el papá de Laura también estaban allí, así que ellas dos hacían muchas cosas juntas. Isabel también estaba embarazada.

—Isabel, ¿la amiga de mamá?

—Sí, esa Isabel. Gracias a ella nos hemos conocido nosotros.

—Mis aventuras os las cuento otro día —dijo mi madre—. Pasaba sola mucho tiempo, pero cuando me encontraba con Isabel era muy divertido.

—¿Y aprendiste inglés?

—David intentó enseñarme, pero llegaba muy tarde…, así que me busqué un profesor, que además me enseñó algunos sitios preciosos de la ciudad.

—¿Y por qué no os quedasteis allí? —quiso saber Andrea.

—Porque llamaron a David para que fuera a trabajar a Bilbao —respondió mamá—. Hay poca gente que haya estudiado lo mismo que él, así que le ofrecieron un proyecto muy importante y no podía decir que no.

—Y si es tan importante, ¿por qué no estáis ahora en Bilbao?

—Porque durante un tiempo tiene que trabajar aquí enseñando a otros para que puedan ayudarle.

Rafael entró con unas bandejas humeantes y sin dejar de tararear. Se le veía muy contento.

—¡Venga, todos a la mesa, que esto ya no espera!

Qué rico estaba. Y a mí me dejaron comer lo que quise y en el orden que quise.

—Quiero otra *fichoa.*

—Se llaman filloas, Ángela.

—Dame otra *fichoa.*

Andrea se reía a carcajadas y repetía: *fichoa, fichoa, fichoa.*

De postre hubo helado y filloas con chocolate. Después, aunque hacía mucho que se había hecho de noche, nos dijeron que podíamos ir a mi cuarto a jugar. Alba nos acompañó. Había traído el álbum, la barra de pegamento y tres sobres nuevos para cada una. Al salir cerró la puerta.

—Ángela, ¿jugamos a espías? —propuso Andrea.

—¿A espías? Yo quiero pegar los cromos.

—Sí, pero vamos a escuchar de qué hablan nuestros papás y luego hacemos el álbum.

—Vale.

—Pero que no nos descubran... Y hay que entender todas las palabras.

—Vale.

—Shhh, dame la mano y no hagas ruido.

La puerta del salón estaba cerrada. Eso era muy raro. Nos tumbamos en el suelo fresco del pasillo, en silencio. Yo luchaba por no quedarme dormida.

—¿Cuándo tenéis que volver?

—En tres o cuatro meses estará todo el equipo preparado. Estoy intentando agilizarlo.

—No tengas prisa, a ver si las cosas se calman. Lo de ayer de ese trabajador no es una casualidad y dudo que sea un error de ETA. ¿Te llamaron para decirte algo?

—No quiero ni imaginarme lo que se está viviendo allí. Pienso en sus cinco hijos, su mujer… ¿Cómo pueden ser tan desalmados?

—¿Y te han llamado para decirte algo?

—Sí, insisten en que la obra va a continuar y en que debemos estar tranquilos. Van a reforzar la seguridad en el interior de la central. El Gobierno parece que apoya el proyecto, ya se ha invertido ahí mucho esfuerzo y mucho dinero como para que se piense en paralizarlo.

—¿Has hablado con Lázaro?

—Sí, ayer no se trabajó, por el luto. La gente está muy afectada, del miedo no se habla, de eso nadie dice nada… Están evaluando los daños materiales, parece que necesitarán algo más de quince días para hacer todas las reparaciones.

—He estado leyendo sobre los proyectos nucleares y lo que supondría para el País Vasco que la central empezara a funcionar. Quizá ha faltado un poco de divulgación por parte del Gobierno. Puede que las cosas fueran de otra forma si la gente conociera bien todas sus ventajas. Lo peor es que se genere cierto caos. ¿Os enterasteis de lo de esa chica en Tudela, Gladys del Estal?

—Sí, qué barbaridad.

—Sí, en principio era una manifestación pacífica, una manifestación ecologista antinuclear, nada que ver con otras cosas. A ver qué pasó realmente. Tienen que investigar todavía. Pero si el guardia civil es culpable, deberían juzgarlo cuanto antes.

Alguien se levantó del sofá. Andrea tiró de mí y me empujó dentro de la cocina. Mi madre fue hasta la entrada y cogió el periódico que había dejado debajo de su bolso. Yo había comprado con ella ese periódico por la mañana.

Cuando cerró de nuevo la puerta del salón, Andrea volvió a pegar la oreja. Le toqué el hombro y le hablé al oído:

—¿Cuántas palabras tienes? Yo no tengo.

—Shhh.

Me puse de rodillas y me asomé al primer cuadradito de cristal de la puerta del salón. Eran cristales blancos a través de los que solo podían verse las siluetas de lo que había detrás. En el resto de la casa las puertas eran todas de madera. Distinguí la figura de mi madre con los brazos estirados para sostener el periódico abierto por delante de su barriga, y Andrea tiró de mí para que volviera a tumbarme.

—¡David, mira las noticias, por favor! Rafael, dinos francamente si crees o no que todo esto es peligroso para nosotros, para nuestra hija y para la pequeña que está en camino.

—Qué quieres que te diga, Carmen, mira el trabajo que tengo. El uniforme lo tendemos metido dentro de un mono de obra para que nadie sepa a qué me dedico.

El juego de espiar me parecía un rollo. Me fui a mi cuarto y me tumbé en mi alfombra suave con Cua-cua. Por la mañana estaba en mi cama, en pijama, y Cua-cua en mi mesita de madera azul con flores blancas pintadas en las patas. Había mucha luz pero la casa estaba en silencio. Me levanté, me asomé a la habitación de mis padres y los vi dormidos encima de las sábanas. Fui hasta el salón. Encima de la mesa estaba el periódico. Iba a decirle a mi madre que no volviéramos a comprarlo. Ahí decían cosas que hacían que los mayores se pusieran tristes.

9

Lo que hay dentro de ese capazo

EE y PSE-PSOE piden la paralización de Lemóniz en el informe de la comisión del Consejo General Vasco enviada a Harrisburg.
(*La Gaceta del Norte,* 29 de agosto de 1979).
Dos trabajadores de la central nuclear de Lemóniz fueron ametrallados por fuerzas de la Policía Nacional hace varios días, debido a un error.
(*La Gaceta del Norte,* 1 de septiembre de 1979).

Mi abuela Sole, la madre de mi padre, había venido a pasar unos días con nosotros. Era la primera vez que la veía fuera del pueblo.

—¿Cuánto tiempo te quedas, abuela?

—Unos días, va a nacer tu hermanita, estaré con vosotros hasta que nazca y cuando mamá esté un poquito recuperada me iré.

No se hablaba de otra cosa. En todo el verano no nos habíamos movido de Madrid, y ahora mi madre andaba muy despacio y tenía la cara redonda. Me decía que mi hermanita podía escucharnos y yo le cantaba canciones y le contaba que cuando saliera íbamos a jugar mucho juntas con Cua-cua.

—Mamá, no me gustan los macarrones de la abuela. —Prefería los suyos, a la abuela se le quedaban blanditos.

—Tú cómetelos, que los hace con mucho cariño. Mañana le pedimos que haga albóndigas de las suyas, que te gustan tanto, ¿te parece?

Mañana…, más tarde…, otro día…, luego… Los mayores siempre decían esas cosas y daba mucha rabia. ¿Se las diré yo a mi hijo?, me pregunto ahora. Seguro que sí.

—Mamááá, come conmigo.

—Deja a mamá que ahora necesita descansar.

—Pero ¿está malita?

—Nooo, solo que tu hermanita está a punto de salir y eso cansa mucho.

—Pero la hermanita es buena, ¿no?

—Claro que sí, Ángela, pero traer un niño al mundo no es cualquier cosa.

Me llegó la voz de mi madre desde el salón:

—Estoy bien, preciosa, voy para allá.

Separó la otra silla de la mesa de la cocina y se sentó de lado, muy despacio, haciendo fuerza con un brazo en el respaldo.

—¿Qué te apetece hacer hoy, Ángela?

—Ir al mercado a comprar, y pegatinas.

Me gustaba mucho ir al mercado, había un montón de sitios donde mirar y algunos tenderos hablaban a voces con las madres y las abuelas que iban a hacer la compra. Muchas llevaban carritos. Nosotras no, y yo quería uno para que mi madre no tuviera que ir con las bolsas en la mano. Las mujeres y los tenderos me hacían mucho caso porque yo era la única niña, y de vuelta, en el kiosco de Mariano, me compraba las pegatinas y los cromos, y él ahora me saludaba por mi nombre y me daba siempre alguna chuchería de regalo.

—Sole, ¿por qué no vistes a la niña y vais a comprar un poco de verdura? Cómprame el periódico donde Mariano y le compras también algo a ella, ¿quieres?

La abuela podía vestirme, de acuerdo, pero de peinarme nada. Solo mi madre sabía hacerme las coletas con la raya bien recta y sin tirarme del pelo. Fui corriendo al baño y cogí el cepillo.

—¿Me peinas tú, mamá?

—Claro que sí. Ven, date la vuelta, luego te miras al espejo.

Me sentí muy mayor haciéndole de guía a mi abuela por el mercado. El frutero me saludó y yo, muy seria, le dije: «Te presento a mi abuela Sole, ha venido del pueblo y allí no tienen mercados, la verdura allí se coge de la tierra». En el kiosco, Mariano ese día me regaló las pegatinas.

—¿Ya?

—No, todavía no, pero ya ha salido de cuentas. Ángela, dale las gracias al señor.

Entré en casa corriendo para enseñarle a mi madre lo que me había regalado Mariano.

—Mamááá.

Pero no contestó.

—Mamááá.

—Ángela, siéntate aquí, si mamá no está es que a lo mejor se ha ido al hospital. —Cogió una nota que estaba encima de la mesa y leyó muy rápido—: «Nos hemos ido a La Paz. Creo que estoy de parto. David os llamará. No os mováis de casa. Dile a Ángela que la quiero».

Me puse muy nerviosa. ¿Adónde se había ido mi mamá? ¿Cuándo volvería?

—Ángela, mamá ha ido al hospital porque ya está en camino tu hermanita.

El pecho me hacía *bum bum*.

—¿Y cuándo va a volver?

—Puede que tarden un poco, a lo mejor unos días.

—¿Y eso cuánto es?

—Es poquito, como ir al kiosco tres veces.

Cerré un puño y fui sacando un dedo, otro, otro más.

—¿Estos días, abuela?

—Eso es, Ángela, tres días.

Me fui a mi cuarto, pero no sabía a qué jugar. Volví a la cocina:

—¿Y dónde dormirá la hermanita, abuela?

—En el cuarto de papá y mamá.

Regresé a mi cuarto otra vez, pero de camino me quedé mirando por la puerta entreabierta la cama de mis padres.

—¿Y van a caber todos aquí? —dije como para mí, pero mi abuela me oyó.

—Claro, ella es muy pequeñita, y dormirá en un capazo al lado de mamá.

¿En un capazo? Seguí hasta mi habitación y me quedé mirando mis juguetes.

—¡Abuelaaa!, ¿y jugará conmigo?

Mi abuela vino y se sentó a mi lado en la cama.

—En cuanto crezca un poco, al principio solo comerá y dormirá, y a veces también llorará.

—Ahhh… ¿Y quién la cuidará?

—Pues mamá y papá, y tú también, tú tendrás que ayudar mucho a mamá.

—Y a mí, ¿quién me cuidará?

Mi abuela sonrió.

—Ellos también. Hay papás que tienen muchos hijos, mira vuestros amigos Rafael y Alba, tienen tres y a todos los cuidan igual.

Después de comer me eché a dormir la siesta como me dijo la abuela, pero estuve todo el rato despierta mirando al techo y tratando de imaginarme lo que iba a pasar. Me sobresaltó el teléfono.

—Ángela, ¡ya está aquí! —gritó mi abuela—. ¡Es un niño!

¿Un niño? ¿Pero no iba a tener una hermanita?

—Jajaja. Todo el tiempo con la niña, la niña…, y mira, un niño precioso. Enrique se va a llamar.

¿Un niño? ¿Y entonces toda la ropita de cuando yo era pequeña que mi madre y yo habíamos estado doblando y guardando en los cajones? ¿Ahora cómo le iban a vestir?

—¿Cuándo van a venir?

—Tendrán que estar en el hospital unos días, pero muy pocos. Tú mamá es una mujer fuerte.

—¿Y no podemos ir a verlos nosotras?

—Todavía eres muy pequeña, y tu madre y el bebé necesitan descansar.

Siempre igual, muy pequeña para unas cosas y mayor para otras, qué rollo. Mayor cuando me comía el plato entero, pequeña para montarme sola en los columpios; mayor para ir a hacer pis sin ayuda, pequeña para meterme en la piscina por donde cubre… Y ahora pequeña para ir a ver a mis padres y a mi hermanito, pero mayor para cuidarlo.

Los días pasaron lentos, pero una mañana mi abuela estaba preparando la comida y de repente sonaron las llaves en la puerta. Salí disparada.

—Mamááá… Papááá.

Intenté abrazarme a mi madre.

—Cuidado, cariño, que el bebé está dormido, y además si te cuelgas así el capazo puede romperse.

Me quedé sorprendida, pero enseguida mi padre vino a abrazarme y me subió por los aires.

—¿Cómo has estado estos días con la abuela, pequeñaja?

—Papá…, quiero ver a Enrique.

—Enrique es un nombre muy grande para un bebé tan pequeñito, si quieres puedes llamarle Quique.

Mi madre entró hasta el salón y dejó en el suelo el capazo. Me acerqué y alargué una mano para tocarlo.

—Cariño, con cuidado, que está dormidito y todavía es muy pequeño.

No me sentía bien. El resto del día me quedé pegadita a mi padre. El bebé no dejaba de llorar: mi madre lo cogía, se lo ponía en la teta y luego volvía a acostarlo.

—Papá, ¿dónde va a dormir Quique?

—En nuestro cuarto.

—¿Y su cama?

—Los bebés duermen en cunas porque si se caen de la cama se pueden hacer mucho daño, pero como nos queda poco para irnos de esta casa no vamos a comprarle una todavía. Cuando volvamos a Zilgora un día vamos juntos a Bilbao a comprarle una cuna bonita, ¿quieres?

Estaba inquieta, seguía sintiéndome muy rara.

—Mamá, ¿y la hermanita?

—¿Qué hermanita?

—La que está en tu tripa. —Todo era bastante confuso: mi madre todavía tenía una tripa muy grande, así que pensé que mi hermanita debía de seguir allí.

—Jajaja. Pues resulta que al final en la tripa de mamá lo que había era un pequeñín.

—¿Y yo también lloraba tanto?

—Qué va, cariño, tú no llorabas nada, comías, dormías y nos lanzabas muchas sonrisas.

—¿Y por qué Quique llora tanto?

—Bueno, unos niños lloran más y otros menos…

—Ángela —me dijo mi padre serio de pronto—, a partir de mañana os quedaréis tú y mamá solitas con Quique. La abuela se va por la mañana y yo tengo que volver a trabajar. Tienes que ayudar mucho a mamá, ¿de acuerdo?

—Sí —dije, convencida.

Esa noche me llevaron pronto a dormir. Sería para poder hacer todo lo que necesitaba Quique, que daba muchísima guerra. Pero mi padre vino a leerme un cuento.

—¿Llorará también por la noche, papá?

—Esperemos que no. Mañana tengo que madrugar mucho y mamá necesita descansar.

Pero Quique no paró de llorar. En mitad de la noche me levanté y fui al cuarto de mis padres.

—Mamá, ¿qué pasa?

—Nada, bonita, vuelve a la cama, es solo que se despierta y llora.

—¿Y nunca va a parar?

—Claro que sí, tú vete a dormir. Y no hagas ruido, que papá está dormido.

Cuando me desperté por la mañana la casa estaba tranquila. En la cocina, mi abuela estaba preparando tostadas y calentando la leche. Luego llevó su maleta y un bolso grande a la puerta y volvió conmigo.

—Ángela, siéntate que te pongo el desayuno.

—¿Y mamá?

—Durmiendo un poco. Te dejo aquí que voy a terminar de recoger, mi autobús sale a las doce.

—¿Y papá?

—Se fue a trabajar antes de que te levantaras.

Terminé de desayunar y me quedé en mi cuarto esperando a que alguien viniera a vestirme.

—Abuela, ¿me vistes?

—Espera un poquito.

La abuela llevó su maleta de cuero verde y su bolso grandote hasta la puerta y vino conmigo.

—Toma, ponte este vestido, es muy bonito.

Me vestí y me quedé esperando a que mi madre se levantara para peinarme. Los últimos días me había peinado mi abuela, y yo sabía que no había opción así que no me quejé, pero esa mañana quería que me peinara mi madre. En un despiste de mi abuela fui al baño, cogí el cepillo y me colé en la habitación de mis padres.

—Mamá, ¿me peinas?

Estaba dormida.

—Mamááá.

—Cariño, es muy pronto, habla bajito, el bebé está dormido.

—No es pronto, y la abuela tiene la maleta.

Mi madre se levantó con mucho cuidado para no despertar al bebé. Tenía los ojos hinchados. Fuimos a mi cuarto y me peinó con la raya derechita entre las dos coletas, y me puso el lazo que más me gustaba, el naranja con lunares blancos. Eso ya era otra cosa.

—Juega un poquito y ahora nos organizamos.

¿Juega un poquito? Yo me quería ir ya. ¡Y sonó el teléfono!

—Carmen, es Alba, ¿puedes ponerte?

—Sí, voy… Hola, Alba.

—…

—Ay, sí, bien pero agotada… No hemos pegado ojo y todavía estoy con dolores. Además, creo que voy a ir al hospital, no es normal que llore tanto.

—...

—¿De verdad harías eso? David se ha ido pronto por la mañana y no me veo capaz de hacerlo todo yo sola. Si vienes luego y me traes algo de compra te lo agradezco en el alma, no sé qué hacer con Ángela. ¿Has hablado hoy con Isabel? ¿Ella todavía nada?

—...

—Jajaja, vale. Esta tarde la llamo.

—...

—Eso, yo intento salir a la farmacia y enseguida estoy de vuelta. Además, sigue haciendo un calor...

Mi abuela salió de la habitación de mis padres con el capazo en una mano y su bolso pequeño en la otra. Puso el capazo en el suelo del salón, junto a nosotras, y acarició las manos del bebé, que seguía dormido y estaba muy guapo.

—Me voy, que pierdo el autobús. Os llamo cuando esté en el pueblo. Vais a estar bien, ¿verdad?

—Sí, Sole, no soy ni la primera ni la última mujer con dos niños.

Me acerqué al capazo y toqué muy despacito las manos de Quique, como había hecho mi abuela.

—Ángela, cuidado.

¡Otra vez con eso! Me fui a mi cuarto y me quedé allí esperando a que ella me llamara para ayudarla. Pasó mucho rato. Y al final apareció por fin vestida y con el bebé.

—Venga, Ángela, que nos vamos a la calle.

—¡¡¡Bien!!!

Pero el teléfono volvió a sonar, qué aburrimiento.

—¡Hola, Isabel! ¿Qué tal?

—...

—El principio está siendo un poco difícil. Este pequeño no para de llorar y con Ángela aquí las dos solas... Alba va a venir luego un rato, menos mal.

—...

—Eso nos parecía desde aquí. ¡No sabes la alegría que me das! Que no haya noticias es la mejor noticia. David está más relajado, piensa que ya se ha acabado la respuesta violenta. Y yo estoy más tranquila también, tengo muchas ganas de veros. Me alegra pensar que en menos de un mes estaremos todos juntos otra vez, en casa, y ahora con nuestros bebés, ay, Isabel, qué contenta y qué cansada estoy…

Mientras mi madre hablaba yo no le quitaba ojo al contenido del capazo. Ella no me estaba mirando así que le acaricié la cabeza a Quique muy suavecito…, y arrancó a llorar el muy acusica.

—Ángela, ¿qué le has hecho?

—Nada, mamá, acariciarle.

—Isabel, te dejo, que empezamos con los llantos, hablamos por la tarde.

Fuimos a la farmacia, mi madre estuvo mucho rato hablando con las farmacéuticas, pesaron a Quique en una báscula parecida a la del frutero, pero alargada en lugar de redonda. No paraba de retorcerse y llorar. Y no hubo mercado ni parque, ni siquiera compramos el periódico. Parecía que de verdad ese bebé llorón iba a cambiar nuestras vidas.

10
Mis katiuskas

Asociación Pro-Defensa de la Energía Nuclear en Euskadi:
«Los anti-Lemóniz no representan al pueblo vasco».
(*Deia,* 6 de septiembre de 1979).
El CGV no ha recomendado
la paralización de la central de Lemóniz.
(*El País,* 13 de septiembre de 1979).

Quique lloraba, lloraba, lloraba. Yo me quedaba un poco apartada viendo cómo mi madre trataba de consolarlo, esperando a que por fin se durmiera para poder estar con ella las dos juntas, como antes. Pero cuando el bebé se dormía ella siempre tenía muchas cosas que hacer.

—Ángela, déjame un poquito, que tengo que aprovechar para las tareas.

—Pero, mamááá…

—Siéntate aquí y cuéntame algo mientras yo avanzo, ¿vale?

El llanto de mi hermanito era más molesto que el ruido de los aviones que pasaban por encima de aquella casa, a veces hasta me daban miedo los chillidos que salían de ese cuerpecillo como de ratón.

—Está malito, cariño —decía mi madre.

—¿Y se va a curar?

—Sí, claro que se va a curar, para eso están los médicos.

Pero la nueva rutina también trajo cosas buenas. Fui aprendiendo a ayudar a mi madre y eso me hacía sentir bien. Además, después de los primeros días, ella había vuelto a hablar mucho conmigo y buscaba ratitos para que hiciéramos cosas juntas. Yo corría de un lado a otro de la casa para llevarle las gasas, los pañales, el bote de crema. Sabía abrirlo, pero luego no podía volver a cerrarlo y admiraba la habilidad de mi madre, que con una mano cerraba el bote mientras con la otra tenía sujetas las dos piernas diminutas del bebé. La ayudaba a bañarlo con aquella esponja que daba un poco de dentera en las yemas de los dedos y que ella decía que era un animal marino. ¿Cómo iba a ser un animal, si era una esponja y no tenía ojos?

—¿Yo tampoco hablaba de pequeña, mamá?

—Claro que no, princesa, los niños aprenden poco a poco. Tú también tienes que aprender muchas cosas todavía... Hoy vas a aprender una cosa importante: vas a aprender a dormir fuera de casa. Luego van a venir Andrea y su mamá, y te irás con ellas a su casa y te quedarás a dormir.

—¿A dormir? No, mejor duermo aquí con vosotros.

—Tengo que llevar a Quique al médico y luego papá y yo vamos a dejarlo todo listo. ¡Mañana volvemos a Zilgora, mi vida!

Ahora no veíamos tanto como antes a Andrea y a Alba, pero a veces venían a casa y, cuando lo hacían, siempre venían cargadas de cosas para nosotros. ¿Íbamos a volver al pueblo de la playa? ¿Y nuestra casa de Madrid? ¿Y el autobús y el metro? ¿Y las pegatinas de Mariano? Andrea y yo no habíamos terminado el álbum nuevo... Pero entonces me acordé de Laura, y de Marcos, y de Irantzu. Me acordé de mis katiuskas, del barro y de la arena de la playa. Y del mar.

Me dormí agotada después de jugar con Andrea hasta que se hizo de noche. Y dormí del tirón, sin llantos ni madrugones. La voz de Alba me sacó del sueño, ya muy tarde, hacía calor en la cama y Andrea y yo estábamos sudando.

—Venga, niñas, arriba, a desayunar, vamos a bajar a la piscina mientras viene la mamá de Ángela. ¡Quique está mejor! ¡Vamos a darnos un chapuzón!

Me quité los zapatos, me senté y metí los pies en el agua.

—¡Andrea, no me mojes! —Pero en el fondo sí quería que lo hiciera.

Me alegró mucho ver aparecer a mi madre con ese vestido cortito amarillo con el que estaba tan guapa, empujando el carrito. Quique no lloraba.

—Se le ve muy tranquilito así dormido.

—Sí, está mejor, ayer el médico me dio buenas noticias y la noche ha sido tranquila.

—¿Ya lo tienes todo listo?

—Más o menos. Nos trajimos lo básico y lo poco que he comprado aquí nos entra en el coche. Alguna cosa se queda, no creo que te interesen a ti, para el próximo inquilino...

Saqué los pies del agua y fui con mi madre, el bajo del vestido se me había mojado bastante. Ella me abrazó.

—¿Qué tal te lo has pasado?

—Bien. Estás muy guapa, mamá.

—Tú también, mi vida.

—Pero me he mojado, y quiero un bañador como el de Andrea para nadar.

—Ahora vas a poder nadar en el mar y no te hará falta bañador, y si quieres un bañador yo te lo compro en las tiendas del paseo. ¡Nos vamos a casa!

Me besó otra vez y yo volví a la piscina, pero no me senté en el borde como antes, fui hasta la ducha y la abrí un poquito. Metí un pie debajo del chorrito. La abrí un poco más y fui metiendo alternativamente las pantorrillas y los brazos..., y luego di un salto y me metí entera debajo del chorro potente de agua fría.

—¡Alba, mira esta niña!

—Déjala.

—A ver si se va a resfriar.

—Ángela, ven aquí. Estás empapada.

Me quitó el vestido y me quedé como en la playa. Sin nada. No sé por qué cuando Alba me dijo que podía bañarme en braguitas me dio tanta vergüenza y ahora no me daba ninguna estar desnuda del todo.

—¿Has traído algo de ropa para ella?

—No, con todo el lío ni lo he pensado, la verdad.

—Espera que le bajo algo de Andrea.

Aquella camiseta de Andrea que me estaba tan grande, con un patito igualito a Cua-cua, me sirvió de vestido en el viaje de vuelta a casa, y durante todo el verano siguiente no me la quité.

—Mil gracias por todo, Alba, ha sido una alegría enorme conoceros, ya lo sabes. Hablamos para terminar de cerrar ese plan de vuestro viaje a Zilgora. ¡Tienes que conocer al pequeño de Isabel, yo me muero de ganas!

Para ir a casa cogimos un coche de esos negros con una raya roja. El conductor metió el cochecito de Quique en el maletero y fuimos los tres en la parte de atrás. Quique iba dormido en brazos de mi madre.

—Mamá, ¿en Zilgora hay colegio?

—Sí, bonita, hay un colegio.

—¿Y podré ir al colegio igual que Andrea? ¿Y cuándo veremos a Laura?

—Verás a Laura en cuanto lleguemos y las dos iréis al colegio juntas. Qué bien, ¿verdad?

—Sí, solo que me da un poco de pena que Andrea y sus papás y sus hermanos no se vengan con nosotros.

Comimos muy poquito, en la cocina, mi padre ni siquiera se sentó. Toda la casa estaba vacía, pero en la entrada había un montón de cajas, mi banquito y mi mesa sin las patas, las dos maletas, bolsas, el carrito de Quique y el capazo. Tardaron mucho en meterlo todo en el coche, el asiento del copiloto iba hasta arriba de cosas, mis pies reposaban sobre la maleta roja, que estaba en el suelo delante de mí. Mi madre se sentó detrás y puso el capazo con el bebé dentro en el asiento entre nosotras. No dejaba de llorar. Pero en cuanto el coche arrancó Quique se quedó dormido, y al cabo de un rato yo también me dormí.

Cuando me desperté, me quedé haciéndome la dormida. Eso era algo que hacía desde que estaba Quique, antes no. Me quedaba imaginándome cosas con los ojos cerrados. De repente, un olor asqueroso me llegó a la nariz y me abrió los ojos.

—David, para cuando puedas, el niño ha vomitado.

Además de aquella tuvimos que parar unas cuantas veces más. Quique se había hecho caca, Quique tenía hambre, Quique estaba incómodo, algo le pasaba…Y además ese olor se quedó dentro del coche, aunque mi madre cambió al bebé y limpió el capazo con un pañuelo empapado en agua. El viaje fue largo y accidentado. No hubo forma de fingir que estaba dormida durante todo el camino.

—Qué ganas de llegar, David, qué ganas —oí decir a mi madre entre sueños.

—En cinco minutos estamos en Bilbao, y en nada en casa.

—Getxo… Algorta… Sopelana… Plentzia —mi madre iba diciendo los nombres de los pueblos, y cuando llegó a este se quedó callada, se echó para adelante y le tocó el hombro a mi padre. Él le dedicó una sonrisa a través del espejo, pero siguió callado.

—¡Y Zilgora! Ángela, ¡ya estamos en casa!

Entre el barullo de la llegada de pronto Isabel, Lázaro y Laura ya estaban allí. Lázaro se quedó con mi padre vaciando el coche y nosotras subimos a casa. Mi madre llevaba a Quique en brazos e Isabel a otro bebé. Laura me cogió la mano, cogí con la otra mi maleta violeta y nos fuimos a mi cuarto.

—¿Tu mamá lleva en brazos a un Quique, Laura?

—No, a un Jorge.

Me fijé en que ella llevaba leotardos y yo todavía iba con las piernas desnudas.

11
En el caserío no se comen quesitos

Relanzamiento de la lucha de los Comités Antinucleares.
Mañana se presentará el libro,
alternativa al PEN, Un plan energético de tránsito.
(Egin, 1 de octubre de 1979).
Miranda: manifestación antinuclear.
Medio millar de personas procedentes de distintos
puntos de Euskadi, Rioja y Castilla se manifestaron por las calles de esta ciudad.
(Egin, 2 de octubre de 1979).

Mi habitación estaba llena de cosas por medio, pero era mi habitación y en la ventana no había barrotes. Ya no tendría que comer tantas espinacas como en Madrid. Era domingo. Cuando me desperté mis padres estaban los dos en casa y Quique seguía durmiendo.

—¿Vamos a la playa con Laura?

—No, princesa, hoy vamos a comer al caserío con un montón de amigos.

—Pero a mí no me gustan los quesitos.

—Jajaja, no, el caserío es una casa muy grande en el campo donde se va a comer y a pasar el día con los amigos. Habrá otros niños y podréis jugar fuera mientras los mayores charlamos.

—¿Y viene Laura?

—Sí, princesa, vienen también Laura y sus papás.

Es verdad que era muy grande el caserío, y muy bonito, todo era verde alrededor y desde lo alto de la loma podía verse el mar al fondo. Había un montón de gente cuando llegamos. A la mayor parte yo no los había visto nunca, pero mis padres los saludaron como a antiguos conocidos. Me daba bastante vergüenza porque parecía que todos se conocían de antes, los niños también, y Laura y yo no sabíamos muy bien qué hacer. Aunque sentíamos curiosidad, no nos despegábamos de las faldas de nuestras madres.

—Mamá, ¿quiénes son todas estas personas?

—Son amigos y compañeros del trabajo de papá, y sus familias.

Nos sentamos en una esquinita de aquella mesa tan larga e Isabel nos trajo un plato con algo.

—Tomad, un poco de talo.

—¿Talo?

—Sí, probadlo, es una tortita de harina de maíz muy típica de aquí.

—¿Típica como las *fichoas?*

—Sí, pero el talo no es típico de Galicia sino del País Vasco. Y se dice filloas, Ángela, no *fichoas.* —Y se rio.

Estaba bastante bueno el talo, pero nada que ver con las *fichoas.* Con él, nos dieron chorizo y huevos fritos. Me encantaban los huevos fritos, y siguen encantándome, pero a Laura no le hacían ninguna gracia.

Un señor delgadito y con gafas, pero con unos ojillos muy vivos detrás de los cristales, empezó a hablar y todos alrededor guardaron silencio. Parecía el jefe. Cesó el barullo, los amigos del trabajo de mi padre lo miraban atentos como si lo que estaba diciendo fuera muy importante.

—Seguimos en las oficinas centrales en Bilbao, pero hemos tenido que bajar por lo de los dos incidentes. Vamos y venimos hasta que todo esté en orden... Creo que en un par de meses ya estaremos allí. Algunos días hay piquetes y las manifestaciones están empezando a formar parte de nuestra rutina, si no es aquí es en Iruña, en Bilbao...

Otro señor, con unos ricitos muy divertidos, le interrumpió:

—¿Habéis visto las revistas que están sacando? La última se llama *Aurka.* Y además están esas otras, *Ez Ez Ez* y *La Bicicleta*. En abril publicaron un artículo con información sobre los terrenos donde se ha levantado la central, dicen que es ilegal, que faltan licencias y todo eso, y la fotografía era para no perdérsela, pancartas con sus símbolos y los textos esos: «ETA, Lemóniz, más Goma-2». Aunque es verdad que este mes hemos estado bastante tranquilos. —Me gustaba verlos hablar. No hablaban como las madres. Ellos estaban más serios y apenas movían las manos. El señor de las gafas continuó—: David, tú tienes que ser el primero en ir, se están poniendo en servicio los primeros sistemas de abastecimiento de aguas y es importante que te adelantes al resto de los equipos.

Mi padre no dijo nada, no hizo ni un gesto, pero yo me sentí orgullosa, si iba a ser el primero es que su trabajo era el más importante.

Laura y yo ya no queríamos comer más. Isabel nos puso unos papeles y unos lápices en el suelo, junto a la parte de la mesa en la que estaban sentadas las mujeres. Ellas hablaban por un lado y los hombres por otro. Me gustaba mucho oír la voz de Isabel, hablaba muy rápido, con fuerza, y movía todo el tiempo las manos. Creo también que me gustaba porque no susurraba como las otras. Las demás hablaban bajito. Eran cinco madres, contando con la mía y la de Laura. Me había quedado con el nombre de Ana. Ella y las otras dos me habían saludado por mi nombre y me habían dado un beso como si me conocieran de siempre. Ana era bajita, y a mí me gustaban las personas mayores bajitas porque así podía verles la cara de cerca. Además, era muy guapa, llevaba el pelo recogido y un vestido verde con un cinturón ancho que me llamó la atención en cuanto la vi. Iba muy elegante y se movía despacio. Después supe que las otras dos se llamaban Asun y Lucía. Asun iba vestida más sobria, también era morena y llevaba una gran coleta. Parecía nerviosa, habló poco y le lanzaba miradas serias a los hombres que conversaban en el otro extremo de la mesa. La tercera era la más alta. Tenía el pelo muy largo y rubio y llevaba unas horquillas de colores como las mías. Creo que era la mujer del jefe.

Isabel se levantó y empezó a mover adelante y atrás el carrito de Jorge. Quique, milagrosamente, llevaba un rato despierto en brazos de mi madre, pero sin llorar.

—No, la idea era construir tres centrales, Lemóniz, Deba y Ea-Ispaster. A mí la verdad me parecía un despropósito, tantas nucleares en tan poco espacio… —dijo Isabel mientras seguía moviendo el carrito.

—Ahora esta es la única en construcción en toda la costa vasca —señaló Ana.

—Todavía recuerdo la primera manifestación grande, pasó por debajo de nuestras ventanas en Zilgora. Las niñas no debían de tener ni un año.

—Ha pasado mucho tiempo, Isabel —intervino Asun—, las cosas han ido complicándose cada vez más, al principio protestaban los ecologistas, pero ahora son estos con sus consignas los que más ruido hacen. En la calle una no puede saber si le va a alcanzar una piedra o una pelota de goma…

—Yo ya he tenido más que suficiente. Quiero creer que las cosas están mejorando. Para mí, lo que hemos vivido hasta ahora es suficiente. Todavía recuerdo cuando Lázaro salió en el telediario.

Nos dieron unos tarritos con una especie de yogur y salimos a comérnoslos fuera mientras los mayores tomaban café. Las mujeres en un corrito atentas a los niños; los hombres sentados en un banco de madera. Por el prado correteaban los otros niños. Eran todos mayores que nosotras y por mucho que los miraba era imposible saber quién era hijo de quién.

—Laura, ¿tu papá ha salido en la tele?

—Eso dice mi mamá, pero yo no lo he visto.

Ese yogur no me gustó nada. Me dediqué a removerlo dentro del tarrito de barro sin volver a probarlo. Isabel era la que más hablaba. Mi madre estaba callada, muy seria, y la mujer rubia también.

—Me acuerdo de cuando me di cuenta por primera vez de que tenía miedo, luego se ha convertido en una sensación muy familiar, pero aquella mañana hasta me costó identificarlo… ¿Os acordáis? —dijo Isabel.

—¿Hablas del primer atentado, cuando murieron los dos trabajadores?

—Sí.

—Claro, fue terrible. —Ana bajó la cabeza, parecía que se había puesto muy triste; sin pensarlo, me levanté y fui a darle un beso—. ¡Esta niña es un amor! —Ahora sonreía y otra vez estaba muy guapa.

—Me avisó el de la tienda de debajo de mi casa. Es un buen hombre. Me dijo que se iba a la central a averiguar qué había pasado. Eso también me intranquiliza, tardamos mucho en enterarnos de las cosas que pasan. Él regresó más de dos horas después. Vino con la noticia de que había dos muertos, pero que no eran del personal de Iberduero... Eso no fue ningún consuelo, por supuesto.

—¿Y por qué salió Lázaro en el telediario? —mi madre habló por fin, estaba dando de mamar a Quique.

—Esa tarde no me despegué de la televisión y de pronto le vi, el corazón me dio un vuelco, Lázaro estaba con otros compañeros del equipo guiando a la Guardia Civil por las instalaciones, buscaban otros paquetes sospechosos.

—Sí, mi marido también estuvo allí, pero no me ha contado demasiado —dijo la mujer rubia, lanzándole una mirada al hombre bajito de ojos vivaces.

Los hombres ahora ya no hablaban en serio, estaban cantando y se reían a carcajadas. Me entraron ganas de ir con ellos: las madres seguían hablando de cosas feas.

—Lo de junio también fue terrible, y después he tenido que escuchar cómo les disculpan, que ellos no pretendían matar, dicen —intervino Asun, con la cabeza gacha y la mirada al suelo.

—Nosotros íbamos de camino a casa de mis padres, de vacaciones. En mi familia, de pequeña me llamaban «brujita Isabel» porque tengo una intuición rara, algo va a ocurrir. Le pedí a Lázaro que parara, no me encontraba bien, y cuando volvimos a montarnos encendí la radio y fue lo primero que escuchamos: otro paquete bomba, un muerto... Tuvimos que detenernos otra vez porque se me cerró el estómago, necesitaba vomitar.

—Nosotros estábamos en Madrid, desde allí se ve todo de otra manera, más lejano, menos intenso. Fue durísimo, con cinco hijos…, y se nos juntó con lo de los compañeros de Rafael, a esos militares los ametrallaron dentro del coche cuando iban a trabajar, en mitad de la calle… Alba y Rafael son los amigos de Isabel que nos han ayudado estos meses en Madrid. Él es de la Guardia Real.

La mujer rubia se separó del grupito y empezó a llamar a sus hijos.

—Basta ya, por favor, están los niños por aquí… Mi marido me dice que todo está volviendo a la normalidad y yo quiero pensar que es verdad. Amo este pueblo y tengo la firme intención de ser muy feliz aquí con mi familia.

—Tienes razón —dijo Ana—, pero también entiendo a Isabel, si no lo hablamos entre nosotras, ¿con quién?, ¿cuándo? Tenemos que apoyarnos unas a otras para poder seguir apoyándolos a ellos. Míralos, están contentos, es una suerte que nos llevemos todos tan bien.

—Yo solo digo que Rafael nos aconsejó que fuéramos prudentes —susurró mi madre—, no todo el mundo quiere que estemos aquí.

12

EL COLEGIO SE LLAMA *IKASTOLA*

Entierro de Iberduero y apagón antinuclear en la Chantrea.
Actos finales de las Jornadas Antinucleares del barrio.
(*Egin,* 6 de octubre de 1979).
Vecinos de Arangoiti bloquean una obra de Iberduero.
Toma simbólica de la subestación eléctrica.
(*Egin,* 9 de octubre de 1979).

Era mi primer día de colegio y estaba muy nerviosa. Salí de casa con mi madre y dio comienzo el ritual que ella me había enseñado y que repetíamos cada vez que nos íbamos de casa.

—Venga, vamos a buscar tesoros.

Bajé las escaleras dando un salto en cada escalón, me apetecía mucho salir corriendo, pero no podía porque mi madre no quería perderme de vista, ya me lo había dicho otra vez. Y ella venía despacio detrás, con Quique dentro del capazo. Cuando llegamos abajo, en el portal de cristal y metal pintado de negro, me quedé sujetando impaciente el picaporte mientras ellos terminaban de bajar. Y empezó el ritual:

—Ángela, primera norma del juego.

—Cogerte de la mano, mamá.

—¿Segunda?

—No correr.

—¿Tercera?

—Tú eres la que empieza.

El coche de mi madre era el mejor de todos. Se lo acababa de comprar, un Dos Caballos azul clarito, precioso. Salimos a la acera, ella colocó a mi hermano en el suelo y se agachó a mirar debajo del coche. Yo observaba su mirada y esperaba sus instrucciones.

—Ya puedes comprobar si hay duendes, cariño.

Las otras veces también había distinguido dos miradas diferentes en ella, una al agacharse y otra al levantarse y decirme que ya era mi turno. Me agaché. Mi madre tenía razón, era mucho mejor llevar vaqueros que vestido, aunque fuera mi primer día de colegio, así podía jugar a todo sin hacerme daño en las rodillas.

—Mamá, jo, no hay duendes ni nada… Huy, debajo de ese coche he visto moverse algo… ¿Puedo mirar?

—Espera, voy contigo, no te acerques mucho por si los asustas, ya sabes que los duendes tienen miedo de nosotros…

—¡No, mamá, es un gatito! ¿No lo has visto?

Nos montamos en el coche y llegamos enseguida. Sabía cómo era el colegio por fuera porque habíamos pasado por delante muchas veces, pero nunca había entrado. Era un edificio blanco de una sola altura, no muy grande, con un patio de cemento y tierra alrededor. Había bastantes niños y solo unos pocos mayores, y los niños se movían por allí con total confianza. Me quedé petrificada en la entrada, al lado de mi madre.

—¡Mamá, allí! ¡Allí está Laura!

—Ya la veo, preciosa, pero no te separes de mí. ¡Isabeeel!

Todos los niños fueron entrando. Les escuchaba decir: *«Agur, aita», «Agur, ama»,* y no entendía muy bien qué estaba pasando. Nuestras madres nos dieron un beso y nos dijeron adiós, pero se quedaron esperando hasta que nos vieron entrar. Laura había empezado a ir al colegio al principio del curso, con los demás, pero yo llegaba dos semanas tarde.

—Ven, Ángela, siéntate aquí conmigo. Puedes poner tus cosas ahí, mira. Al principio es un poco lío, pero ya verás qué bien lo vamos a pasar juntas en la *ikastola.*

—¿En la qué?

—En la *ikastola,* así se llama el colegio.

—Ah.

13

Zorionak zuri!

San Sebastián.
El alcalde suspendió el pleno por la aparición de una pancarta antinuclear.
(*ABC,* 16 de octubre de 1979).
La Comisión de Defensa de una Costa Vasca No Nuclear
interpone recurso para paralizar Lemóniz.
(*Egin,* 20 de octubre de 1979).

Mi casa estaba llena de gente, primero habían llegado Isabel y Laura, luego Ana con su hija, Silvia.

—A esta jovencita no le apetecía venir, pero tenemos que ir luego a recoger a Iñaki y no podíamos hacerlo de otra manera.

—No me extraña, es una fiesta de pequeñajos, que se quede en el salón con nosotras, si quiere.

Silvia venía muy seria. Traía una mochila, se fue al salón y sacó unos libros. La reconocí, estaba entre los niños mayores el día del caserío.

Empezaron a llegar los demás, Pedro, Irantzu, Asier, Iker, Julia, María, Izaskun… Casi todos de mi clase y algunos también del parque. Los traían sus madres y algunas entraban y se quedaban un rato con Isabel y con mi madre. Gurutze entró corriendo y me gritó:

—*Zorionak zuri!* —Y me dio un beso y un regalo.

Mi madre e Isabel estaban atareadas y contentas. Hablaban mientras recibían a la gente.

—Me encanta volver a la normalidad.

—Sí, y que estén todos juntos de nuevo.

—No hay fronteras cuando son tan pequeños, da igual que uno sea maqueto o no.

Mis amigos me traían regalos, pero los abriríamos después, primero íbamos a merendar y a jugar a un montón de cosas. Y mi madre había preparado bolsitas con chucherías y regalitos para todos. Soplé las cuatro velas con la ayuda de mis amigos. Silvia también se acercó. Ya no estaba nada seria, me sonreía desde el otro lado de la mesa. Irantzu me cogió de la mano y fue hacia su madre, que estaba hablando con Isabel.

—Mamá, queremos ir a jugar a los columpios.

—Claro. ¿Todos quieren bajar?

—Yo quiero abrir mis regalos primero.

Con la ayuda de mi madre fui abriendo los regalos. Lo que más me gustó fue un Tente que servía para hacer barcos. Ahora la casa estaba verdaderamente tomada, unos niños se habían ido a jugar a mi cuarto, otros estábamos en el salón. Y Silvia seguía concentrada en sus libros en medio del jaleo. Debía de ser muy mayor porque tenía muchos deberes.

Yo creo que en realidad Irantzu no sabía si los demás niños querían bajar al parque o no, pero al final siempre conseguía que se hiciera lo que ella quería. No era una mandona, como Asier, que era un gritón y un cabezota, ella hablaba despacito y en voz baja y todos la escuchábamos y nos parecían buenas sus ideas.

De pronto nos llegó mucho ruido de la calle e Isabel se acercó a la ventana.

—Creo que va a ser mejor no bajar.

Las otras madres hicieron lo mismo.

—¿Y hoy? ¿Qué pasa hoy?

La madre de Asier fue a buscarlo, le cogió de la mano y se dirigió a la puerta.

—Perdonad, nosotros nos vamos, tenemos un poco de prisa, se me había olvidado que tengo que hacer unas cosas...

Lo que sí recuerdo es no entender por qué se iban tan pronto, ¿de verdad tenían tanta prisa? Cuando los mayores mienten creen que no nos damos cuenta, pero sí, se les nota mucho. Asier no quería irse y su madre lo sacó casi a rastras.

—Nos vemos en la *ikastola,* Asier… —Pero él ni me escuchó.

Irantzu volvió a decir bajito:

—¿Podemos ir a los columpios?

—No, bonita, hay mucha gente en la calle ahora, es mejor que esperemos. Id a jugar al cuarto de Ángela.

El ruido de la calle era cada vez mayor, la gente gritaba y ahora también se escuchaban como golpes. Me acerqué a la ventana, pero mi madre me apartó enseguida y solo me dio tiempo de ver que había un montón de gente con unos carteles grandes. En algunos de esos carteles había dibujados soles amarillos y sonrientes.

—¿Qué pasa en la calle, mamá?

—Nada, cariño, que están de fiesta, como nosotros aquí.

—¿Y de qué es su fiesta? —No me contestó—. ¿Y no podemos bajar con ellos a la fiesta?

—No, es una fiesta de mayores. Venga, ve al cuarto a jugar con tus amigos.

Pero todos nos habíamos juntado en el salón y no queríamos movernos de allí. Había una tensión muy fuerte en el ambiente y necesitábamos estar cerca de los mayores.

—Están tirando piedras, Carmen, vamos a bajar las persianas. Niños, venid, ¿sabéis jugar a las tinieblas? —nos preguntó Isabel.

Ana fue de una habitación a otra bajando las persianas. Mi madre llevó a Quique y a Jorge a su habitación. Isabel llamó a Silvia.

—Ven conmigo, ¿puedes echar un ojo a los pequeños mientras juegan a las tinieblas en el cuarto de Ángela?

Laura me cogió de la mano, Isabel y Silvia venían detrás.

—Ángela, en mi casa a veces también jugamos a las tinieblas. Todos se esconden con la luz apagada y uno la lleva y tiene que encontrarlos, ¿verdad, mamá?

—Sí, Laura.

Toda la casa estaba a oscuras. Como Laura ya había jugado más veces, empezó ella.

—¡Ya! —gritó, y entonces nos quedamos todos calladitos mientras ella nos buscaba.

Silvia nos vigilaba desde la puerta. La oscuridad me asustaba un poco, pero lo que de verdad me daba miedo eran esas voces y esos ruidos en la calle. A veces todas esas personas gritaban a la vez, otras un señor decía algo muy, muy alto y los demás contestaban a coro. Y los ruidos, no sabía de qué eran, ruidos como de truenos, y golpes.

—Esos ruidos me dan miedo —le susurré a Irantzu.

—Shhh, es solo al principio, luego te acostumbras.

Después le tocó buscar a Iker. A mí Irantzu me llevaba de un lado para otro y era imposible que nos encontraran, así que no tuve que llevarla. Irantzu sabía jugar fenomenal a las tinieblas. Cuando Iker gritó «¡ya!» todos nos escondimos y volvimos a quedarnos en silencio, y entonces notamos que los ruidos en la calle habían parado. Silvia se fue al salón y dejó de vigilarnos. Pero enseguida volvió, se acercó a la ventana y subió la persiana muy despacio.

—¡Niños! —gritó Isabel desde el salón—. ¡Por hoy se ha terminado el juego de las tinieblas!

—Nooo.

—¡Queremos jugar más…!

Pero en un periquete estaban todos en la puerta con sus madres.

—Carmen, nos vamos, nos vemos el lunes en la *ikastola* —dijo la madre de Iker.

—Vale, id con cuidado.

Aunque Laura, Isabel, Ana y Silvia se quedaron con nosotras, la casa parecía de pronto muy vacía. Nos sobresaltó el timbre del teléfono.

—Sí, David, estamos bien. Creo que ya ha terminado.

—…

—No, no hemos visto demasiado, ha sido un susto, pero Isabel lo tiene bastante controlado, hemos bajado las persianas y los niños se han puesto a jugar a las tinieblas.

—...

—Perfecto, ahora se lo comento. Un beso.

Colgó.

—Isabel, están de camino, había piquetes a la salida y alguien les ha dicho que la manifestación iba a pasar por aquí. Ha intentado no darle mucha importancia. Ana, tu marido también viene con ellos, David me ha dicho que a Iñaki le ha acercado a casa el padre de un amigo. Llámale desde aquí si quieres.

—Silvia, ¿tú has terminado los deberes?

—Sí, mamá.

—¿Y si nos quedamos a cenar?

Sacaron los restos del cumpleaños y algunas otras cosas y, cuando llegaron nuestros padres, ya estaba todo preparado para una cena de picoteo en la mesa baja.

—¡Feliz cumpleaños, princesa! —Mi padre sonreía, pero sus ojos estaban serios y me dio un abrazo más largo y apretado de lo normal.

14
Sorgina pirulina

Profesionales de la energía nuclear se reúnen en Bilbao.
(*Egin,* 31 de octubre de 1979).
El informe Harrisburg, muy crítico con las centrales nucleares.
Pide cambios fundamentales en las plantas atómicas.
(*El País,* 31 de octubre de 1979).

Enseguida dejé de ir en el coche de mi madre a la *ikastola,* y Laura y yo íbamos en la furgoneta con los otros cinco o seis niños. Era una furgoneta blanca y grandota, con una jirafa dibujada en el lateral. Nos encantaba. Los asientos no eran como los del autobús, eran unos bancos negros de madera que iban de un lado a otro, y en cada uno íbamos sentados cuatro o cinco niños todos juntos. Además del conductor, venía con nosotros una cuidadora que intentaba que no nos levantáramos mientras la furgoneta estaba en marcha. No siempre lo conseguía. De vuelta, en cambio, nadie se movía. Íbamos todos muy cansados y hambrientos, pero no podíamos dormirnos porque no había respaldo ni nada para agarrarse y si te dormías acababas en el suelo.

Ese día no volvía contenta. En la *ikastola* pasaban cosas que no me hacían sentir bien. Habíamos pintado, habíamos dibujado muchas veces el número siete y habíamos escrito en nuestros cuadernos la letra F, la pequeña y la grande, que era muy difícil. Todo eso me gustaba. Pero también habíamos cantado una canción. Yo no entendía las palabras y los otros niños sí, así que me enfadé, prefería las canciones que me ponían mis padres en el coche. Asier se había reído de mí. Laura tampoco entendía esas canciones, pero se las sabía un poco mejor que yo. Ella llevaba más tiempo yendo al colegio y, además, creo que Isabel la ayudaba en casa.

Lo bueno del día fue la piruleta rosa que me dieron en clase porque había sido mi cumpleaños. Pero cuando la furgoneta frenó para que nos bajáramos, la piruleta se me cayó al suelo. Vi a mi madre por la ventana. Mi piruleta de cumpleaños estaba entre los dos bancos corridos de la furgoneta. No me iría de allí sin ella.

—Mi piruleta.

—Luego la cogemos y te la damos mañana.

—No, quiero mi piruleta.

Así que me agaché y metí la mano entre los dos bancos. No llegaba a cogerla, mi brazo era demasiado corto. Laura ya estaba preparada en la puerta, y mi madre me llamaba desde fuera.

—Mi piruleta.

No estaba dispuesta a dejarla allí. Era una personita muy perseverante (otros lo llaman cabezonería...). Y sigo siéndolo. Me agaché un poco más y acabé con la cabeza encajada entre los dos bancos. No podía sacarla, pero la piruleta ya estaba en mi poder. El conductor paró el motor y la cuidadora se acercó a mí.

—Pero, Ángela, ¿cómo te has metido ahí?

—Ya tengo mi piruleta.

Mi madre subió a la furgoneta y entre ella y la cuidadora, después de un rato de forcejeo, consiguieron liberarme.

—Mamá, me duelen las orejas.

—Pero, claro, hija, cómo no te van a doler, has sido muy bruta.

—Mira qué piruleta tengo, me la han dado por mi cumpleaños.

—Es así siempre, Carmen, como se le meta algo en la cabeza no para hasta que lo consigue. Ahora la piruleta, esta mañana las canciones...

—¿Las canciones?

—Sí, mañana te cuento que ahora vamos ya con prisa. La madre de Asier debe de estar preocupada. Ponle hielo en esas orejillas.

No me giré para despedirme de Asier. Éramos amigos, pero ese día se había reído de mí. Laura y yo fuimos a mi casa y enseguida llegó Isabel, ese día no íbamos a merendar juntas. Cuando nos quedamos solas, delante del tazón de leche con galletas, en la cocina, mi madre me preguntó:

—¿Qué te pasa, Ángela? Con lo alegre que tú eres y hoy pareces disgustada…

—Se han reído de mí porque no sé cantar.

—¿Cómo que no sabes cantar?

—No, la *irakasle* nos ha puesto una canción y yo no me la aprendo y todos los demás se la saben, Laura también.

—¿Y qué canción es esa?

Así que empecé a tararear la canción y con lo poco que me había quedado.

—*Sorgina pirulina*… —canturreé—. Y ya no me sé más. ¿Tú te la sabes, mamá? ¿Me la enseñas?

Mi madre me escuchó atentamente y escribió aquellas palabras en un papel.

—¿Te la sabes, mamá? ¿Te la sabes?

—Hum, no, cariño, pero la cantas muy bien.

—Quiero aprendérmela, mamá. Si no me la sé, los otros niños se reirán de mí y no les gustaré.

Me eché a llorar.

—Tranquila, pequeña, vas a ver cómo lo arreglamos. Voy a llamar a Isabel, seguro que ella la conoce. —Se levantó y descolgó el teléfono—: Isabel, Ángela ha venido a casa triste porque dice que no sabe cantar. Les están enseñando canciones en *euskera*… ¿Qué estás haciendo tú con esto?

—…

—¿Y Laura se las sabe? Porque a lo mejor podríamos intentar que se las enseñara. Está muy disgustada porque dice que los niños se ríen de ella.

—...

—¿Del acento? ¿Qué acento? Pero si nosotros no tenemos acento. ¿Me estás diciendo que también se meterán con ella por cómo hablamos? Vale, ¿podemos quedar esta tarde?

—...

—Estupendo, pues ahora en un ratito. —Y colgó—. Ángela, resuelto, vamos a ir a casa de Laura, ella tiene un casete con las canciones y vamos a cantarlas las cuatro juntas, ya verás cómo serás la que mejor se las sabe.

Llovía. Mi madre me puso el chubasquero y las katiuskas, envolvió a Quique en una mantita y cruzamos la calle para ir a casa de Laura. Ellos tenían en el salón un aparato para escuchar casetes. Nosotros no, en mi casa se escuchaba la radio y a veces mi padre ponía discos de música clásica y me dejaba poner la aguja con mucho cuidado para que empezaran a sonar.

Laura metió en el aparato el casete de colores que llevaba en la mano desde que habíamos llegado.

Sorgina pirulina erratza gainean,
ipurdia zikina, kapela buruan.
Sorgina sorgina ipurdia zikina,
tentela zara zu?
Ezetz harrapatu.

La pusimos una y otra vez: rebobinar, *play;* rebobinar, *play*... Y así hasta que las cuatro nos la aprendimos de memoria.

—¡La última vez! ¡La última vez!

—No, mi amor, Quique está cansado ya, le duele la tripita, tenemos que irnos a casa.

Y era verdad que Quique llevaba un rato llorando. Jorge no. Jorge estaba despierto y nos miraba cantar con cara de animalito asombrado.

—Ay, Isabel, no terminamos de saber qué le pasa...

—¿Has llamado al pediatra que te dijo Ana?

—Sí, tenemos cita la semana que viene. Estoy muy preocupada, todo lo que come lo devuelve, no asimila nada. Mira lo pequeñito que se le ve al lado de Jorge.

—Bueno, tranquila, cada niño va a su ritmo, a ver qué os dice el pediatra.

—Sí, a ver…

—Por cierto, no te asustes si Ángela te viene con alguna chapa antinuclear de esas.

—¿Qué?

—Sí, Laura ha traído una a casa hoy, la del sol amarillo y rojo, *nuklearrik* no sé qué, dice, vamos, me imagino que algo así como «Nuclear no, gracias». Me da que esto es solo el principio de todo lo que nos tocará lidiar con estas pequeñinas. Esos símbolos están por todas partes.

—¡Ay, señor! Mañana hablamos, tienes que contarme.

Seguía lloviendo. No había casi nadie en la calle, solo unas señoras al fondo con paraguas. Yo seguía tarareando esa canción, quería impresionar a Asier. Mi madre ahora siempre caminaba muy deprisa. Llevaba a Quique envuelto en su manta. Mi hermanito seguía llorando, pero en la calle su llanto sonaba finito y daba mucha pena.

—Ven, dame la mano, Ángela.

Al entrar en casa Quique vomitó. Nadie dijo nada, las dos sabíamos lo que había que hacer. Mi madre fue al baño y le quitó la ropa y yo cogí el balde rojo y las gasas.

—Mamá, ¿llevo también un pijama limpio?

—Sí, por favor.

Después llevó al bebé a la cocina y ahí empezó con el otro ritual, el de darle el líquido ese para asentarle la tripita, que decía ella. Yo comía de todo, pero él todavía no podía. Más adelante empezaría a comer otras cosas y jugaríamos a comer con los colores del arcoíris, un día, cosas naranjas…, otro día, verdes…, y así muy poquito a poquito, hasta que pudiera comer de todo como yo. Eso me había dicho mi madre.

—Mamá, ¿qué le pasa?

—No sabemos todavía, cariño.

—¿Cuándo volvemos al médico?

—La semana que viene. ¿Quieres acompañarnos?

—Sí.

Me acerqué con mucho cuidado a él, ya me sonreía casi siempre cuando le acariciaba, pero tenía que hacerlo cuando se hubiera tomado una cucharadita sin vomitar. Así que mi madre le daba muy despacio ese liquidito, esperábamos un poco y si todo iba bien yo le daba besos y le tocaba las manitas.

Aquella noche no fue muy bien, y mi madre tuvo que ponerme a mí la cena, ayudarme con el pijama y los dientes y acompañarme a la cama llevando todo el rato en brazos a Quique, que lloraba y lloraba.

—Venga, princesa, a dormir, que mañana hay que madrugar y tengo que ver si tranquilizo a tu hermano, y me gustaría ver un poco el telediario…

—¿El telediario es donde salió el papá de Laura?

—Sí.

—¿Porque es muy importante?

—No es que sea muy importante, es que a veces pasan cosas en el trabajo de papá y sus compañeros que a todo el mundo le interesan.

—¿Y por qué tiene que saber todo el mundo lo que papá hace en su trabajo?

—Porque son cosas que afectan a gente.

—Cuando yo sea mayor, ¿contarán todo lo que hago en mi trabajo por la tele?

—Si lo que haces es muy interesante, sí. Y ahora a dormir, parlanchina.

Apagó la luz, dejó la puerta entornada como a mí me gustaba y se alejó arrullando a Quique por el pasillo. Al cabo de un rato se hizo el silencio. Luego escuché muy bajito el ruido de la tele. Me gustaba, me tranquilizaba, igual que las voces de la radio cuando mi madre escuchaba por las mañanas a Luis.

Hice un esfuerzo por mantenerme despierta hasta que por fin sonaron las llaves en la puerta. Quería mi beso de buenas noches.

—¿Cómo estáis? ¿Qué tal el niño?

—Lo vomita todo, David, estoy muy angustiada. Ha sido un día largo. ¿Y tú qué?

—Igual, los piquetes y esas cosas, seguimos yendo solo los de mi equipo, estamos avanzando en la puesta en marcha de los sistemas, el ambiente es difícil, ya lo sabes, pero se va trabajando.

—Hay pintadas por todas partes, hoy hemos visto dos nuevas, y me ha dicho Isabel que en la *ikastola* está circulando ya la simbología antinuclear.

—Bueno, eso es inevitable... Vamos día a día, de momento alguien ha borrado las pintadas en Getxo, no se sabe quién, pero da igual porque seguirán haciéndolas... Y Ángela, ¿qué tal?

—Hoy ha venido disgustada de la *ikastola,* Asier se ha reído de ella porque no sabía cantar la canción en *euskera* que les ha puesto la profesora, y yo no podía ayudarla, David, yo tampoco me sabía esa dichosa canción. Menos mal que Isabel tenía el casete. Nos hemos ido a su casa y nos hemos pasado la tarde con la *Sorgina pirulina*.

—Jajaja. —Al mismo tiempo que su carcajada escuché los pasos de mi padre hacia mi cuarto.

—Cariño..., ¿estás despierta? —susurró.

—Sí.

—Así que ya sabes canciones en *euskera,* ¿eh?

—Sí, y me gustan mucho. ¿Tú sabes *euskera?*

—No, pero aprenderemos todos juntos, ¿quieres?

—Sí. Papá, ¿qué puedo ser de mayor que afecte a la gente? —Ya llevaba un buen rato con esa idea rondándome en la cabeza.

—¿Y esa pregunta?

—Los trabajos que afectan a la gente los cuentan en el telediario... ¿Hablan de todos los trabajos de todo el mundo?

Sonrió.

—Hacemos una cosa, intenta dormirte y pensar qué te gustaría ser de mayor, y mañana me lo cuentas y vemos si ese trabajo afecta a la gente o no, ¿vale?

Me dio mi beso, pero fue un beso demasiado corto para haberlo esperado tanto. Se dio la vuelta y en voz baja para que yo no lo oyera dijo:

—Carmen, intenta evitar que la niña vea estas cosas en la tele.

Mi madre contestó en voz alta mientras se alejaba por el pasillo:

—Pero, David, eso es prácticamente imposible. Todos los días hay noticias sobre esto y tenéis una televisión a la puerta de la central. Además, es la única manera que tengo de enterarme de algo, por la tele, por el periódico, por los vecinos… Tú no me cuentas nada.

—Intentémoslo, ¿vale?

15

Mi dibujo de un sol

Iberduero: política informativa de puertas abiertas.
Lemóniz —dijo Pedro de Areitio—
es imprescindible para sacar adelante la economía del país.
(*La Gaceta del Norte,* 9 de noviembre de 1979).
Iberduero presenta plan de evacuación de Lemóniz.
(*El País,* 10 de noviembre de 1979).

Ya solo jugábamos a buscar duendes los fines de semana cuando íbamos a algún sitio en el coche de mi padre. Y muchas veces los buscaba solo él. Bajaba antes, volvía a subir y decía: «Todo bien, nos vamos». Siempre esa frase. A la *ikastola* iba en la furgoneta y una vez a la semana, por la tarde, cuando cogíamos el coche de mi madre para llevar a Quique al médico, ella miraba rápido debajo del coche, pero ya no me decía nada de los duendes.

Me gustaba mucho cuando por las mañanas mi madre y yo conseguíamos bajar al portal, donde nos esperaban Laura e Isabel con Jorge, sin que Quique se despertara. Lo lográbamos muy pocas veces y era solo bajar las escaleras, pero lo hacíamos ella y yo, las dos juntas, como antes. Íbamos de puntillas por el pasillo para que no nos escuchara y casi siempre, cuando mi madre abría la puerta, él se despertaba y se echaba a llorar, y ella tenía que ir a buscarlo y acompañarme hasta abajo con el bebé en brazos.

—Vamos, cariño… Hoy vamos a llevar los zapatos en la mano para no hacer ruido. Shhh, de puntillas…

Sonreí, cogí mis zapatos con las dos manos y me los sujeté fuerte contra el pecho. Si se me caían se despertaría seguro. Mi madre abrió muy despacio.

—No llora, mamá.

—Shhh. —Y cerró la puerta con mucho cuidado.

Nos calzamos en el descansillo, todavía en silencio, como dos compinches. En la puerta estaba Laura y yo salí muy contenta a su encuentro. Isabel saludó a mi madre con la mano y nos llevó hasta el fondo de la calle, donde paraba la furgoneta, cada una agarrada de un lado del carrito de Jorge, que dormía como un lirón.

En la furgoneta, Laura me enseñó una chapa que llevaba en el bolsillo de su abrigo.

—Mira, me la dieron ayer en el cole. Mamá me ha dicho que la devuelva, pero a mí me gusta mucho.

—Es muy bonito ese sol, me gusta que sonría y que sea rojo.

Estuvimos jugando con él hasta que entramos en la clase, y cuando llegó el rato de pintar yo dibujé un sol parecido. Luego, antes de irnos, cantamos todos juntos con la *irakasle* y nadie se rio de mí, y después yo le pregunté que si podía llevarme mi dibujo para que lo vieran mis papás y me dijo que sí. Estaba feliz.

A la salida, cuando íbamos a montarnos con los otros en la furgoneta, vi que mi madre nos estaba esperando. Era muy raro que viniera a recogernos y me llevé un alegrón. Fui corriendo a encontrarme con ella:

—Mamááá.

—Hola, cariño, voy a hablar un momento con Begoña y nos vamos las tres a casa, ¿vale?

—Mira, mamá, mira… —Quería enseñarle mi dibujo, pero no me hizo caso, nos cogió de la mano y entramos de nuevo en el colegio.

—Hola, Begoña.

—Hola, Carmen, ¿qué tal va todo?

—Bien. Pero me gustaría hablar contigo de una cosa. El otro día Ángela llegó un poco disgustada porque tenía problemas con las canciones.

—Es una niña muy lista, aprende muy rápido...

—Ya, bueno... Nosotros no somos de aquí, ya lo sabes, y nos cuesta ayudarla con el idioma, ¿no podríais cantar también canciones en castellano para que ella no se sienta tan diferente?

—Carmen, esto es una *ikastola,* todo el aprendizaje va a ser en *euskera.* Sé que no hay otra alternativa en este pueblo, pero ya verás cómo enseguida se acostumbra. A esta edad los niños aprenden idiomas sin darse cuenta, y para nosotros es importante, es una cuestión de identidad...

—Sí, claro, si a nosotros nos parece estupendo que aprenda *euskera,* pero tal vez se podría combinar con el castellano para que los que venimos de fuera podamos ir poco a poco.

—Lo siento, en el País Vasco se habla *euskera,* tendréis que acostumbraros a eso. Tal vez hasta podáis aprender vosotros con ella.

Mi madre se quedó unos segundos en silencio y después se levantó despacio y nos cogió a cada una con una mano.

—Gracias, Begoña, intentaremos hacer lo que nos dices.

Al salir de la *ikastola* mi madre susurraba para sí misma. No parecía muy contenta y mi alegría de hacía un momento empezó a ceder también en contacto con su mal humor.

—¿Y Quique?

—En casa con Isabel y con Jorge, vamos para allá.

Esa noche, mientras cenábamos, por fin encontré el momento de sacar mi dibujo.

—Mira, mamá, hoy he hecho esto en la *ikastola.*

—Es precioso, Ángela, ¿lo dejamos en el salón para que lo vea papá cuando venga?

—Vale —dije, pero noté claramente que a mi madre no le gustaba.

Estábamos con los preparativos para acostarnos Quique y yo cuando llegó mi padre, algo más pronto que los últimos días. Salí corriendo a su encuentro. Lo alcancé en la entrada antes de que tuviera tiempo de soltar su maletín y quitarse el abrigo y lo arrastré hasta el salón.

—Papá, papá, mira qué dibujo he hecho, es un sol.

Algo malo pasaba con ese sol. Mi padre miró a mi madre y le sonrió con una sonrisa que no era una sonrisa. De todas formas, me dijo que era muy bonito y yo pensé que al día siguiente haría uno mejor, un sol tan precioso que en las caras de mis padres tendrían que dibujarse a la fuerza sonrisas verdaderas.

—Venga, cariño, que es tarde ya, ponte el pijama y métete en la cama y ahora voy yo.

Me fui a mi habitación dando saltitos por el pasillo, y los dejé hablando en la cocina.

—Lo que te decía, David, en el colegio están circulando ya todos estos símbolos.

—Bueno, es un sol, no creo que tengamos que darle mayor importancia, y, en cualquier caso, es parte del proceso, los que están a favor y los que están en contra.

—David, por favor... Y, además, si los niños están llevando estos símbolos al colegio es porque sus padres van a las manifestaciones, algunos hasta estarán en los comités... Cuando se sepa dónde trabajas, Ángela puede tener problemas.

—Todo a su tiempo, Carmen, no adelantemos acontecimientos. Es solo un dibujo... Mañana dibujará un árbol, la playa..., cualquier otra cosa. Mira, hoy me han dado estas revistas en el trabajo para que les eche un vistazo. Es importante que sepamos por dónde van los tiros.

—*La Bicicleta, El Ecologista, Integral, Mientras tanto*... Pero ¿qué demonios es todo esto?

—Están surgiendo como setas por todo el país, no solo aquí. Se posicionan claramente en contra de la energía nuclear, con la bandera de la ecología, ya sabes. El otro día en el caserío Carlos mencionó esa otra, *Aurka*. Creo que él había leído más de lo que nos contó... Quiero saber bien qué argumentos manejan.

—Léelas cuanto antes y tíralas, por favor. No quiero que estén rodando por la casa.

16
¡Volar!

400 millones de pérdidas.
5 terroristas, que dijeron pertenecer a ETA, colocaron
50 kilos de Goma-2 en las instalaciones.
Mantuvieron como rehenes a 11 personas.
(*La Gaceta del Norte,* 13 de noviembre de 1979).

Las cosas iban bien en la *ikastola,* cada día me sabía más canciones, y Begoña me decía que las cantara mucho en casa para que mis padres se las aprendieran también. Eso me gustaba, me sentía muy mayor enseñándoles cosas yo a ellos. Además, Laura y yo seguíamos siempre juntas, pero ahora también jugábamos mucho con otros niños del colegio, y por las tardes, cuando el tiempo lo permitía, bajábamos a los columpios o a la playa con los otros.

Lo que realmente me gustaba era que llegaran los fines de semana. Los sábados mi madre me ponía ropa cómoda, me peinaba y, si no nos íbamos a pasar el día fuera con sus amigos, Laura y yo salíamos de paseo con nuestros padres mientras ellas se quedaban con los pequeños, y después nos juntábamos todos para seguir haciendo cosas divertidas.

Zilgora era un pueblo alegre, lleno de luz y de colores, incluso cuando llovía. La montaña, el mar, los pinares junto a la playa..., había tantas cosas que hacer fuera que en cuanto abría un ojo los sábados por la mañana ya estaba loca por salir.

—Mirad qué viento hace hoy… Podíamos ir a ver volar las cometas en la playa —propuso mi madre.

—Buena idea —contestó mi padre desde el baño mientras se afeitaba.

—Pues si os parece vais dando vuestro paseo Lázaro y tú con las niñas y luego bajamos nosotras con los pequeños. Voy a llamar a ver si se apunta alguien más.

En la playa, aquellas figuras de colores que se movían por el cielo a toda velocidad me dejaron pasmada. Nos acercamos. Entonces vimos los hilos que unían las figuras voladoras con las manos de los mayores. Los niños mirábamos.

—Laura, ¿volamos?

—Síííí.

Abrimos los brazos como las alas de un pájaro y echamos a correr por la arena entre la gente. Me sentía fuerte, libre, feliz… Y seguían llegando personas con cometas, más y más formas de colores atravesando el cielo. Nos tumbamos en la arena, bocarriba. Mi padre y Lázaro se acercaron y se sentaron a nuestro lado.

—Mirad, una flor…

—¡Y ahí va un avión!

—Papá, ¿cómo se hace para que vuelen?

—Las empuja el viento, princesa. Y no se escapan porque las llevan sujetas con un hilo. ¿Lo veis? Hay que fijarse mucho para verlo.

—Son aerodinas —dijo un señor.

—¿Quéee? ¿¿Aeroqueé??—preguntamos Laura y yo a la vez.

Lázaro y mi padre se rieron.

—Aerodinas. Eso quiere decir que, aunque pesan más que el aire, la fuerza del viento consigue hacerlas volar.

Vimos acercarse por el paseo a nuestras madres con nuestros hermanitos y todos los bártulos. Con ellas venían también Gurutze y su mamá.

—¿Queréis volar una? —nos preguntó la madre de Gurutze, cuando llegaron a nuestra altura.

—Sííí.

Nos llevó a las tres a unas mesas donde había cometas paradas y mucha gente alrededor. El cosquilleo de los nervios me obligaba a dar saltitos todo el rato y a canturrear.

—Tienen cuatro años, ¿pueden?

—Son un poco pequeñas, pero sí, claro que pueden, les va a encantar.

—Perfecto, pues vamos a intentarlo, ¿queréis, niñas?

Un señor cogió una de las cometas y se vino conmigo. Dirigí la vista hacia donde estaban nuestros padres y me encontré con las miradas de papá y de mamá, los dos muy atentos. Estaba nerviosísima.

—¿Cómo te llamas?

—Ángela.

—¿Has volado alguna vez una cometa?

—No.

—Pues ven, yo te ayudo. Eres muy pequeñita, pero ya verás cómo conseguimos que se mantenga un poco en el aire. Coge este palito. Yo sujeto la cometa y, cuando te diga, echas a correr hacia allí.

—Vale.

—¡Ya!

Eché a correr y de pronto noté un pequeño tirón.

—¡No pares, sigue, lo tienes, lo tienes!

Entonces la vi, vi cómo aquel triángulo morado y rosa flotaba en el cielo. El señor estaba a mi lado y me ayudaba, pero era yo la que sostenía la cuerda. Me sentía como los héroes de los cuentos, casi como si yo misma estuviera surcando el cielo azul empujada por el viento. No había más que pura alegría, ningún sentimiento incómodo, ningún pensamiento triste, ni rastro de las preocupaciones de los mayores, los susurros, el dolor de mi hermano, el cansancio de mi padre por las noches, la incomprensión. Ni rastro de culpa.

Isabel y mi madre habían bajado cosas para comer y nos quedamos en la playa todo el día. Creo que mi alegría era contagiosa: todos parecían felices, relajados, no descubrí miradas extrañas ni caras serias, solo sonrisas y carcajadas. Hasta Quique lloró mucho menos que de costumbre.

—Papá, quiero una cometa.

—¡Claro! Mira, si quieres, el próximo fin de semana hacemos una en casa y cuando haga viento la sacamos a volar.

Volvimos a casa hablando de las formas y los colores que podría tener nuestra cometa, y mientras mi madre preparaba el biberón para Quique, se lo daba y le ponía el pijama, mi padre y yo nos sentamos en la mesa del salón a dibujar cometas. Él pintó cuatro y me pidió que escogiera.

—Espera, déjame a mí, papá. —Y dibujé yo misma otras dos, una amarilla y roja como la chapa del sol y otra blanca con forma de nube.

—Entonces, ¿cuál quieres?

—Esta, esta, esta y esta.

—Pero ¡primero tienes que escoger una, cariño! Hacemos esa y ya tendremos tiempo luego de hacer más.

—¡Vale! Pues esta. —Y señalé el círculo amarillo y rojo.

Mi madre durmió a Quique bastante rápido y pudimos cenar en el salón los tres juntos. Yo no dejaba de hablar de las cometas. ¡Quería volar! De mayor ya no quería ser médico ni bailarina, ¡quería ser una cometa! Mis padres me escuchaban con atención, se reían.

Entonces sonó el teléfono.

—Hola, Jon, sí, ¿cómo estáis? Teníais que haber venido a la playa, ha sido un día estupendo, Ángela está entusiasmada con las cometas… Sí, claro, está aquí, te lo paso.

—Hola, Jon, dime.

Mi padre perdió la sonrisa de repente. De pronto pensé por primera vez en la palabra *sombra.* La sombra era algo que te hacía sentir triste, pero que no se veía. Y era muy raro que hubiera días sin sombra.

—¡Dios mío! ¿Cuándo?

—…

—Sí, claro, mañana a primera hora. ¿Aviso a Lázaro?

Colgó y se dirigió a mi madre. Era como si yo hubiera desaparecido de la habitación.

—Tengo que llamar a Lázaro. Han intentado volar la factoría de Santander y secuestraron a once personas..., después las soltaron en una carretera, menos mal. Los autores parece que han huido a Bilbao. Y en San Sebastián la manifestación de hoy parece que ha sido de las fuertes...

Mi madre no le contestó. Recogió los platos de la cena y se dirigió a mí, con palabras dulces, pero voz seca:

—Vámonos a la cama, mi amor, hace mucho rato que es de noche...

Mi padre fue a coger unos papeles, volvió con ellos y se sentó en la mesa baja. Apartó los dibujos de las cometas para desplegar sus papeles.

—Papá..., tú no me has dicho cuál es la que más te gusta a ti.

—Lo siento, cariño, mañana...

Pero esta vez, al menos, sabía que yo no había hecho nada malo. Había sido el teléfono, que muchas veces daba malas noticias.

17

Impulso con los pies

San Sebastián: movido fin de semana antinuclear. Culminó con el entierro de Iberduero y la quema de la central de Lemóniz.
(*Egin,* 20 de noviembre de 1979).
Premio de 100.000 pesetas de la Asociación Pro-Defensa de la Energía Nuclear en Euskadi a quien demuestre que esas centrales han producido muertos.
(*Deia,* 23 de noviembre de 1979).

—Mamá, ¿podemos ir a montar en bici mañana?

—Mañana es domingo, íbamos a ir a los cochecitos por la mañana. ¿No te apetece?

—Cristina y Mikel y otros niños van a ir a montar en bici. Laura también.

—¿Mañana?

—No sé.

—¿Laura también?

—Sí, con sus papás, me lo dijo.

—Ahora hablo con Isabel. Pero ve a vestirte que se os está haciendo tarde para salir a pasear.

Mi bici era más pequeña que la de Laura pero a mí me gustaba más, así podía darme impulso con los pies para ir más rápido.

—David, ¿vistes tú a la niña? Voy a llamar a Isabel a ver qué es eso de las bicis.

Cuando me vestía mi padre muchas veces no lo hacíamos del todo bien y mi madre nos devolvía a los dos a la habitación con indicaciones de lo que había que hacer. Ella se enfadaba un poco, pero a nosotros nos daba la risa.

—Cariño, ¿tú crees que este pantalón y esta camiseta nos darán problemas con tu madre?

Mientras me ponía aquellos pantalones escuché a mi madre en el teléfono:

—Isabel, soy Carmen, hola. Oye, que me dice Ángela algo de ir a montar en bici mañana. ¿No íbamos a ir a los cochecitos con las demás y el resto de los niños?

—...

—Ya, pues a ver cómo lo arreglamos, cada vez es más difícil lidiar con estas cosas. Venga, nos vemos en un rato. David ya está cambiando a Ángela, en quince minutos están abajo. ¿Avisas a Lázaro? Mientras ellos se van con las niñas, nosotras vamos con los peques al de siempre, ¿no?

—...

—Sí, pero parece que hoy no se animan.

—...

—Ana me ha dicho que mañana hay manifestación en Bilbao y se van de escapada fuera el fin de semana, y a Lucía no la he localizado...

—...

—Ah, vale. Hasta luego.

Mi madre colgó y vino muy despacito hacia nosotros por el pasillo, hasta me di cuenta de que se quedaba parada unos segundos antes de aparecer en la puerta. Yo estaba ansiosa, quería saber ya qué le había dicho Isabel.

—Ángela, cariño, Laura no va a ir mañana a montar en bici, ¡se equivocó!

—¿Se equivocó? ¿Y los otros niños?

—Hum, no sé, los otros niños... Pero bueno, ¿todavía estás así? ¿Y esos pantalones? Pero si son de verano. Jajaja, a ver, toma, ponte esto, anda, que tu padre no se entera...

Entonces le hizo un gesto a mi padre. Yo no entendí qué quería decir ella con ese gesto: lo miré a él y por su cara me di cuenta de que él sí lo había entendido.

—Eso es, ya estás. Corre, ve a por la chamarra.

Salí disparada. De pronto me había acordado de mi paraguas nuevo y me moría de ganas de estrenarlo.

—Laura ha oído campanas… Hay una marcha en bici en Eibar. La organizan los Comités Antinucleares. Isabel me ha dicho que varios niños del colegio van a ir con sus padres…, pero nosotros no podemos ir.

—No.

Grité desde la puerta.

—Papááá, vaaamos.

—Pero, pequeñaja, qué haces con el paraguas, para un día que no llueve…

—Quiero llevarlo.

—Seguro que mañana llueve, anda, déjalo aquí.

Yo quería ir con mi paraguas, pero era verdad, seguro que al día siguiente llovería… Bajé las escaleras corriendo hasta el portal. Laura y Lázaro ya habían llegado.

—¿Y tu papá?

—Viene detrás.

Cuando por fin bajó, traía mi bici sujeta con una mano. ¡Bieeen, íbamos a salir en bici!

—Oye, Lázaro, vamos a pasar por tu casa un momento y cogemos la bici de Laura, ¿os parece? ¡Fin de semana de bicicleta para todos, pues no faltaba más!

En cuanto tuvimos las bicis, salimos disparadas. Mi padre y Lázaro no nos quitaban el ojo de encima, pero nosotras a ellos tampoco. Otra gente también nos miraba: normal, éramos las más rápidas de la campa. Aunque, no sé por qué, también miraban de reojo a nuestros padres.

Cuando nos alejábamos demasiado, nos hacían la llamada:

—Sugusss, Sugusss.

Era nuestra clave. Nos encantaban los Sugus, y un día que estábamos en el parque Laura y yo con nuestras madres y no les hacíamos ni caso cuando había llegado la hora de recoger, Isabel empezó a decir en voz alta: «¡Sugus…! ¡Tengo Sugus para las niñas que recojan rápido!», y en un abrir y cerrar de ojos estábamos las dos listas a su ladito con cara de buenas.

Después de ir y venir un montón de veces, cuando nuestros padres estaban ya colorados de correr detrás de nosotras, aparecieron nuestras madres con Jorge y con Quique.

—¡Que se te escapa, Lázaro, jajaja! —se reía mi padre.

—¿Qué tal ese aperitivo? ¿Venís solas? —preguntó Lázaro sin resuello.

—Pues estábamos con María José y Marga… Pero de pronto María José soltó un comentario sobre lo del fin de semana pasado, a Carmen se le torció el gesto y así, de buenas a primeras, le suelta que vuestro trabajo es un atentado contra este pueblo.

—¿Y qué le habéis dicho?

—Nada, el silencio se podía cortar con un cuchillo. Creo que Marga estaba avergonzada, ella no quiere entrar en estas cosas, pero la arrastró la otra…

—David, todo esto me pone más nerviosa. Y lo peor es que hay cosas que no son normales a las que nos estamos acostumbrando, y ya ni nos damos cuenta.

Me di impulso con los pies para llegar hasta donde estaba mi padre.

—¿Vamos a casa a hacer las cometas? Me lo prometiste…

—Hoy no va a poder ser, mi vida. El lunes después del colegio, ¿vale?

Esa tarde fue un rollo, pero el día siguiente era domingo y teníamos un montón de planes. Íbamos a ir al campo con el señor de las gafitas, que ahora yo ya sabía que se llamaba Jon; su mujer era Lucía, la rubia alta de las horquillas, y eran los padres de Gonzalo, que tenía solo un año más que yo, de su hermano mayor Marcos y de Fernando, que era todavía muy pequeñín. Los recordaba de cuando comimos en el caserío.

—Venga, Ángela, arriba, tu hermano ya está listo.

Desayunamos rápido. Yo no tenía hambre, tenía mucho sueño. Mi padre me puso los pantalones vaqueros y un jersey de cuello vuelto de colores, y a mi madre, para variar, le pareció bien.

—¿Vamos en el coche de papá?

—No, vienen ellos a recogernos y no queremos hacerles esperar.

Al bajarse del coche, vi cómo los padres de Gonzalo hacían lo mismo que los míos, mirar muy serios en todas direcciones.

—Venga, ¡todos dentro!

—Ángela, súbete aquí al lado de Gonzalo. ¿Ángela? ¡Ángela!, ¡¿dónde estás?!

¿Dónde iba a estar? Buscando duendes.

—Aquííí, mamá, aquííí —contesté, acuclillada junto a las ruedas de atrás del coche.

Lucía, que llevaba en brazos a Fernando, miró extrañada a mi madre.

—Sí, hija, jugamos a buscar duendes debajo de los coches, ya sabes…

Creía que Laura también vendría con nosotros, pero no estaba allí.

—¿Y Laura?

—Laura viene en el coche de sus padres, nos juntaremos con ellos allí.

En el trayecto yo todo el rato miraba a Gonzalo de reojo, no hablaba mucho; a lo mejor tenía vergüenza.

—¿Qué es eso, Gonzalo?

—Chapas.

—¿Y qué haces con esas chapas?

—Jugar.

—¿Y me vas a dejar jugar contigo?

—Claro, pero eres chica, no sé si se te dará bien. —Por lo menos me había contestado, y me dejaría jugar, aunque fuera chica.

Al llegar, anduvimos un poquito hasta una pradera en la que había unas mesas de madera y unos bancos.

—Aquí vamos a montar nuestro campamento, chicos.

Laura estaba ya allí, y también Silvia con su hermano mayor. Enseguida se juntaron con Marcos, el hermano mayor de Gonzalo. Y al poco llegaron el señor de los ricitos y su mujer, Asun, con su hijo, Karlitos. Las mujeres empezaron a sacar cosas de bolsas y los hombres se sentaron en uno de los bancos. Nosotros nos pusimos en una manta en el suelo.

—Gonzalo, ¿jugamos con tus chapas?

Le expliqué a Laura lo que eran las chapas y para qué servían, como si yo lo supiera de toda la vida, y empezamos a hacer caminitos en la tierra. Escuchábamos al fondo las voces de nuestros padres.

Con el padre de Gonzalo sucedió lo mismo que la primera vez en el caserío: mi padre y el de Laura le miraban con admiración. A mí me gustaba mucho porque él no daba besos, daba siempre unos abrazos enormes y me decía que le gustaban mis ricitos.

—David, ¿cómo ha ido esta semana en la central? —preguntó el padre de Gonzalo—. La que viene ya vamos todos para allá, a ver qué nos encontramos.

—Las pruebas están saliendo bien, pero trabajar allí no es cómodo, confío en que la cosa vaya mejorando.

—Lo hará, el Gobierno acabará llegando a un acuerdo, y la empresa mientras tanto está ahí para apoyarnos. Están considerando que quizá sea necesaria más seguridad.

—¡Por supuesto que hace falta más seguridad! —saltó Asun—. Yo no sé si a ti David te cuenta lo que viven ahí cada día… Esta semana hasta han aparecido pintadas dentro, en uno de los pasillos, ¿lo sabías?

—No, David no me cuenta mucho.

—Y ayer por la noche empapelaron la fachada de las oficinas de Iberduero, ya te imaginarás con qué tipo de cosas.

—No tenía ni idea. ¿Y qué ponen esas pintadas dentro de la central? ¿Quién las ha hecho?

—Son pintadas a favor de ETA.

—Pero ¿cómo consiguen entrar?

—¿Entrar? No, es que hay tanta gente trabajando ahí que seguro que alguno es simpatizante de la banda, no te quepa duda.

—David…, ¿y tú cómo no me cuentas estas cosas?

—De aquí a final de año volverán a intentar que se paralicen las obras, seguro —dijo Jon—. Pero nosotros estamos aquí para hacer lo que sabemos hacer y nada más.

—Sí, supongo que sí… Pero creo que sí va a hacer falta más seguridad cuando estemos todos allí —dijo mi padre.

—Pues claro que va a hacer falta, y más si tenéis gente peligrosa dentro. De verdad que estoy harta de esto. ¿A vosotros os parece normal que tengamos que mirar debajo de los coches por si nos han dejado un regalito?

—Mamá, debajo de los coches hay duendes, no regalitos.

Entonces Jon me cogió en brazos y me dio un beso.

—Claro que sí, Ángela, solo hay duendes. ¿Tú has visto ya alguno?

—No, todavía no, pero los busco siempre y al final seguro que los veo.

—¡Esa es mi chica! Cuéntale a Gonzalo la historia de los duendes, anda.

De vuelta a casa me quedé dormida en el coche de Jon, y cuando me desperté estaba en mi cama.

Me despertó mi madre a la mañana siguiente:

—¡Arriba, princesa, que vamos con retraso!

Mientras desayunaba, me acordé de los dibujos de las cometas. Quería llevarlos a la *ikastola* para enseñárselos a mis amigos.

—Mira, Laura…, las pinté con papá. Esta tarde vamos a hacer una. ¿Tú quieres una?

—Sí, quiero una, quiero esta. —Y señaló la que a mí me gustaba, así que tendría que decirle a mi padre que hiciéramos dos iguales.

—¿Le hacemos una a Gonzalo?

—¡Sí! Y que venga con nosotras a volarla.

A la mañana siguiente, al subir a la furgoneta, Asier se giró para hablar con Laura y conmigo; iba en el banco de delante.

—Vosotras no montasteis en bici. Fuimos todos, pero a vosotras no os vimos allí.

—Sí montamos.

—No, y mi *aita* me dijo que no podíais venir.

—¿Por qué no?

—Porque la gente que trabaja en ese sitio no puede ir.

—Sí montamos en bici, con nuestros papás, por la playa.

—¿Ves? No podíais venir. Estuvimos todos menos vosotras.

Yo me quedé pensando en lo que acababa de decir Asier y preguntándome qué tenía que ver la bici con el trabajo de mi padre.

Por la tarde, al llegar a casa, fui directa al grano:

—Mamá, Asier me ha dicho que Laura y yo no podemos ir a montar en bici con ellos.

—¿Te ha dicho eso?

—Sí. ¿Por qué no?

—No lo sé, a lo mejor porque ellos van a montar lejos y nosotros tenemos aquí la playa.

—Dice que papá trabaja en un sitio malo. ¿Dónde trabaja papá?

—Anda, ven, ayúdame con Quique.

—No puedo, mamá, tengo que ponerme a hacer las cometas.

—¿Qué cometas?

—Una para Laura, otra para Gonzalo y otra para mí. Papá y yo tenemos mucho que hacer esta tarde.

—Ay, bonita, eso va a tener que ser otro día…, hoy me temo que papá va a llegar muy tarde.

—Pero me lo prometió.

—Ya, a veces los mayores decimos cosas que luego no se pueden hacer. Pero no son mentiras, creemos de verdad que vamos a poder hacerlo cuando lo decimos…, lo que pasa es que luego el trabajo o cualquier otra cosa se pone por medio y nos impide cumplir con nuestra palabra. Tienes que entender esto y no enfadarte con papá…

No me enfadé. Cogí unos folios, mis pinturas y mis tijeras de recortar y me senté en mi mesa azul. Ese día no ayudé a mi madre con Quique, estuve recortando papeles y pintándolos de rojo y amarillo toda la tarde, pero no conseguía que nada de eso se pareciera a una cometa. Me cansé y acabó entrándome el sueño, así que cuando mi madre me llamó para cenar yo no quería ni comer ni nada, solo seguía obstinada con lo mío. Seguro que refunfuñé para lavarme los dientes, y en mi habitación, en lugar de ponerme el pijama que mi madre me había dejado preparado encima de la cama, volví a sentarme en mi mesa y, aunque se me cerraban los ojos, me puse a hacer rayajos rojos en un papel.

Luego me fui a la cama y me quedé dormida. Entre sueños sentí a mi padre entrar en la habitación. Me dio un beso.

—Mañana haremos las cometas.

Quise preguntarle por qué no podíamos ir a las marchas en bici con Asier y todos los demás niños, pero no sabía si estaba dormida o despierta.

18
El doctor Piruleta

Euskadi, contra las centrales nucleares.
(El País, 27 de noviembre de 1979).
Las FOP disolvieron la manifestación antinuclear del domingo.
(Egin, 28 de noviembre de 1979).

Empezamos a ir una vez por semana a Bilbao para llevar a mi hermano al médico. Al principio me gustaban mucho esas escapadas, solos los tres en la ciudad y la merienda después en una cafetería... Pero duró poco. No recuerdo por qué ese día no había ido a la *ikastola*. En cambio, sí me acuerdo bien que cuando llegamos a Bilbao mi madre cogió un camino que no era el de las otras veces.

—Por aquí no es, mamá.

—Ya, es que hay calles cortadas, no sé qué pasa.

—¿Habrá una fiesta?

Silencio. Estaba aprendiendo a interpretar esos silencios, sus gestos y sus movimientos cuando se quedaba callada. Sabía que algo malo ocurría, aunque no siempre lograba averiguar qué. A veces, por ejemplo, se quedaba en silencio delante de los padres de algunos de mis amigos de la *ikastola*.

Por la ventanilla empecé a ver a esa gente que cantaba. Me acordé de la fiesta que hubo abajo en la calle el día de mi cumpleaños, y mi madre me dijo entonces que a lo mejor alguna vez los vería disfrazados.

—¿De qué, mamá?

—De astronautas, de *cowboys,* de mosca...

—¿Y por qué se disfrazan así?

Había preguntas a las que mi madre no respondía.

Reconocí la canción que cantaban; era la misma de ese otro día. La repetían tanto que acabé aprendiéndomela, aunque no entendía nada:

Iber, iber, iber, Iberduero.
Iber, iber, iber, Iberduero kanpora.
Ez, ez, ez, Euskadi nuclear.
Bai, bai, bai, Lemoiz Goma Bi.

¡Y era verdad lo de los disfraces! Entre los que cantaban vi a varios disfrazados de mosca. Daba un poco de miedo ese disfraz, con esa máscara tapándoles la cara. También había guardias o policías dirigiendo el tráfico, y con sus indicaciones mi madre acabó aparcando en un lugar desconocido.

Quique iba en el capazo delante, y su carrito estaba a mi lado en el asiento de atrás.

—Mamá, ¿por qué paramos aquí?

—Tengo que encontrar una cabina de teléfono.

—Pero, mamááá.

—Mira, Ángela, no seas pesada, ¿vale?, necesito un teléfono y punto. Sal del coche, agárrate de mi falda y no te sueltes mientras yo pongo a tu hermano en el carrito.

Comenzamos a andar y ella todo el rato miraba hacia atrás y hacia los lados, sobre todo cuando cruzábamos las bocacalles. Por fin encontró una cabina, buscó en los bolsillos de su abrigo y sacó unas monedas. Primero intentó que los tres nos metiéramos allí dentro, pero era imposible, la puerta tropezaba con el carrito de mi hermano. Estaba claro que no cabíamos y de todas formas ella estuvo un buen rato tironeando, cada vez más nerviosa. Al final dejó la puerta abierta, cogió en brazos a Quique y me dejó a mí fuera agarrada al carrito.

—Quietecita ahí, ni te muevas.

Pues si mi madre estaba nerviosa, yo estaba enfadada: no había hecho nada, no era justo que me hablara así. Me fijé en el movimiento de uno de los dedos de la mano con la que sujetaba el auricular. Daba golpecitos contra el plástico duro a toda velocidad, como si el dedo lo hiciera por sí mismo, al margen de la voluntad de mi madre.

—¡Hola! ¡Por fin! Isabel, estoy en Bilbao, no sé qué está pasando, pero hay mucho lío, está la Guardia Civil en la calle, controles por todas partes... Han desviado el tráfico y he acabado aparcando no sé dónde. No tengo ni idea de qué pasa, estoy asustada. David está en la central, ¿Lázaro también?

—...

—Ya, sí, lo intento, ya sabes que lo intento, pero es que no hay quien se acostumbre a esto... Pon la radio o la televisión, anda, mira a ver si dicen algo.

—...

—No sé qué hacer. Puf, es tardísimo, ya ni siquiera sé si voy a llegar al médico.

—...

—¿El funeral? ¿Tú crees? ¿Pero ese guardia civil no era de Portugalete? Voy a esperar un poco aquí, llamo al pediatra y a ver si puede recibirnos más tarde, es importante que vea a Quique.

Colgó, metió una moneda más y volvió a llamar. Luego esperamos en la calle.

—¿Por qué no nos vamos, mamá?

—Vamos a ir en taxi.

—¿En taxi?

—Sí.

—¿Qué es un taxi?

—Pues es un señor que nos recoge con un coche y nos lleva a donde le pidamos. En unos minutos estará aquí y nos llevará al médico. Ya verás qué divertido, más que ir en nuestro coche.

Quería decirlo con gracia, pero no le salía. Y a mí eso me daba risa. Apreté los labios para que no se me notara.

Quique lloraba bajito, pero mi madre parecía como si no lo oyera.

El taxista metió el carrito en el maletero y los tres nos montamos en el asiento de atrás. Mi madre se puso a inspeccionar con la mirada el interior de aquel coche, como si buscara algo. Pero, fuera lo que fuera, parece que no lo encontró. Entonces empezó a hacerle preguntas al taxista. Ahora sé que simplemente quería preguntarle qué estaba pasando, pero no sabía cómo hacerlo sin exponerse demasiado.

—Otro día de lluvia…

—Claro, señora, estamos acostumbrados, ¿verdad?

Por la ventanilla podía ver el movimiento de la gente: estos no cantaban ni iban disfrazados, iban muy serios, en silencio, debajo de sus paraguas negros.

—Mamá, ¿van todos a esa fiesta? No están contentos.

—Porque llegarán tarde.

—¿Y por qué no vamos nosotras también?

—No nos da tiempo, Ángela, otro día.

Me respondía sin pensárselo, deprisa, estaba claro que solo le interesaba mantener viva aquella conversación trivial con el taxista.

—Hay mucho tráfico hoy, ¿no?

—Bueno, más que tráfico, es que han cortado algunas calles.

—¿Y eso?

—El funeral de Rafael Fuentes. Parece ser que en lugar de hacerlo en su pueblo se han venido a Bilbao.

El taxi paró enfrente del portal del médico, que yo ya conocía, y entramos muy rápido para no empaparnos. Me gustaba ese médico, era un hombre simpático, hablaba despacio y daba tranquilidad escucharlo.

—Buenas tardes, señorita —me dijo, tendiéndome su mano enorme desde detrás del escritorio y mirándome a los ojos.

—Buenas tardes, doctor. Mi mamá dice que usted va a curar a Quique. ¿De verdad le va a curar?

—Estoy haciendo todo lo posible, preciosa, y también es muy importante lo que tu madre y tú hacéis para ayudarle. Tienes que ser muy paciente con tu hermanito, ¿de acuerdo?

—Sí, a mí no me importa que llore, solo que me da mucha pena que le duela la tripita...

—Cuando los niños lloran a veces nos ponemos nerviosos, es normal, pero los bebés no tienen otra forma de expresar lo que les ocurre, ¿sabes, Ángela?

—Mi mamá y yo no nos ponemos nerviosas cuando Quique llora, ni tampoco cuando le sienta mal la comida y vomita. Yo la ayudo a limpiarlo y ella siempre lo hace todo sin enfadarse ni nada. Mi mamá solo se pone nerviosa a veces cuando hay fiestas en la calle y la gente se disfraza.

—Eres una niña muy responsable y muy buena, Ángela. Y tú, Carmen, una buena madre. Quiero que estés tranquila, va a salir adelante sin necesidad de medicación, y si hiciera falta ya lo veríamos más adelante. Ahora es todavía muy pequeño, la medicación es fuerte, podrían quedarle secuelas. Lo importante es ser muy constantes con la dieta. Y quiero seguir viéndolo una vez a la semana, ¿de acuerdo?

Al despedirnos me sonrió y me dio una piruleta, igual que las otras dos veces.

—¿Qué se dice?

—Gracias.

—Gracias, doctor..., muchísimas gracias. Ah, y lo de las fiestas y los disfraces que ha dicho Ángela..., bueno, es una manera de mantenerla al margen de las manifestaciones y de todo lo que estamos viviendo.

Noté claramente que algo había pasado en ese momento. El médico se puso serio, metió las manos en los bolsillos y miró a mi madre a los ojos.

—A veces las manifestaciones son la única forma que tiene el pueblo de luchar por sus derechos, ¿no crees?

Reconocí de nuevo esa mirada en mi madre. Se quedó callada y paralizada en la puerta, sin decidirse a salir. Pero enseguida el médico recuperó su sonrisa y se agachó para abrocharme el abrigo.

—Nunca dejes de sonreír, ¿de acuerdo, pequeña? —Y luego ocurrió algo raro otra vez, volvió a ponerse serio y se dirigió a mi madre hablando muy rápido y en voz baja, de una manera que yo no le conocía—: Carmen, tal vez debáis plantearos dejar el País Vasco. O tal vez tu marido debería decidir si es sensato seguir trabajando ahí.

Mi madre le contestó en un tono neutral que también era nuevo para mí:

—Gracias por el consejo. ¿Podéis pedirnos un taxi, por favor?

—Claro, díselo a Rosa. Hasta la semana que viene, Carmen.

Cogimos otro taxi para ir a buscar el coche.

—Mamá, me gusta el médico.

Silencio.

—Mamááá, que me gusta el médico.

—Y a mí, Ángela, y a mí. Es un médico muy bueno y creo que de verdad va a ayudarnos con el problema de tu hermano.

—Pero ¿a ti te gusta, mamá?

—Sí, cariño, sí, me gusta.

Me estaba mintiendo. Algo había pasado cuando me dio la piruleta.

—Toma.

—¿Por qué me la das, cariño? Es para ti.

—¿Está bien que me la quede?

—Claro, ¿por qué no?

—Como te pusiste seria…

—¿Y crees que me he enfadado porque te ha dado la piruleta? Ángela, mi vida, a veces a los mayores nos pasan cosas, nos ponemos serios, pero nada de esto tiene que ver contigo. Ven, dámela, te la abro.

Desde ese día ya no volvimos a ir los tres solos a Bilbao. Nos acompañaban siempre Isabel o Ana, y yo me quedaba con ellas mientras mi madre subía con Quique a ver al médico. Me daba pena porque realmente ese señor me gustaba. Doctor Piruleta le llamaba yo, y mi madre empezó a utilizar también ese nombre cuando hablaba de él con sus amigas. Y me daba pena también porque me quedé sin esas salidas a solas con mi madre. Un día escuché cómo le daba las gracias a Ana por venir con nosotras. «Me siento más segura si vienes», dijo. Entonces pensé que a lo mejor le daba miedo ir sola, como a mí cuando me iba a dormir y de pronto pensaba que había personas que me miraban en la oscuridad. Pero en ese instante mi padre encendía la luz del pasillo y yo me dormía tranquila. A lo mejor las amigas de mi madre eran como la luz del pasillo, que quitaban el miedo.

19

CERRAD LOS OJOS Y ESCUCHAD LA MÚSICA

Luchar, luchar y luchar es el signo de este pueblo que, amén de otros gravísimos problemas de recuperación de su identidad, no cesa de defenderse de lo que amenaza a su salud, seguridad y proyecto político.
(Boletín Antinuclear de las Asociaciones de Familias de Bizkaia, noviembre de 1979).

El Ayuntamiento de Munguía ordena la paralización de la central de Lemóniz.
(*El País,* 1 de diciembre de 1979).

Mi madre estaba en la parada con Isabel, y Jorge y Quique en sus carritos. Me puse muy contenta al verlos. Pero me fijé también en que Jorge estaba mucho más grande que Quique, y en que el hermanito de Laura se movía más y miraba a los ojos.

—¿Qué tal hoy en el cole, niñas? —nos preguntó Isabel.

—Bieeen.

—Tenemos una sorpresa para vosotras —dijo mi madre con una sonrisa en los ojos.

—¡¿Qué?! ¡¿Qué?!

—Tomad, sacad lo que hay aquí dentro.

Cogimos la bolsa que nos alargaba y sacamos un revoltijo de ropa rosa y negra. Cuando me regalaban ropa a mí no me hacía ninguna ilusión, pero aquella tela elástica, negra y brillante me gustó.

—¿Qué es esto, mamá?

—Maillots, medias y zapatillas para ir a bailar.

—¿Vamos a ir a bailar?

—Sí, os vamos a llevar a una escuela de *ballet.* Y cuando seáis un poco mayores os compraremos un tutú.

—¿Un tutú? —Me encantó esa palabra, y aunque en ese momento no me explicaron qué era, me puse a repetirla como un lorito—: Tutú, tutú, tutú…

—Venga, metedlo todo en la bolsa que nos vamos.

Fuimos al garaje de Isabel a por su coche.

—Carmen, quédate tú aquí fuera con los niños, yo voy a revisar y saco el coche.

—¿Qué va a revisar Isabel, mamá?

—Va a mirar si el garaje está limpio y sale con el coche, nosotros nos quedamos aquí esperándola.

Eso era una tontería, ¿no?

El coche de Isabel salió despacito por la rampa. Paró a nuestro lado, se bajó, y ella y mi madre colocaron dentro a los pequeños.

—¿Alguna cara conocida? —le preguntó Isabel a mi madre.

—No, creo que no.

—¿Listas? —nos preguntó a nosotras.

—Sííí.

Isabel arrancó sin dejar de mirar en todas direcciones por los espejos y por las ventanillas, y yo pensé que conducir debía de ser muy difícil porque había que estar pendiente de todo lo que pasaba alrededor. Ahora solo había que rezar para que Quique no vomitara.

—¿Y si vomita, mamá?

—Tranquila, hoy está muy bien.

—El pediatra es bueno, ¿verdad?

—Sí, estoy mucho más tranquila, nos dice que ya ha pasado lo peor… Pero tengo sensaciones raras con él, prefiero ni pensarlo.

—No lo hagas. Bueno, chicas, ¿sabéis qué es el *ballet*? —preguntó Isabel cuando ya enfilamos la carretera.

—No.

—Pues *ballet* es una palabra francesa. Es un baile que se hace con música clásica, se dan saltos y piruetas…, y os va a venir fenomenal para la concentración, culillos inquietos.

—¿Qué es la concentración?

—No distraerse.

—Pero ¿se pueden mover las piernas y los brazos?

—Claro, pero al ritmo de la música y todas a la vez. ¡Y no os cuento más! En nada llegamos.

—¿Dónde es?

—Aquí al lado. Y tú y yo, Carmen, nos tomamos un café con las otras madres mientras las niñas están en clase. Me han dicho que van siempre y charlan de todo.

—¿De todo?

—Bueno, no sé..., pero lo llaman «el café de las mujeres», puede estar bien. En Zilgora cada vez podemos confiar en menos gente. Un cambio de aires nos vendrá fenomenal.

—Ya... Pero si nos tomamos ese café, nosotras mejor calladitas.

En la escuela de *ballet* Isabel preguntó por Pilar. Laura y yo nos quedamos hipnotizadas mirando a través del cristal de la ventana de una clase que daba a la entrada. Era una clase muy grande, con el suelo de madera, ¡y había un piano! Una de las paredes estaba cubierta por un espejo enorme, y enfrente había unas cuantas niñas mayores que nosotras, vestidas con maillots negros y medias rosas, que se sujetaban con una mano a una barra y hacían todas los mismos movimientos. Era muy bonito, pero parecía difícil. Enseguida terminaron y salieron todas muy derechitas por una puerta en el fondo. Por la puerta que daba hacia la entrada salió una mujer muy guapa y muy delgada, con unos pantalones blancos un poco transparentes y el pelo recogido muy tirante. Le señalé su peinado a mi madre.

—Es un moño, cariño.

—Me gusta mucho.

La profesora de *ballet,* Pilar, me sonrió.

—¿Y tú quién eres, Laura o Ángela?

—Ángela. Laura es ella.

—Pues el próximo día le dices a tu mamá que te haga uno, ¿vale, Ángela? Y ahora pasad a cambiaros al vestuario con vuestras mamás que la clase empieza en cinco minutos.

En el vestuario, mi madre nos explicó que Pilar había montado un grupo nuevo porque, igual que nosotras, había otras niñas que querían ir a clase de *ballet* y se habían quedado sin plaza a principios de curso. Me gustó saber que éramos todas nuevas y que no era yo la única que no sabía muy bien qué había que hacer, como me había pasado en la *ikastola* los primeros días.

—Venga, todas sentaditas en el suelo que vamos a comenzar —dijo Pilar mientras se dirigía hacia un aparato de música que había en una esquina, igualito al de casa de Laura—. Cerrad los ojos y escuchad.

Nunca había escuchado música con los ojos cerrados, no así, concentrándome mucho en lo que oía. Era una música como la que ponía mi padre, sin letra, no como la que ponía Isabel. Pilar nos pidió que no pensáramos en nada, solo había que mantener los ojos cerrados y escuchar... Y de pronto sentí que me hinchaba de alegría. Abrí un poquito los ojos y miré a Laura. Sonreía. Seguramente ella también habría notado esa alegría por dentro. Volví a cerrar los ojos, me centré en la música y una especie de frío muy agradable me recorrió el cuerpo. Los pelillos de mis brazos se pusieron de punta.

—Ya podéis abrir los ojos. ¿Habíais escuchado música así alguna vez?

—Nooo.

—Muy bien, pues ahora vamos a jugar a una cosa. Cuando yo os diga volvéis a cerrar los ojos. Voy a poner distintas músicas, y después de cada pieza vosotras me decís qué sentís o qué veis dentro de la cabeza, ¿vale?

Me encantó ese juego. Aquellas músicas se me grabaron en la memoria. Mucho después pude descubrir de qué compositores se trataba, y esas piezas han seguido sonando siempre en mi cabeza, como el material originario para la creación de mis propias composiciones.

Primero sonó una obra de Edvard Grieg, la *Holberg Suite.* Sentí cosquillas en el estómago. Quería levantarme y echar a correr y dar vueltas por la clase. Abrazarme a Laura y dar vueltas y vueltas las dos juntas. Vi cometas de colores surcando el cielo, como el día de la playa pero dentro de mi cabeza. Cuando la música paró y abrimos los ojos, todas dábamos palmadas sin saber muy bien por qué.

Volvimos a cerrar los ojos. Pilar entonces nos puso *el Aria en Sol* de Bach. Me entraron ganas de llorar. Me abracé las piernas y, aunque no quería pensar en nada, vi la cara de Laura el día que se rieron de ella porque decían que hablaba raro, la cara de mi madre cuando mi hermano no dejaba de llorar, mi propia cara cuando volví a casa triste porque no me sabía la canción de *Sorgina.* No creí que fuera a llorar, pero de mis ojos cerrados comenzaron a salir lagrimones.

Cuando empezó a sonar *O Fortuna,* de Carl Orff, me asusté. Me parecía como si hubiera gente mala por todas partes a nuestro alrededor. Laura se pegó a mí y me dijo al oído:

—Ángela, esta me da miedo.

—A mí también, es como lo que se oía en la calle el día de mi cumpleaños.

—Por lo menos no hay golpes.

—Shhh, niñas, nada de hablar.

Pero entonces empezaron a sonar.

—Laura..., sí suenan... Hay golpes.

Ya me quería ir. No estaba cómoda. Esa música me había hecho sentir muy mal. Pilar dijo que la siguiente sería la última. Menos mal. Entonces puso *El Cascanueces,* de Tchaikovski, y enseguida desaparecieron los pensamientos oscuros. Esa empezaba despacito, como un baile con el agua, como cuando llueve y las gotas repiquetean en los charcos. Luego un pequeño silencio y..., huy, algo divertido iba a pasar..., ¡hadas! Un montón de hadas de colores moviendo sus alitas en el aire, posándose en las flores...

—Esta obra es muy importante para el *ballet* —nos dijo Pilar—, y está basada en un cuento, *El Cascanueces y el rey de los ratones.*

Salimos extasiadas con la música y el relato que Pilar nos hizo. Cuando terminamos, fuimos al vestuario en donde nos esperaba Isabel para ayudarnos.

—¿Y mi mamá? —pregunté.

—Está fuera con los pequeñitos. Bueno, ¿cómo os ha ido?

—Bieeen, hemos escuchado música con los ojos cerrados, y Pilar nos ha contado el cuento del Cascanueces.

Pilar entró en el vestuario.

—¿Qué tal ha ido? Salen encantadas… —observó Isabel.

—Sí, son niñas muy sensibles, estoy segura de que disfrutarán mucho de las clases. Toma, este casete es para vosotras, por si queréis ponerles música en casa. Es bueno para los niños, aumenta su capacidad de razonar y su memoria, lo tengo comprobadísimo. Cualquier día de estos, una universidad americana publicará un estudio dándome la razón. Jajaja.

—Pues un millón de gracias, Pilar, y hasta la semana que viene.

—No hay de qué. Pero, perdona, antes de irte, ¿me dejas que te haga una pregunta personal?

—Claro, tú dirás.

—¿En casa va todo bien?

—Sí, ¿por qué lo dices?

—Porque les he puesto a Carl Orff, y Ángela y Laura han reaccionado como si tuvieran miedo. Es una música impresionante, desde luego, pero su reacción me ha parecido excesiva.

—¿De verdad? Pues no sé, Pilar, todo va bien, pero estaremos atentas por si notamos algo. Muchas gracias por todo.

En el coche le pedimos a Isabel que pusiera el casete. Ellas dos fueron todo el camino hablando bajito. Mi madre llevaba a Quique en su capazo encima de las piernas, y Jorge iba también dentro del suyo, a mi lado, en el asiento de atrás.

—Las niñas lo notan, Carmen, y notan nuestro miedo.

—Claro que lo notan, nuestro propio miedo y el rechazo y todo lo demás, por mucho que queramos no podemos protegerlas, no se puede.

—¿Y en el café qué? ¿Cómo lo has visto?

—Mucho silencio, como en todas partes, nadie se atreve a hablar, solo ellos. Ya has visto esa que hablaba de «la lucha», se le llenaba la boca…, ¿cómo se llamaba?

—No sé, no lo recuerdo.

—Del trabajo de David y Lázaro no podemos decir ni palabra.

—No, ya..., imposible. Míralas, están felices, me cuesta aceptar que haya ya zonas de sombra en sus vidas, no puede ser, Carmen, no puede ser...

—Uf, mira ahí si puedes.

Silencio.

—Eso nunca lo había visto.

—Qué barbaridad, Isabel. ¡La muerte con la hoz en una pintada contra la central!

—¿Lo han visto las niñas?

—No, van muy entretenidas.

Estaba oscuro cuando llegamos a casa, y hacía mucho frío. Mi padre ya había vuelto del trabajo. Eso sí que era raro.

—Papááá, he escuchado música.

—¿En la clase de *ballet?*

—Sííí. Dice Pilar que el próximo día vamos a bailar.

—¡Qué bien! ¿Y qué música os ha puesto?

—Como la que tú oyes.

Mi padre sonreía, pero mientras yo le hablaba sacó unos papeles de su maletín y se dirigió a la cocina. ¿Me estaba prestando atención?

—Carmen, ¿y vosotras qué tal?

—Hemos tomado un café con las otras madres, «el café de las mujeres», lo llaman.

—«El café de las mujeres»..., ya. Pero tened cuidado con lo que decís, por favor. Mira, échale un ojo a esto.

Mi padre le alcanzó una revista a mi madre.

—Cuéntame más cosas, princesa.

—¿Sabes que con la música puedes ponerte contenta y triste?

—¿Sí? Cuéntame eso.

—No sé, Pilar nos ha puesto músicas diferentes, hemos cerrado los ojos y había unas que me daban risa y otras ganas de llorar... También veía colores dentro de mi cabeza.

—Qué bien. ¿Pilar es tu profesora?

Entonces mi madre le devolvió la revista a mi padre con un gesto muy brusco, parecía enfadada.

—¿Y esto quién te lo ha dado?

—Eso da igual, Carmen, no quiero hablar de eso, solo que lo sepas. La publican las asociaciones de familias, nos toca de cerca, por eso quería que la vieras.

—¿Y qué se supone que tenemos que hacer?

—Nada, Carmen, hay cientos como esta. Solo quiero que estés informada, nada más.

—¿Informada por lo que cuenta una revista de estas? ¿Y qué hay de lo que ocurre cada vez que vas a trabajar? Esa gente que nos sigue…, ya todas las caras me parecen caras conocidas. ¡Estoy paranoica, David!

—Carmen, por favor.

—¿Por favor? No puedo ir sola a Bilbao, tengo que tener cuidado con lo que digo, mirar en todas direcciones cuando salgo a comprar una maldita lechuga… ¿Por favor? ¿Por favor qué, David? Al menos cuéntame qué está pasando.

—No está pasando nada, Carmen, no va a pasar nada.

—Hoy he visto una pintada brutal. ¿Quieres que te diga lo que ponía? ¿O ya lo sabes?

Mis padres nunca gritaban y era muy raro que yo los viera discutir. Pero aquella noche mi madre estaba fuera de sí. Dio un portazo y se encerró con Quique en su habitación. A mí me regañaban cuando daba portazos…

Mi padre me cogió en brazos.

—Cariño, ¿te pongo el pijama?

—Sí. ¿Mamá se ha enfadado contigo?

—No, solo está preocupada.

—¿Por qué?

—Cosas de mayores, mi amor, no nos hagas ni caso, ¿vale? Oye, tienes que empezar a pensar qué juguetes quieres llevarte a casa de los abuelos, vamos a ir al pueblo a pasar las Navidades.

—Hoy la profesora de *ballet* nos ha contado un cuento de Navidad. *El Cascanueces.* ¿Te lo cuento?

—¿Me lo cuentas mañana? Ahora tengo cosas que hacer. ¿Con un beso grande podrás dormirte?

—Sí, papá.

Me dio un beso muuuy grande, y me susurró al oído: «Te quiero, mi vida». Al ratito escuché música. Al principio pensé que estaba dentro de mi cabeza, pero no, mi padre había puesto un disco y, como ahora yo ya sabía hacerlo, cerré los ojos y vi formas de colores que se movían.

20

Mis huellas en la nieve

Javier Ruipérez se encuentra en perfecto estado de salud
después de 31 días de cautiverio.
(*El País,* 13 de diciembre de 1979).
El Gobierno Civil suspende el acuerdo del Ayuntamiento de Munguía
sobre la paralización de las obras de Lemóniz.
(*La Gaceta del Norte,* 19 de diciembre de 1979).
Los terrenos de la central nuclear de Lemóniz recalificados como zona industrial.
(*El Correo,* 28 de diciembre de 1979).

«Estáis de barro hasta las orejas», nos decían mi madre e Isabel cuando jugábamos en los charcos. Yo nunca había tenido barro en las orejas, pero ellas nos decían eso: «Estáis de barro hasta las orejas». A lo mejor era porque una vez en verano Laura volvió a casa con arena en las orejas después de jugar todo el día en la playa. A Laura le encantaba rebozarse en la arena de la playa.

Ahora hacía muchísimo frío y en la *ikastola* casi todos los días eran de fiesta. Ya nos sabíamos todas las canciones, y todos los números hasta el *hamar,* así que podíamos jugar a decorar la clase, y también estuvimos preparando una felicitación para llevar a casa, y el último día Begoña nos contó un cuento muy divertido de un carbonero que vivía solo en el bosque, pero que el día de Nochebuena iba a los pueblos a llevar los regalos. Nos enseñó unos dibujos que daban mucha risa mientras nos lo contaba, y yo lo entendí casi todo y me reí con los demás.

Me gustaba enseñarle los números a mi madre, me sentía importante. Ella solo se los sabía de dos maneras, yo de tres.

—Mamá, vamos a contar.

—¡Claro, empieza tú!

—Uno, dos, tres. *Bat, bit, hiru. One, two, three…* Ahora tú sigues, mamá.

—Cuatro, cinco, seis. *Four, five, six.*

—¿Y la forma de la *ikastola?*

—Me la tendrás que enseñar tú, Ángela, yo solo sé contar en español y en inglés.

—Vale, empiezo desde el principio: *bat, bit, hiru, lau, bost,* seis, siete, ocho, nueve…

—¡Y diez! ¡Qué bien, Ángela! Me encanta que me enseñes las cosas que aprendes en la *ikastola*. Venga, vamos a prepararnos para que cuando llegue papá solo tengamos que meter las cosas en el coche. ¿Tienes ganas de ir a ver a los abuelos?

—Sííí, ¡muchas! Hace mucho tiempo que no los veo.

—Van a sorprenderse de lo mayores que estáis tú y tu hermano.

—Quique no está mayor.

—Bueno, comparando con cuando nació, sí. Los abuelos no le ven desde entonces. Corre, anda, ve a escoger los juguetes que quieres llevarte.

Tenía un juguete nuevo. Eran dos palos de madera unidos por otros palitos más finos en los que había bolitas de colores diferentes en cada fila. Con mis padres jugábamos a mover las bolitas de un lado para otro, contando y diciendo antes el color de cada fila. Me gustaba mucho ese juego. Cada vez lo hacía más rápido y ya casi siempre acertaba.

—Mamá, ¿puedo llevarme el *ácaco?*

—Ábaco, cariño, se llama ábaco.

—¿Puedo? ¿Puedo?

—Claro que sí, mételo en la bolsa que he dejado en tu cuarto.

Estaba impaciente por salir. La abuela me había dicho por teléfono que en el pueblo estaba todo nevado, y yo, aunque había visto antes la nieve, ya no me acordaba. Metí en la bolsa mi *ácaco,* a Cuacua y el cuento de *Teo en la granja*.

Mi padre llegó cuando acabábamos de comer y bajó las cosas al coche.

—Carmen, voy bajando, echo un vistazo y llamo al portero para que bajéis.

—¿No bajamos contigo?

—No, hoy los he tenido detrás todo el día. Yo os aviso.

Cuando sonó el timbre del portero mi madre ni siquiera descolgó el telefonillo, me dio una mano, cogió su bolso y un par de bolsas que había dejado en la entrada y, con Quique en brazos, bajamos las escaleras hasta el portal.

—Pasa, cariño, corre al coche y siéntate. —A veces había que correr y otras «no corras, Ángela, que te vas a caer». No se entendía muy bien.

Mi madre seguía sentándose conmigo en la parte de atrás, con Quique en brazos o en el capazo entre nosotras.

—Mamááá, se te ha olvidado una bolsa fuera.

Abrió la puerta, salió del coche y miró hacia atrás. Recogió la bolsa, la metió muy rápido en el coche y cerró con fuerza.

—David, vámonos ya, por favor. ¿Están ahí?

—Sí.

Yo no sabía quiénes estaban ahí, pero desde hacía un tiempo escuchaba mucho ese tipo de conversaciones, hablaban de personas sin nombre, y ya había dejado de intentar averiguar de quién se trataba. Fuimos en silencio mucho rato. Mi madre iba tensa a mi lado, con la mirada perdida, y mi padre conducía muy rápido, así que pensé que él tendría tantas ganas como yo de llegar al pueblo para ver la nieve.

—Miranda de Ebro, David, baja la velocidad un poco.

Mi padre puso la música del *ballet,* cerré los ojos y me quedé dormida. Me desperté un poquito antes de llegar, estaba muy oscuro. Aparcó en la calle delante de la puerta de casa de los abuelos. Nos bajamos y me sorprendió que dejaran todas las puertas del coche abiertas, hasta la del maletero, mientras mi madre entraba con nosotros en la casa y mi padre iba metiendo el equipaje tranquilamente, aunque hacía muchísimo frío y volaban copos grandotes en la noche oscura.

—Venga, Ángela, a la cocina, que seguro que ahí está la abuela, en su reino.

Salí corriendo, olía a tortilla de patata, pero no a cualquier tortilla de patata, sino a la tortilla de patata de mi abuela Ludovica, la mejor del mundo.

—Pero ¡cómo has crecido!

—¡¡¡Abuelaaa!!!

—Que no me llames abuela, granuja, yo no puedo ser la abuela de una niña tan mayor, no soy tan vieja. Lu-do-vi-ca, así me llamo, ya lo sabes tú. Ven aquí, anda, dame un beso.

—Vaaale.

—Ludovica significa guerrera, y eso es lo que he hecho yo toda la vida, luchar, luchar y luchar.

—¿Y el mío qué significa?

—Pues es un nombre griego... Que digo yo, ¿tu madre no podía haberte puesto un nombre de aquí? Pues no, ella es que es muy fina... Ángela significa en griego «la mensajera».

—¿Mensajera? ¿Qué es eso?

—Pues un mensajero es... A ver, que luego te lo cuento, ahora voy a echarles una mano a tus padres con todo, y a tu hermano ni lo he visto todavía... Tú vete a la mesa camilla, pero ten cuidado no te quemes con el brasero, y no empieces a comer hasta que estemos todos.

Hice lo que me decía. Había aprendido a quedarme quietecita para no molestar cuando los mayores estaban muy ocupados.

—Vicaaa, ¿dónde está la tía? —pregunté desde el comedor, mirando la tortilla con ojos golositos pero sin tocar nada.

Mi tía María no era como las otras tías. Las otras siempre eran mayores y María era como Andrea de alta, podíamos jugar juntas y a veces hasta nos vestían igual.

—Está en casa de una amiga del colegio, dormirá allí al menos hoy. Pero tiene muchas ganas de verte.

—Si mañana no viene, vamos nosotras a verla, ¿vale?

Mi abuelo entró por la puerta de atrás con el cuerpo por delante de las piernas, igual que siempre, como si tuviera mucha prisa, y todos nos sentamos alrededor de la mesa camilla para cenar.

—Hola, abuelo. ¿Dónde estabas?

—¡Hola, Ángela! Les estaba dando de comer a las vacas. ¡Y tenemos unos toros nuevos!

—¿Toros?

—Sí, tu abuela, que se ha empeñado…

—¿Y los caballos? Quiero ver los caballos.

—Pues mañana bajamos al corral.

En mi libro, a Teo le enseñaban a tratar a los animales, pero yo todo eso ya lo sabía porque me lo había enseñado mi abuelo. Y en la granja de Teo también tenían un tractor. Mi abuelo tenía dos, uno grande y rojo y otro más pequeño azul al que le ponía un remolque para llevar cosas detrás.

—Abuelo, tengo el libro de Teo, ¿lo vemos?

—Pero ¿tú no tenías tanta hambre? Venga, a cenar y a la cama, mañana tendrás tiempo de hacer todo lo que quieras.

Por la ventana me fijé otra vez en aquellos copos voladores.

—¿Y los animales no pasan frío?

—No, Ángela, están calentitos en sus corrales.

—Vicaaa, la tortilla está riquísima. Mañana quiero otra.

—Bueno, hija, cuéntanos, ¿cómo os trata Bilbao?

—Bien, mamá, David está muy liado, pero vamos adaptándonos poco a poco. Las cosas están complicadas por allí, pero bien.

—¿Cómo de complicadas?

—Pues muy complicadas, mamá, muy complicadas.

—Ya será menos…

Mi madre se quedó callada, a lo mejor estaba cansada del viaje.

—Yo tengo muchos amigos, Vica, aunque algunos niños en la *ikastola* se portan raro conmigo.

—¿Sí?

—Sí, y papá y mamá tienen también muchos amigos, tantos que a veces cuando salimos se miran, pero no les da tiempo a saludarse, porque si no, no llegaríamos nunca a ningún sitio.

Mi abuela miró a mi madre como esperando que ella dijera algo, pero mi madre siguió callada.

—Y hago muchas cosas con Laura, ahora hemos empezado a ir a clases de *ballet.* Los fines de semana siempre hay mucha gente cantando por las calles, hacen fiestas y sacan unos carteles muy grandes, pero como yo todavía no sé leer... A veces dan golpes. Eso no me gusta.

Después de cenar, mi padre me acompañó a la cama.

—Venga, pequeñaja, ya es hora de dormir.

—Papá, ¿me lees el cuento de Teo?

—Es un poco tarde, ¿no?

—Papá...

—Venga, vale, ¿dónde lo has dejado?

No recuerdo si lo escuché siquiera empezar a leer. Sentí el peso de aquellas mantas que olían a romero y me quedé dormida al instante.

Por la mañana entraba una luz blanquísima por la ventana. Me gustaba mirar por aquella ventana: dentro del marco de madera vieja se veían los campos, los animales y las huertas, y al fondo una montaña que para mí era la más alta del mundo. Y además, en la cima vivía el fraile Ángel. Mi madre y Vica le llamaban «el padre Ángel», pero a mí no me parecía que fuera el padre de nadie, así que solo le llamaba Ángel, o a veces «fraile Ángel», que eso también lo decían ellas. Siempre que íbamos al pueblo subíamos a verle. La pista para llegar al pico tenía muchas curvas y mi abuelo conducía muy despacito para que no saltaran las piedras. Me señalaba la indicación del Camino de los Lobos y me contaba la historia de cuando allí había muchos lobos y atacaban al ganado. Mi abuelo decía que esa montaña hacía milagros; como San Isidro, recuerdo que pensé aquella vez. Y puede ser que de verdad los hiciera porque la casa de mis abuelos estaba justo debajo de la montaña y cuando estábamos allí mi padre siempre sonreía, mi madre andaba despacio y ninguno de los dos miraba en todas direcciones con cara de preocupación, nos montábamos todos a la vez en el coche, pasábamos mucho tiempo juntos y el teléfono no daba malas noticias.

Me acerqué a la ventana a mirar la montaña que había a lo lejos. Me froté los ojos. ¡La montaña no estaba, había desaparecido desde la mitad para arriba! Salí corriendo. Mis padres no estaban en su habitación, bajé y me los encontré a todos en la cocina atareados con el desayuno.

—Papááá, se ha roto la montaña, corre, corre, ven a verlo, se ha roto, se ha roto.

—¿Cómo va a haberse roto, cariño? Tranquila.

—Se ha roto. —Y me eché a llorar desconsolada.

—Pero no llores, preciosa. A ver, voy contigo.

Mi padre subió conmigo a la habitación y miramos juntos por la ventana.

—¿Ves? ¡No está entera!

—Jajaja. Ángela, princesa, es la niebla, la montaña está detrás de la niebla, por eso no la ves.

Nadie se rio de mí cuando volvimos a la cocina y mi padre les explicó lo que había pasado. Vica estaba haciendo pan frito. Eso nunca lo comía en casa, mi madre decía que tenía mucha grasa, pero a mí me encantaba.

—Ángela, si has terminado puedes bajar con el abuelo al corral.

Mi abuelo me hizo un gesto para que le siguiera. Eché un vistazo a mis padres, pero ninguno de los dos estaba pendiente de mí, ni me vieron salir de la habitación, y me sentí libre y tranquila.

De vuelta de los corrales vi que mi padre estaba agachado junto al coche haciendo algo.

—¿Qué haces, papá?

—Son cadenas, para poder ir con el coche por la nieve. Mamá, tú y yo vamos a subir a ver al padre Ángel, el que vive en el monasterio de la montaña. Quique se queda con la abuela. Nosotros tenemos que ver si la cima de esa montaña sigue o no sigue en su sitio, ¿no te parece?

—Sí.

Tuvimos que subir muy despacito. Era peligroso, pero no podía pasarnos nada porque la Virgen nos protegía, o al menos eso era lo que decía el abuelo. Dentro del coche iba sudando: mi madre me había puesto el buzo de lana que picaba y un gorro que se me bajaba hasta los ojos y no me dejaba ver. Cuando por fin estuvimos arriba, echamos a andar por el camino empedrado que conducía al pequeño monasterio. Yo prefería salirme del camino y escuchar el crujido de la nieve bajo mis botas de campo y ver las huellas dibujaditas en el suelo blanco. Dos o tres veces me resbalé, pero la nieve estaba blanda y no me hacía daño al caer. Soplaba un viento como para echar a volar.

Dentro de la iglesia el silencio era total: el viento se había quedado fuera como un dragón furioso. Me acordé de que, para que el fraile Ángel supiera que habíamos llegado, había que apretar un timbre que estaba escondido a un lado del pequeño altar. Lo encontré y llamé. La puertecita de madera por la que siempre aparecía tardó unos minutos en abrirse. Estaba ansiosa por verlo. El fraile Ángel se vestía diferente a todas las otras personas que yo conocía, siempre llevaba una túnica blanca hasta los pies, y cuando hacía frío se ponía una capa negra con una capucha. Tenía los ojos muy azules, tanto que se podía ver a través de ellos.

—Ángela, qué grande estás, ven aquí a darme un beso. Y quítate ese buzo para que pueda verte bien, estás muy guapa. ¿Y vosotros qué tal? ¡Cuánto tiempo!

—Bien, padre Ángel, no podemos quejarnos.

—¿Y el pequeñín?

—Lo he dejado en casa con mi madre. Supongo que ella le habrá contado, es un niño delicado, pero afortunadamente estamos logrando sacarlo adelante.

—Sí, he hablado con Ludovica de eso. Tienes que ser fuerte, Carmen... ¿Y tú de qué te ríes tanto, pequeñaja? ¿Qué te hace tanta gracia?

—Tu vestido, Ángel, me gusta mucho. Nunca veo a chicos con falda.

El fraile Ángel soltó una carcajada.

—Venid conmigo, por favor, vamos al monasterio que la iglesia no está muy caldeada y no quiero que esta niña coja frío.

La casa del fraile Ángel era muy bonita, toda pintada de blanco por dentro, con las paredes lisas, pocas cosas en las habitaciones y pasillos larguísimos forrados de libros por los que me dejaba jugar a correr. Nos llevó a una salita pequeña en la que hacía calorcito.

—¿Queréis tomar algo? ¿Una infusión? ¿Un vaso de leche caliente, Ángela?

—No, muchas gracias, padre, acabamos de meternos entre pecho y espalda el pan frito de mi madre.

—Jajaja, el pan frito de Ludovica... Bueno, contadme qué tal os va por el norte.

—No sé ni por dónde empezar, padre Ángel. David está dedicado de lleno a su trabajo, pero la situación en el País Vasco está muy complicada. Él dice que tenemos que estar tranquilos, pero a mí se me hace muy difícil.

Mi padre se levantó y se puso a ver conmigo un libro de fotografías de la montaña y el monasterio en verano, parecía que la conversación no le interesaba mucho. Mi madre hablaba y hablaba, y el fraile Ángel estuvo mucho rato escuchándola sin decir nada. Luego escuché su voz serena y grave.

—Carmen, yo no puedo saber qué ocurrirá, y tampoco decirte lo que tenéis que hacer o dejar de hacer. Lo más importante es que os mantengáis unidos, que las situaciones complicadas no afecten a vuestra relación. No os hablaré de Dios, solo del amor que tiene que uniros.

—Yo no tengo nada en contra de esa gente, pero no quiero tener miedo cada vez que David sale a trabajar. Y no quiero que mis hijos sientan mi miedo, no quiero que Ángela esté asustada. Y lo está, padre Ángel, lo está. David me repite una y otra vez que él solo quiere hacer su trabajo lo mejor posible, que para eso se ha preparado todos estos años. Me dice que él no habla de política, que todo eso no va con él ni con sus compañeros, que no puede pasarnos nada.

—Es normal que tengas sentimientos encontrados, Carmen, a veces las personas pasamos por situaciones muy complicadas. Si entrar en una iglesia y quedarte allí en silencio te ayuda, hazlo, pero si encuentras otro camino que te ayude más, no lo descartes, de verdad.

—Es que no sé si es bueno que normalicemos ciertas situaciones…

—Encontrar tu propia paz no puede hacerte daño.

—Tiene razón, padre, tiene razón. Pero además hay cosas que no comprendo, ¿cómo pueden algunas personas de la Iglesia posicionarse de parte de esa gente?

—¿A qué te refieres?

—Cuando se produjo el primer atentado con víctimas hubo dos muertos y un cura que fue a dar el pésame a las familias justificó a los asesinos.

—¿Cómo?

—Sí, le dijo a la hija de una de las víctimas que ellos no tenían intención de matar, que la culpa era de la central, la muerte de su padre había sido un daño colateral. ¿Cómo puede un hombre de Iglesia decir eso?

—Si puedes sube otro día con calma, sola, y hablamos de eso. Es un tema muy complejo, hija mía. Tú no pierdas nunca el control. La misión de David debe ser regresar a casa cada día con vosotros; la tuya, cuidar a tu familia como lo estás haciendo. El odio nos ciega, si no sientes odio tus decisiones serán acertadas. Amaos, Carmen, y apoyaos siempre.

No entendía por qué mi madre estaba tan preocupada. Miraba las fotografías que me enseñaba mi padre y escuchaba lo que me contaba, pero el tono dolorido de mi madre al hablar con el fraile Ángel se me colaba dentro y me oscurecía el ánimo, aunque no la entendiera.

—Papá, ¿por qué tiene miedo mamá?

—Están hablando de sus cosas, princesa, ¿tú no tienes miedo a veces por las noches?

—Sí.

—Pues mamá igual.

—¿Y por qué se lo cuenta al fraile Ángel?

—Porque es muy amigo de nuestra familia y confiamos en él. Siempre tiene palabras consoladoras para nosotros.

Al salir, la niebla había levantado. Seguía haciendo viento y mucho frío, pero el sol resplandecía en la nieve y bajaban regueritos de agua cristalina entre las piedras del camino. Mi padre condujo muy despacio de vuelta a casa de los abuelos.

—Mamá, nosotros ya nos amamos, ¿no?

—¿Y esa pregunta?

—El fraile Ángel te ha dicho que tenemos que amarnos, pero yo creo que ya lo hacemos, ¿no?

—Claro, Ángela, claro que nos amamos.

—Y la abuela también me ama, aunque a veces lo disimule.

—Jajaja, por supuesto, hay muchas formas de amar, cariño, y de demostrar el amor.

Cuando entramos en casa, Vica bajó las escaleras muy rápido para venir a nuestro encuentro. Estaba seria, pero ella muchas veces estaba seria…

—David, Lázaro te ha llamado tres veces, me ha dicho que es importante que le devuelvas la llamada cuanto antes.

Mi padre subió a la planta de arriba otra vez con esa cara tensa que yo le conocía tan bien. Mi madre se fue a por Quique sin decir nada. Yo me fui en busca de mi abuelo y le pedí que se sentara conmigo junto al brasero y me contara una de sus historias. Me explicó que cuando él era un niño no había coches ni tractores y que lo hacían todo con las mulas.

—¿Qué son las mulas, abuelo?

—Como un caballo, pero muy trabajador… Ahora ya no hay mulas en ninguna parte, ya no hacen falta, pero antes…

Yo le escuchaba y de vez en cuando levantaba un poco el faldón de la mesa y me quedaba mirando las lucecitas naranjas del brasero.

Papá bajó las escaleras. Seguía con esa cara.

—Carmen, mañana nos volvemos a primera hora.

—¿Por qué? ¿Qué ha pasado?

—El Ayuntamiento de Lemóniz quiere paralizar las obras. Tenemos que rehacer el plan de puesta en marcha.

—Vamos, cariño, a la cama —me dijo mi madre.

—Si papá no me acuesta quiero que me acueste el abuelo.

El abuelo vino conmigo, se hizo un hueco a mi lado en la cama alta de la bisa y estuvo hablándome de sus animales hasta que me quedé dormida. Mi abuelo me amaba, de eso estaba segura.

21
La cabalgata

A pesar del espaldarazo de Madrid,
el Consejo General Vasco tiene la palabra sobre Lemóniz.
(Ere, 4 de enero de 1980).
Marcha antinuclear en bicicleta ayer en Bilbao, bajo el lema
«Por una ciudad habitable».
(Hoja del Lunes, 7 de enero de 1980).

De vuelta en Zilgora, Isabel y mi madre no paraban en todo el día. Y nosotras detrás, claro, y los dos chiquitines, porque de nuestros padres no teníamos noticia hasta bien tarde, cuando ya hacía varias horas que era de noche y hacía un frío húmedo que nos había obligado a meternos en casa. Ahora sé que esa hiperactividad de nuestras madres era un refugio, una forma de negación. Compraban telas y accesorios de mil colores, adornos, bastones de juguete, cosían, cambiaban las cosas de sitio en las casas, cocinaban platos especiales y preparaban cestas de dulces, limpiaban durante horas… Un día hasta fuimos a Bilbao para comprar lo que no podía encontrarse en las tiendas de los pueblos y volvimos con el maletero lleno de bolsas.

—¿Por qué compramos todas estas cosas, mamá?

—Porque van a venir los Reyes Magos y papá los va a acompañar por el pueblo, y vamos a vestirnos todos de fiesta para celebrarlo.

—¿Yo puedo ir de mosca?

—No, cariño, de mosca nada. Habrá trajes de colores, luces y caramelos para todos los niños, y podrás ver a los Reyes.

—¿Y los Reyes solo vienen aquí?

—¿Cómo?

—Si están aquí, ¿los niños de otros sitios no pueden verlos?

—Ah, no, cariño, claro, por eso son magos, son los Reyes Magos, y pueden estar en todas partes a la vez. Por el día van por los pueblos y las ciudades para ver a todos los niños y por la noche, mientras todos dormimos, entran en las casas y dejan los regalos.

—¿Todos los regalos a la vez en todas las casas?

—Eso es.

—¿Y cómo saben dónde vivo yo, mamá?

—Porque los Reyes lo saben todo, cariño.

—¿Y conocen al papá de Andrea?

—Jajaja, claro que sí. Y, además, ¿sabes una cosa? A lo mejor el rey de España viene también estas navidades al País Vasco y podemos ver a Andrea y a su mamá.

—¡Quiero ver a Andrea, mamá, y que la conozca Laura!

Era raro porque también cogíamos mucho el Dos Caballos azul de mi madre para ir a comprar a las tiendas de los otros pueblos, donde vendían lo mismo que en las de Zilgora. Aunque yo percibía confusamente que en las tiendas de fuera era mejor porque nos sonreían más, los hombres y las mujeres de las tiendas no estaban serios con nosotros como los de nuestro pueblo, ni nos decían cosas difíciles de comprender, como que debíamos marcharnos aunque ellos no tenían nada contra nosotros. Pero ¿quiénes eran ellos?, ¿quiénes nosotros? Algunas cosas de los mayores a veces eran complicadas, producían en mí una tristeza turbia que no tenía palabras para expresar.

En una de esas tiendas, una pequeña en la que se vendía un poco de todo y que estaba de camino desde casa al centro del pueblo, el día siguiente a nuestro regreso, la señora Edurne, a quien yo conocía bien, nos dijo:

—Es mejor que penséis en si tenéis que iros, y eso de montar la cabalgata de Reyes no os ayuda nada, y menos a vuestros maridos. Es por vuestro bien, de verdad, yo no tengo nada en contra de vosotros...

Y si no tenía nada en contra de nosotros, ¿por qué nos decía eso? ¿Quería que fuéramos a ver a los Reyes a otro sitio? Muchas veces me cansaba pensar en lo que decían los mayores, era confuso, había contradicciones, dobles sentidos, significados que no lograba descifrar. Mi madre se quedó callada, pero Isabel saltó, ella siempre ha sido más decidida que mi madre, más echada para adelante.

—No tenemos por qué irnos, no estamos haciendo nada malo. Nuestros maridos tienen su trabajo aquí y nosotras solo queremos poder cuidar de nuestras familias y vivir en paz.

Me parecía muy extraño que los desconocidos nos sonrieran más que la gente de nuestro pueblo.

El día de la cabalgata llovía, como casi todos los otros días. Era fiesta y desayunamos los cuatro juntos en la cocina, había de todo, hasta polvorones y fruta escarchada, que nadie comió, pero daban alegría en la encimera. Después, mi padre me explicó que había quedado con otros padres para recibir a los Reyes, que tenía que irse y que nos veríamos por la tarde en la cabalgata. Había estado muy ocupado entre el trabajo y los preparativos desde que llegamos.

Mi madre estaba muy agitada, contenta y parlanchina. Después de comer me ayudó a vestirme, con muchas capas para que no pasara frío, y me puso mi gorro, mi chamarra y mis katiuskas. Cogí mi paraguas y salimos a la calle al encuentro de Laura, Isabel y Jorge, que nos esperaban abajo.

Había mucha gente en la calle, y muchos niños. Todos íbamos a ver a los Reyes, pero seguro que los padres de los demás no los conocían, el mío sí porque estaba ayudándolos en su trabajo de entregar los regalos.

—Fíjate que me sorprende que David haya tenido la iniciativa de organizar la cabalgata —le dijo Isabel a mi madre.

—Quiere que estos sean unos Reyes muy especiales para Ángela… Y también le ha ayudado a mantener la mente ocupada, ya me entiendes. A lo mejor estamos todos un poco nerviosos, yo qué sé… Pero David, de verdad que entre el trabajo y esto de la cabalgata, ha estado más ocupado que el presidente. Para conseguir el coche perfecto ni te cuento la de gestiones que ha hecho.

—¿Y qué coche van a llevar al final?

—Un Citroën Méhari, creo que es, se lo ha prestado un compañero del trabajo.

—¿De esos descapotables?

—Sí, jajaja, verás qué risa.

Ellas iban empujando los carritos de nuestros hermanos y enseguida encontraron un lugar adecuado, un huequito entre toda la gente que ocupaba la acera.

—Bueno, niñas, aquí estamos bien, ahora solo hay que esperar a que lleguen. Veréis qué de regalos traen y qué bonita la cabalgata, ¡tenemos que fijarnos bien para ver a papá!

—Mamá, y si los Reyes traen los regalos, ¿entonces el lechero?

—¿El lechero?

—Sí, en la *ikastola* nos dijeron que los regalos los trae el lechero, pero no el que vive enfrente de casa, uno que lleva una gorra como la de los señores del pueblo de los abuelos y zapatos con cintas enrolladas y un pañuelo rojo. Nos lo enseñó la *irakasle* en un dibujo.

—¡Ah, el Olentzero! —dijo Isabel—. Veréis, los niños que vivís en el País Vasco tenéis mucha suerte porque aquí, además de los Reyes, viene el Olentzero y trae regalos en Navidad.

—¿Y cuándo viene? —le pregunté a mi madre.

—Ya ha venido, pero nosotros en Nochebuena estábamos en casa de los abuelos, ¿no te acuerdas?

—Ah, es verdad.

—Otro año lo veremos, ¿vale?

—Vale..., pero ¿existe o es un cuento? Porque los regalos los traen los Reyes, ¿no?

—Sí, Ángela, los regalos los traen los Reyes —zanjó mi madre, un poco seria de pronto.

Pero en ese momento escuché cascos de caballos en la calle.

—Mamá, ¡caballos!

—Sí, estad atentas que van a llegar ya —nos dijo de nuevo con una sonrisa en los labios y los ojos brillantes.

—¿Y papá?

—Ahora vamos a verle.

Me latía muy rápido el corazón. Empecé a dar saltitos, estaba como loca, y entonces vi el coche descapotable y a mi padre montado en él, entre una montaña de regalos y repartiendo caramelos.

—¡Papá! ¡Papá! ¡Papá!

El coche pasó por delante de nosotras, y justo en ese momento escuché la voz de un señor detrás de mí:

—No sé cómo se atreven…

—¡Es mi papá! ¡Papá! ¡Papá! ¡Aquí, papá! ¡Laura, mira qué de regalos llevan en el coche!

—A lo mejor nosotras tenemos más regalos que los otros niños porque los lleva tu papá…

—¡Mira, Lauraaa, los Reyes, los Reyes!

—Agarraos de los carritos que vamos a movernos un poco —dijo mi madre.

—Jo, mamá, están llegando los Reyes y nos los vamos a perder.

—Tranquilas, solo vamos a colocarnos un poco más adelante para verlos mejor.

Fue difícil avanzar entre tanta gente con los carritos de los bebés. Me pareció que algunas personas nos miraban mal y creí que era porque, al movernos, no dejábamos ver a los otros niños. Por fin encontramos un sitio. Laura y yo nos colocamos en primera fila, las dos de la mano y sin dejar de dar saltitos. Isabel y mi madre se quedaron detrás, y yo pensé que a los mayores no había quién los entendiera porque se pusieron a hablar en lugar de estar atentas a la cabalgata.

—Ese no me sonaba…

—Será de otro pueblo, Carmen, yo qué sé. Pero es inquietante que nos conozca gente que nosotras no tenemos ni idea de quiénes son.

—¡Ni de un día como este nos dejan disfrutar en paz!

—¿No van a darnos más caramelos, mamá?

—Sí, luego haremos la cola para que podáis hablar con los Reyes y os darán una bolsa de caramelos a cada una.

—¡Una bolsa entera para cada una, Laura!

Cuando vi a mi padre al lado de los Reyes, entregando las bolsas de caramelos a los niños y haciéndoles sonreír, me entraron ganas de llorar, pero no estaba triste, al contrario, estaba emocionada.

Enseguida llegó nuestro turno. Mi padre me sentó en las rodillas del rey de la barba blanca y me dio una bolsa con caramelos y regalitos.

—¿Estás contenta? —me preguntó.

—Sí, papá, mucho. Y tú eres muy importante porque trabajas con los Reyes.

Estuvimos jugando en la calle un ratito, hasta que mi padre y Lázaro volvieron y nos fuimos todos juntos a casa paseando. Ya no llovía, y hacía tanto frío que era divertido. Me despedí de Laura en nuestra calle.

—Duerme bien.

—Sí..., pero quiero estar despierta cuando lleguen.

—¡No se puede! Tenemos que estar dormidas.

—¿Por qué?

—Porque, si no, no nos dejarán ningún regalo.

—¿Y si no se dan cuenta?

—Jijiji.

Subí los tres pisos a la carrera. Tenía el estómago cerrado de los nervios y apenas pude cenar, aunque mi madre había dejado preparados unos macarrones con tomate de los suyos, duritos, como a mí me gustaban. Lo que sí hice con entusiasmo fue poner los zapatos en el árbol y colocar el bizcocho y los vasos de leche para los Reyes en la mesa del salón, y una palangana con agua en la entrada para los camellos.

Esta vez vinieron los dos a darme el beso de buenas noches. Mi madre llevaba en brazos a Quique, que lloraba flojito desde hacía un rato.

—Ángela, preciosa, no te levantes, ¿eh? Que si no a lo mejor los Reyes no te dejan nada.

—Vale. ¿Me contáis un cuento de Navidad?

—Venga, te lo cuento yo mientras mamá duerme a Quique. Era un día lluvioso, como hoy, pero también mágico…

—¿Como hoy?

—Sí, como hoy… Entonces las nubes se abrieron y una estrella apareció en el cielo. Era una estrella mucho más brillante que las otras, y esa estrella…

Creo que me quedé dormida antes de que terminara el cuento. En realidad, pienso ahora, no eran los cuentos los que hacían que me durmiera, sino el murmullo de la voz de mi padre, que me arropaba como un manto mágico y protector.

22
Un muñeco bebé para mí

Mil participantes en la marcha ciclista y antinuclear de Bilbao.
(Egin, 8 de enero de 1980).

En cuanto abrí un ojo, fui corriendo a asomarme al salón. ¡Y vi un montón de paquetes envueltos alrededor del árbol!

—¡Mamááá, papááá, han venido los Reyes! —Me subí a su cama y empecé a saltar—. Venga, venga, venga, venga…

Por fin se levantaron. Mi madre cogió a Quique en brazos y fuimos al salón.

—Mira, mamááá, hay muchos. ¿Todos para mí?

—Pues no sé. Mira, han dejado unas tarjetitas. Si me los vas pasando las leemos a ver qué dicen.

Me senté en el suelo junto al árbol y empecé a acercarles los paquetes a mis padres.

—Este verde primero.

—A ver… Pone que es para Laura.

—¿Y este rojo?

—Para Silvia, dice la tarjetita.

—¿Y el mío? ¿Dónde está el mío?

—Jajaja, tú sigue mirando… Pásame ese otro verde más oscuro a ver.

—Toma. ¿Lleva mi nombre?

—Pues sí, aquí pone «para Ángela»... Venga, ¡ábrelo!

Yo quería un muñeco bebé como el que tenía Laura para poder jugar juntas a las mamás. Me costó un poco desenvolver el regalo sin que se rompiera el papel, pero al final lo conseguí.

—Mamá, el dibujo de la caja no es el del muñeco que les pedí a los Reyes.

—¿No les dijiste que te trajeran lo que quisieran?

—Bueno..., pero ayer le dije a Melchor al oído que yo quería un muñeco bebé como el de Laura.

—¿Y seguro que no es? Abre la caja, a lo mejor es que el dibujo de fuera está mal.

Mi padre me ayudó a sacar el muñeco de la caja. Cuando estuvo fuera, debí de quedarme muy seria porque mi madre me miró con expresión triste.

—¿No te gusta, cariño?

—Este no era, mamá, este es demasiado blandito, y de tela. Tiene las manos y la cara naranjas. No es el muñeco bebé. Mira, tócalo. ¿Qué tiene dentro?

—Es gomaespuma... ¿Seguro que no era este el que les pediste?

—Seguro.

Mis padres se miraron.

—Pero es muy bonito, Ángela... Y, además, como vamos a ir a casa de Ana, a lo mejor han dejado allí otro regalo para ti.

—¿Será que otra niña necesitaba el muñeco bebé más que yo?

—Puede ser...

—Pues entonces me quedo con Gomaespuma.

Mi padre soltó una carcajada y mi madre me besó.

—¿Y cuándo vamos con Silvia? ¿Y a Laura no vamos a verla hoy?

—Nos cambiamos y esperamos su llamada para salir hacia Bilbao.

—¿A casa de Silvia?

—Sí, a su casa. Y Laura y sus padres también vienen con nosotros.

—¿Y no miramos el resto de los regalos?

—Pues claro. A ver, ¿qué pone en los paquetes? Quique, Jorge, mamá, papá…

—Quique, toma, abre el tuyo.

—Él todavía no sabe hacerlo, cariño. Ven, dámelo, que yo se lo abro.

Dentro del paquete de Quique había tres regalos: un pijamita, unas llaves de plástico de colores y una cosa con un palo y una bola en el extremo que hacía ruido.

—¿Esto qué es, mamá?

—Un sonajero.

—Ah… Me gusta que las llaves sean de colores. *Horia, berde, urdina etagorri.*

—¡Hala, ya te los sabes en *euskera!*

—Sííí, y falta el color *beltza.*

—Así se llama el perro de la vecina, ¿no?

—Sí, Beltza, porque es de color negro… Y también me los sé en inglés: *yellow, green, blue and red.*

—Huy, qué bien. En inglés te los ha enseñado papá, ¿verdad?

—Sí, en el cole solo se los saben en *euskera* y en español.

Riiing.

—…

—Dime, Ana, nosotros ya estamos casi listos.

—…

—Vaya, hombre. Vale, yo llamo a Isabel y a Lázaro. ¿Avisas tú a Lucía?

—…

—Venga, ahora os llamo.

¿Había cambio de planes?

—¿Qué ha dicho Ana, mamá?

—David, voy a llamar a Isabel, hay manifestación en Bilbao, es mejor que no vayamos.

Mi madre descolgó el teléfono otra vez.

—Isabel, no podemos ir a Bilbao, hay manifestación.

—...

—Vale, espero.

—...

—Dime.

—...

—Ah, pues muy bien, me parece buen plan. En un rato vamos para allá. ¿Llamas tú a Ana y se lo comentas?

Cuando colgó no estaba seria, al contrario, parecía tan ilusionada como yo con los regalos. A ella le habían traído un colgante de plata precioso, y cuando lo vio se acercó a mi padre y le dio un beso muy cariñoso. Supuse que sería porque él había ayudado a los Reyes y, por eso, también era un poco como si los regalos fueran de su parte.

—Lázaro va a reservar para comer en un caserío y nos vamos todos juntos para allá. ¡Nos llevamos los regalos!

—Perfecto. Me gusta el cambio de planes. Yo llamo a Jon y a Lucía.

Ahora yo ya sabía que el caserío no era un solo sitio, sino todas esas casitas como de cuento y con prados alrededor, como la del lechero que estaba enfrente de nuestra casa. A veces íbamos a comprar la leche allí, el lechero nos la daba en botellas de cristal que después había que devolver, y mi madre decía que esa era una leche muy especial porque las vacas que la daban tenían nombre y se pasaban el día paseando por los prados.

Mi padre bajó al garaje y nosotros esperamos dentro del portal a que apareciera su coche por la rampa. Ahora lo hacíamos así. Lázaro ya estaba con el suyo en la calle.

—Venga, todos arriba, vamos a seguir a Lázaro, que ellos saben dónde es.

Nuestro garaje siempre estaba cerrado, pero el de los padres de Laura siempre estaba abierto: Isabel o Lázaro esperaban en el portal con los niños y el otro bajaba por la rampa y desde dentro del garaje daba una voz para que todos bajaran. Cada cual con sus costumbres...

Ese día fue Isabel quien bajó primero, pero antes se acercó a nuestro coche.

—Carmen, ¿quieres que nos llevemos a Ángela para que vaya con Laura?

—Claro. ¿Quieres ir con ellos, Ángela?

—¡Sííí!

—Pues espera aquí, bajo un momento y ahora os aviso.

Isabel desapareció por la rampa y enseguida la escuchamos desde la calle:

—¡Despejado!

Mi madre me abrió la puerta del coche, salí disparada hacia donde estaba Laura y bajamos juntas la rampa de su garaje. Detrás venía Lázaro con Jorge en brazos. Yo llevaba a Gomaespuma bien sujeto debajo del brazo.

—No me han traído el muñeco bebé, Laura. Pero, mira, se llama Gomaespuma.

—Yo te dejo el mío si quieres. ¿Estás triste?

—No porque el bebé estará con una niña que lo necesite más que yo. ¿A ti qué te han traído?

—Un disfraz de princesa. Tampoco es lo que les había pedido, pero me gusta mucho.

Cuando llegamos al caserío, Silvia e Iñaki ya estaban allí. Hacía frío, pero no llovía, así que pudimos quedarnos un rato fuera. Era un lugar precioso, verde, verde, y había un columpio colgado de un árbol muy grande en mitad del prado.

—Hola, niñas, ¿qué os han traído los Reyes? —nos preguntó Ana.

Las dos nos pusimos a hablar a la vez y nos dio la risa.

—Mirad, ahí están Jon y los suyos, acaban de llegar.

Por el fondo del prado vi aparecer al señor de gafas delgadito, el de los abrazos, y a la madre de Gonzalo, que llevaba en brazos a Fernando, su hijo pequeño. Marcos, el mayor, venía cargado con bolsas.

—¡Holaaa! Qué alegría veros a todos… Vienen también Carlos y su mujer, iban a acercarse a casa y les hemos dicho que se apuntaran al plan del caserío.

—Estupendo.

Yo me acerqué despacito al padre de Gonzalo en busca de un abrazo, y él me subió por los aires como a veces hacía también mi padre.

—Ángela, preciosa, ¿qué tal se han portado los Reyes?

—Muy bien.

—Eso es que has sido una niña buena, ya lo sabía yo…

Me llamaban mucho la atención sus gafas, y además quería ver esos ojos suyos tan brillantes sin los cristales. Traté de quitárselas mientras me sostenía en brazos.

—No te dejes, que a lo mejor se las queda, jajaja —se rio mi padre.

Jon me dejó en el suelo y se agachó.

—Mira, yo me las quito, ¿quieres verlas?

Cogí las gafas y miré a través de ellas: se veía muy mal. Luego me quedé mirándole fijamente a los ojos. Noté que se hacía un silencio y él enseguida volvió a abrazarme.

—Venga, niños, pasad conmigo al saloncito, que los Reyes han sido muy generosos y hoy todo el mundo tiene regalos —dijo Ana.

Encima de la mesa había ya muchos paquetes, y nuestras madres fueron colocando más y más. Casi no cabían. Gonzalo, Laura y yo teníamos los ojos como platos; los niños mayores no parecían estar tan nerviosos como nosotros. Silvia estaba hablando tranquilamente con Marcos, y ninguno de los dos parecía muy interesado en lo que había encima de aquella mesa.

Un poco apartado, como siempre, estaba Iñaki, el hermano mayor de Silvia. Él nunca hablaba con nosotros, solo con su hermana, que en cambio sí nos hacía mucho caso. Iñaki era alto, moreno y muy guapo, como su padre, que tenía los ojos achinados y los labios de color rosa. Además, Aarón, el padre de Silvia e Iñaki, siempre se reía y cantaba muy bien. Ese día todavía no había empezado a cantar, pero solo teníamos que esperar.

Silvia se acercó a nosotros.

—¿Nerviosos?

—Sí.

—¿Cuándo vamos a poder abrir los regalos?

—Luego, después de comer, tú tranquila que de ahí no se mueven.

Empezó a salir la comida e Isabel, tan dispuesta como siempre, se puso a organizarlo todo. Había dos mesas en ese salón, una para los regalos y otra, más grande, para sentarnos a comer.

—¿Qué tal un poco de música en lo que nos traen la comida?

Era muy divertida la música que ponía Isabel, daban ganas de bailar a lo loco, no como en las clases de *ballet* o con la música que ponía mi padre en casa, y además ella siempre bailaba con nosotras. Esa vez puso una canción que ya habíamos escuchado antes.

—Venga..., todos a bailar, que esta os la sabéis. Es *Ring my bell.* —Sacó de uno de los bolsillos grandotes de su abrigo esa campanita que muchas veces llevaba encima y la dejó encima de la mesa.

Isabel cantaba en inglés y, rapidito entre verso y verso, nos iba diciendo qué significaba la letra.

—*I'm glad you're home...* Estoy contenta de que estés en casa. *Now did you really miss me?...* ¿De verdad me has echado de menos? *I guess you did by the look in your eye...* Es lo que creo por tu forma de mirarme... —Y mientras iba dando vueltas a la mesa y colocaba los platos y los cubiertos sin dejar de bailar.

Miré a Iñaki y me di cuenta de que estaba pasándoselo bien, aunque trataba de disimular, a lo mejor para que quedara claro que nosotros éramos demasiado pequeños para él.

—¿Os acordáis quién canta esta canción?

Silencio. Miradas fijas en la campanita: estaba acercándose el estribillo.

—Pero qué poco interés, es Anita Ward... *You can ring my bell, ring my bell...*

Iñaki se movió rapidísimo, cogió la campanita y empezó a agitarla en el aire por encima de nuestras cabezas. Gonzalo, Laura y yo dábamos saltos para tratar de alcanzarla, le tirábamos del jersey y nos agarrábamos a sus pantalones, pero no había manera. Entonces Silvia se acercó a mí y me aupó para que pudiera llegar. ¡Y por fin me hice con la campanita!

—¿Sabes qué? A partir de ahora te voy a llamar Cascabel.

—¿Cascabel?

—Sí, porque no paras quieta, sonríes todo el tiempo y haces que los demás sonriamos también.

Noté cómo mis labios se estiraban y dejaban al aire todos mis dientes. Y de verdad que no fui yo, fueron mis labios solos los que hicieron eso.

Silvia me cogió de la mano y me llevó a la mesa con los mayores.

Había perdido de vista a Laura y yo quería sentarme a su lado. Estaba con Gonzalo, los dos sentados ya en la mesa. Me dirigí a ellos y me hicieron un hueco al lado de mi amiga. Al otro lado se sentó Silvia, y yo pensé que tenía mucha suerte de tener tantos amigos.

Carlos, el papá de Karlitos, era el único que seguía de pie, y su mujer se puso a llamarle a gritos.

—Que sí, Asun, que ya voy... Estoy buscando una cosa importante para que la vean todos —dijo mientras rebuscaba en una bolsa, con sus ricitos cayéndole sobre la frente.

Por fin encontró un libro con la tapa de color blanco, con una foto en la que salía un montón de gente. Reconocí la bandera roja con las líneas verdes.

—Quiero que le echéis un vistazo a esto, ya sé que no es el mejor momento, pero necesito que leáis una cosa, mirad, he marcado la página... *Euskadi o Lemóniz* se titula el libro.

Jon y Aarón se levantaron para acercarse a Carlos. Mi padre no, él siguió hablando con Iñaki. Se habían sentado juntos y ya habían empezado a comer. Supongo que mi padre estaría preguntándole por los estudios porque siempre lo hacía.

—¿A ver?

—¡Estos son nuestros nombres!

—Sí, nos hacen responsables... ¿Os dais cuenta? ¡Ya estamos señalados!

—Carlos, déjalo estar, por favor. ¿Quieres fastidiarle a todo el mundo el día de fiesta? Ya deberíamos estar acostumbrados a esas cosas.

—Pero, Aarón, al menos tenemos que estar enterados de lo que están haciendo, nos afecta directamente.

—¿Y de qué nos sirve? Nosotros solo somos ingenieros, hacemos nuestro trabajo y punto.

Aarón cogió el libro, pasó rápido las páginas y se paró en un punto. Luego lo cerró con fuerza y fue a dejarlo en una silla que había en una esquina. De vuelta a la mesa cogió una botella verde con un líquido oscuro y llenó tres copas. Levantó la suya en el aire y dijo muy alto:

—¡Tenemos unas familias estupendas! ¡Por nuestras magníficas mujeres y por nuestros hijos!

Carlos se levantó también, pero él no sonreía.

—¿Soy yo el único que está preocupado? Hoy no hemos podido ir a Bilbao por la manifestación. A David y a Lázaro y a sus familias los están vigilando. En la puerta de mi casa hay dos pintadas, *«Lemoiz apurtu»* y *«Lemoiz Goma-2»,* eso quiere decir que saben dónde vivo, y cada vez que veo esas pintadas, cada maldita vez que entro y salgo de mi casa, siento escalofríos. ¿Ya sabéis lo de Javier Rupérez? Dice que mientras estuvo secuestrado, entre otras cosas, trataban de obtener información sobre Lemóniz. —Y de golpe Carlos se quedó callado y se sentó.

Nadie decía nada. Yo ya no podía aguantar más y le hablé a Silvia en voz bajita:

—Silvia, ¿qué es *«Lemoiz apurtu»?*

—¿Qué?

—Lo ha dicho el papá de Karlitos.

—Cascabel, no tienes que hacer caso de las conversaciones de los mayores. A veces no se entienden bien.

—¿Y Goma-2?

—Toma, prueba un poco de empanada, que está buenísima, y deja ya a los mayores con sus cosas.

—Este es Gomaespuma. Me lo han traído los Reyes. ¿Goma-2 es algo parecido?

Silvia no me contestó. Isabel acababa de levantarse y estaba diciendo en voz alta y con una sonrisa muy grande:

—¡Los que hayan terminado de comer y quieran ver sus regalos que vengan conmigo!

En realidad, todos teníamos los platos a medias, pero Gonzalo, Laura, Silvia y yo nos levantamos como flechas y nos colocamos alrededor de la mesa de los regalos.

—A ver, despacito, de uno en uno para que todos podamos ver lo que os han traído, ¿vale?

Pero no hubo manera. Se montó un revuelo tremendo alrededor de la mesa. Todas las madres y el resto de los niños mayores estaban ya en la mesa, y ahora los padres se acercaban también, algunos con sus copas en la mano y masticando todavía. Lucía se acercó a mí.

—Ángela, este estaba en mi casa, es para ti…

Era una caja muy grande, así que me senté en el suelo para abrirla. ¡El muñeco bebé! ¡Los Reyes se habían equivocado de dirección!

—Lucía…, yo creo que los Reyes saben que me conoces y por eso han dejado el regalo que les pedí en tu casa.

—Claro, preciosa, los Reyes son muy listos. ¿Te gusta?

No respondí, pero le di un abrazo enorme y supe que ella me entendía.

Los niños nos pasamos toda la tarde jugando con nuestros juguetes nuevos mientras los mayores seguían hablando. Pero ya nadie volvió a ponerse triste: escuché de fondo las canciones de Aarón, y los coros y las risas de todos.

En el coche, de vuelta, llevaba abrazados a mi muñeco bebé y a Gomaespuma, y con los dos bien apretados y las voces de mis padres de fondo me quedé dormida.

—¿Qué ponía en ese libro, David?

—Nuestros nombres, Carmen, aparecen todos nuestros nombres. Carlos está agobiado, obsesionado, diría yo. Jon y Aarón han tratado de tranquilizarlo. Yo no he querido prestarle demasiada atención. No era el día. He estado hablando mucho con Iñaki. Es un chaval encantador.

—¿Y ellos qué dicen?

—Pues lo mismo que pensamos nosotros, Carmen, que no puede pasarnos nada, la situación es incómoda, qué duda cabe, pero nosotros no somos políticos ni empresarios ni nada, solo ingenieros, hacemos nuestro trabajo, el trabajo que nos han encargado, y punto.

—Es que…, David, a Carlos y a Asun les están marcando, ¿y tú no crees que a nosotros también? Para mí es evidente que sí.

—¿Podemos dejar esta conversación? No creo que nos lleve a ninguna parte, de verdad.

—Ay, David, yo solo quiero saber que estáis seguros, que no va a pasarnos nada… Asun nos ha dicho que hay gente de «ellos» dentro.

—Carmen…, basta ya. Todo está bien.

Sentí el frío cuando papá abrió la puerta del coche para bajar al garaje y escuché la voz de mamá:

—¿Despejado?

Mi padre no respondió. Ninguno de los dos dijo nada. Él me cogió en brazos y me subió a casa. Y en la cama, cuando estaban acostándome, de pronto me desperté con una idea fija.

—¿Y Andrea, mamá? Yo quería ver a Andrea.

—Mañana hablamos de todo, mi vida, ahora duerme tranquila…

23
Papá es malo

El Ayuntamiento de Lemóniz deja sin efecto la orden de paralización de las obras de la central nuclear.
(*El Correo,* 10 de enero de 1980).
Los antinucleares ocupan el Consejo General Vasco. Denuncian las posturas de las consejerías de Ordenación Territorial y Cultura.
(*Egin,* 13 de enero de 1980).
Homenaje a David en Barrika.
Según un representante en la Comisión de Defensa de una Costa Vasca No Nuclear: «Se le recuerda porque dejó abierto un horizonte de libertad y de esperanza».
(*Egin,* 15 de enero de 1980).

¿Por qué los Reyes traen los regalos justo cuando acaban las vacaciones? Esta es una pregunta que de niña me hacía al final de todas las Navidades. Y aquella vez, además, la vuelta al colegio no fue fácil. El primer día me llevé a Gomaespuma, quería que sintiera que a él también le quería porque los días anteriores solo había jugado con mi muñeco bebé. Así que entré contenta con Laura en la *ikastola*, deseosa de enseñárselo a todos. Pero Asier no me dijo ni hola, se mantenía todo el rato apartado de nosotras.

—Laura, ¿Asier está enfadado?

—No lo sé. No quiere jugar con nosotras. Yo creo que está triste.

—A lo mejor no le han traído nada los Reyes.

—¿Le preguntamos?

Entre las dos conseguimos pillarlo en una esquina de la clase, no tuvo forma de escaparse.

—¿Por qué estás triste, Asier? ¿No te han traído nada los Reyes? —le pregunté.

—¿Los Reyes? Sí me han traído cosas.

—¿Y no estás contento?

—Mi *aita* se enfadó cuando vio al tuyo en la cabalgata.

—¿Por qué?

—No lo sé. Dice que no sois buenos, que vuestros *aitas* no son buenos.

—¿Y por eso no quieres hablar con nosotras?

—Sí. Si vuestros *aitas* son malos, vosotras también.

—Mi papá no es malo.

—Sí, es malo, y tú no eres mi amiga. —Y me dio un empujón.

Entonces me acordé de lo contenta que me había puesto al ver a mi padre en la cabalgata, ayudando a los Reyes y haciendo sonreír a todos los niños, me acordé de sus besos de buenas noches y no pude evitar darle un mordisco a Asier en el brazo. Laura me miró asustada, y vi que la *irakasle* venía hacia nosotros. Me cogió del brazo y me puso en una esquina.

—¡Ángela, eso que has hecho está muy mal!

—Está diciendo cosas malas de mi papá.

—Da igual, eso está muy mal, Ángela. Vas a quedarte aquí hasta que yo te diga, castigada.

Asier se marchó acariciándose el brazo, pero no me pareció que estuviera contento de que me hubieran castigado, fue a sentarse en una de las sillitas y se quedó ahí mirando para abajo. Yo no pude salir al patio y Laura no jugó con nadie. La veía por la ventana sentada en las escaleras y me daban ganas de llorar. Seguro que tenía frío porque las escaleras eran de cemento y el cemento en invierno está muy frío.

Cuando salimos, Isabel apareció enseguida con el coche y paró solo un momento para que nos subiéramos, así que no nos dio tiempo de jugar un poco en la plaza, como nos gustaba hacer siempre y realmente aquel día lo necesitábamos. Hacía ya algún tiempo que nuestras madres venían a buscarnos con sus coches a la *ikastola*. Nos habían dicho que para ellas era mucho más cómodo que tener que esperar la furgoneta.

—Venga, niñas, rápido, nos vamos —nos dijo nerviosa, ella que nunca perdía los nervios.

Jorge iba dormido en su capazo, que estaba en el asiento de atrás.

—Mamá, hoy Ángela ha mordido a Asier.

—¿Cómo que ha mordido a Asier?

—Sí, él nos ha dicho que nuestros papás son malos. ¿A que no es verdad, mamá?

—Pues claro que no.

Isabel contestaba a las preguntas de Laura, pero era como si no estuviera allí.

—¿No vamos a casa? —pregunté yo; me había dado cuenta de que íbamos por otro camino.

—No, vamos a otro sitio.

—¿Y mi mamá?

—Carmen está en el médico con Quique, ha ido con la mamá de Silvia. Luego nos encontramos con ellas.

—¿Y dónde vamos?

Isabel conducía rápido y no dejaba de mirar a todos lados. Me sonaban algunos de los sitios por los que pasábamos, pero no sabía dónde estábamos. Había mucha gente en la calle, llevaban carteles y gritaban. Escuché que pronunciaban el nombre de mi padre.

—Gritan cosas de mi papá, Isabel.

—No, Ángela, es otro David.

Por fin llegamos a una casa que no estaba en un pueblo, una de esas casas que se veían desde la carretera, en mitad del campo y con jardín alrededor. Isabel aparcó a un lado de la valla y vi que se aproximaba una mujer a recibirnos. Cuando estuvo cerca, la reconocí: era Asun.

—¡Isabel! Entrad, entrad.

—Hola, Asun, gracias, no sabía adónde ir.

—Pero ¿qué ha pasado?

—He recibido una llamada extraña en casa. Lázaro no está. Carmen ha ido a Bilbao y no puedo localizarla. Y hay movimiento por todas partes…

—Por lo de David Álvarez, ¿no?

—Sí, la manifestación es mañana, pero el ambiente está cargadísimo ya... Y cuando estás sola y de repente se monta un lío así, no sabes ni dónde meterte. Y esa llamada... Aquí estáis mejor, más alejados de todo.

—Anda, calentaos cerca de la chimenea. Voy a traerles algo de merendar a estas niñas, que estarán muertas de hambre.

—Yo quiero Nocilla.

—Bueno, Laura, Asun os dará lo que tenga, ¿vale?

Isabel se sentó en el sofá y le dio el pecho a Jorge, que también estaría hambriento, y enseguida Asun volvió con un plato lleno de sándwiches de Nocilla y dos vasos de leche. Nos quedamos mucho rato en su casa y pudimos ver en la tele a Félix Rodríguez de la Fuente, que nos gustó sobre todo por la música del principio.

Riiing. Asun entró en el salón para coger el teléfono, y detrás vino también Isabel.

—...

—Dime, Carlos.

—...

—Vale, vale, menos mal que estás bien. Yo estoy aquí con Isabel y las niñas, no sabía qué hacer, ha recibido una llamada rara en casa y con la que se está preparando...

—...

—Cuando han llegado estaba muy nerviosa, pero ahora estamos todas bien. Dentro de un ratito se irán a casa.

En cuanto colgó, Isabel le preguntó:

—¿Qué te ha dicho?

—Que han tenido problemas a la entrada y a la salida de la central. Carmen ha podido localizar a David desde una cabina en Bilbao. Allí también están con jaleo. —La palabra *jaleo* me desorientaba bastante: no sabía si el jaleo era bueno o malo.

Mi madre y mi hermano ya estaban en casa cuando llegamos.

—Carmen, día desastre total.

—Yo mejor ni te cuento. ¿Cómo han estado las niñas?

—Bien, ¿y el pequeño? ¿Qué te ha dicho el pediatra?

—Me ha dado una pauta nueva para las tomas, más tomas de menos cantidad cada una, veremos, mañana te cuento despacio. Llamé a David desde Bilbao. Hay un lío tremendo para salir de la central. Vendrá con Lázaro, y lo más probable es que lleguen tarde.

Me costó mucho aguantar despierta en mi cama hasta que por fin oí las llaves en la puerta. Me levanté y fui corriendo al encuentro de mi padre. Mi madre también estaba en la puerta, pero no le dejé que le preguntara nada antes que yo porque mi pregunta era muy rápida y muy importante:

—Papá, ¿eres malo?

—¿Cómo?

—Me han dicho hoy en la *ikastola* que eres malo.

—¿Malo?

—Sí. Me lo ha dicho Asier, y yo le he mordido el brazo.

—Cariño, no se puede morder a los otros niños, digan lo que digan.

—Pero, papá..., tú no eres malo.

—Claro que no, pero alguien puede pensar que sí, y no podemos hacerles daño a los que piensan diferente solo porque piensen diferente, ¿no te parece?

24
No más paseos con papá

La voladura de las baterías no retrasará la entrada en funcionamiento de Lemóniz.
Un comando las explosionó el domingo en Vitoria.
(*El Correo,* 5 de febrero de 1980).
Tres individuos armados y encapuchados explosionan varias
pilas con destino a la central de Lemóniz.
(*ABC,* 5 de febrero de 1980).

Los domingos, muy temprano por la mañana, mi padre salía a correr. Volvía contento, colorado y sudoroso, y nos pillaba a nosotras todavía con el desayuno. Se metía en la ducha y yo entonces terminaba de hacerlo todo muy rápido para estar lista cuando él saliera. ¡Porque los domingos era el día de nuestro paseo con Lázaro y mi padre! Nos encantaban aquellos paseos. El mundo al revés, decían las amigas de Isabel y de mi madre: ellas se iban al bar a tomar un café o el aperitivo y nosotras salíamos a pasear con nuestros padres. Primero eran los sábados, pero ahora hacía ya unas cuantas semanas que salíamos los domingos. Nos sentíamos muy mayores y muy orgullosas caminando a su lado.

Cuando había «jaleo» en la calle, y ahora cada vez con más frecuencia las calles estaban llenas de esa gente con sus fiestas, sus pancartas y sus canciones, nos cambiaban el paseo por una excursión. Esos domingos nos íbamos a pasar el día a un caserío o a un pueblecito marinero con los amigos de nuestros padres, y era también muy divertido: varias veces fuimos al pueblo de los padres de Silvia, que estaba muy lejos y era genial porque nos dejaban jugar todo el día a los niños solos por la calle sin vigilarnos. Aun así, yo prefería los paseos con mi padre. Duraban menos, pero eran momentos realmente muy especiales para mí.

Aquel domingo las calles debían de estar tranquilas, sin gente festejando, ni esos otros señores vestidos de uniforme que miraban muy atentos a todo el mundo y nunca sonreían, así que habría paseo.

—Ángela, vamos, que tu padre ya está listo.

—¡Sí, sí, mamá, ya voy!

—David, la niña ya está, y Lázaro acaba de llamar al telefonillo. Os espera abajo. Hoy viene Asun a tomar el aperitivo con nosotras.

El gran bigote negro de Lázaro me dejaba hipnotizada, no podía dejar de mirarlo. Mi padre no llevaba bigote y, además, él es muy rubio y con los ojos claros, todo lo contrario que Lázaro. Cuando Lázaro hablaba, me costaba concentrarme en lo que decía porque los movimientos arriba y abajo de ese bigote negrísimo acaparaban toda mi atención.

Laura iba feliz de la mano de su padre, lo mismo que yo. Sus ojos negros se dirigieron a mí y después a sus manos entrelazadas; yo la miré a ella y luego también las manos juntas de mi padre y mías, y los cuatro echamos a andar por el paseo bordeado de pinos en dirección a la playa. Allí lo llamaban «la campa», pero en mi casa se decía «el paseo» y a mí me gustaba llamarlo así. Al cabo de un ratito nos soltamos y nos adelantamos un poco para recoger piedras y agujas de los pinos. Sabíamos que nuestros padres venían detrás, sin quitarnos ojo.

—Mira, Ángela, un caracol.

—¿Crees que podemos cogerlo sin hacerle daño?

—No sé... ¡Papá, hemos encontrado un caracol! ¿Podemos cogerlo? ¡¿Papá?!

Las dos levantamos la vista del caracol y nos sorprendió mucho no ver a nuestros padres.

—Yo creo que se han escondido para que los busquemos.

—¡Qué bien, me encanta jugar al escondite!

Miramos alrededor, volvimos atrás unos pasos por el paseo y ahí estaban, a la vuelta de una pequeña curva hablando con un desconocido.

—Laura, ese señor tiene la sombra.

Sin darnos cuenta, nos cogimos de la mano y caminamos despacito hacia ellos.

—Vamos, a lo mejor así la sombra desaparece, como otras veces.

¡Teníamos superpoderes! Al acercarnos, el desconocido nos señaló, se alejó caminando deprisa y se llevó la sombra con él. De todas formas, nuestros padres estaban muy serios. Nos cogieron en brazos, lo que era muy raro porque nosotras ya éramos niñas mayores, y volvimos rápido hacia el pueblo. Todavía nos llevaban a cuestas cuando llegamos al bar donde estaban Isabel y mi madre.

—Isa, Carmen, nos vamos a casa —dijo Lázaro desde la puerta.

—¿Por qué? ¿Qué ha pasado?

—Salid, hablamos en la calle.

Las dos salieron enseguida del bar empujando los carritos.

—¿Y bien?

—Han venido a hablar con nosotros. Que saben dónde vivimos y quiénes son nuestras hijas.

—Nosotras hemos tenido miradas, ¿iban de negro y rojo?

—Sí, aunque esta vez solo era uno.

—Pues en el bar han entrado dos, se han puesto a mirarnos y no hemos podido seguir tomando el café.

—Tendremos que cambiar de costumbres.

—¿Otra vez?

Mientras seguían hablando, Laura y yo nos pusimos a jugar con una cuerda roja que habíamos encontrado en el paseo. Ella tiraba hacia un lado y yo hacia el otro, y me gustaba comprobar que las dos éramos igual de fuertes.

En casa, silencio, solo silencio. Ni Quique chistaba.

Riiing.

Fue a cogerlo mi padre. Pero no dijo nada, solo meneaba la cabeza y pronunciaba algunas palabras cortas: «Ajá», «Ya», «No, claro», «Habrá que evaluarlo»...

—¿Qué ha pasado, David? ¿Quién era?

—Jon. Ha habido un atentado en Vitoria. Esta mañana cuatro encapuchados han hecho explotar material que tenía que llegar a la central. Secuestraron durante unas horas al encargado del almacén y luego huyeron en su coche. Tengo que hacer un par de llamadas.

—¿Y ya está?

—¿Si ya está qué, Carmen? Creo que esta tarde tendremos que acercarnos a la central. Nos piden que valoremos el coste de las pérdidas, y esto vuelve a retrasar el montaje.

—¿Y lo que nos ha pasado a nosotros hoy?

Mi padre no respondió. Mi madre, también en silencio, se llevó a Quique a su habitación. Yo fui a sentarme a mi mesa azul y saqué mi cuaderno de letras y colores, pero me quedé ahí sin decidirme a coger los lápices. Mi padre iba a marcharse al trabajo otra vez, y yo sabía que aquel había sido nuestro último paseo solas con ellos.

25
El señor del periódico

Más de 200 cargos electos del País Vasco piden la paralización de Lemóniz. 171 representantes de partidos acordaron no pagar el recibo de la luz.
(*Hoja del Lunes,* 24 de marzo de 1980).
Campaña contra la central nuclear de Lemóniz.
(*La Vanguardia,* 25 de marzo de 1980).

Laura y yo ya estábamos hechas unas auténticas bailarinas, o eso al menos era lo que nos decían en casa cuando volvíamos de clase de *ballet* y les enseñábamos a nuestros padres lo que habíamos aprendido. Y era verdad que nos sabíamos muchos pasos ya, aunque todavía no teníamos tutú.

Ese otro pueblo, donde estaba la escuela de *ballet,* era precioso, había muchos barcos en el puerto y casas como castillos de verdad en el paseo. Los días que no llovía demasiado nuestras madres nos dejaban correr por delante de ellas, sin ir agarradas de los carritos de nuestros hermanos, y ellas miraban menos alrededor y las veíamos charlar en la calle, no susurrar siempre como hacían ahora en Zilgora. Y allí nos miraban menos por la calle, o a lo mejor era que ya nos habíamos acostumbrado a esas miradas, puede ser.

Para ir, cada día cogíamos un coche diferente, el de Isabel, el de Lázaro, el de mi padre o el de mi madre.

—Mamá —dijo Laura cuando acabábamos de aparcar el coche de Isabel para caminar un poco por el paseo antes de ir a clase—, ¿por qué no venimos siempre en el coche de Carmen? Me gusta más el coche de Carmen.

—Ya hemos hablado de eso, preciosa, así es más divertido.

—Pues a mí no me parece más divertido. ¿Y a ti, Ángela?

—¿A mí? —No estaba escuchando, me había quedado mirando a un señor que leía el periódico, lo había visto varias veces a la puerta de nuestra casa cuando salíamos, esa tarde también, y ahora estaba allí otra vez, con su periódico.

—Ángela, ¿qué miras?

—Nada, mamá.

—¿A ti te parece divertido cambiar de coche cada vez que venimos a *ballet?*

—A mí lo que me parece divertido es ir mirando las matrículas, ya no nos equivocamos nunca.

Era un juego nuevo. Nos lo habían explicado hacía poquito, un día que íbamos las cuatro juntas en el coche de vuelta de la *ikastola.* Quique y Jorge se habían quedado durmiendo la siesta en casa de Isabel con Silvia, y nuestras madres vinieron a buscarnos solas. Yo, hasta que no me lo explicaron, ni siquiera me había fijado en que los coches llevaban esas plaquitas con números, y ahora no podía parar de leerlos.

Ese día, como tantas veces, Isabel y mi madre iban delante, hablando de sus cosas, y nosotras jugábamos a imitarlas detrás: ahora que las dos teníamos un muñeco bebé jugábamos mucho a las mamás.

—Isabel, han encontrado un listado de matrículas. Ayer nos llamó la Policía.

—Sí, a nosotros también.

—Estamos en esa lista.

—Lo sé, casi todos nosotros.

—¿Tú has hablado de esto con Lázaro?

—Lo justo, solo me dice que es normal, que la situación provoca estas cosas, pero que no hay que preocuparse, que no debemos asustarnos.

—De verdad te digo que eso de no preocuparse empieza a preocuparme. Y perdona el juego de palabras, tú me entiendes. David no suelta prenda, no hay manera, se queda callado cuando saco estos temas, o me sale con lo de no preocuparse.

—A partir de la semana que viene irán cambiando coches y horarios, eso sí me lo ha dicho. Y parece que nosotras tendremos que hacer lo mismo.

—¿Ves? Yo de eso todavía no sabía nada… Ayer hablé un rato por teléfono con Ana. Me contó que ETA los vigila hasta desde fuera con un telescopio. ¿Qué estará pasando allí dentro?

—Carlos, que ya sabes que cuenta más, parece que sí está asustado. Me lo ha contado Asun, dice que está cambiando hasta en casa, se comporta de forma muy extraña y ella ya no sabe qué hacer. Él dice que los tienen dentro trabajando con ellos.

—¿Cómo que los tienen dentro?

—Entre los más de tres mil trabajadores que hay ahí dentro, vete tú a saber, tiene que haber de todo.

—¿Y eso no se puede controlar?

—Pues ya ves las medidas de seguridad que hay, son enormes; los controles en la carretera, las alambradas, los puestos de vigilancia por todas partes…, pero supongo que será muy difícil, Carmen, los malos son listos. Asun dice que su marido está menos expuesto que los nuestros, y que precisamente por eso ve más cosas.

—¡Dios mío! Lázaro y David estarán al tanto de todo eso, ¿no?

—No lo sé, pero el asesinato de esos dos trabajadores se organizó desde dentro, alguien los ayudó, de eso parece que no cabe duda.

Mi madre se quedó callada, y de pronto se giró rápido y nos sorprendió mirándolas.

—Mamá, ¿jugamos a contar?

—Eh…, mirad, vamos a jugar a un juego nuevo que va de números, ¿queréis?

—¿Qué juego?

—Vamos a leer por turnos los números de las matrículas, a ver cómo de rápido podéis hacerlo. Y cuando ya lo hagáis muy rápido, jugaremos a aprendérnoslas de memoria, ¿vale?

—¿Qué son las matrículas?

—Son los números que llevan los coches delante y detrás, ¿veis? —nos preguntó mientras señalaba las matrículas de los coches que había aparcados en la calle—. ¿No os habíais fijado?

—Hala, no... ¿Y para qué son esos números?

—Cada coche tiene unos diferentes, así están identificados y se puede saber de quién son.

—¿Y para qué se quiere saber de quién son?

—Pues, por ejemplo, para encontrarlos si se pierden.

—Ah. Pero jugamos a decir los números en *euskera,* ¿no? Begoña nos dice siempre que tenemos que practicar.

—Fenomenal, y así nos los enseñáis a nosotras.

Así fue como empezó lo de las matrículas, y luego, además, en el juego se introdujo un elemento más: una libretita en la que Isabel o mi madre anotaban los números que nosotras íbamos diciendo en alto. A veces nos dejaban ver esa libretita; ya teníamos un montón de matrículas apuntadas.

—Niñas, vamos a dar la vuelta, que al final llegamos tarde a clase.

—Y entonces, mamá, cuando nosotras venimos en el coche de papá, ¿David y él vuelven juntos del trabajo? —preguntó Laura.

—Sí, cariño, papá y David van casi siempre juntos al trabajo, y también vuelven juntos, claro. Como Ángela y tú a la *ikastola,* ya sabes que ellos son muy amigos, igual que vosotras dos. ¿A que a vosotras os gusta ir juntas? Pues lo mismo. Así se divierten más y pueden hablar de sus cosas y nunca se aburren.

—Ah.

—Pues claro... Por cierto, Carmen, tengo que conseguir que Lázaro no baje siempre diez minutos antes a la calle, me pone nerviosa.

—¿Baja diez minutos antes?

—Sí, siempre, y se pasea de lado a lado de la calle. ¿No podría decirle algo David?

—Hablaré con él y te cuento.

Al final llegamos las primeras de la clase. Eso nos gustaba porque así podíamos escoger sitio y ponernos juntas. Mientras bailábamos y escuchábamos la música, todo estaba bien. En clase casi no podíamos hablar, pero no nos hacía falta porque Laura y yo sabíamos comunicarnos perfectamente con miradas y gestos. Su sonrisa y sus ojos en la clase de *ballet* me lo decían todo, igual que el contacto de su mano cuando algo nos ponía tristes. Darnos la mano nos reconfortaba. No hablábamos de eso, no todavía, pero las dos sabíamos que a veces ocurrían cosas raras a nuestro alrededor.

A la salida nos compraron una palmera de chocolate, una para compartir, en el sitio donde decían que hacían las mejores palmeras del mundo. Y es verdad que estaban deliciosas aquellas palmeras; todavía las recuerdo. Era casi de noche y había empezado a llover, así que nos dimos una gran carrera hasta el coche. Plegaron rápido los carritos para meterlos en el maletero y nosotras nos metimos a toda prisa en el asiento de atrás, al lado del capazo de Jorge. Quique iba delante en brazos de mi madre.

Justo antes de que Isabel arrancara, por la ventanilla volví a ver al señor del periódico. Ahora no leía, lo llevaba debajo del brazo y estaba parado en la acera, mirándonos. Me sostuvo la mirada unos segundos y cuando nos pusimos en movimiento esbozó una pequeña sonrisa.

—Laura, hay un señor que está siempre cerca de nuestras casas.

—¿Un señor?

—Sí. Lee mucho el periódico, y hoy también estaba aquí.

—¿Dónde?

—En el paseo antes, y ahora en la acera al lado del coche.

—¿Será amigo de nuestros papás?

—A lo mejor sí, hoy me ha sonreído un poco.

—¿Y cómo es?

—No sé, normal, no lleva traje como nuestros papás cuando van a trabajar: lleva vaqueros y jersey y chubasquero.

—¿Cómo nuestros papás los domingos?

—Sí, parecido.

—¿De qué habláis, niñas? —nos preguntó Isabel.

—De nada, mamá.

—Pues escuchad esto, es una canción muy divertida, se titula *Don diablo,* de un cantante que se llama Miguel Bosé. Ya veréis qué risa.

Y era verdad que daba mucha risa. Nos pusimos a bailotear mientras ellas, bajito, por debajo de la música, volvían a su conversación. Creí entender que hablaban del «café de las mujeres», que era ese café que se tomaban las madres mientras nosotras estábamos en clase de *ballet,* pero enseguida me atrapó la música y dejé de escucharlas.

—¿Cómo lo has visto hoy?

—¿El café?

—Sí.

—Supongo que ya te habrás dado cuenta, Isabel, yo casi no abro la boca. Son muy majas, pero las cosas que dicen algunas me hacen sentir incómoda.

—Ya. Hoy me ha descolocado el comentario ese de Elena. ¿Volver a la vida del caserío? ¿Les parece buena idea ordeñar vacas y cocinar en una cocina de leña como hacían nuestras madres hace treinta años? Pues menudo plan…

—Ya sabes, es otro de los argumentos que están usando para oponerse a la construcción de la central.

—Sí, pero me gustó lo que dijo después, que una cosa es la ecología y otra muy diferente entrar con las armas en Lemóniz. Y también que ETA al principio estaba a favor de las centrales nucleares por lo de la independencia energética y que ahora van de superecologistas.

—Sí, pero también una de ellas ha dicho que está de acuerdo con el boicot, y yo evidentemente ni mu.

—Creo que no se dan cuenta. Cuando se extiende una opinión, es más fácil estar del lado de la mayoría, la sociedad te arropa y no te buscas problemas... Y además la gente tiene miedo y no se atreve a levantar la voz e ir en contra de los radicales. No sé.

—¿Tú crees que la gente realmente dejará de pagar los recibos de la luz?

—Puf, yo qué sé. ¿Y lo de quedar para ir juntas a ver *El síndrome de China* qué me dices? Yo no tengo cuerpo de ir a ver una película catastrofista sobre un accidente en una central nuclear.

—No iremos.

—Venga, niñas, hemos llegado.

—¿Podemos quedarnos juntas para ver a Félix Rodríguez de la Fuente en la tele?

—No, bonitas, hoy no. Y además tenemos que contaros una cosa un poco triste: la avioneta de Félix se ha caído y ahora él está en el cielo.

¿Cómo podía ser que Félix estuviera en el cielo si su avioneta se había caído?

26
Mi amigo Asier

Las obras de la central de Lemóniz,
prácticamente concluidas a falta del 40 % de la 2.ª unidad.
A primeros de 1981, en funcionamiento el primer reactor.
(*Hoja del Lunes,* 7 de abril de 1980).
Juan Alcorta, un importante industrial vasco, se niega públicamente
a entregar a ETA el impuesto revolucionario.
(*ABC,* 29 de abril de 1980).

En la *ikastola,* Asier estaba todo el día con Irantzu, como yo con Laura. Teníamos otros amigos, pero eso era ser mejores amigos, igual que Isabel y mi madre. Desde lo del mordisco, Asier y yo no hablábamos mucho. Irantzu intentaba que nos juntáramos, pero él seguía enfadado. Por eso me sorprendieron las palabras de ella aquel día de primavera en el patio.

—Ángela, queremos que juguéis con nosotros.

Tan firme como era Irantzu, solo con decirlo hizo que Laura y yo la siguiéramos hasta donde estaba Asier. Aunque íbamos despacio detrás de ella, como a la espera de lo que pudiera pasar.

—Irantzu, yo creo que Asier no quiere jugar con nosotras.

—No es verdad.

—Me dijiste cosas feas.

—Pero tú me mordiste —dijo Asier, levantando apenas la mirada del suelo.

—Porque te metiste con mi papá.

—Solo porque escuché que hablaban así de él en mi casa, pero ya no creo que sea malo porque tú me gustas.

—Tú también me gustas, Asier.

Nos quedamos callados. No sé él, pero yo ya no sabía qué más decir. Menos mal que estaba Irantzu para romper el hielo.

—Pues entonces ya somos todos igual de amigos que antes.

Laura dejó caer una sonrisa y se fue a buscar los cubos y las palas sin pensárselo dos veces.

—Ángela, ya no quiero escuchar más a los mayores, ¿y tú?

Me quedé un poco extrañada cuando Asier me dijo eso porque a mí me gustaban las historias que me contaban los mayores, y sus piropos y las charlas con mi madre y las canciones de Isabel.

—Yo quiero ser tu amigo. —Y entonces me dio un beso y salió corriendo, y Laura detrás de él.

Antes de irnos a casa, Asier me regaló el sol, su sol preferido, lo llevaba siempre con él. Ese sol cada vez me era más familiar, lo veía por las calles, pintado en las paredes, en las pegatinas que los niños mayores llevaban en sus carpetas... Era un sol famoso.

Me guardé la chapa en el bolsillo de mis vaqueros de pata de elefante.

—Ángela, Laura, hoy va a venir Ana a buscaros, la amiga de vuestras mamás. Esperadla en la plaza que a lo mejor tarda un poquitín. Podéis sacar una pelota para jugar, yo os vigilo —nos dijo la *irakasle* a la salida.

Nos pareció un buen plan para culminar un buen día, correr en la plaza detrás de la pelota y luego tal vez merendar con Silvia.

—¡Lauraaa, que se nos vaaa!

—Voy yo a por ella.

La pelota se nos había colado en un agujero y no podíamos rescatarla, miramos hacia los lados a ver si alguien podía ayudarnos y vimos a tres chicos altos como Iñaki.

—¿Nos cogéis la pelota?

Pero no había sonrisas en las caras de aquellos chicos.

—Que os la recoja vuestro *aita.*

Nos quedamos petrificadas. Pero enseguida Laura me sacó de mi aturdimiento con su mano salvadora. Me cogió de la mano y sin decir nada tiró de mí hasta el extremo opuesto de la plaza. Y allí nos quedamos sentadas esperando a Ana.

—¿Todos los niños grandes serán malos?

—No creo, Iñaki y Silvia son grandes y no son malos.

Se nos enfrió el sudor allí quietas y cuando vimos aparecer el coche de Ana estábamos tiritando. Dejaron el coche en marcha y Silvia salió a por nosotras.

—¡Laura, Ángela!, ¿lleváis mucho tiempo aquí?

—No, solo un ratito.

—¿Nos vamos?

—Yo me hago pis, Silvia.

—Te acompaño dentro, ¿vale?

En la puerta, Begoña entró con Laura y Silvia se quedó conmigo.

—¿Qué tal hoy en el colegio, Cascabel?

—Bien… y mal.

—¿Y eso cómo es?

—Porque ya somos todos amigos otra vez.

—¿Os habíais enfadado?

—Un poco, pero hoy se nos ha pasado.

—Pues eso es muy bueno, ¿no?

—Sí, pero ahora se nos ha colado la pelota en un agujero y les hemos pedido a unos niños mayores que nos la sacaran y ellos nos han mirado mal y nos han dicho que se lo pidamos a nuestros papás.

—¿Y dónde está ahora esa pelota?

—Allí.

—Pues ven, vamos a por ella.

—Pero, Silvia, ¿por qué la gente habla así de papá?

—¿Así cómo?

—Raro, no sé, pero me pone triste.

—No te pongas triste, Cascabel. Mira, te he traído un regalo.

—¿Sí?

—Toma, ábrela —me dijo mientras se sacaba una bolsita de papel del bolsillo de sus pantalones.

Agité un poco la bolsa: sonaba, hacía un ruidito parecido al del sonajero de Quique, *clin clin clin.*

—¿Qué es?

—Sácalo y lo ves.

—¡Qué bonito!

—Es un cascabel. Cuando estés triste, hazlo sonar y yo lo escucharé.

Me guardé mi cascabel en el otro bolsillo. ¡Dos regalos en un día! Volvía a estar contenta. Laura volvió de hacer pis y nos montamos en el coche.

—Hola, niñas, ¿cómo estáis? —nos preguntó Ana.

—Bieeen.

—Vuestras mamás están en Bilbao. Han ido a llevar a Quique al médico. Vamos para allá, merendamos en casa y ellas van allí a recogeros cuando... Pero ¿qué estáis haciendo? ¿Buscáis a alguien? ¿Os habéis dejado algo en el colegio?

—No, miramos por si acaso, como nuestros papás, por si vemos amigos... o duendes, aunque nunca están.

Noté la mirada seria y veloz que cruzaron Ana y Silvia, un tipo de mirada entre los mayores que también era normal. Isabel y mi madre muchas veces hacían lo mismo, y mis padres entre ellos, también.

Hacía sol en la ciudad cuando llegamos, y me gustaban aquellas calles estrechitas al sol, con la gente caminando y todas esas tiendas.

—Mira, Laura, aquí también pintan en las paredes.

—Sí.

—Silvia, aquí también pintan en las paredes.

—¿Que pintan en las paredes?

—Sí, dibujos como esos.

—Bueno, a veces la gente pinta cosas.

—A mí un día mamá me regañó porque hice un dibujo pequeñito en la pared. ¿En la calle sí se puede?

—No, luego es muy difícil de quitar y dejar las calles limpias otra vez. Alguna gente lo hace para poner sus mensajes, pero no hay que hacer caso, no deberían hacerlo.

—¿Qué mensajes?

—Tonterías, Ángela, no hay que hacer caso, de verdad.

—Pues a mí me gustan las calles con dibujos. ¡Esa serpiente también está en Zilgora!, ¿a que sí, Laura?

—E, te, a... —deletreó Laura.

—E, te, a... —dije yo también, y nos dio la risa.

Ya nos sabíamos casi todas las letras y esas eran muy fáciles de leer.

—Aquí es. Vamos a bajarnos y vemos la escuela por fuera, ¿vale?

—¿Tú aprendes música aquí, Silvia?

—No, yo voy al conservatorio, pero estaríamos muy cerca si venís a bailar aquí.

—Nosotras vamos a la escuela de Pilar.

—Ya, pero esta escuela es muy buena, es la escuela de Ludmila. Aquí vienen a aprender las bailarinas de verdad, y a mí me da que vosotras valéis para esto. Preguntadle a Pilar y ya veréis como os dice lo mismo que yo.

—¿No se enfadará?

—No, al contrario, se pondrá muy contenta por vosotras. Para entrar en esta escuela hay que hacer una prueba, pero seguro que lo hacéis muy bien, y si venís aquí a clase podríamos merendar juntas todos los jueves.

—¿De verdad?

—De verdad.

—¿Y vendría Iñaki también a merendar con nosotras?

—Pues seguro que muchos días sí.

Nos asomamos a la puerta y vimos a un grupo de niñas mayores subiendo de puntillas las escaleras, con sus falditas transparentes y sus maillots de tirantes. Eran muy guapas. En el coche, de camino a casa de Ana, Laura y yo íbamos emocionadas hablando de nuestro brillante futuro como bailarinas de verdad.

Isabel y mi madre ya estaban en casa de Silvia cuando llegamos, y también estaba Iñaki. Me gustaba mucho verlo, aunque también me ponía un poco nerviosa.

—¡Mamá, hemos ido a la escuela de las bailarinas de verdad!

—¿Sí? ¡Qué bien! ¿Y os ha gustado?

—Mucho. Pero hay que hacer una prueba y tenemos que hablar con Pilar para que no se enfade.

—Claro, nosotras hablamos con Pilar, no os preocupéis.

—¿Un poco de fruta y un yogur para estas niñas preciosas? —dijo Ana entrando en el salón.

—¡Sííí!

—Pues a la cocina las dos, que ya está preparado.

Mientras Laura y yo merendábamos, nuestras madres se quedaron en el salón con los bebés y Silvia se fue con Iñaki, se metieron en una habitación y cerraron la puerta. Las oíamos charlar desde la cocina.

—¿Qué os ha dicho el pediatra?

—No ha perdido peso, pero tampoco lo gana a la velocidad que debería. Y de medicación, nada, es muy pequeño todavía. Si no conseguimos que asimile algo más, tendrán que ingresarlo.

—Ay, Carmen, se va a poner bien, ya verás. ¿Cómo podemos ayudarte?

—Ya lo estáis haciendo, Ana. Es una ayuda enorme que os quedéis con las niñas los jueves mientras Isabel y yo vamos a la revisión, de verdad. Ya he visto que habéis estado en la escuela.

—Sí, la idea de ver a Silvia y a Iñaki todas las semanas les ha parecido fenomenal. Silvia quiere mucho a vuestras niñas.

—Ya, se le nota, a ella también le estoy muy agradecida. Tu hija es una jovencita maravillosa, Ana.

—Qué te voy a decir yo… Oye, una cosa, las niñas nos han preguntado por las pintadas, han reconocido la serpiente y estaban orgullosísimas de poder deletrear las letras de debajo. Me he quedado preocupada. No sé cómo estaréis gestionando esto en casa. Son unas pequeñinas muy observadoras.

—Sí, empiezan a darse cuenta de algunas cosas… Por el momento nosotras tratamos de quitarle importancia, nos inventamos juegos, intentamos distraerlas…, pero es difícil, y cada vez lo será más.

Hacía un rato que Laura y yo habíamos terminado de merendar. Era un rollo seguir allí sentadas en la cocina, pero nos habíamos dado cuenta de que hablaban de nosotras y, aunque no entendíamos muy bien de qué se trataba, no nos atrevíamos a interrumpir.

—Laura, en Madrid Andrea me enseñó un juego.

—¿Qué juego?

—Entender palabras.

—¿Y eso para qué sirve?

—Pues para aprender palabras, Laura.

—¿Y cómo se juega?

—Tenemos que ir detrás de la puerta del cuarto donde están Silvia e Iñaki e intentar escucharles. Pero sin que nadie nos vea.

Pasamos de puntillas por delante de la puerta del salón, nos sentamos en el suelo junto a la puerta cerrada de la habitación en la que se habían metido Silvia e Iñaki y pegamos la oreja. Se oía mejor que cuando jugué con Andrea.

—... de la situación —acababa de decir Silvia.

—¿De qué situación?

—¿En serio, Iñaki? Pues de lo que está ocurriendo con el trabajo de nuestros padres.

—Son muy pequeñas, es imposible que se enteren de nada de eso.

—Yo creo que en el pueblo debe de notarse más la presión que aquí. Aquí en Bilbao es distinto, nos llegan las cosas de otra manera, pero ellas van a una *ikastola,* no tienen elección.

—Ya...

—Hay varias cosas que me han chocado: miran alrededor todo el rato porque se lo ven hacer a sus padres, Iñaki, no me digas que eso no es duro.

Cuando acabamos la merienda, apareció Iñaki y otra vez me puse contenta y un poco nerviosa al verle.

—Ángela, Laura, chiquitinas, ¿cómo habéis pasado la tarde con mi hermana? Me ha dicho que a lo mejor venís a Bilbao a la escuela de danza.

—Sí, Iñaki, para ser bailarinas de verdad —dijo Laura.

—Yo tengo dos regalos, ¿quieres verlos? —salté yo, precipitada.

—Claro, enséñamelos.

Metí mis manitas en los bolsillos y saqué mi cascabel y mi sol. Silvia, que había entrado en la cocina detrás de su hermano, intercambió con él una de esas miradas de mayores.

—El cascabel te lo ha regalado Silvia, ¿verdad?

—Sí.

—¿Y esa chapa?

—Es un sol. Me lo ha regalado Asier, en la *ikastola.*

Iñaki cogió el sol y se quedó mirándolo.

—¿Me dejas verlo?

—Claro.

—¿Quieres que te lo cambie por otro más bonito?

—No. Es un regalo. Asier es mi amigo.

—Ya, pero yo te guardo aquí el sol de Asier para que no se pierda y vosotras os lleváis otros dos que yo os voy a dar. Así las dos tenéis uno.

—Pero Asier se va a enfadar.

—No, Ángela, seguro que no, si es tu amigo seguro que no se enfada. Y cuando vengas aquí puedes jugar con él siempre que quieras.

Iñaki se marchó un momento y volvió con otros dos soles. Eran muy parecidos al mío. Estos eran azules, no rojos, y las letras eran diferentes, pero también sonreían, y además, Laura se puso muy contenta de tener también uno para ella.

—Nos vamos, niñas, se nos ha hecho tardísimo y todavía tenemos que llegar a casa —dijo mi madre en voz alta desde el salón.

Pero cuando Silvia e Iñaki nos acompañaron al salón, Isabel todavía estaba sentada en el sofá, con Jorge dormido en brazos y hablando con Ana. Solo mi madre se había levantado y estaba metiendo a Quique en el carrito y recogiendo las cosas para marcharnos.

—Isabel, venga, que es tardísimo.

—Sí, vámonos. Pero una cosa, Ana, ¿dónde lo has leído?

—En el *Diario16*.

—Todos deberían seguir su ejemplo. Hay mucho silencio, mucho miedo.

—Pero ¿de quién habláis? —preguntó mi madre.

—De Juan Alcorta, le estaban amenazando y ha hecho un comunicado.

—¡Qué valor! ¿Y qué dice?

—Que él va a seguir viviendo como hasta ahora, que estará donde siempre y así no tienen necesidad de buscarle, que no va a ceder ante el miedo a morir.

—¡Qué barbaridad!

Pensé que iba a ser bueno poder pasar más tiempo con Silvia y con Iñaki. Así podría hacerles preguntas y contarles cosas de esas sobre las que me resultaba difícil hablar en casa.

27
La serpiente

La ikurriña *ondea ya en el Everest.*
(Egin, 15 de mayo de 1980).
Areitio: Iberduero no es ni quiere ser un problema político.
(ABC, 20 de mayo de 1980).
Capturados cinco presuntos miembros de ETA militar. Formaban parte de diferentes comandos de información.
(ABC, 25 de mayo de 1980).

—¿Qué te he dicho de la tele, cariño?

—Que no puedo ponerla sin vuestro permiso.

—¿Y qué estás haciendo?

—Ponerla.

—¿Por qué?

—Por si veo a papá.

—¿En la tele?

—A veces el trabajo de papá sale en la tele, y si sale su trabajo, él también saldrá, ¿no?

—Papá no sale en la tele. Venga, apágala.

—El papá de Laura ha salido.

—Ángela, apaga la tele.

—Mamá, quiero entender por qué algunas personas dicen que papá trabaja en un sitio malo.

—Cariño, deja eso ya, anda, y cálzate que nos vamos a *ballet.*

—Hoy va a ir Silvia a recogeros, ya lo sabes, y podrás enseñarle el cordón que le hemos puesto al cascabel para que no se te pierda.

Sonó el timbre del portero, cogí mi bolsa, me escabullí por delante de mi madre, que estaba luchando con Quique para ponerle el jersey, y bajé corriendo las escaleras.

—Cariño, por favor, ¿no habíamos hablado ya de esto? —escuché que me decía en voz alta desde la puerta.

—Sí, mamá, pero si no vamos a jugar a buscar duendes no tengo que esperarte, ¿no?

—Siempre tienes que esperarme, Ángela. ¡No abras la puerta del portal! ¿Me oyes?

Desde dentro del portal vi a Laura montada en un coche que yo no conocía: lo normal. Ahora ya no solo cambiábamos de coche entre los nuestros, a veces también aparecían coches nuevos y nos decían que se los prestaban en el trabajo a nuestros padres para que no nos aburriéramos de ir siempre en los mismos. A mí me parecía bien, pero Laura seguía emperrada en su deseo de ir siempre en el Dos Caballos de mi madre.

Isabel salió del coche y se acercó al portal a por mí.

—¡Mamá, salgo con Isabel!

—¡Vale, cariño, ya estamos bajando!

Cuando salí del portal con Isabel, descubrí una vez más al señor del periódico. Estaba sentado en el banco de la esquina. Nuestras miradas se cruzaron, me sonrió, dejó el periódico a un lado y apuntó algo en una libretita.

—Venga, Ángela, sube.

Me senté al lado de Laura y le susurré al oído:

—Mira, allí.

—Yo no veo nada —me contestó con la nariz pegada al cristal de la ventanilla.

—Sí, allí, en el banco, el señor del periódico.

—Pues no le he visto —dijo cuando el coche se puso en marcha.

Silvia nos esperaba cuando salimos del vestuario, con la ropa de calle encima de los maillots y todavía sudorosas. Su melena resplandecía al sol, me encantaba el pelo largo de Silvia, yo de mayor quería llevarlo así.

—¡He escuchado un piano, Silvia! ¿Tú tocas el piano tan rápido que tus dedos casi no se ven?

—Jajaja… Bueno, Ángela, yo todavía estoy aprendiendo, pero a veces sí consigo tocar muy rápido. ¿Os ha gustado entonces la clase?

—¡Sí! —contestó Laura—. Hemos dado vueltas y vueltas mirando todo el rato al mismo sitio. ¡Yo me he caído solo una vez y Ángela ninguna!

—¡Qué bien! ¿Y habéis conocido a niñas nuevas?

—Solo hemos podido hablar con una, mientras nos desvestíamos al entrar, porque durante la clase hay que estar calladitas. Nos ha preguntado… ¿Cómo se llamaba, Laura?

—No lo sé, no me acuerdo.

—Bueno, como se llame…, esa niña nos ha preguntado que si somos vascas, dice que los vascos son los mejores. ¿Qué hay que hacer para ser vasco?

—Jajaja, eres como el cascabel que te regalé, todo el rato me haces reír… No hay que hacer nada, uno es del lugar donde nace y donde vive.

—¿Entonces nosotras somos vascas?

—Claro, las dos nacisteis aquí.

—¿Y tú eres vasca?

—Sí.

—¿Y Gonzalo y sus hermanos?

—Gonzalo y sus hermanos también.

—¿Y nuestros papás?

—Bueno, ellos no nacieron aquí, pero viven aquí y se sienten de aquí, así que también podríamos decir que son vascos. Pero hay una cosa importante que debes saber; nadie es mejor o peor por ser de un sitio u otro.

—Pero hay un vasco que ha subido a una montaña muy alta donde los otros no pueden subir.

—¿Al Everest?

—Sí, eso. ¿Qué es el Everest?

—Es un monte muy, muy alto y muy difícil de escalar, solo algunos grandes montañeros lo han conseguido, pero ese vasco no es el único, antes ya lo habían logrado otras personas de distintos países.

—Yo quiero subir al Everest.

—¡Y yo!

—Vosotras subiréis donde os propongáis, estoy segura.

—¿Y podremos poner una bandera arriba?

—Sí.

—Yo no sé lo que es una bandera… —dijo Laura.

—Es un trozo de tela de colores que se pone en lo alto de un palo —le dije yo, muy orgullosa de poder explicárselo.

—Exacto, eso es, y sirve para representar a grupos de personas, como las personas de un país, por ejemplo. —Eso tampoco lo sabía yo.

—¿Y nosotras tenemos bandera? Ese vasco que ha subido al Everest ha puesto arriba una *iturriña*. ¿La *iturriña* es también nuestra bandera, Silvia?

—La *ikurriña* es la bandera del País Vasco.

A Silvia se le podían hacer todas las preguntas y ella siempre contestaba, no cambiaba de tema como los mayores, ni ponía caras raras. Fuimos caminando hasta una calle muy ancha donde iba a venir su papá con el coche a recogernos.

—Silvia, ¿hay personas que unos pueden ver y otros no?

—Pues depende, Cascabel, ¿a qué te refieres?

—Yo muchas veces veo a un señor que no ve nadie más.

—¿Y dónde lo ves?

—En muchos sitios.

—¿Y cómo es ese señor? ¿Qué hace?

—Lee el periódico. Pero Laura no lo ve, ni mis papás.

—¿Y hace algo más?

—No, nos miramos, y a veces me sonríe.

—A lo mejor es un ángel, ¿podría ser? A los ángeles no los ve todo el mundo.

Laura se había quedado rezagada. Estaba mirando fijamente una pared.

—Venga, Laura, ven con nosotras. ¿Qué estás mirando?

—La serpiente. Nunca la había visto de cerca. Mira, Ángela, esta es de colores.

Las tres observamos aquel dibujo en silencio.

—Silvia, ¿es bonito?

—No, niñas, no es bonito.

—Pues a mí me gusta.

—No es bonito, creedme. Vámonos.

En la esquina de la calle por la que íbamos con la calle ancha había una especie de Virgen, como en la iglesia del pueblo de mis abuelos. Me pregunté cómo la habrían subido allí.

—Mirad, ahí está mi *aita*.

Laura y yo nos montamos detrás y Silvia delante, y ella enseguida empezó a hablar bajito con su padre. Los mayores cada vez hablaban más bajito.

—Papá, me han contado lo del Everest, y luego se han quedado mirando una pintada de ETA en la calle.

—¿Qué es ETA? —preguntó Laura; los oíamos hablar, de todas formas.

No nos contestaron. Volvieron a susurrar, tan bajito que esta vez no pudimos oírlos. Aunque al ratito Aarón empezó a cantar. Yo no me sabía esa canción, pero era muy divertido escucharlo, y además Silvia se le sumó enseguida y cantaron muy alto, los dos a coro.

Cuando llegamos a mi casa, allí estaba otra vez el señor del periódico, pero ahora sin periódico. Salió de un coche y se quedó parado en la esquina con su libretita en la mano. Si era un ángel, le preguntaría a Silvia cómo podía llamarle para que apareciera cuando le necesitase.

Subimos corriendo las escaleras y nos abrió Isabel.

—¿Cómo lo habéis pasado?

—Bieeen. ¿Y mamá?

—Tu mamá está con Quique en la cocina. ¡El médico nos ha dicho que ya puede empezar a comer otras cosas además de la leche y la papilla de avena! Ya verás qué divertido. Cada día comerá cosas de un color diferente, poquito a poco, verdes, amarillas, naranjas... ¡Y así hasta que pueda comerse el arcoíris!

—¿Y se hará grande como Jorge?

—¡Exacto!

Fui muy contenta a la cocina a verlos. Quique todavía estaba muy chiquitito pero aquella tarde mi madre lo había sentado en la trona de cuando yo era pequeña y estaba tomándose el puré verde clarito que ella le daba. Ponía caras raras, abría mucho los ojos y trataba de coger la cucharita. Daba risa, y mi madre también se echó a reír y empezó a jugar con nosotros a hacer muecas.

En el salón estaban todos, ¡hasta Iñaki!

—Niñas, venga, un baño rápido, que vamos a cenar todos juntos aquí de picoteo —nos dijo Isabel—. Os ponéis las dos el pijama, cenamos y después tú derechita a la cama, Laura, que mañana hay cole.

Aunque normalmente me gustaba quedarme mucho rato en el baño, y más aún si Laura se bañaba conmigo, el baño de aquel día fue rapidísimo porque las dos queríamos ir enseguida con todos al salón, ¡y además teníamos hambre!

Ana, Aarón, Silvia, Iñaki, Lázaro y mi padre estaban hablando todos con todos cuando entramos en el salón, y Silvia además perseguía a Jorge, que se arrastraba a toda velocidad por el suelo. Era un lío. Y en ese momento entró mi madre con una bandeja llena de platitos pequeños con distintas cosas de comer. Lo dejó todo en la mesa baja, que ya estaba puesta, y se fue a la cocina a por más. Luego volvió a entrar, se sentó en el sofá y dijo con cara de cansada y una gran sonrisa:

—¡El plato entero de puré! Y ahora ya está dormidito.

—¡Qué alegría, Carmen! —dijo Aarón.

Laura y yo nos abalanzamos sobre el chorizo, el queso y el pan.

—Han detenido a un tal Madariaga.

Isabel siempre era la que más cosas contaba. Nadie dijo nada y ella continuó hablando:

—Dice el periódico que pasaba información de los trabajadores de Lemóniz a la banda. Le han detenido.

—Bueno, nosotros solo pensamos en terminar la construcción. Es un gran trabajo a pesar de todo.

—Lo sé, Aarón, pero como vosotros nunca habláis de eso... Y yo necesito hablar de lo que me preocupa. Pero sí, tienes razón, ya cambio de tema: ¿qué tal si nos hacemos una escapada el sábado?

—Fenomenal. ¿Vamos a Armintza? Ponen unos caracoles para chuparse los dedos.

¿Los caracoles se comen?, recuerdo que pensé. Pero si los caracoles vivían entre los árboles del paseo que iba hasta el mar y eran unos bichitos preciosos, con una concha que de ninguna forma parecía que pudiera comerse.

Después de cenar, Laura y yo nos sentamos en el suelo y nos pusimos a ver mi cuento nuevo de Teo, *Teo en la escuela,* pero enseguida nos entró el sueño y nos hicimos un ovillo en el sofá, al lado de Silvia e Iñaki, que, justo antes de quedarme dormida, me pareció que hablaban de sus cosas del colegio de mayores.

—En la escuela alguien les ha contado a estas dos lo de Zabaleta en el Everest, y cuando íbamos andando desde allí hasta la oficina del *aita,* se han parado delante del emblema de la banda y me han preguntado que si era bonito.

—Puf, ¿y tú qué les has dicho?

—Que no y, de eso, nada más, pero sí hemos hablado de otras cosas, no paran de hacer preguntas. Que si para qué sirven las banderas, que si los vascos son los mejores... Y hay algo que me ha dejado preocupada: Ángela dice que ve a un señor en todas partes al que nadie más ve.

—¿No será un amigo imaginario?

—No lo sé, la verdad, pero me he quedado dándole vueltas. ¿Por qué no hablas tú con David?

—Sí, hablaré con él. Supongo que ellos estarán ya al tanto de todo esto, pero para quedarnos tranquilos.

—Vale, Iñaki, porque…, ¿sabes?, me gustan mucho estas dos pequeñajas.

28

EDIFICIOS GIGANTES JUNTO AL MAR

El tema de Lemóniz se estudió en las primeras instancias del Parlamento vasco. La comisión correspondiente demoró el dictamen sobre una proposición de Euskadiko Eskerra.
(Deia, 29 de mayo de 1980).

País Vasco: el Parlamento vasco se pronunciará en breve sobre Lemóniz.
(El País, 30 de mayo de 1980).

—¡Nos vamos a Armintza! ¡Temblad, caracoles!

Mi madre soltó una carcajada cuando mi padre dijo eso.

—Casi estamos, David —dijo mi madre, sonriendo.

—Estupendo, porque quiero parar en el alto para que Ángela vea el lugar donde trabaja su padre. ¿Quieres, princesa? ¿Paramos para que veas mi trabajo desde lo alto? Ya verás que no tiene nada de malo.

—¡Sííí!

Isabel, Lázaro, Laura y Jorge subieron a casa cuando yo casi había terminado de ponerme el chubasquero.

—Me llevo a las niñas a la carnicería a comprar una empanada para la merienda, por si nos quedamos hasta tarde —dijo Lázaro.

La carnicería la llevaba un matrimonio, los dos bajitos y rechonchos; ella era muy amable, pero él era de los que miraban siempre mal.

—Buenos días, Herminia, ¿han salido ya las empanadas?

Detrás de ella, su marido le dijo en voz bien alta:

—Mira, otro día que este ha vuelto vivo a su casa.

Lázaro ni se inmutó, sacó unas monedas del bolsillo, pagó, nos cogió a cada una de una mano y salimos de la tienda sin despedirnos.

No me atreví a decir nada, pero pensé que volver vivo era no volver muerto, y que cuando la gente se muere ya no puedes verla nunca más, se van al cielo, como una cometa si hace mucho viento y se te suelta de la mano. Para hablar con Silvia: ¿por qué hay tantos muertos en todas partes? Hablaban de muertos en la tele y en la radio, y había muertos también en las conversaciones de los mayores, ¿por qué?

Isabel y mi padre nos esperaban con los coches en marcha ya fuera de los garajes. No hacía frío pero empezaba a chispear. Laura se vino conmigo en el coche de mi padre y fuimos por una carreterita estrecha y llena de curvas sobre el mar, entre los prados y los bosques que bordeaban el acantilado. Fue un milagro que Quique no vomitara.

Cuando llegamos, Jon también estaba allí, con toda su familia montada en ese coche que era como una furgoneta. Salimos todos de los coches, Isabel y Lázaro también, y nos acercamos con cuidadito al precipicio. Las olas batían con furia contra las rocas y rompían en el muro enorme de cemento que protegía los edificios circulares y rectangulares sin ventanas, de color gris claro, gigantescos. Había grúas y antenas por todas partes. Me quedé pasmada.

—Papá, ¿eso lo has hecho tú?

—Jajaja... Bueno, yo y otras muchas personas. Aquí trabaja mucha gente, así nos ganamos el dinero que necesitamos para mantener a nuestras familias. —Me costaba oírle entre el ruido del viento y de las olas.

—¿Y para qué sirve?

—Cuando esté terminado servirá para dar luz, para que la gente pueda tener luz en sus casas y poner la calefacción en invierno y cocinar.

—¿Y eso no es bueno?

—Claro que es bueno. Pero si a alguien no se lo parece, tenemos que respetar su opinión, ¿sabes? Igual que ellos tienen que respetarnos a nosotros.

—¿Respetar?

—Sí, tratar bien a los que piensan diferente.

Empezó a llover fuerte y corrimos todos hacia los coches. Después de muchas curvas más, llegamos a un pueblecito precioso, con pequeñas embarcaciones amarradas en el puerto, balanceándose. Ya no llovía, así que pudimos pasear un rato y ver los barcos. Luego entramos a comer caracoles en un restaurante, junto al puerto.

—Yo aquí, ¿vale, papá? A tu lado —dijo Laura.

—No, bonita, tú mejor ahí enfrente con Ángela y con Gonzalo, ¿vale?

—¿Por qué? Yo quiero estar a tu lado.

—Así es mejor porque yo veo cuándo nos traen la comida y quién entra y sale, por si viene un amigo o alguien importante.

—¿Alguien importante? —Pero Lázaro ya no contestó.

Cuando comíamos en restaurantes, por algún motivo los papás siempre se sentaban todos pegados a la pared, mirando al frente. En los caseríos y en casa no era así, pero en los restaurantes, sí.

Y tenían razón, al final sí vino un amigo más al que no esperábamos, Carlos, el señor de los ricitos que gritaba tanto, y venía con Karlitos y sus hermanos mayores.

—¡Nos apuntamos al café, nos apetecía veros!

Silvia trajo a Karlitos donde estábamos Gonzalo, Laura y yo, que ya habíamos terminado de comer y estábamos decidiendo a qué jugar en una esquinita del restaurante. Nos habíamos visto solo un par de veces antes y supuse que a él le daba un poco de vergüenza juntarse con nosotros.

—¿Qué os parece si me contáis lo que hacéis en el colegio? —dijo Silvia; últimamente parecía muy interesada en todo lo que tenía que ver con el colegio.

—¡Pintamos! —dijo Laura.

—¡Y aprendemos las letras! —dije yo.

—Sí, y en mi colegio cantamos canciones —dijo Karlitos, que gesticulaba mucho al hablar, como su papá.

—¿Y qué cantáis en tu colegio, Karlitos?

—En clase unas, pero en el patio otras... *Lemoizko ohiua airean galdua, gure gau-ametsa bai de la garratza; uranio ixil madarikatua...*

—Pero ¿esa qué canción es?

—No sé, la cantan los niños en el patio, y cuando terminan dan palmas y gritan: *Euskaldunak oro, sutik deitu gogor: Lemoiz geditu! Lemoiz kanpora!* —gritó Karlitos.

Laura cogió el testigo:

—*Iber Iber Iber, Iberduero kanpora...*

—Y tú, Laura, ¿dónde has escuchado eso? —le preguntó Silvia con los ojos como platos.

—Lo cantan en las fiestas de Zilgora. Se parece a la canción de Karlitos.

Se hizo el silencio: los mayores habían dejado de hablar y nos miraban con caras serias. Silvia intervino por fin:

—¿Salimos fuera a jugar? ¿Te vienes con nosotros, Iñaki?

Nos sentamos en un murete frente a los barcos del puerto. Iñaki nos ayudó a Laura y a mí a subirnos, Gonzalo pudo subir solo y Karlitos lo intentó pero no pudo; y como tampoco quería que le ayudaran, acabó sentándose en el suelo.

—No debéis cantar esas canciones, no son buenas. Y vuestros padres se ponen tristes si las cantáis.

—Pero las canta todo el mundo.

—No, todo el mundo no, lo que pasa es que los que las cantan gritan mucho.

—¿No respetan?

—Eso es, Ángela, lo has entendido perfectamente.

—Mi papá me lo ha explicado esta mañana.

—Vale, pues, anda, id a jugar al pilla-pilla. Iñaki y yo os vemos desde aquí. ¡Se la liga Gonzalo!

Al cabo de un ratito me cansé de correr y volví junto a ellos.

—¿Puedo sentarme con vosotros?

—Claro, Ángela, ponte aquí entre los dos —me dijo Iñaki.

—¿Te pasa algo? —me preguntó Silvia.

—No, solo estoy cansada… Y me gusta estar con vosotros.

—A nosotros también nos gusta estar contigo, Cascabel.

Gonzalo dejó de correr y se acercó también a nosotros.

—Con papá también me gusta estar mucho tiempo, pero ya casi nunca podemos.

—¿Y eso?

—Antes íbamos a pasear con Laura y con su papá por la playa, pero ya no.

Silvia e Iñaki cruzaron una mirada de esas.

—Pero hacéis otras cosas divertidas, como estas excursiones, ¿no?

—Sí, pero me gustaría seguir dando paseos con papá.

—Yo voy con mi papá a plantar árboles —dijo Gonzalo.

—¿A plantar árboles?

—Sí.

—Pero ¿los árboles no nacen solos?

—Sí —dijo Iñaki—, pero ayudar un poco a la naturaleza también está bien. A Jon le gusta mucho la naturaleza, salir a caminar por el campo y eso, se sabe los nombres de un montón de plantas.

—¿De verdad?

—Sí, ha plantado un montón de árboles, y yo le ayudo.

—¿Cuántos?

—No lo sé, más de mil.

—Yo también quiero ayudarle un día.

—Pues un día te vienes con nosotros, ¿vale?

—Vale —dije mientras sacaba mi cascabel del bolsillo y lo hacía sonar.

—Qué bien que no lo hayas perdido.

—No.

—¿Ahora estás triste?

—Un poco. Me gusta que estemos todos juntos de excursión, y por la mañana he visto el trabajo de papá desde lo alto, ¡es gigante y sirve para hacer luz! Pero el señor de la carnicería le ha dicho a

Lázaro que es raro que esté vivo todavía. Yo no quiero que Lázaro se muera.

—Todo el mundo tiene que morirse cuando llega su hora, pero todavía falta muuucho tiempo para que Lázaro se muera. Tú no tienes que preocuparte por eso.

—Pero en todas partes hablan de los muertos. Hay muchos, ¿no?

Otra mirada.

—Anda, llama a los demás y vamos dentro, a ver si nos invitan a un helado.

En el coche, de camino a casa, volví a sacar mi cascabel y lo toqué bajito. No quería despertar a mi hermano, que iba delante en brazos de mamá, solo sentirme un poco mejor. Me daba rabia estar triste al final de aquel día que había sido un día bueno para todos. No entendía mis sentimientos. Apreté fuerte el cascabel en mi puño y me quedé dormida escuchando como tantas otras veces el susurro de las voces de mis padres.

—Iñaki ha venido a hablar conmigo.

—Sí, me he dado cuenta. ¿Qué quería?

—Dice que las niñas preguntan mucho.

—¿Preguntan? ¿Sobre qué?

—A Silvia sobre todo, parece que la buscan a ella para hacerle preguntas… Le han preguntado qué es ETA, qué es la serpiente que ven pintada por las calles…

—Ay, David…

—Sí, y dice que miran a todas partes, nos imitan… ¿Nosotros miramos tanto a todas partes?

—Supongo que sí, pero ya no nos damos ni cuenta. ¿Y qué le has dicho?

—Pues eso, que no nos damos ni cuenta. Él cree que en el pueblo es peor que en Bilbao, y también me ha dicho que cuando ellos tenían la edad de Ángela la situación no era tan complicada, ni mucho menos, y que no sabe cuánto puedan estar ellas entendiendo de lo que ocurre a su alrededor. Ángela le ha contado a Silvia que ve a un señor que nadie más puede ver…

—¿En serio?

—Sí, no sé muy bien qué pensar de eso.

—Es un chico muy listo, David…

—¿Y entonces qué? ¿Perder todos los nervios como Carlos? ¿Tú le has visto? Está fuera de sí.

—He escuchado lo que ha contado sobre las pintadas que hay dentro de la central, y no me extraña que esté asustado si hay partidarios de ETA dentro. También los paranoicos tienen enemigos, no sé quién dijo eso.

—Yo a las pintadas de la central no les doy ni la más mínima importancia, ya lo sabes.

—Lo sé. Pero Asun me ha dicho que también os han dejado cartas en las mesas. Anónimos. Si no me cuentas a mí esas cosas, ¿a quién se las vas a contar?

—Carmen, no vamos a centrarnos en eso, nosotros tenemos un trabajo serio que hacer allí.

—Ya, pero ¿no te parece que habría que hacer algo? Por lo menos denunciarlo, como hizo Juan Alcorta. Hubo una recogida de firmas para apoyarlo…

—Sí, y también le insultan en las manifestaciones. Iberduero ha hecho un comunicado, que la empresa no es ni quiere ser un problema político, y que están solo para servir. No nos pondrán en peligro, siempre se han portado bien con nosotros.

—Pero ¿cuándo vais a terminar?

—Máximo un año para que esté funcionando, y entonces verás como todo se olvida. Esta gente hoy está en contra de una cosa y mañana de otra. Ahora tienen abierta la campaña contra el tráfico de drogas.

—Sí, una campaña a base de poner explosivos en bares y pubs, la cuestión es hacer daño.

Me despertó un frenazo. A Quique también, y empezó a llorar. Había gente gritando en la carretera: pude verlos de cerca, no parecían estar celebrando ninguna fiesta, estaban enfadados y levantaban los puños en el aire. Mi padre condujo despacio entre la multitud y en cuanto pudo aceleró y recorrió muy rápido los pocos kilómetros que quedaban hasta casa.

—Cariño, ¿estás bien?

—Sí, mamá. ¿Qué pasaba ahí?

—Nada, bonita, tranquila. ¿Sabes qué? Estoy pensando que cuando lleguemos a casa llamamos a Andrea, a ver qué tal está.

Aunque ahora ya no tenía sueño y solo pensaba en llegar a casa para llamar a Andrea, volví a cerrar los ojos y, al poco, escuché la voz de mi madre:

—David, más de diez este mes, más de diez...

Mi padre paró frente al portal y nos bajamos los tres mientras él iba al garaje a dejar el coche.

—Mamááá, vengaaa, llama a Andrea, llama a Andrea...

—Espera, déjame un momento que cambie a Quique y la llamamos.

Se me hizo eterno aquel cambio de pañal. Cuando por fin mi hermano estuvo limpio y tranquilo, mi madre descolgó el teléfono y marcó.

—Alba, soy Carmen, ¡qué alegría escucharte! ¿Cómo estáis?

—...

—Sí, es verdad, tenemos que hacer por vernos.

—...

—¿Eso te ha dicho?

Se estaban enrollando, así que tiré de la manga de su camisa.

—Mamááá, quiero hablar con Andrea.

—Espera, Alba, una cosa, ¿tienes a Andrea por ahí? Ángela quiere hablar con ella.

—...

—Pues dile que se ponga y ahora hablamos tú y yo otra vez, quiero que me cuentes bien eso.

Mi madre me pasó el teléfono.

—¡Hola, Andreaaa!

—¡Hola! ¿Sabes?, hoy hemos bajado a la piscina por primera vez este año.

—Hala, ¿sí? Aquí llueve mucho, pero hoy hemos ido de excursión y he comido caracoles y he visto muchos barcos.

—Tengo muchas ganas de verte, Ángela.

—Y yo a ti. Y, ¿sabes?, me he hecho una amiga que es aún mayor que tú, se llama Silvia. Si vienes un día te la presento, ¿vale? Me ha regalado un cascabel.

—Qué chuli.

—Y me llama Cascabel a mí porque dice que le hago reír.

—Jajaja, ¡qué bonito!

—Sí, me gusta mucho.

—Mi mamá dice que quiere volver a hablar con la tuya. Un beso, Ángela. Adiós.

—Adiós, Andrea.

Ella se quedó al teléfono con Alba y yo me fui a mi cuarto. Mi padre estaba en la cocina haciéndole monerías a Quique, que se reía en la trona. Cuando por fin colgó, mi madre vino a buscarme.

—¿Ya te has puesto el pijama?

—Sí.

—¿Y el baño?

—Hoy no quiero baño.

Me sorprendió que no me obligara.

—Vale, pues a la cama, que hoy ha sido un día largo. —Me arropó y me dio un beso.

—¿Le dices a papá que venga a darme un beso de buenas noches?

—Claro, ahora se lo digo.

Apagó la luz, salió del cuarto y dejó la puerta entornada.

—David, yo me quedo con Quique, Ángela quiere su beso de buenas noches.

—Voy.

—Y, oye, mañana llama a Rafael, por favor. Alba me ha dicho que allí consideran que la situación aquí es grave.

—Sí, vale, Carmen, mañana le llamo. Pero, por favor, vamos a dejarlo por hoy, estoy agotado.

Mi padre entró en mi habitación y se sentó en la cama.

—¿Estás cansado, papá?

—Sí, un poco, mi vida. Ha sido un buen día pero ahora necesito desconectar.

—¿Qué es desconectar?

—No preocuparse más, olvidarse de todo durante un rato.

—Entonces yo también necesito desconectar…

—Claro, princesa. Buenas noches, duerme muy bien.

—Buenas noches, papá.

29
HABLAR CON SILVIA

Apagón voluntario en todo el País Vasco en contra de Lemóniz.
(*ABC,* 4 de junio de 1980).

—¿Y hoy cómo os ha ido? ¿Muchas piruetas? ¿Estaba el pianista de los dedos veloces? —nos preguntó Silvia a la salida de la clase de *ballet.*

—Parecíamos peonzas —reí yo.

—¡Estupendo! ¿Y en la *ikastola* qué tal?

—Bien. Seguimos siendo todos amigos. Algunos niños esperan a que se hayan ido sus papás para hablar con nosotras, pero a Laura y a mí nos da igual. Ayer Begoña…

—¿Quién es Begoña?

—La *irakasle* —dijo Laura.

—Ah, ¿y qué pasa con Begoña?

—El otro día nos explicó que había que apagar las luces por la noche para protestar, y que se lo dijéramos a nuestros papás.

—Ya…

—Pero en casa nos dijeron que nosotros no teníamos que protestar por nada, que todo estaba bien —dijo Laura.

—Ya…

—Y ayer Begoña preguntó que cómo nos había ido sin luz. Asier contó que en su casa cenaron con velas y que fue muy divertido. Y yo dije que, como me acuesto temprano, no pude darme cuenta de nada, pero que me imaginaba que en mi casa se habrían apagado las luces como en todas partes.

—Ya…

—Y eso es mentira —dijo Laura.

—¿Es mentira, Silvia?

—No exactamente, solo dijiste que tú estabas acostada y que no te enteraste, y eso no es mentira. Hiciste bien, hay situaciones en las que es mejor no contar toda la verdad.

—Pero una vez que comí Nocilla sin permiso antes de cenar, mamá me pilló porque tenía manchada la cara y me regañó porque yo le había dicho que no había comido nada. Cuando se le pasó el enfado, me explicó que lo importante no era comer Nocilla, sino mentir.

—Claro, es que a nuestros padres no debemos mentirles nunca.

—¿Y a la maestra sí? —preguntó Laura.

—A la maestra simplemente no tenéis que contárselo todo.

—Ah.

—Laura, no te quedes ahí otra vez mirando esas pintadas. Ya hemos hablado de eso: no son bonitas.

—Pero yo quiero saber qué es ETA…

—Y yo. ¿Nos lo cuentas, Silvia, porfa?

—A ver… Son cosas de mayores, pero para que lo entendáis, ETA es una gente que le hace daño a los que no piensan como ellos, y esa serpiente es su símbolo.

—¿Cómo una bandera?

—Sí, como una bandera.

—¿Y las fiestas que vemos en la calle son de ETA?

—¿Qué fiestas?

—Cuando hay mucha gente gritando en la calle… A veces van disfrazados —explicó Laura.

—Sí, el otro día, cuando volvíamos de la excursión de los caracoles, en la carretera había una fiesta de esas y papá tuvo que frenar de golpe para no atropellar a nadie.

—Pues, veréis, en realidad eso no son fiestas, son manifestaciones.

—¿Qué? —preguntamos Laura y yo a la vez.

—Manifestaciones. Es cuando la gente sale a protestar por algo a la calle.

—Ah.

—¿Y los que hacen esas mani…, mani…?

—Manifestaciones.

—Eso. ¿Los que las hacen son de ETA?

—Unos sí y otros no.

—Qué lío.

—Un poco, sí, por eso os he dicho que son cosas de mayores.

—¿Y por qué nuestros papás nos contaron que eran fiestas?

—Pues porque a lo mejor erais todavía muy pequeñas y no podíais entenderlo. Pero es mejor así, ¿verdad?

—Sí, es mejor así. Las cosas que no se entienden a veces dan miedo.

Era genial que Silvia nos recogiera a la salida de *ballet* y caminar con ella hasta la esquina de la Virgen. Podíamos preguntarle cualquier cosa, y ella no miraba a todas partes ni hablaba bajito ni se quedaba callada. Además, los jueves ahora sabíamos lo que había que hacer: ir a clase, caminar con Silvia hasta la esquina, esperar a su padre, que siempre venía en el mismo coche, y volver a casa con ellos. Los otros días era más lioso, cada día un coche nuevo, cambios de planes, silencios…

—¡Mañana viene Andrea!

—Sí, lo sé, me lo ha contado tu mamá.

—Tengo muchas ganas de que la conozcas. Laura ya la conoce, aunque dice que no se acuerda.

—Es que no me acuerdo.

—El papá de Andrea trabaja con el rey, pero no sé si el rey va a venir también con ellos. Yo prefiero que no porque así podremos pasar juntos todo el tiempo. Solo pueden quedarse el fin de semana.

Tenía tantas ganas de que viniera Andrea que parecía que el tiempo no pasaba. El tiempo es muy raro: cuando queremos que pase rápido va él y justo avanza despacito, despacito. Entre el jueves y el viernes pasó una eternidad, y eso que el viernes no tuvimos que ir a la *ikastola*. Había «huelga general», me explicó mi padre, que es cuando, para protestar por algo, no se va a trabajar ni al colegio. Nosotros tampoco esta vez teníamos motivos para protestar, pero la *ikastola* estaba cerrada, así que me quedé en casa. A media mañana vino Maika a buscarme, fuimos a por Laura y las tres juntas nos marchamos al parque. Maika era la hija del lechero que vivía en el caserío de enfrente, y a veces venía a cuidarnos. No hablaba mucho, pero a nosotras nos gustaba porque nos dejaba hacer todo lo que queríamos y casi siempre traía flan del que preparaba su madre, que me encantaba.

Estábamos en el parque cuando apareció mi padre.

—Vamos, niñas, que ya ha llegado Andrea y hoy vamos a comer todos juntos en casa. Nos están esperando. Rafael está en el coche. ¿Te acuerdas de Rafael, Ángela?

—Sí.

—¿Quién es Rafael?

—El papá de Andrea, el que trabaja con el rey —le expliqué a Laura.

Aunque el parque estaba al lado de casa, nos montamos en el coche, otro coche desconocido. Rafael estaba sentado delante. Se dio la vuelta y nos lanzó un beso.

—Pero qué mayor estás, Laura, hacía mucho tiempo que no nos veíamos. ¿Te acuerdas de mí?

—No.

—Jajaja, pues yo me acuerdo perfectamente de ti, aunque has cambiado mucho.

—¿Y Andrea? ¿Y Andrea?

—Siéntate bien, Ángela. Está en casa, ya te lo he dicho.

—Ella también tiene muchas ganas de verte.

Papá nos dejó con Rafael en la puerta de casa y subimos las escaleras a toda prisa.

—¡Corre, Laura, corre!

A Andrea le había crecido mucho el pelo, estaba muy guapa. Nos dimos un abrazo largo. Ella estaba mucho más alta que yo, era mayor y yo creo que además crecía más rápido.

—¿Y Cua-cua dónde está?

—Lo tengo guardado, hace mucho que no juego con él.

—Me gustaría verlo.

Rebusqué en el cajón de los juguetes y apareció en el fondo, con la cuerda enredada entre las ruedas. Y también rescatamos a Perrito. Laura estaba un poco tímida al principio, pero enseguida cogió confianza y la tarde se nos fue sin sentirla: otra vez las manías del tiempo…

Esa noche Andrea se quedó a dormir conmigo, y el sábado por la mañana vinieron Alba y Rafael. Pero, cuando llegaron, nosotras no estábamos. Isabel, Laura, mi madre y yo habíamos ido a enseñarle la playa a Andrea. Cuando volvimos, ya estaban todos en casa. Hubo risas y conversaciones en voz alta.

—Entonces, ¿cuál es el plan? —preguntó Rafael con una sonrisa de oreja a oreja.

—Aarón ha quedado en llamarme y decidimos, yo creo que es mejor salir de aquí, es más tranquilo.

—¿Queréis que bajemos mientras a tomar el aperitivo?

—No…, mejor esperamos en casa…

—Ya no podemos tomar nada en los bares de por aquí —le dijo mi madre en voz baja.

—¿Y eso?

—La última vez a Isabel y a mí dos tipos vinieron a asustarnos, y los dueños del bar nos dijeron que ellos no tenían nada contra nosotras, pero que mejor no volviéramos por allí.

—¿En serio me lo dices?

—En serio..., que lo sentían, que nos apreciaban, pero que por favor no volviéramos.

—Pues si os parece me bajo a comprar un vino y algo de picar, tomamos el aperitivo aquí y seguimos poniéndonos al día.

—No compres nada de comer, tenemos picoteo aquí.

Alba y mi madre se fueron a la cocina y, mientras mi madre le daba un puré amarillo a Quique (¡ya íbamos por el amarillo, después de haber superado con éxito el verde y el marrón!), Alba se puso a sacar cosas de la nevera, Rafael bajó a la calle y nosotras nos quedamos en mi cuarto, «poniéndonos al día», como los mayores.

—¿Por qué no han venido tus hermanos, Andrea?

—Se han quedado en casa, con mi tía. Ahora tienen muchos exámenes.

Me acordé de la casa tan bonita y tan grande que tenía Andrea. Entonces sonó el timbre, escuché la voz cantarina de Isabel y Laura entró corriendo en la habitación.

—¿A qué estáis jugando?

—A hablar.

—¿De qué?

—Andrea tiene una casa muy grande, con piscina.

—Nosotras no tenemos piscina.

—Es que en Madrid no hay mar.

—Ah... ¿Y es muy grande tu casa, Andrea?

—Sí, y ahora un poco más porque papá duerme en otro sitio, aunque me gustaba más que durmiera en casa como antes.

—¿Y por qué ya no duerme en casa?

—Por su trabajo.

—¿Trabaja por la noche?

—Mmm, no, creo que no, pero empieza a trabajar muy temprano y así no tiene que coger el coche por las mañanas, me parece...

—Nuestros papás duermen en casa, pero casi siempre llegan muy tarde.

—¡Niñas, venid, hemos traído unos regalitos para vosotras! —nos gritó Alba.

En el salón ya habían preparado platitos con cosas de comer. Alba estaba sentada en una silla sacando paquetes envueltos de una bolsa grande. Cuadernos, pinturas, un pijama y una foto enmarcada de cuando vivíamos en Madrid, todos juntos el día de las filloas (¡por fin había aprendido a decirlo bien!). De pronto empezó a sonar el timbre de la puerta muchas veces seguidas y mi madre fue corriendo a abrir.

—¡Rafael!, ¿qué pasa?

—Pero ¿qué narices tenéis montado en este pueblo?

—¿Por qué? ¿Qué ha pasado?

—Había una manifestación en la calle y en el portal un grupo de gente nada amigable se ha acercado a mí y me ha empujado dentro, menos mal que estaba abierto.

—Ahora hay jaleo casi todos los fines de semana, por eso no salimos.

—Pero ¿estáis marcados?

—Sí —dijo mi madre, mirando al suelo.

Para preguntar a Silvia: cuando hablan de «estar marcados», ¿quieren decir que tienen marcas como las que a mí se me quedan en las rodillas cuando me hago una herida?

—¿Y estáis tomando precauciones? Cuando hablábamos por teléfono, no me imaginaba que las cosas hubieran llegado tan lejos...

—Rafael, las niñas... —le dijo Isabel.

Pero él siguió hablando alto; estaba muy alterado.

—¡¿Alguien quiere contarme por favor lo que está pasando aquí?! Esta situación es invivible, esto no era exactamente lo que nos contabais por teléfono...

—Bueno..., tú precisamente estás al tanto de todo, ¿no? Y en realidad no hace falta más que leer los periódicos.

—En Madrid no nos hacemos idea del grado de persecución al que os están sometiendo.

—La central se pondrá en marcha pronto, la empresa nos manda mensajes de tranquilidad, solo son unos pocos y solo tratan de asustarnos para salirse con la suya —dijo mi padre.

—Tú tienes razón, Isabel, absolutamente todos los días sale Lemóniz en los medios, hay atentados cada dos por tres..., no sé cómo he podido ser tan ingenuo.

—Pero, Rafael, nosotros no nos metemos en política, nuestros maridos han venido a hacer su trabajo y punto. Esa gente hace mucho ruido, es verdad, pero solo son una minoría —dijo mi madre.

—Pero los datos hablan por sí mismos, y ya no van solo contra guardia civiles... ¿Cuántos muertos en lo que va de año? ¿Treinta? ¿Cuarenta? ¿Más?

Rafael no estaba nervioso, pero sí serio, muy serio. Andrea me cogió de la mano; yo cogí a Laura, y las tres volvimos a meternos en mi habitación. Andrea cerró la puerta.

—¿Ya no te gusta jugar a escuchar a los mayores?

—No, ya no me gusta. ¿Vuestros papás hablan alto?

—No, hablan más nuestras mamás, aunque cada vez más bajito.

Pero no hablaban bajito aquella mañana, y a pesar de la puerta cerrada nos llegaban sus voces.

—Rafa, déjalo ya, no creo que esto sea lo que ellos necesitan ahora de nosotros.

—Solo quiero que sean conscientes del peligro que corren, Alba. Son nuestros amigos: es mi deber.

—Nuestras hijas han nacido aquí, aquí es donde nuestros maridos llevan a cabo el trabajo para el que se han preparado durante años, aquí está nuestra casa. En algún momento hemos pensado en abandonar y salir del País Vasco, ¿cómo no?, pero Lázaro y David no quieren y nosotras lo entendemos. Simplemente tratamos de llevar la situación lo mejor posible. —Me costaba reconocer la voz de Isabel, monótona y apagada como yo nunca se la había oído.

—¿Qué harías tú? —preguntó Lázaro.

Hubo un silencio largo, que por fin interrumpió Rafael. Nosotras estábamos dibujando con nuestras pinturas nuevas, calladitas.

—Al menos tomar precauciones.

—Lo estamos haciendo. Cambiamos de coche todo el tiempo, evitamos determinados lugares, solo hablamos con la gente que sabemos con total seguridad que es de confianza.

—¿Y en el trabajo?

—Cuando estamos dentro nos concentramos en lo nuestro y ya, aquello es como un búnker. Después volvemos directos a casa.

—¿Vais y venís siempre a las mismas horas?

—Más o menos, sí.

—Tenéis que cambiar de horarios y de ruta, y apuntar cualquier cosa que os llame la atención, dentro y fuera del trabajo, para después, si hace falta, poder ir con datos a la Policía.

—Apuntamos las matrículas, por si se repiten, y nos fijamos en las caras. Y también miramos debajo de los coches antes de montar porque nos han dicho que podrían empezar a poner explosivos.

—¿Habéis recibido alguna amenaza?

—No, directa no, por eso creemos que…

—Por eso, nada. Todas las precauciones son pocas. Tened especial cuidado en los sitios públicos.

—Casi no vamos a sitios públicos, y cuando alguna vez salimos a comer nos sentamos de espaldas a la pared para…

—Os están vigilando, lo sabes, ¿verdad?

—Puede…, no estamos seguros.

—Por Dios, Lázaro, si hasta en la prensa se habla de los seguimientos.

—¡Pero no pueden seguir a todo el mundo!

—No estéis quietos en la calle ni os paréis en los portales ni…

—Rafa, creo que te estás poniendo demasiado intenso con todo esto, hemos venido a pasar un buen fin de semana con nuestros amigos, no estás trabajando.

—Yo solo quiero que estén bien.

30

UN BUEN PLAN

El referéndum sobre Lemóniz divide a los partidos en el Parlamento. Comisión de Encuesta, debate popular e impedir la entrada de uranio, en el dictamen aprobado ayer.
(*Deia,* 5 de junio de 1980).
La propuesta del referéndum sobre Lemóniz no satisface a los antinucleares.
(*El País,* 15 de junio de 1980).

R*iiing.*

Mi madre habló por teléfono unos segundos y luego vino a buscarnos.

—Pero ¿qué hacéis con la puerta cerrada?

—Nada, dibujamos, hablabais muy alto…

—Tenéis toda la razón. Venga, coged lo que queráis llevaros que nos vamos al pueblo de la abuela de Silvia a pasar el fin de semana. Gonzalo y sus papás se vienen también. Paramos en Bilbao y vosotras os montáis en el coche de Aarón, ¿qué os parece el plan?

—¡Bieeen! —dijimos Laura y yo a la vez.

—¿Quién es Aarón? —preguntó Andrea.

—El papá de Silvia, mi amiga mayor, que me llama Cascabel.

—Ah, qué guay.

Y de pronto estábamos en Bilbao.

—¿Qué tal, Cascabel? —me dijo Iñaki cuando nos montamos en su coche—. Hola, Laurita. Y tú debes de ser Andrea, ¿verdad?

Era la primera vez que Iñaki me llamaba Cascabel y no supe si me gustaba, prefería que eso solo me lo llamara Silvia: era algo entre nosotras.

—Sí, soy amiga de Ángela.

—Un placer, Andrea.

Pasó muuucho, muuucho tiempo, pero no se nos estaba haciendo largo porque íbamos entretenidas jugando a los susurros. Ana de vez en cuando miraba hacia atrás para ver si íbamos bien.

—Silvia, hija, ¿cómo vas?

—Bien, mamá, tengo la tripa revuelta, pero bien.

—Quique casi siempre vomita cuando vamos mucho tiempo en el coche —dije yo.

—Yo también, Cascabel, me sientan fatal los viajes, pero hoy estoy bastante bien.

—Andrea, ¿tú sabes plantar árboles? El papá de Gonzalo sí sabe. Silvia, ¿en tu pueblo se pueden plantar árboles?

—Pues árboles no sé, pero hay un invernadero y a Jon le gusta mucho, podéis pedirle que os enseñe los nombres de todas las plantas y os cuente cosas de ellas... Mirad, ya estamos saliendo del País Vasco.

Entonces Aarón se arrancó a cantar:

Vasco navarro soy
del valle roncalés,
donde la primavera
por vez primera
vi florecer.

Me dieron muchas ganas de cantar con él, pero no me sabía la letra de esa canción. Silvia, Iñaki y Ana le siguieron:

Gozosa el alma canta
y de mi garganta
surge la voz
para esta tierra mía...

—Silvia, me gusta mucho ir a tu pueblo.

—A mí hoy me gusta más porque vamos a estar todos; lo pasaremos genial. Cuando venimos solo nosotros me cuesta más.

—¿Por qué te cuesta?

—Es que, aunque sea solo para el fin de semana, mi *ama* tiene que dejar la casa organizada y cerrarla como si nos fuéramos para un año, ella es así…

—Como mi mamá.

—Jajaja —se rio Aarón.

—… y cuando por fin estamos listos, a esperar a mi *aita,* él dice que llega a una hora y luego nada, y me pongo impaciente, y además allí no conozco a nadie de mi edad y…

—Mi papá muchas veces también hace eso, dice que viene, pero no. Y luego cuando llega siempre está serio —dije yo.

—Pues que no me entere yo de que nadie se pone serio —dijo Aarón—. ¿Os sabéis ese de…? —y empezó a contar chistes; yo no pillaba casi nada, pero todos se reían y nosotras nos reíamos también: la alegría es contagiosa, como la tristeza.

De la llegada a Sartaguda recuerdo una noche llena de niños y algarabía. Los mayores se reían, se cruzaban las conversaciones. Traté de contar cuántos éramos pero fui incapaz, se movían de sitio y contaba al mismo varias veces y tenía que volver a empezar, *bat, bi, hiru, lau, bost, sei, zazpi…* El *zazpi* antes siempre se me olvidaba, pero ya no más, desde que Iñaki me dijo «piensa en Zipi y Zape».

Y recuerdo las miradas encandiladas de Laura a Gonzalo. Dormimos casi todos los niños en una habitación grande, dos en cada cama y con algunos colchones por el suelo. Yo quise dormir con Silvia y Laura con Gonzalo, pero al final se arrepintió y ella y yo no sé cómo acabamos juntas en un colchón en el suelo.

Antes de acostarnos, Silvia propuso que jugáramos a las tinieblas.

—Pero esta habitación es muy grande y yo no me la conozco bien, me voy a chocar, no quiero que apaguéis la luz, me da miedo.

—¿Miedo? ¿De qué?

—¿Va a sonar *bum bum?*

—Yo tampoco quiero —dijo Laura—. Cuando se juega a las tinieblas fuera hay ruidos que dan miedo, gente que grita y tira cosas.

—Tranquilas, bonitas, aquí eso no va a pasar. Además, Ángela tiene su cascabel. Las dos vais juntas y si tenéis miedo tocáis el cascabel y encendemos la luz, ¿vale?

Fue muy divertido, muchísimo más que en casa porque éramos un montón y había muchos sitios donde esconderse. Así que no tuvimos que tocar el cascabel.

Y el desayuno del día siguiente fue una auténtica fiesta. Nos fuimos juntando todos en la cocina según nos despertábamos. Cada uno tenía costumbre de desayunar una cosa y la mesa y la encimera fueron llenándose de tostadas untadas con mantequilla, galletas, leche fría y caliente, con o sin Cola Cao, café, quesos y hasta jamón y huevos para Rafael, que en todo el fin de semana no paró de decir que a él el campo le abría el apetito.

Jon debía de haberse levantado muy pronto porque cuando ya todos estábamos en la cocina, incluidos mi madre y Quique con sus peleas, entró él de la calle con una bolsa grande de magdalenas y los periódicos debajo del brazo.

—Aquí sale tu jefe, Rafael, y tú aquí poniéndote las botas…

—Sí, me enteré ayer, por lo del funeral de Fernández Miranda, le dio un ataque al corazón estando en Londres. Pero yo estoy de libranza, amigo mío, mis compañeros tienen la situación controlada…

—Jajaja.

—A ver, déjamelo que le eche un vistazo.

—¿Hablan de lo de ayer? —preguntó Isabel.

—Hemos hecho bien en irnos, parece que se montó una buena. Autobuses volcados, avisos de bomba, manifestaciones no autorizadas…

La sombra se abatió un instante sobre todos nosotros, mayores y niños, y de pronto Aarón se puso a cantar:

Un, dos, tres, todos en pie.
Escojan sus parejas, venga ya.

Isabel pegó un grito.

—¡Esa me la sé! —Y empezó a cantar y a bailar como loca por la cocina.

—Mi marido…, que está hecho un moderno. Ahora le gustan unos que se llaman La Red de San Luis, dice que le hacen gracia —dijo Ana.

—Jajaja, los mayores estamos locos, ¿eh? —dijo Jon dirigiéndose a los niños—. ¿Queréis que vayamos a ver el vivero?

—Síii.

—Pues venga, todos a vestirse de campo que nos vamos.

Por el camino, Laura iba mirando a Gonzalo, Gonzalo a su padre y su padre a todos nosotros. Nos miraba fijamente a los ojos desde detrás de sus gafas, de uno en uno, y nos iba contando historias de plantas y de cualquier otra cosa. Iñaki abría la expedición. Silvia iba detrás hablando con Andrea.

Al final de la cuesta había un campo verde muy grande y, en medio, una casa de plástico blanco. ¡Había miles de plantas dentro!

—¿Por qué las tienen aquí dentro, Jon?

—Para controlar la temperatura, la humedad, las plagas…, así las plantas crecen mejor.

—¿Qué son las plagas?

—Las invasiones de bichos que causan daño a las plantas.

—¡Mirad, hay ya un montón de fresas! Están verdes todavía pero dentro de poco habrá cosecha de fresas.

—Mmm, yo quiero fresas.

—Pues una historia de fresas: había una señora que vivía en la época de Napoleón que se llamaba madame Tallien y para tener siempre la piel suave y perfumada se bañaba en zumo de fresas.

—¡Hala!

—¡Otra, otra, cuéntanos otra! —A Gonzalo le gustaba mucho su padre: se le notaba.

—¿También de fresas? Hum, pues las fresas pertenecen a la familia de las rosas, ¿sabíais eso? Iñaki, a lo mejor puedes regalarle un ramo de fresas a tu novia. Jajaja.

¿Iñaki tenía novia?

—¡Otra, otra!

—Una de tomates —dijo mientras arrancaba un tomate pequeñito y muy rojo de una mata y nos lo tendía—. Al principio, cuando los tomates llegaron a Europa, eran amarillos…

Laura me dijo al oído:

—¿Le preguntamos cuántos árboles ha plantado él?

Jon se echó a reír.

—Te he oído, Laura, pero qué curiosa eres…Pues yo diría que como mínimo cuatro mil.

—¿Y eso cuánto es? —le pregunté yo.

—Un pequeño bosque, chiquitinas, un pequeño bosque… Uno tiene que dejar algunas cosas buenas para la gente que vendrá a continuación, ¿no os parece?

31

Escucho, pero no quiero escuchar

La Guardia Civil pide perdón al alcalde de Itsasondo.
Le propinaron una paliza el sábado
tras exigir que retirasen una pancarta:
«ETA, Lemóniz zer?» *[ETA, Lemóniz ¿qué?].*
(Egin, 21 de junio de 1980).

Enfrentamientos en el País Vasco tras la huelga general de ayer.
Volcaron un autobús
en Baracaldo e interceptaron los transportes públicos en toda la región.
(ABC, 28 de junio de 1980).

—David, ha llamado Carlos.

—¿Y qué quería?

—Hablar con Rafael, dice que si puede pasarse esta noche por casa.

—Pero si no le conoce.

—Ya, supongo que pensará que él tiene más información que nosotros…

—Pero ¿le has dicho que se vuelven mañana a Madrid y que llegaremos tarde y cansados?

—Sí, no ha habido manera, estaba muy nervioso, ya le conoces…

—Ay, este Carlos… Ahora hablo con Rafael, a ver.

Ana se pasó la mañana preparando montañas de pimientos asados, empanadas, croquetas y un bizcocho gigante. «Para el viaje de vuelta», dijo, y Aarón la agarró por la cintura y le dijo que además de una excelente cocinera era la mujer más exagerada del mundo. Exagerada no sé, pero es verdad que cocinaba muy bien, mejor incluso que mi madre. A lo mejor por eso Aarón tenía esa barriguita que hacía que se le tensaran los botones de la camisa cuando estaba sentado. A mí me daba risa porque se le veían los pelitos, y Ana le regañaba: «Ponte derecho, Aarón, que estás echando una panza...». «Culpa tuya y nada más que tuya», contestaba siempre él entre risas.

Mientras las madres terminaban de recoger y se encargaban de los pequeños, los padres nos llevaron a comer bocadillos a la orilla de un río que había detrás de la casa. Silvia, Iñaki y el hermano mayor de Gonzalo se pusieron a cruzar el río por las piedras; nosotros los imitamos y acabamos empapados, pero hacía calorcito y el agua fría del río nos hacía cosquillas en los pies.

Laura, Andrea y yo quisimos volver en el coche con Silvia e Iñaki. Hacía un sol radiante y por la ventanilla íbamos viendo los campos floridos y haciendo comentarios descabellados sobre las plantas. Jon nos había metido el gusanillo del amor a la naturaleza.

A medio camino paramos para dar buena cuenta de las provisiones que había traído Ana. Sus croquetas estaban para chuparse los dedos.

—Venga, otra de Julián Gayarre, que esta es su tierra, a ver si podéis seguirme... —dijo Aarón con esa alegría suya contagiosa, de nuevo al volante.

Una serrana hermosa
el sueño me está robando...

Pero de golpe se quedó callado, y él y Ana miraron con aprensión un cartel con letras en la carretera.

—¿Qué pasa, Silvia?

—Nada, entramos en el País Vasco.

El paisaje era cada vez más verde, más bonito. ¿Por qué había caras largas cuando entrábamos en el País Vasco? Laura me cogió una mano; con la otra, toqué despacito mi cascabel, *tin tin tin.* Silvia me dedicó una sonrisa breve y de nuevo se quedó abstraída mirando por la ventanilla.

—Bueno, niñas, ya estamos aquí. Mirad, Carmen e Isabel están en el portal.

Ana nos ayudó a bajarnos y nos acompañó. Les dio un par de besos rápidos a nuestras madres, se despidió de nosotras revolviéndonos el pelo y volvió a subirse al coche. Sentí que el corazón se me encogía cuando vi alejarse a nuestros amigos.

Por las escaleras, escuché la voz inconfundible de Carlos, alterada y estridente como siempre. Habían dejado la puerta de casa abierta: eso era muy raro. Pasamos al salón a saludar: Rafael, Lázaro, Carlos y mi padre apenas nos miraron un segundo y siguieron con la conversación que traían.

—¿Quién es ese señor? —nos preguntó Andrea a Laura y a mí.

—Es un amigo de nuestros papás, habla mucho y muy rápido siempre. A veces hasta grita un poco.

—Ah.

En la cocina estaban Alba, Isabel y mi madre. Jorge se mantenía de pie sujeto en la encimera y trataba de atrapar con sus manitas todo lo que quedaba a su alcance. Quique estaba en la trona; el viaje le había sentado regular y no quería comer, así que mi madre le perdonó el puré y le preparó un biberón.

—Mamá, ¿por qué está aquí Carlos? No me gusta cómo habla...

—Es un hombre nervioso, Ángela, pero es nuestro amigo y tenemos que quererle tal cual es.

—¿Y para qué ha venido?

—Necesita hablar con el papá de Andrea.

—¿Ellos también son amigos?

—No. No se conocían, pero Carlos tiene muchas preguntas y Rafael se sabe casi todas las respuestas.

—¿Porque es amigo del rey?

—Eso es, por su trabajo... Y ahora a cambiaros las tres y a la cama, que mañana Andrea se va a Madrid temprano.

—¿Laura se queda también?

—Sí, vais a tener que dormir apretaditas.

Y sí que estábamos apretaditas, pero era genial. Hicimos tienda de campaña con las sábanas y estuvimos charla que te charla hasta que de pronto Laura se quedó callada.

—Laura, ¿estás dormida?

No hubo respuesta. Andrea cayó enseguida también, pero yo no lograba conciliar el sueño, escuchaba las voces de los mayores en el salón, y la sombra se me colaba dentro si cerraba los ojos, así que los mantenía bien abiertos. La voz de Carlos era la que más se escuchaba. Él decía algo y luego Rafael le contestaba mucho más bajito, hablando despacio y con tono sereno.

—Veo las mismas caras una y otra vez al salir de casa y al volver por la tarde, y lo mismo a la entrada y a la salida de la central. Temo por mis hijos… Trato de compartir mis temores con mis compañeros, pero solo me responden con el silencio; hay silencio y miedo por todas partes…

—¿Estás tomando precauciones?

—Todas las que puedo. Cambio de rutas, no voy a sitios públicos, los fines de semana me encierro con mi familia en casa o salimos del País Vasco… Ya no sé qué hacer, estoy desesperado.

—¿Y cómo puedo ayudarte yo? ¿Qué quieres que haga?

—No lo sé, la verdad, tú eres militar, pensé que tendrías información, algún consejo valioso que darme. El silencio de mis compañeros me está volviendo loco.

—¿Has intentado hablar con ellos?

—¿No te he dicho que sí? Le quitan importancia, se salen por la tangente, me aconsejan que me concentre en el trabajo y me abstraiga de lo demás… Pero yo no puedo, Rafael, no puedo. Ojalá pudiera… El miércoles el padre de un compañero de uno de mis hijos me llamó; le habían visto llorar en el instituto, parece que decía que iban a asesinar a su padre. ¡Y yo soy su padre! No quiero dejar huérfanos a mis hijos, nosotros no nos merecemos esto. —Carlos jadeaba; me pregunté si a veces los mayores también llorarían.

—Tranquilo, por favor, necesitas recuperar la calma para saber cómo actuar.

—No duermo. Tengo pesadillas. Esta es mi tierra, aquí tengo mi trabajo y a toda mi familia, pero no puedo más…

—¿Has ido al médico?

—Sí. ¿Y sabes lo que me dijo? Ah, si trabajas en Lemóniz, es normal… Y me despachó con una receta de ansiolíticos.

—Ya…

—Hemos hablado de todo esto muchas veces, Carlos —era la voz de Lázaro—, hay que hacer un esfuerzo por diferenciar unas cosas de otras, los violentos están ahí, desde luego, pero también los sindicatos, los ecologistas… ¿No crees que se te está juntando todo un poco?

—Claro que se me junta, entre los unos y los otros al final es imposible saber quién está aporreando la puerta de tu despacho. ¡Somos objetivos de una banda de asesinos, yo no sé cómo vosotros podéis estar tan tranquilos! Todo el día con esos coches detrás, las miradas amenazantes, esas pintadas siniestras por todas partes… ¿De verdad os parece el mejor ambiente para que crezcan vuestros hijos? ¡Es una irresponsabilidad!

Escuché unos pasos por el pasillo y la rueda del teléfono en el dormitorio de mis padres.

—Asun, está aquí tu marido. Creo que es mejor que vengas a por él. Si queréis mañana nos vemos antes de que Rafael y Alba se vayan a Madrid. Es tarde, está muy alterado, sube la voz y los niños… —Era mi madre quien hablaba por teléfono.

Cuando colgó, se paró en la puerta de mi habitación, echó un vistazo dentro, y yo cerré rápidamente los ojos. Ella volvió a entornar la puerta y siguió hasta el salón.

—Carlos —volvía a hablar Rafael—, Lázaro tiene razón, tienes que separar los problemas para poder tomar decisiones respecto a cada uno de ellos. Me parece prioritario, por ejemplo, que intentes averiguar qué están viviendo tus hijos.

—No tengo que averiguar nada, lo sé: los machacan.

—¿Vuestros hijos cuentan en el colegio dónde trabajáis?

—Los míos sí. Los de ellos son muy pequeños, no creo que se enteren de mucho todavía.

—No debían haberlo contado…

—No nos lo advirtieron, ¡no nos advirtieron de nada!

—Bueno, pues ahora ya lo sabes: habla con ellos, ¿de acuerdo? Y nosotros, si te parece, hablamos un poco más mañana por la mañana, nos tomamos un café juntos antes de salir. Ahora es muy tarde ya y todos estamos cansados…

Llamaron al telefonillo. Era una voz de mujer: no la reconocí, pero me imaginé que sería Asun. Hubo despedidas en la entrada y enseguida la casa se quedó en completo silencio. Me sentía mal, como si hubiera estado escuchando cosas prohibidas. Moví un poquito el brazo y el cascabel tintineó en mi muñeca.

—¿No has oído el cascabel de Ángela? —dijo mi madre—. Ve a ver, anda, que Quique se ha despertado.

Mi padre se asomó a la puerta. Volví a cerrar rápido los ojos.

—Nada, las tres dormidas como tres angelitos.

32

Los largos días de verano

Los trabajadores de Lemóniz secuestran a diez técnicos de la empresa.
(ABC Sevilla, 8 de julio de 1980).
Las gestoras y la izquierda abertzale *lanzan una nueva campaña proamnistía.*
(ABC, viernes 11 de julio de 1980).

Los últimos días de colegio antes del verano se hicieron largos, y eso es porque fueron cortos: Isabel o mi madre venían a buscarnos mucho antes de que hubiera llegado la hora de irse de la *ikastola* y las tardes se nos hacían eternas en su casa o en la mía. Tardes largas de sol o de lluvia, con luz hasta mucho después de la hora de la cena, con muchas ganas de bajar al parque y sin poder bajar casi nunca.

—Si no venís a la *ikastola* —me dijo Asier—, no vais a aprender las letras y los números y a dibujar como los demás.

Y yo no supe qué responderle porque me parecía que tenía razón. Aunque después Isabel o mi madre se pusieran con nosotras a terminar los dibujos que habíamos dejado a medias, no era lo mismo. Y además me parecía un rollo ir siempre corriendo, salir corriendo de la *ikastola,* subir corriendo al coche, llegar corriendo a casa... para luego pasarnos toda la tarde allí.

Pero cuando llegó el verano de verdad y se acabó el colegio y se acabaron las clases de Ludmila y dejamos de ir a Bilbao, entonces el tiempo sí que decidió detenerse del todo. Por eso la noticia de que iba a volver Andrea, aunque solo fuera por uno o dos días, nos llenó de entusiasmo a Laura y a mí.

Aquellos días giraban por completo en torno al ritual del paseo. A media mañana, cuando mi madre había logrado darle a Quique su primer puré del color que tocara, íbamos a encontrarnos con Laura, con Isabel y con Jorge, que había empezado a dar sus primeros pasitos pero todavía iba en sillita, igual que Quique.

Ya no podía bajar las escaleras corriendo hasta el portal porque mi madre se había inventado otro juego. Había que abrir la puerta despacito, mirar hacia arriba sin sacar el cuerpo entero de casa, luego mirar al frente y solo entonces salir al rellano. Luego ella cerraba la puerta y yo me quedaba quieta hasta que me avisaba desde la esquina de la escalera.

—Libreee, Ángela, ya podemos bajar, ayúdame con esta bolsita.

Despacio…, en silencio. Abajo, ella cruzaba la calle y yo tenía que esperarla con la espalda pegadita a la puerta del portal.

—¡Yaaa!

Y entonces mirar a los dos lados y cruzar corriendo.

—Mamá, no entiendo este juego.

—¿No? Sirve para tener paciencia y concentrarse, como las clases de *ballet.*

—Pues yo prefiero las clases de *ballet.* Este juego es un rollo.

—¿No te gusta?

—No.

Laura y yo seguíamos siendo las mejores amigas, pero las dos echábamos de menos estar con otros niños. Alguna vez, después del paseo, nos juntábamos con algunos de los otros en el parque, pero sus madres siempre tenían algo que hacer, se marchaban enseguida y nosotras nos quedábamos solas otra vez.

Crucé la calle. Laura venía con una sonrisa de las suyas y un avión nuevo en la mano.

—Hala… ¿Me lo dejas ver?

—Toma. Me lo ha dejado Gonzalo, es de su papá.

—Es muy bonito.

Clonc. Un ruido fuerte, un portazo. Hasta nuestros hermanos miraron en dirección a la carnicería.

—Mamá, el señor de esa tienda dijo que papá está vivo.

—¿Qué dijo qué, Laura?

—Que papá está vivo. Un día que vinimos a comprar empanada.

—¿Cómo que está vivo? ¡Claro que está vivo!

—Agarraos de los cochecitos que nos vamos, tranquilas, todo está bien —dijo mi madre—. Ven, Isabel, vámonos.

Nos dejaban ir unos pasos por delante, solo unos pocos pasos, y utilizábamos ese margen para correr arriba y abajo. El avión de Jon era blanco y tenía todas las ventanitas por las que mira la gente para ver las nubes. Lo hacíamos chocar contra la brisa, arriba y abajo, y volaba como los aviones de verdad. La brisa transporta también las palabras…

—Me he quedado fría, Carmen. ¿Has escuchado lo que ha dicho mi hija?

—Sí, tienes que hablar con Lázaro, y yo con David. ¿Cuándo fue eso? ¿Qué pasó? Se acuerdan de las cosas, ¿has visto? Esas cosas se les quedan grabadas

—Ay, Carmen, qué angustia, yo no sé qué vamos a hacer, pero algo hay que hacer. Me ha escrito la de las iniciativas culturales, la mamá de ya sabes quién, tenía una carta en el buzón esta mañana temprano, me la ha subido Lázaro antes de irse. Nos pide perdón, que lo siente mucho pero que no puede dejarse ver con nosotras. ¡¿Perdón?! ¿Y a mi hija quién le pide perdón?

—Toda esta situación me saca de quicio.

—Sí, todo se mezcla, unos no nos quieren aquí, a otros les da igual pero prefieren no meterse en líos, alguno hasta nos querrá pero no se atreve a decirlo… Hay tanto miedo, tanta desconfianza…

—Tenemos que apoyarnos tú y yo, darnos aliento y fuerza, y tal vez tomar juntas una decisión. Siento que estamos muy solas en esto. ¿Deberíamos irnos a vivir a otra parte?

—Acabamos de comprar nuestras casas. ¿Te acuerdas de la ilusión del principio? Este es un bonito lugar donde vivir y criar a nuestros hijos, ¿no? Esa era la idea...

—Sí, era una gran idea..., pero mira Ana, en Bilbao es otra cosa, no hay tanta presión... Y de verdad que intento no dejarme llevar por la sugestión.

—Míralas..., felices con ese avión, es increíble la fortaleza de los niños.

—Sí, pero ¿no les acabará pasando factura todo esto? No quiero ni pensarlo. Me entran mil dudas con lo de los juegos. Ángela se me rebela. Y además, luego se van enterando y pensarán que les mentimos, como con lo de las fiestas que no eran fiestas... Desde que Silvia les explicó que eran manifestaciones están más tranquilas con eso, parece que la explicación les ha servido.

—Son muy pequeñas todavía, Carmen, ¿cómo vamos a darles explicaciones de lo que ocurre alrededor si no lo entendemos ni nosotras? Jugar y cantar y reírnos todo lo posible con ellas, esa es la única manera que a mí se me ocurre de protegerlas.

El avión tiró de nosotras demasiado lejos.

—¡Sugusss!

Y esa vez había Sugus de verdad, lo sabíamos, así que volvimos aún más rápido que de costumbre:

—¡Yo de fresa y Ángela de limón!

De alejarnos me gustaba la sensación de libertad y también escuchar en alto las voces de Isabel y de mi madre en plena calle. Era también una forma de liberación, entre los susurros y los silencios.

De vuelta en casa, después de los sanjacobos de mi madre y de una siesta tediosa sin sueño, me senté en la entrada a esperar a mi padre, que me había dicho que vendría pronto y podríamos jugar juntos por la tarde.

—Cariño, apaga la luz.

—¿Por qué?

—Para no gastar. Y si vas a estar ahí sentada, pon un cojín para no enfriarte.

Riiing.

—Ángela, échale un ojo a tu hermano, que está en la cocina, voy a coger el teléfono.

—¿Sí? No, tampoco ha llegado.

—...

—Ni idea, pero es muy tarde.

—...

—Vale, claro, hablamos luego si eso.

Cuando colgó salí corriendo a la cocina para que no descubriera que no le había hecho caso: seguía obstinada junto a la puerta, no fuera a llegar mi padre justo en ese momento.

—¿Era papá?

—No, Iñaki.

Riiing. Esta vez sí me quedé en la cocina con Quique. Mi madre estuvo un buen rato callada después de descolgar.

—...

—Vale, Iñaki está avisado.

—...

—Sí, adiós.

Escuché el ruido de colgar el teléfono, pero mi madre tardó un poco en volver a la cocina. Debía de haberse quedado sentada en el sofá porque tampoco se escuchaban sus pasos.

—¡Mamá!

—Sí, Ángela, perdona. Vamos al baño, que al final papá hoy no va a poder llegar pronto.

Ni siquiera pregunté por qué, recogí el cojín del suelo, lo llevé al salón y me desnudé en el baño. Después, mi madre y yo cenamos en la cocina, aunque ella no tocó su plato. Quique espurreó la mitad de su puré, como solía, y ella iba limpiándolo todo con una paciencia muda, sin sonrisas ni cucharadas volando como aviones. Tampoco conmigo habló prácticamente nada, ni insistió para que me terminara el yogur.

—¿No quieres más?

—No.

—Pues, venga, dientes y a la cama.

Esa noche rescaté a Gomaespuma. Me llevó un rato encontrarlo en el cajón de los juguetes, pero por fin apareció y me metí en la cama con él. No pedí mi beso de buenas noches y mi madre no vino a dármelo.

No sé cuánto tiempo habría pasado cuando me despertó el llanto de mi hermano. Escuché los pasos de mi madre por el pasillo y la voz de mi padre en el salón. Me levanté y fui a su encuentro, arrastrando a Gomaespuma por el suelo.

—Hola, preciosa, ¿qué haces despierta?

—Quique me ha despertado.

—Ven que te dé un beso y a la cama corriendo, que es muy tarde.

—No has venido a jugar conmigo esta tarde.

—Lo siento mucho, princesa, he tenido mucho trabajo.

—Pero me dijiste…

—Ya lo sé, Ángela, lo sé… Anda, ahora a dormir.

En la puerta me giré para lanzarle un beso volador, pero él estaba cabizbajo y no se dio cuenta. Por el pasillo me crucé con mi madre, que se dirigía al salón con Quique en brazos, todavía gimoteando. Dejé la puerta abierta de par en par y me metí en la cama.

—… secuestrados no, Carmen, retenidos.

—Isabel ha utilizado esa palabra, secuestrado. Y no es la primera vez, hace menos de quince días salió algo parecido en los periódicos, aunque tú no me lo contaras.

—Carmen, es un entorno difícil, claro que hay protestas, pero de verdad…

—¿Algún día me contarás lo que está pasando? ¿Es que ahora los sindicatos están mezclados con los antinucleares y con los otros?

—Eso dicen…

—¿Cómo que eso dicen?

—Es un embrollo tremendo, resulta difícil saber quién es quién. Pero ya estoy en casa, ¿no? Eso es lo importante.

—Sí, supongo.

—Ay, Carmen, por favor…

—Perdona, he tenido un mal día. Ángela ha estado esperándote sentada en la puerta media tarde… Ah, David, tienes que hablar con Lázaro, por favor, algo pasó en la carnicería un día que las niñas entraron con él.

—Sí, algo me contó.

—¿Y tú a mí no me dijiste nada?

—No quería que te preocuparas.

—Ya… Bueno, ¿y lo de hoy cómo ha terminado?

—Pues te vas a reír, varios de mi equipo y yo hemos terminado escapando por el monte…

—¿Y crees que eso me parece divertido?

—Tenías que habernos visto, como rateros por la puerta de atrás, que da a los acantilados, y luego por la escalerilla hasta el monte. Allí nos recogió Lázaro.

—Me voy a la cama.

—Pero ¿no querías que te contara cosas?

—David, por favor.

—Como quieras. He hablado con Rafael, les he dicho que no vengan este mes.

—¿Y eso?

No hubo más palabras, solo los gemidos de Quique, que aquella noche no parecía encontrar consuelo ni en los brazos de mamá.

33
Ser libre

Amplio historial de los etarras muertos en la emboscada de Orio. Cometieron numerosos asesinatos, atracos y la voladura de la central de Lemóniz.
(*ABC,* 15 de julio de 1980).

Cuatro muertos y cinco heridos en una nueva oleada de violencia en el País Vasco.
(*El País,* 15 de julio de 1980).

Lemóniz: seis empresas contratadas acuerdan el cierre patronal. Alegan que el trabajo no puede realizarse con normalidad. La medida incide sobre unos 3.000 trabajadores.
(*El Correo,* 23 de julio de 1980).

—Han cogido al que puso el explosivo que mató a aquel trabajador —dijo mi madre.

—Tenemos que irnos de aquí en agosto, tomarnos unas vacaciones ya. ¿Le has dicho a Ángela que al final Andrea no podrá venir?

—No, se va a llevar un disgusto tremendo. ¿No podríamos invitarla a pasar unos días con nosotros, aunque sean solo unos poquitos días ahora en julio?

—Ya estás viendo cómo está la cosa, Carmen. Todos los días problemas... Y yo voy a tener que estar muchas horas allí, algunos días hasta puede que tenga que quedarme a pasar la noche... Si nosotros estamos deseando salir, ¿cómo vamos a invitar a nadie?

—Sí, es verdad, tienes razón. Hablaré con ella. Quizá deberíamos plantearnos mandarla a Madrid con Rafael y Alba.

—Puede ser, vamos a darle una vuelta.

Pero a mí ya no hacía falta que me contaran nada de eso: yo ya estaba al tanto, los había escuchado. Andrea no iba a venir y yo sabía que los días seguirían pasando muy despacio, demasiado despacio, hasta el remoto final del verano. A mi padre apenas le veía, y cuando aparecía por casa estaba ausente, me oía sin escucharme y casi no hablaba. Por eso, aunque en un primer momento sentí el impulso de levantarme de la cama para ir a verle, al final me di la vuelta y me quedé otro rato acostada. Debía de ser muy temprano, apenas entraba luz por debajo de la persiana de mi ventana. Volví a dormirme.

Mi madre e Isabel nos llevaron ese día a dar un paseo especial con nuestras bicis. Las dos corrían a nuestro lado, jugaban a intentar agarrarnos y nosotras nos escapábamos y dábamos vueltas a toda velocidad en nuestras bicis a su alrededor. Con la perspectiva de todos los años que han pasado, me las imagino ahora taaan juveniles, casi como dos niñas necesitadas también de aire libre, de amplitud.

En nuestra zona el paseo era muy ancho y daban a él las entradas de las calles de edificios de pisos modernos donde vivíamos. Había una rampita junto a unos escalones y por ahí nos encantaba coger velocidad con las bicis y llegar ya con ese impulso casi hasta nuestro portal. A veces podíamos hacerlo, otras nuestras madres nos reñían y nos decían que fuéramos pegaditas a su lado.

Esa vez nos dejaron coger la rampita, ¡y desde allí vi a mi padre sacando las llaves para abrir el portal! Sentí alegría de verlo así, al sol en la calle, hacía muchos días que no le veía así.

—¡Es mi papá, Laura, es mi papá!

—¿Seguro?

—Sí, sí, mira.

Pedaleamos lo más rápido que sabíamos. Antes de las escaleras de fuera del portal tiré la bicicleta y salí corriendo hacia él. Me cogió como hacía antes, acuclillado con los largos brazos en cruz y una sonrisa enorme en la boca y en los ojos toda para mí.

—¿Ya has vuelto de trabajar?

—Aquí estoy, princesa, ¿quieres venir a dar un paseo conmigo?

—¿Un paseo tú y yo?

—Sí.

—¡Sííí!

Laura le tiró de la camisa.

—¿Y mi papá?

—Os está esperando en casa.

—¡David! ¿Qué haces aquí? —dijo mi madre; Isabel y ella llegaban con la lengua fuera.

—Luego tenemos que volver, ahora no se podía estar, andaban con lo de la culebra…

—¿Qué es eso?

—Nada, cuando se juntan todos los trabajadores y van en fila haciendo zigzag por las instalaciones, y si suben a los despachos pues allí no se puede trabajar, es mejor dejarlo y seguir en otro momento.

—Ya me imagino.

—¿Y Lázaro? —preguntó Isabel.

—En casa, acabamos de llegar. Oye, Carmen, voy a quedarme un poco con la niña en la playa, hace un siglo que no paso un rato con ella.

—No hay nadie a estas horas, me asusta un poco.

—Yo lo veo tranquilo hoy por aquí, no he visto a nadie al venir. Me voy a dar un chapuzón con ella y subimos. ¿Dónde está Quique?

—Arriba con Maika, y Jorge también. Nosotras nos subimos ya, daos prisa, ¿vale?

—Lo que es un chapuzón.

—Laura, tú vente conmigo que recogemos a Jorge y nos vamos a ver a papá —dijo Isabel.

¡Papá y yo solos! ¡Tenía que jugar con él a todo y enseñarle un montón de cosas y hacerle muchas preguntas! Mientras caminábamos de la mano hacia la orilla, decidí empezar por las preguntas. Aunque con Silvia era más fácil, las respuestas de mi padre siempre me proporcionaban una tranquilidad total, me sentía reconfortada y segura cuando él me hablaba de cosas serias.

—Papá, ¿qué es secuestrado?

—¿Dónde has escuchado eso?

—Lo dijisteis mamá y tú.

—Ya... Pues un secuestro es cuando alguien te separa de todo el mundo y te encierra. Cuando te secuestran te quitan la libertad.

—¿Cómo se quita la libertad? ¿Qué es la libertad?

—Imagínate que te meten en un cuarto y no te dejan salir a jugar, ni ir al colegio, ni ver a nadie.

—¿A nadie? ¿Ni siquiera a vosotros?

—A nadie, mi amor, si te secuestran no te dejan ver a nadie.

—Eso no me gustaría nada, papá.

—Claro que no, eso hace daño y está mal.

—Entonces, ¿libertad es poder estar todos siempre juntos y hacer lo que nos gusta?

—Eso es, ser libre es poder hacer todo lo que te gusta sin causar ni recibir ningún daño, con respeto, ¿te acuerdas cuando hablamos del respeto?

—Sí. ¿Nosotros somos libres?

—Sí, Ángela, claro que somos libres... —pero no lo dijo muy convencido.

—¿Y por qué hacen secuestros? ¿Quién los hace?

—Hay gente mala, algunos, no la mayoría, pero pueden hacer mucho daño aunque sean pocos. Lo hacen para obligar a otros a darles la razón... Ven, quédate en la orilla, mójate los pies, voy a meter la cabeza y ya estoy contigo, no te muevas de aquí.

Me quedé viendo cómo mis pies iban quedándose enterrados en la arena con el ir y venir de las olas. Luego levanté la vista y vi muy cerca a un niño que entraba y salía de un hoyo muy profundo con agua al fondo, yo nunca había hecho un hoyo así de profundo. Volví la mirada hacia el mar y me encontré con la mirada de mi padre, que estaba entrando de espaldas al agua y me decía hola con la mano. El agua le llegaba por la cintura. Se dio en un instante la vuelta para meter la cabeza debajo de una ola y yo aproveché para darme una carrerita hasta el hoyo gigante y meterme dentro con el niño, cabíamos los dos de sobra.

—Hola, soy Ángela. Qué hoyo tan grande.

—Yo Mauro. Sí, lo he hecho con mis hermanos, nos ha llevado todo el día. Mira, hemos usado todas estas palas.

—Un día yo quiero hacer uno así de grande.

—¡¡¡Ángela!!! ¡¡¡Ángela!!! ¡¡¡Ángela!!! —mi padre gritaba mi nombre como si le hubiera pasado algo; con los nervios, al tratar de salir, me resbalé en la arena del borde, y cuando gateaba hacia fuera vi su cabeza aparecer por encima de nosotros, cubriendo el sol.

—¡Ángela! —volvió a decir, ahora con tono de enfado—, ¿no te he dicho que no te muevas?

—No me he movido. Estaba aquí al lado. Mira qué hoyo tan grande.

—Cuando digo que no te muevas es que no te muevas, ¿me entiendes?

—Sí.

Mauro salió también y en bajito me dijo:

—Toma, para que puedas hacer un hoyo como el mío. —Y me tendió una pala.

—Gracias —le contesté en un susurro.

Mi padre tiró de mí hacia fuera de la playa. Se había puesto los pantalones encima del cuerpo mojado y llevaba la camisa sin abrochar, los zapatos sin calcetines y en la mano mis sandalias de plástico transparente. Cuando alcanzamos la acera se sentó en un banco.

—Ven, siéntate aquí y cálzate… Y perdóname, cuando he sacado la cabeza del agua no te he visto y me he dado un susto de muerte. No vuelvas a hacer una cosa así, ¿vale? ¿Me lo prometes?

—Te lo prometo, papá. Creí que me verías dentro del hoyo, pero era muy hondo. Mira, Mauro me ha regalado esta pala. Si un día tú y yo hacemos un hoyo así, ¿podremos meternos dentro juntos?

—¿Quién es Mauro?

—El niño del hoyo.

—Ah… Sí, Ángela, un día haremos un hoyo tú y yo y nos meteremos dentro juntos.

Mientras me abrochaba la hebilla de las sandalias (era muy difícil acertar con el pincho en el agujerito), él se puso de pie, se abrochó la camisa y se la metió por dentro de los pantalones. Cuando por fin lo conseguí, subí la mirada hacia él, pero estaba mirando en otra dirección. Miré yo también hacia allí: en la esquina del paseo con nuestra calle había un señor, que señaló a mi padre con dos dedos como cuando los niños juegan a dispararse y después se dio la vuelta y se marchó caminando despacio por el paseo.

Cuando llegamos a casa, los dos íbamos serios y en silencio.

—¿Ha pasado algo? —nos preguntó mi madre al entrar.

—En la playa he perdido de vista un momento a Ángela. Se había metido en un hoyo y no la veía. Se me cruzó por la mente lo peor… He sentido miedo, Carmen, por primera vez he sentido verdadero miedo —dijo mi padre mientras se quitaba la ropa delante de la lavadora. Después se metió en su cuarto y cerró la puerta.

—Mamá, lo siento.

—No pasa nada, Ángela. Es solo que papá se ha asustado, pero tú no tienes la culpa, ¿vale? Tranquila.

—Luego un señor le señaló así.

—¿Dónde? ¿Quién?

—Aquí abajo. No sé, un señor, yo no lo había visto nunca, a lo mejor era amigo de papá porque en la *ikastola* los niños hacen también así cuando juegan a indios y a vaqueros. Aunque a mí no me parece que fuera bueno, no sonreía.

Pasamos toda la tarde en casa, mi padre encerrado en su despacho y nosotros tres luchando con las horas, que no se dejaban matar. De nuevo, un difuso sentimiento de culpa me acongojaba. Sabía que había hecho algo mal, pero no entendía bien qué.

34
CARACOLES DE TIERRA

Normalidad en Lemóniz.
(*La Vanguardia,* 5 de agosto de 1980).
La expedición vasca que coronó el Everest colocó en la cumbre una ikurriña *con el emblema de ETA en un lado y el antinuclear en el otro.*
(*El País*, 13 de agosto de 1980).

Parecía como si todos los trabajos del mundo se acabaran en agosto: la gente a mi alrededor desapareció. Se fueron Laura, Isabel y Jorge, aunque Lázaro creo que todavía se quedó unos días antes de juntarse con ellos; se fueron Silvia y su familia, y Gonzalo con sus hermanos y su madre; en el parque no quedaba nadie y en la playa había niños desconocidos, pero de todas formas bajábamos muy poco, sin el apoyo de Isabel era más difícil aún para mi madre salir de casa. Hablaba mucho por teléfono: con mi padre, con la abuela, con Isabel, con Asun...; se pasaba horas pegada al aparato, o eso me parecía a mí. Yo oía el timbre desde mi habitación o desde la cocina, o la escuchaba a ella directamente ponerse a hablar cuando era ella la que llamaba, y me iba acercando desde donde estuviera atraída por el juego de adivinar con quién estaba hablando a partir de lo que decía: ¿era Alba esta vez?

—...

—Ay, genial, esta noche hablo con David, pero a mí me parece que le vendría de perlas.

—...

—Sí, yo tengo que seguir aquí con Quique, al menos dos semanas, dos revisiones más y nos dan el alta para un mes. Luego iremos donde mis padres; en verano siempre echamos allí una mano, a ellos les va bien y a mí me descarga un montón tener abuelos un tiempo, estoy ya que no sé qué hacer con los niños.

—...

—Ya ves, al final David se pega allí unas buenas palizas también, pero es otra cosa, un poco de trabajo en el restaurante le va a venir bien para desconectar.

—...

—¿Ella? Pues como loca, con Andrea a Mallorca, ¡para qué quieres más!

—...

—Vale, mañana te llamo... Y, oye, ya sabes que te lo agradezco un montón.

Yo me había sentado a su lado y la miraba emocionada. En cuanto colgó, estallé:

—¡¿Con Andrea, mamá?! ¿Quién era? ¿Era Alba, mamá?

—Sí, preciosa, era Alba. Voy a hablar con papá y mañana a lo mejor te damos una sorpresa, ¿vale?

—¿Qué sorpresa, mamá? Cuéntamelo, ¿qué sorpresa?

—Si es que siempre estás atenta a todo, no hay quien guarde un secreto contigo... Espera, verás, voy a intentar hablar con papá por teléfono y te cuento, pero tienes que esperarme en tu habitación con la puerta cerrada y yo hablaré bajito en el salón, ¿vale? No puedes escucharme, ¿me lo prometes?

—Sí.

Me quedé en mi cuarto mirando por la ventana los nubarrones enormes y grises que cruzaban el cielo a toda velocidad. No oí a mi madre hasta que vino a buscarme por el pasillo y abrió la puerta con una gran sonrisa y me dijo:

—Ángela, ¿qué tal unas vacaciones con Andrea en Mallorca?

—¿En qué?

—Mallorca es una isla maravillosa en el Mediterráneo. Hay que ir en avión, o en barco… Tú irás en avión. Es donde veranea el rey, y Rafael tiene que trabajar allí. Alba y los niños se quedan en una casita en la playa. Te invitan a ir, ¿quieres?

—Sí. ¿Vosotros no venís?

—No, mi vida, nosotros no podemos ir, papá todavía tiene que trabajar y Quique tiene que ir a sus revisiones, pero serán unos días fantásticos para ti, después te recogemos en Madrid y nos vamos todos juntos a casa de los abuelos, ¿vale?

—Vale. ¿Y podré ver al rey?

—Pues a lo mejor sí, bonita… Y Mallorca, en cualquier caso, te va a encantar.

Sonaba todo muy convincente. Fui directa a mi cuarto a hacer las maletas.

—Cariño, tranquila, yo te ayudo, y además tenemos tiempo para prepararlo todo con calma, jajaja.

Esa fue la primera vez que monté en avión. Bueno, mi madre me había contado que cuando yo estaba en su tripita hice un viaje muy largo en avión, desde Estados Unidos, pero eso no contaba. Nos encontramos con Andrea y toda su familia en Madrid, en el aeropuerto, que era un lugar enorme y limpísimo, pulidito, con escaleras mecánicas y pasarelas y bancos de plástico. Recuerdo la sensación en los oídos y en el estómago, y la luz deslumbrante entrando por las ventanitas redondas. Y luego, ya enseguida, y durante todos aquellos días, el mar, un mar que no se parecía nada a mi mar; la cala blanca y los pinares, y también los edificios altos y el puerto lleno de barquitos preciosos, uno al lado del otro. ¡Y las heladerías y las paellas de Alba, y el día que Rafael pudo venir y cocinó comida gallega, qué rico todo!

A Rafael lo vi poco, pero cuando llegaba se notaba mucho, hacía bromas y bajaba con nosotros a la playa, y todo el mundo estaba contento a su alrededor.

—Andrea, tu papá está más rubio.

—Es por el sol.

—¿Y a mí también se me pondrá más rubio?

—Sí, y tú además ya eres muy rubita. Podemos pedirle a mi mamá que nos ponga camomila.

—*¿Camopila?*

—No, camomila. Queda muy bonito.

La noche que Rafael preparó la cena lo pasé genial porque todo el mundo me hizo mucho caso, hasta Mario y Carolina, los hermanos de Andrea, que yo hasta esos días no había visto nunca más que de refilón. Bueno, a Mario lo recordaba vagamente del día de la Pradera, pero Carolina no estuvo aquel día, o yo no la recordaba. Los dos eran mayores y solo se parecían a Andrea en el rubio del cabello; eran altos y delgados, como Rafael, y había entre ellos una complicidad que me hizo desear que mi hermano creciera pronto para que entre nosotros pudiera forjarse también ese tipo de relación. Mario, de mayor, quería trabajar con el rey, como su padre, pero por el momento lo que le entusiasmaba eran la música de Mike Oldfield y los caballos. Los dos nos mimaban mucho a Andrea y a mí.

—Oye, Ángela, cuéntanos cómo es ese juego de mirar a todas partes en la calle, el que has hecho antes y lo hemos hablado, para que Rafa se entere también —me dijo Alba.

—Miramos a todas partes al salir de casa y en la calle. Mamá dice que es para la concentración, ella se sabe un montón de juegos de esos.

—Ah, ¿sí? Cuéntanos más.

—Pues… El de las matrículas, el de cambiar de coches, el de buscar duendes… Aunque al final nunca los encontramos. Y hay muchos más, pero ahora ya no me acuerdo.

En esa casa frente al mar no se encendía nunca la tele, pero sí había siempre muchos periódicos por todas partes. En mi casa ya no había periódicos o yo no los veía. Antes sí, cuando estábamos en Madrid íbamos al kiosco de Mariano, pero en Zilgora no recuerdo a ningún kiosquero.

Subimos corriendo desde la playa llenas de arena. Era la hora del baño, la comida y la llamada de mis padres.

—Chicas, quietas en la puerta, que me llenáis esto de arena. Ven, Andrea, límpiate aquí los pies, y tú espérame ahí un segundo, cielo.

Me quedé en la entrada quietecita sobre el trapo blanco. En el mueble había un periódico abierto con una foto muy grande.

—¡Alba, mira, en el periódico salen la serpiente y el sol que me regaló Asier! Yo tengo ese sol, aunque me lo ha guardado Iñaki. E, te, a —deletreé.

—A ver..., ya, sí... ¡No te me muevas! ¡La arena!

—¿Quiénes son esos señores?

—Unos que han subido al Everest.

—¿Han vuelto a subir los vascos? Porque los vascos son los mejores y suben montañas muy altas.

—No, cariño, estos no son vascos, pero se han encontrado allí la bandera que dejaron los vascos cuando subieron hace unos meses.

—Ah. Yo soy vasca, ¿sabes? ¿Por qué pintan esos dibujos sobre la bandera de los vascos? Silvia dice que no son buenos. Y si los vascos son los mejores, ¿cómo pueden hacer dibujos malos en la bandera?

—Ven, preciosa, déjame que termine de limpiarte y vamos a la bañera con Andrea, ¿vale? Que no paras de preguntar, ¿eh?

No encontré mi toalla, así que Andrea y yo salimos las dos envueltas en una toalla grande.

—Al cuarto a vestiros que vamos a comer.

Escuché a Mario y a Carolina susurrar en su habitación, estaba al lado del baño y se oía todo.

—Pues que lo ha visto.

—¿Y qué?

—Que reconoce los dibujos y las letras, ¿no te das cuenta?

—Ya, puf, pobres... ¿No habían subido solo la bandera?

—Eso dijeron, pero ya has visto la foto.

—Ya ves, no le falta de nada. ¿Y por qué ha salido esa foto ahora?

—Una expedición polaca se ha hecho una foto con la bandera que había en la cima para demostrar que ellos también han llegado…, pura casualidad.

—Jo, menos mal que nosotros vivimos en Madrid, lo de allí debe de ser horrible, mira la niña.

Andrea y yo teníamos el mismo vestido, nos lo habían comprado a las dos igual. Yo quería ponerme ese vestido todos los días, pero Alba a veces me decía que no, que se estaba lavando. Y ese era el tipo de cosas por las que me disgustaba en aquellos días, cosas de niña y nada más. Allí no tenía que estar atenta a todo, como en mi casa, allí era como en el pueblo de Silvia, solo tenía que preocuparme de jugar.

—¡Ángela, tu mamá al teléfono!

—Hola, mamá… Sí, acabamos de volver y ya nos hemos bañado y nos hemos puesto nuestros vestidos nuevos, Andrea dice que estoy más rubita. Tengo ganas de estar con vosotros, mamá.

—Claro, Ángela, y nosotros contigo. Pero disfruta mucho de los días que te quedan y pórtate bien, ¿vale?

—Vale, sí, un beso muy grande, mamá, y otro para papá y otro para Quique. —Solo era consciente de mi nostalgia cuando hablaba por teléfono con mis padres—. Alba, dice mamá que te pongas.

—Dime, Carmen.

—…

—Sí, lo hemos estado comentado, lo de la huelga ya está entonces, ¿no?

—…

—¿Verdad? Ha salido en todas partes.

—…

—No, tranquila, no ponemos la tele, pero hoy ha visto un periódico con la foto de lo del Everest. Reconoce los símbolos, sabe que son malos, y eso la desconcierta, claro.

—…

—Claro, me imagino, normal que la eches de menos. Ella está muy bien, no te preocupes, da gusto verlas jugar todo el día.

—...

—Sí, pasado mañana nos vemos en Madrid, hablamos si quieres un ratito mañana otra vez.

La noche del último día fuimos a cenar a un restaurante, nos llevó Rafael a todos en su coche, que era muy grande y tenía también unos espejos mucho más grandes que los de los que conducían mis padres; supuse que por eso a él no le hacía falta mirar a todas partes. Anduvimos por un paseo al lado de los barcos, y después subimos una colina llena de árboles y entramos en una casa de piedra que no se parecía en nada a los caseríos, pero donde también daban cosas riquísimas de comer. ¡Había caracoles! Como cuando nosotros fuimos de excursión, pero diferentes.

—¡Qué caracoles tan grandes!

—Son de tierra, Ángela, y ten cuidado que pican —me dijo Alba.

—Yo he comido caracoles, pero más pequeños. Un día que fuimos a ver dónde trabaja papá. Luego estuvimos mucho rato en un pueblecito y allí comí caracoles, pero cuando volvíamos a casa había gente gritando en la carretera y papá tuvo que frenar de golpe y me asusté, y Quique también.

—¿Y sabes por qué lo hacían?

—Sí, o no sé, Silvia me lo explicó, pero ya no me acuerdo bien, unos son malos y otros no, es un poco lío de entender.

—Es que son cosas de mayores, Ángela, mejor tú no hagas mucho caso de eso —me dijo Rafael; otra vez parecía que todos estaban muy interesados en mí—. Mañana os vais a Madrid, yo todavía me quedaré aquí unos días trabajando.

—¿Con el rey?

—Sí, más o menos.

—¿Y yo voy a poder verle?

—Me temo que no, bonita, ahora está muy ocupado.

—Ah.

—¿Tienes ganas de ver a tus papás?

—Sí, y a Quique y a Laura, pero no me quiero ir, me gusta estar aquí.

—¿Y qué es lo que te gusta más de estar aquí?

—Jugar con Andrea, la casa en la playa, salir a la calle sin mano, que no habléis bajito…

—¿Sin mano?

—Sí, en Zilgora casi siempre hay que ir de la mano, y se habla bajito y se va corriendo a los sitios, aunque eso yo creo que es por la lluvia.

—Claro, cuando llueve hay que ir rápido a los sitios, aquí casi siempre hace sol.

Esos caracoles grandes es verdad que picaban un montón, pero me gustaron, comía pan después y se me pasaba. Era muy tarde cuando llegamos a casa, yo me moría de sueño, pero no quería dormirme porque al día siguiente tendría que volver y quería aprovechar hasta el último momento allí con Andrea. Nos dejaron jugar un rato más en el salón mientras ellos estaban en la cocina.

—Tengo que hablar con David y con Lázaro. Está todo descontrolado, esto se nos está yendo de las manos y ellos allí dentro pierden la perspectiva. Las huelgas dentro de la empresa, las movilizaciones antinucleares, los sabotajes y los ataques de ETA… Esto tiene mal arreglo.

—¿Y tú qué crees que puede pasar?

—La situación de los trabajadores es muy compleja, y en la parte política ni entro, pero que ETA esté haciéndose fuerte ahí…, eso sí que me preocupa. No creo que tampoco a los de los Comités Antinucleares les guste el aliado que les ha salido.

—Vamos, que la cosa está complicada.

—Pues del orden de quince asesinatos al mes, y en Lemóniz ya ha habido muertos, que parece que se olvidan de ellos… Con todo lo que está sonando, no me extrañaría que se convirtiera en objetivo prioritario, así se cuelgan la medallita.

—Qué horror. Yo quiero creer lo que me cuentan Isabel y Carmen. Parece que la construcción está casi terminada, llevan unas semanas tranquilos pudiendo trabajar a buen ritmo. Pobres, ellos son ingenieros que solo hacen su trabajo.

—No les importa lo que seas, sino lo que representes. De alguna manera todos somos objetivos, desde el rey al guardia civil sevillano destinado en el País Vasco, a ellos les da igual, como si solo pasabas por la calle. Y toda la gente que por el miedo no habla, que por el miedo calla…

—¿Y qué les vas a decir?

—No lo sé, Alba, no lo sé… Me llamó Carlos, está fuera de sí, teme por su vida y por la de los suyos. No quiero que David y Lázaro pierdan la calma como le ha pasado a él, sería nefasto para ellos, pero tampoco es prudente que le den la espalda a la situación… ¡Cada uno reacciona como puede!

—Carmen me cuenta que aparecen coches quemados, que ellos a veces tienen que escapar por el monte, que aparecen pintadas de ETA dentro de la central… Y luego está el tema de las niñas. Ya has visto a Ángela, tiene un follón tremendo en la cabeza la pobre.

—Es que dime tú cómo se gestiona esto con dos niñas al lado que empiezan a enterarse de todo.

—Claro, no hay manera. Intentar ocultarles la situación con juegos y con historias no parece lo mejor, pero ¿cómo vas a contarles la verdad? Si la verdad es tan terrible que ni siquiera los adultos sabemos qué hacer con ella.

—Ya… Mañana a primera hora vienen los TEDAX a darnos una charla, a ver qué nos cuentan, tengo intención de hacerles algunas preguntas concretas. Organiza una cena mañana en Madrid con David y con Carmen, vamos a hablar con ellos.

35
Clases para papá

El informe de la OIEA dice sí a Lemóniz salvo media docena de fallos subsanables.
(*Deia,* 21 de agosto de 1980).
Las condiciones de seguridad de Lemóniz son semejantes a otras instalaciones internacionales. La OIEA recomienda elaborar un plan de emergencia: «Aunque está en una zona muy poblada, puede funcionar sin riesgos».
(*El Correo,* 28 de agosto de 1980).

Volver a Madrid me causó una sensación extrañísima. Ahora lo calculo y en realidad había pasado solo un año y medio, pero mi impresión entonces fue la de reencontrarme con un tiempo remoto. La casa de Andrea me era perfectamente conocida y desconocida a la vez. Sabía dónde estaba todo, pero me quedaba mirando cada rincón como si fuera la primera vez que lo veía. De todas formas, yo estaba emocionada de estar allí, el reencuentro con mis padres y con Quique había sido maravilloso, y me encantaba la idea de que fuéramos a dormir allí los cuatro. No me importó nada que nos mandaran a jugar a la habitación de Andrea otra vez después de cenar, ni siquiera me puse triste al escuchar las voces serias de nuestros padres en el salón.

—Estoy preocupado, David.

—¿Por qué?

—Por vuestra situación. Necesito que hablemos claro. ¿Estáis recibiendo amenazas?

—Bueno…, amenazas…

—David, díselo, no sabemos si son amenazas…

Mi madre estaba explicando algo cuando entramos en el salón. Andrea no encontraba sus zapatos del disfraz de Cenicienta, y yo quería verlos.

—¿Qué hacéis aquí, niñas?

—¿Dónde están los zapatos de Cenicienta, mamá?

—Ya no es hora de disfraces. Id a la habitación a jugar un ratín más y luego a la cama, estoy dándole una clase importante a tu papá —me dijo Rafael.

—Jo —dijo Andrea, y yo me quedé pensando que era muy raro eso de que Rafael le diera una clase a mi padre, ¿no estábamos de vacaciones?

Él sacó su agendita, la colocó encima de la mesa y puso su boli a la derecha bien colocado, y después me lanzó una mirada simpática de colegial. Andrea y yo volvimos por donde habíamos venido. Cómo me gustaba estar en aquella casa con nuestros amigos.

—David, solo quiero darte unos consejos rápidos, ya tendremos tiempo de hablar con más calma, pero siempre en persona, ¿de acuerdo? Por precaución, no debemos hablar de determinadas cosas por teléfono.

—De acuerdo, dime.

—Estos días han pasado cosas… Es importante que tengamos ahora esta conversación, y te pido que se lo transmitas también a Lázaro y al resto cuando vuelvas al trabajo.

—Estás muy serio, Rafael. Me preocupas.

—Simplemente quiero darle la importancia que tiene. Sé que no os sentís cómodos hablando de ciertas cosas. Hablaré yo, no hace falta que me cuentes nada.

—Vale.

—En primer lugar, tenéis que cambiar todos los itinerarios todos los días. Tomaos esto en serio, por favor.

—Cambiamos de coches.

—Pero ahora tenéis que cambiar los itinerarios. Al teléfono, nada de comentar horarios ni recorridos ni planes concretos.

—Carmen, toma nota.

—Tenéis que hacer un control exhaustivo de los coches antes de montar. Aunque lo suyo son más los disparos directos, no dejéis de revisar los coches, ¿de acuerdo? Es importante que lo hagáis por sistema.

—Ya lo hacemos.

—¿Cómo?

—Yo bajo al garaje, reviso el coche y, cuando he comprobado que todo está bien, salgo y recojo a la familia en el portal.

—Carmen, tienes que intentar escuchar el motor del coche cuando David arranque en el garaje. ¿Es posible eso?

—No, ni con la puerta de casa abierta, son cuatro pisos… Rafael, me estoy asustando.

—Carmen, no va a pasar nada, pero debéis hacer lo que os digo, ¿de acuerdo?

—Ay, Rafael…

—Continúo: meted siempre una botella de plástico, de agua o de algún refresco, debajo del asiento del copiloto.

—¿Y eso para qué?

—Los artefactos explosivos pueden ir debajo del coche o dentro, y cuando los meten dentro lo que hacen es abrir la puerta del copiloto y colocar los explosivos debajo del asiento. Si hay una botella, el artefacto choca con ella y sin necesidad de abrir la puerta se ve que se ha movido. En ese caso, ni se os ocurra abrir el coche.

—No lo entiendo.

—Sí, vosotros poned la botella y recordad la posición en la que la habéis dejado, y abrid siempre primero la puerta del copiloto, no la del conductor.

—Entendido.

—No os paréis en los portales ni en ningún otro sitio al que pueda accederse fácilmente. Evitad los sitios públicos. Observad las caras de la gente con la que os cruzáis…

—Todo eso ya intentamos hacerlo.

—No lo intentéis: hacedlo de modo regular. ¿Van a poneros escolta?

—No, hombre, ¿cómo van a hacer eso?

—No me parece descabellado, pero mientras sigáis como hasta ahora, cuando vayáis en el coche, no os paréis en los semáforos.

—¿Cómo no vamos a pararnos en los semáforos?

—En la calle tenéis que estar siempre en movimiento. No os paréis en los semáforos en rojo, ni en los *stops* ni en las rotondas. Haced lo que haga falta, pero no os paréis.

—Pero ¿por qué?

—Si se trata de disparar, es más difícil acertarle a un blanco en movimiento.

Escuchamos pasos: alguien se había levantado y había salido del salón. Nos asomamos a ver. Era mi madre: estaba de pie apoyada en la pared y se cubría los ojos con las manos.

—Mamá, ¿te pasa algo?

—No, cariño, estoy bien. —Pero, cuando se quitó las manos de la cara para responderme, vi que tenía los ojos hinchados, como si hubiera estado llorando.

—¿Estás triste?

—Un poco, me da pena que no podamos seguir todos juntos, pero seguro que pronto volvemos a vernos, no me hagas caso… Vosotras a jugar, yo me vuelvo con los mayores.

A mí también me daba pena que tuviéramos que separarnos, pero no como para llorar. Así que los mayores también lloraban por cosas poco importantes, como nosotras a veces…

—Pero, David, aunque no fuera necesario, es importante, por vuestra seguridad…

—Solo digo que creo que no estamos en peligro, no en el peligro que nos estás advirtiendo, al menos.

—Más vale prevenir, David, más vale prevenir porque algunas cosas luego no se pueden curar… ¿Salís todos juntos de casa? ¿Tú sales con la niña?

—Antes mucho, ahora muy poco.

—Pues intenta evitarlo del todo. Están siguiendo a una gente que parece que podría estar recabando información sobre vuestros movimientos: es importante que lo sepáis.

—Rafael, Silvia, la hija de Aarón, me dijo que Ángela le había contado que veía muchas veces a un señor con un periódico y una libretita en la que apunta cosas, y no solo aparece cerca de casa, sino también en otros sitios, incluso en Bilbao.

—Pues atentos, a veces los niños son más perspicaces que nosotros. Perfectamente podría tratarse de un chivato que a vosotros os haya pasado desapercibido.

Mi padre carraspeó. Me gustaba mucho cuando hacía eso, carraspeaba y se cubría la boca con una mano y ponía cara como de pedir disculpas. Lo hacía si estaba nervioso, creo, pero cuando le veía hacerlo era como si él fuera el niño y yo la mayor.

—Intentad hacer vida fuera del pueblo en todo lo posible. Es un sitio muy pequeño y allí seguro que os tienen controlados.

—Ay, Rafael, estás describiendo una realidad terrible. Me asusta muchísimo. ¿Tú qué piensas, David?

—Tranquila, solo son medidas de precaución, no tiene por qué pasar nada, ¿verdad, Rafael?

—Claro, solo eso, medidas de precaución... Y yo os mantendré al tanto de todo lo que pueda, ¿de acuerdo? En los próximos días voy a hablar con gente del País Vasco. Avisadme si aparecen pintadas extrañas en los garajes o en los portales... Y creo que esto es todo por el momento. Siento haber sido tan duro, estoy preocupado.

—Está bien, Rafael, sabemos que lo haces porque nos quieres.

—Claro que os quiero, y esta situación se está complicando más cada día... En realidad, ninguno estamos a salvo, pero unos corremos más peligro que otros. Por mi trabajo, quizá yo mismo esté tan expuesto como vosotros, pero vosotros vivís allí... ¿Hay algún detalle que os parezca importante contarme?

—Puf, no sé, es difícil ya distinguir la realidad de la paranoia...

—Yo estoy convencido de que la presión cederá cuando la central esté terminada y funcionando.

Andrea y yo nos quedamos dormidas mientras los mayores seguían hablando. Por la mañana, me llegó el ruido del chapoteo en la piscina. Hacía mucho calor y las ventanas estaban abiertas.

—Andrea, ¿crees que hoy podremos bajar a la piscina?

—Seguro que sí, ahora se lo pregunto a mi mamá.

Pero cuando nos juntamos todos en la cocina para desayunar, justo antes de que Rafael volviera de la calle con una bolsa de papel llena de churros, mi madre me explicó que teníamos que prepararnos rápido para salir porque los abuelos nos esperaban y era mejor hacer el viaje temprano para evitar el calor de las horas centrales del día.

36
Un susto

Estallan dos artefactos en un transformador de Iberduero.
(*ABC,* 8 de octubre de 1980).
La OIEA intentará aclarar hoy las dudas de la comisión parlamentaria de Lemóniz, atendiendo a una invitación del Gobierno vasco.
(*El Correo,* 9 de octubre de 1980).

Las vacaciones en el pueblo fueron casi tan divertidas como las de Mallorca. María y yo bajábamos con el abuelo a ver los animales, ayudábamos a Vica a ordeñar las cabras, a hacer queso o a hornear pan.

Pero los veranos de la infancia también son inmensamente largos. Echaba de menos mi casa, el parque, la playa, a los amigos de la *ikastola* y hasta a la *irakasle,* y sobre todo echaba de menos a Laura.

Nuestro reencuentro fue arrollador, tardamos varios días en ponernos al tanto de todo mientras nos desquitábamos de la separación jugando atropelladamente a todos nuestros juegos de siempre. Sin embargo, la vuelta a la *ikastola* no fluyó igual: retomamos felices la relación con nuestros amigos, pero desde la primera semana del nuevo curso empezamos a faltar mucho, o venían a recogernos antes que al resto, y eso nos descolocaba un poco.

El día del *argazkilari* sí fuimos. En casa nos habían contado que ese día irían a hacernos fotos al colegio: mi madre se esmeró especialmente con mi peinado, aunque me puso un pantalón cómodo y una camiseta como casi todos los días, y Laura apareció frente al portal con una faldita a cuadros que yo nunca le había visto y un polo blanco blanquísimo y leotardos blancos también. Era el primer día de frío del otoño, y cuando metí las manos en los bolsillos de la chamarra me alegré mucho al encontrar ahí la chapita del sol que me había dado Iñaki a cambio de la de Asier: llevaba meses olvidada en ese bolsillo.

En clase, Begoña sacó unas piezas de madera de diferentes colores: *horia, berdea, gorria, laranja…*, y tamaños: *txikiak, handia eta ertaina.* En la mesa había también una tabla grande con agujeros, y se trataba de ir pasando de uno en uno e intentar acertar con las piezas en los agujeros mientras el *argazkilari* nos hacía fotografías. Yo fui de las primeras, y después me quedé esperando en una esquina mientras iban pasando los demás. Cuando terminó, Laura vino a sentarse conmigo.

—Mira, me he quedado con el de color *gorria.*

—¡Hala, Laura, tienes que devolverlo!

—¿Por qué?

—No sé, no está bien.

—Bueno, si se dan cuenta lo devuelvo luego.

Había mucho lío en la clase. Los que iban terminando se distribuían por allí a su aire mientras la *irakasle* le echaba una mano al fotógrafo, porque según avanzaba la mañana les iba costando más que los pequeños modelos mantuvieran la concentración y la compostura.

—Ángela, huele mal —me dijo Laura.

—¿Mal?

—Sí, fíjate…

—Es verdad, huele parecido a cuando mi abuelo enciende la chimenea en la casa del pueblo, pero más fuerte, pica en la nariz.

Laura y yo nos levantamos de aquella esquina y fuimos en busca del olor. En el pasillo había humo.

—Ángela, me hago pis.

—Y yo.

Fuimos al baño que estaba cerca de las escaleras. Yo no tuve problemas con mis pantalones, pero los leotardos de Laura eran otra cosa.

—Ay, Ángelaaa, que no puedooo.

—Sujétate la falda y yo tiro de los leotardos, ¿vale?

—Mi mamá me sube las dos piernas a la vez.

—Yo no puedo las dos a la vez... Estira esta pierna.

Entonces desde fuera nos llegaron voces y ruidos que no pudimos identificar.

—Corre, Ángela, corre, que nos van a reñir.

—¡Ya!

Abrimos la puerta del baño despacito y miramos a los dos lados del pasillo: estaba lleno de humo, no se veía bien.

—Dame la mano, Ángela.

—¿Adónde vamos? Yo no veo nada.

—A clase, con todos.

—Vale.

—Se me caen los leotardos...

—Niñaaas, ¡qué hacéis ahí, vamos, corred! —nos dijo un señor desconocido que apareció entre el humo.

Nos cogió fuerte de las manos a las dos y tiró de nosotras hacia la puerta de la calle.

—¡Hay un incendio, tenemos que salir!

—¡Mi chamarraaa!

Me solté de su mano: en realidad no pensaba en la chamarra, sino en la chapa del sol. El señor dio unas zancadas tras de mí y me cogió en brazos. Por encima de su hombro pude ver mi chamarra en los percheros, entre el humo, y me entraron ganas de llorar. Pero enseguida Laura y yo estábamos en la plaza con los otros niños, que formaban una cadena muy larga sujetos todos de las manos, con la *irakasle* en un extremo. Nos juntamos a la cadena. Había mucha gente en la plaza, y señores de uniforme y una furgoneta con una sirena que giraba y despedía destellos azules.

—¿Sabes qué? —me dijo Laura—. Yo creo que ha sido un atentado, como los de nuestros papás.

—¿Qué es un atentado?

—Lo mismo que un incendio, creo. Mi papá una vez habló de un incendio en su trabajo que era un atentado.

—Ah.

—Sí, los atentados son incendios, y algunos también explotan.

—Ah... Mira, ahí está tu mamá.

Salimos corriendo hacia Isabel. Estaba hablando con un señor de uniforme y tenía cara de susto. Hasta ese momento yo no había pasado miedo, solo pena por no haber podido salvar mi chamarra, pero cuando la vi pensé que debía de haber pasado algo muy malo y yo no me había dado cuenta.

—¡Niñas! ¿Estáis bien?

—Sí.

—¡Ay, menos mal! Vamos rápido a decírselo a Carmen, que se ha quedado en el coche con los pequeños.

—Mamá, ha habido un atentado en la *ikastola.*

—¿Cómo?

—Sí, como en el trabajo de papá.

—¿Quién te ha dicho eso?

—Laura.

Isabel miró a Laura sorprendida.

—Sí, mamá, le he contado a Ángela que papá tuvo un atentado.

—Niñas, esto no ha sido un atentado.

—¿Un incendio no es un atentado?

Isabel y mamá se miraron y se quedaron calladas como hacían tantas veces, pero luego Isabel debió de cambiar de idea y trató de responder a mi pregunta. Es de agradecer que lo intentara, aunque no lo hacía tan bien como Silvia ni de lejos.

—Un atentado es algo que hace la gente muy, muy mala para hacer daño, y pueden hacerlo de formas diferentes. Provocar un incendio, hacerlo aposta para hacer daño, es un tipo de atentado, sí.

—¿Y por qué hay incendios?

—A veces se queman los bosques o las casas, como ha pasado hoy en la *ikastola,* pero nadie lo ha hecho adrede para hacer daño. Simplemente ha ocurrido por algún fallo o algún despiste. Por eso es solamente un incendio, no un atentado.

—Y la *ikastola* ¿se ha roto para siempre?

—No, han sido rápidos, lo peor ha sido el susto. En unos días la arreglarán y podréis volver.

—Y si el incendio que hubo en el trabajo de papá y de Lázaro sí fue adrede, ¿es que hay malos que quieren hacerles daño?

—Lo que yo quiero saber es por qué vosotras dos no estabais en clase con el resto de los niños —dijo mamá.

—Nos hacíamos pis.

37

Mi no cumpleaños

La central nuclear de Lemóniz en regla.
(*La Vanguardia,* 15 de octubre de 1980).
La comisión de Lemóniz debatió su sistema de trabajo. No prosperó una propuesta sobre la neutralidad del Gobierno en la fase de información.
(*Deia,* 24 de octubre de 1980).
Incendian dos Land Rover de Iberduero.
(*ABC,* 30 de octubre de 1980).

Mi madre hacía un montón de llamadas y, sin embargo, cuando sonaba el teléfono, ya nunca lo cogía. Eso me parecía muy extraño: sus amigas sí cogían el teléfono cuando ella las llamaba, ¿no? Y era una lástima porque a mí me gustaba mucho coger el teléfono. Ella decía que, desde chiquitita, lo que más me gustaba eran el pan y el teléfono, y tenía razón. De todas formas, parecía que sus gestiones estaban teniendo éxito: iba a ser mi cumpleaños y vendrían todos mis amigos a la fiesta, los de la *ikastola,* los del parque, nuestras compañeras de *ballet* y, por supuesto, Laura, Silvia, Iñaki, Gonzalo y tal vez su hermano mayor, Marcos.

—Mamá, ¿entraremos todos en casa?

—Claro, bonita, y si estamos un poco apretaditos tampoco nos importa, ¿verdad?

Laura vino con Isabel y con Jorge mucho antes de que empezara la fiesta.

—Ay, Jesús, que nos pilla el toro —exclamó mi madre.

—Tranquila —le dijo Isabel—, tú ocúpate de la niña y yo voy poniendo la mesa para la merienda.

—Si es que lo de las comidas de Quique es toda una historia, ¿verdad, chiquitín? Se nos van las horas sin sentirlas con tus comiditas de colorines...

—Tú siempre lo tienes todo controlado, Carmen. ¡Y qué preciosa está la casa llena de globos!

—Sí, y mamá y yo hemos preparado bolsitas de cumpleaños para todos.

—¡Qué bien, Ángela, va a ser una fiesta por todo lo alto! Yo me encargo de la música, ¿quieres?

Cuando mi madre ya me hubo vestido y peinado, me senté a esperar en una de las sillas grandes de la cocina: me colgaban los pies y me di cuenta de que aquellos zapatos no me gustaban demasiado, pero me dio igual, estaba bien así. Laura andaba de un lado para otro detrás de Isabel, muy inquieta también. La espera se me estaba haciendo eterna.

—Mamá, ¿por qué tardan tanto?

Laura se sentó a mi lado. Pensé que ella no estaba nerviosa porque fuera mi cumpleaños, sino porque iba a venir Gonzalo. Jugueteaba con un globo rojo que se había soltado de la pared del pasillo.

—Laura, por favor, que lo vas a explotar y te vas a hacer daño.

—Es que me aburro... ¿Cuándo vienen?

—Enseguida vienen, ya veréis, no seáis impacientes.

Me dirigí a Laura en un susurro:

—Yo también me aburro. ¿Cuánto tiempo ha pasado ya?

—No sé..., pero este lazo me tira del pelo.

Me bajé de la silla dando un saltito y le aflojé un poco el lazo y la goma del pelo. Había tenido que aprender a la fuerza porque mi madre me lo apretaba mucho a mí, y mi abuela más.

—Ya está, ¿mejor?

—Sííí, mucho mejor.

Por fin sonó el timbre. Mi madre fue a abrir, pero antes miró por la mirilla. Era la primera vez que la veía hacer eso y me acordé de haber oído a mi padre decirle que había que mirar por la mirilla siempre antes de abrir, despacito, sin hacer ruido.

—¡Hola, Ana! Sois los primeros, y menos mal que habéis llegado porque las niñas están ya que no pueden de la impaciencia.

Iñaki venía un poco serio, pero Silvia sonreía y vino corriendo a darme un achuchón.

—Feliz cumpleaños, Cascabel.

—Graciaaas.

—Esto es para ti. —Y sacó de una bolsa dos paquetes muy grandes.

—¿Los dos? ¿Para mí?

—Claro, no todos los días se cumplen cinco años, ¿no?

—Hum... No, ¿no?

—Jajaja... Ábrelos, corre.

—No, prefiero después, cuando abra todos los regalos de mis otros amigos. El de Laura también lo he dejado en mi cuarto.

—Claro, como quieras.

Ana, Isabel y mi madre se dieron también achuchones: antes no hacían eso al saludarse.

—¿Van a venir David y Lázaro?

—Nos dijeron que sí, pero ya sabes esto cómo es. Jon también va a intentar acercarse, Lucía se queda con los niños y Jon trae un ratito a Gonzalo.

—Fenomenal. Aquí mi hijo, que está hecho todo un hombre, quiere tener una charla de hombres con vuestros maridos.

—Mamá...

—Es broma, Iñaki, no te pongas tan serio, anda, que estamos de fiesta.

—Pues no podemos llamarles, ya lo siento. Supongo que estarás al tanto por Aarón, Ana. Rafael nos hizo un montón de recomendaciones nuevas... Nada de hablar de horarios ni de planes concretos por teléfono.

—Sí, algo me ha dicho. ¿Y cómo lo lleváis?

—Pues lo vamos llevando. ¿Y vosotros?

—En Bilbao no es lo mismo, ya sabes…

Silvia se vino con nosotras al salón. La mesa estaba llena de comida y refrescos de colores, pero no me importaba que no se pudiera empezar hasta que hubieran llegado todos: aunque ya se había pasado la hora de merendar, no tenía hambre.

Iñaki se sentó en el sofá y encendió la tele: a él sí le dejaban porque era muy mayor.

—Silvia, ¿van a venir mis amigos?

—Claro que sí, se estarán vistiendo para venir guapos a tu cumple. Contadme cómo os está yendo este curso en la escuela de *ballet,* anda, ya debéis ir muy adelantadas.

—Sí, es muy diver, tenemos muchas amigas y ya sabemos hacer piruetas… Bueno, casi.

—La semana que viene voy a recogeros como siempre, ¿vale? Echo de menos nuestras charlas.

—¡Vale!

—Oye, Ángela, ¿sigues viendo al señor ese que me contaste?

—¿Qué señor?

—El del periódico.

—No. No he vuelto a verle. Pero no era invisible.

—¿Cómo lo sabes?

—Gonzalo me dijo que él también le había visto.

—¿Sería un ángel?

—No creo, el último día que le vi estaba enfadado, y los ángeles no se enfadan.

—Pues sería un señor sin más.

—Silvia, ¿sabes qué?

—Dime, Cascabel.

—Laura y yo lo hemos hablado y queremos ser libres.

—¿Libres? Claro, todo el mundo quiere ser libre… Pero menudas cosas de las que habláis vosotras dos, ¿no?

—Papá me explicó que ser libre es hacer lo que te gusta. Los secuestrados no son libres, ¿a que no?

—No, Ángela, los secuestrados no son libres… ¿Y el curso qué tal? ¿Seguís contentas en la *ikastola?*

—Sí, aunque el otro día hubo un incendio, pero ya la han arreglado y hemos podido volver, y hay un montón de cosas nuevas, mesas, sillas y un perchero nuevo también. Mi chamarra no estaba… En el bolsillo llevaba el sol que me había dado Iñaki a cambio del de Asier. Laura todavía tiene el suyo, menos mal. ¡Y ahora mi mamá también tiene ese sol! Ayer vino un señor a cambiar el agujerito en el que se mete la llave y…

—¿La cerradura?

—Sí, eso.

—¿Y por qué?

—Ya te lo he dicho, para poder poner el llavero nuevo. Mi mamá lo tenía y necesitábamos unas llaves nuevas para poder usarlo.

Ding dong.

—¡Ya están aquí! ¡Ya están aquí!

Mamá volvió a mirar por la mirilla.

—¡Hola, Jon! ¡Hola, Gonzalo! Adelante…

—¡Hola! Llegamos un poco tarde, perdonadnos.

—Nada, hombre, qué bien que hayáis podido venir.

—¿Y Ángela? No la veo por ninguna parte.

—¡Aquí, aquí, aquí! —le grité yo dando saltitos y tirándole del pantalón.

—¡Ven, renacuaja, dame mi abrazo!

Parecía como si Jon estuviera encogiendo, o a lo mejor era que yo crecía muy rápido… Fuera como fuese, sus abrazos seguían siendo los mejores.

—Toma, Ángela, para ti —me dijo Gonzalo cuando su papá me puso otra vez en el suelo.

—¡Gracias! Voy a ponerlo con los otros regalos en mi cuarto y luego me ayudáis a abrirlos, ¿vale? Tengo muchas ganas…

—Hola, Iñaki. Apaga la tele, anda —dijo Jon cuando entró en el salón.

Iñaki no le hizo caso del todo, pero sí le quitó el volumen.

—Hola, Jon, ¿qué tal?

—Con mucho lío..., ya sabes...

—¿Y mi padre?

—Viene luego con David y con Lázaro. Y la universidad, ¿qué? ¿Te aprietan mucho?

—Ahí voy, es un cambio grande.

—Los cambios, los cambios... Carmen, ¿nos pones un vino?

—Perdona, claro, estaba esperando a que vinieran todos, pero tienes razón.

—David, Lázaro y Aarón todavía van a tardar un rato, ha habido un problemilla, nada, luego nos cuentan.

—Pero están bien, ¿no?

—Sí, sí, han quemado un par de coches... Es que a la central nos tienen que subir y bajar siempre. No había otros disponibles... Bueno, un lío, pero nada más que eso, ya está.

Me acerqué a Iñaki. Quería hablar con él, pero estaba muy serio, atento a la conversación de los mayores.

—Iñaki... —Y tiré un poquito de su pantalón—. Iñaki...

—¿Qué, Ángela? Dime.

—Perdí tu regalo.

—¿Qué regalo?

—El sol. Pero tú me guardas el de Asier todavía, ¿verdad?

—Sí, lo tengo en casa.

—¡Mamá tiene un llavero con el mismo sol que tú nos diste! ¡Mira!

Iñaki lo cogió, me miró y entonces sí sonrió, pero Jon se lo quitó de las manos.

—¿De quién es esto?

—Mío —dijo mi madre—. Hemos estado con lo del cambio de cerradura, que no veas lo que nos ha costado encontrarla de cilindro, y el llaverito ese andaba por ahí. A Ángela le encanta, dice que Iñaki le regaló un sol igual.

—Vale, pero no lo uses por ahí, no seas imprudente.

—No, claro, es verdad, reconozco que ni lo había pensado.

—Y eso del regalo ¿qué es, Iñaki?

—Nada, yo… Fue hace un montón…

Como Iñaki no terminaba de arrancar, me lancé yo: esa pregunta me la sabía.

—La *ikastola* se quemó, ¿sabes, Jon? Y como yo llevaba mi chamarra pero tenía que hacer pis…

—Ángela, preciosa, ¿me vas a contar lo del regalo de Iñaki o qué me vas a contar?

—Sí, sí. La chamarra se perdió en el incendio, que no fue adrede porque no era un atentado, ¿sabes? Fue porque sí… Y en el bolsillo de la chamarra yo llevaba el sol que me regaló Iñaki. Era muy importante porque me lo dio a cambio del sol de mi amigo Asier, que era parecido, pero con otras letras y otros colores. Iñaki me dijo que él me guardaba el de Asier y a cambio nos dio a Laura y a mí dos de esos otros soles. Laura todavía tiene el suyo.

Por fin logré explicarme: quería explicarme muy bien porque Jon era especial conmigo y era importante para mi padre, por eso al principio me puse un poco nerviosa.

—Ah, ya… Bueno, Ángela, ¿sabes qué? Mejor no juegues con eso, son cosas de mayores.

—Pero Asier…

—¿Asier quién es?

—Vamos juntos a la *ikastola,* es mi amigo. Una vez nos enfadamos y luego se nos pasó y nos hicimos aún más amigos.

—Pues Asier tampoco debería jugar con esas cosas… ¿Y eso del incendio en la *ikastola* qué es?

—Nada —dijo mi madre—, la semana pasada, parece que hubo un cortocircuito o algo y nos dimos un susto de muerte, pero solo eso, un susto.

—Ah, bueno… Oye, Iñaki, y tú, que se note que has empezado la universidad, por dios. Vamos a intentar mantener a los pequeños lo más alejados posible de todo esto, ¿no os parece?

Isabel se levantó, fue hacia el aparato de música y puso un casete. Luego se acercó a la mesa donde esperaba la merienda y dijo:

—Mmm, tengo hambre. ¡Vamos a merendar!

—¿Y los otros?

—Tardan mucho, y además hay comida de sobra. Bufé libre, y los que vayan llegando que se sirvan. ¡Laura, Gonzalo, venid, vamos a merendar! Pero ¿dónde están estos niños?

—Jijiji, yo lo sé, en mi cuarto.

Nos juntamos todos alrededor de la mesa y me encantó que los mayores comieran con nosotros sándwiches de Nocilla y panchitos y medianoches de jamón y queso. Aunque ellos bebían vino y nosotros Mirinda, y me fijé en que Iñaki y Silvia bebían Pepsi.

—Escuchad, escuchad, me entusiasma esta canción… —dijo Isabel—. *Message in a bottle, yeah.*

—¿Quiénes son? —preguntó mi madre.

—Police. *I send an SOS to the world…* —Y bailaba de pie ante la mesa con un sándwich en la mano.

—¿Qué dice, mamá?

—Dice que, si necesitas ayuda, puedes lanzar un mensaje al mar en una botella.

—¿Y eso se puede hacer de verdad?

—Sí, Ángela, claro que se puede hacer, los náufragos lanzan botellas al mar pidiendo ayuda, escriben en un papelito dónde están y luego lo meten en una botella, la tapan y la lanzan al mar, y la botella llega flotando hasta una playa y allí la encuentra alguien y pueden ir a rescatarlos.

—Halaaa.

Después de merendar fuimos a abrir los regalos. Primero abrí el de Laura porque ella era mi mejor amiga y quería que supiera que no me importaba que le gustara Gonzalo. Era una caja de música con forma de casita blanca y azul, y cuando abrías la tapa dentro había una bailarina pequeñita que daba vueltas mientras sonaba la música, ¡y llevaba un tutú brillante precioso! En los dos paquetes grandes de

Silvia e Iñaki estaban la Nancy y el armario de la Nancy, con un vestidito de invierno y otro de verano y hasta una bolsa de flores para ir a la playa. Y en el paquete que me dio Gonzalo…

—¡Un avión! ¡Un avión como el de Laura!

—El de Laura es mío, yo se lo he prestado, y este es para ti. Los hace mi *aita*.

—¿Lo has hecho para mí, Jon?

—Sí, preciosa, un avión para que vueles todo lo alto que quieras. —Y me levantó en el aire mientras yo hacía volar el avión por encima de nuestras cabezas, casi hasta tocar el techo.

Nos llevamos al salón los juguetes nuevos y mi madre nos dio una bolsita de cumpleaños a cada uno.

—Silvia, ¿tú también quieres una? Llevan regaliz de fresa, unos Chimos y un chicle Bang Bang.

—Vale…

Los mayores se sentaron en el sofá, menos mi madre, que estaba en la cocina con Quique, y Silvia se sentó en el suelo conmigo para ayudarme a vestir a la Nancy con su modelito de invierno. Gonzalo y Laura estaban montando un aeropuerto para el avión con la caja del armario.

—Silvia, ¿por qué no han venido mis otros amigos?

—Habrán tenido algún problema.

—¿Les caigo mal?

—Eso es una tontería, tú no le caes mal a nadie, Cascabel.

—Pero dijeron que vendrían.

—Te tienen miedo —dijo Iñaki, levantando la vista hacia nosotras.

Silvia le miró con cara de enfado.

—¿Por qué me tienen miedo?

—No me hagas caso, se me ha escapado…

—¿Y a ti qué te pasa hoy, Iñaki? —preguntó Isabel.

—No lo sé, perdonad, es todo muy raro. En Bilbao es fácil hacer como si no pasara nada, pero cuando vengo aquí me doy cuenta de hasta qué punto la gente tiene miedo, prefieren no mezclarse con vosotros, como si tuvierais una enfermedad contagiosa. Y luego todas esas medidas de seguridad... ¿De verdad os parece que esta es forma de vivir?

—Esta es nuestra vida, sí, Iñaki. Aceptamos las cosas como vienen y buscamos apoyo en nuestros amigos. En eso consiste la madurez.

—Pues no sé si me gusta vuestra madurez.

—Voy a perdonarte porque estás muy nervioso y porque, efectivamente, aún te falta mucho que aprender en la vida, pero no tienes que hablarme así.

—Lo siento, Isabel, tienes razón.

Escuché la puerta. Ahora, con las llaves nuevas, sonaba distinto. Con mi padre venían Lázaro y Aarón.

—¡Feliz cumpleaños, preciosa! ¿Qué te han regalado?

—La Nancy y una casita con música y una bailarina dentro y, mira, Jon ha hecho este avión para mí.

—Pero ¡qué bien! Me encantan esos regalos. ¿Y el nuestro?

—Me lo enseñó mamá por la mañana. Qué pena que tú no estabas. Es tan grande que casi no llego al suelo ni con las puntitas de los pies, ¡más grande que la de Laura! Ahora voy a ir rapidísimo con mi bici por la campa, y tiene una cestita para llevar cosas delante, papá, ¿has visto la cestita?

—Claro, guapísima, fuimos juntos mamá y yo a comprarla. Un día de estos salimos a montar.

—¿Cuándo?

—Un día de estos, bonita... ¿Y la fiesta? ¿Todavía queda algo de comer para los tardones?

—Sí, mira, ha sobrado muchísimo. Los otros niños al final no han venido.

Papá levantó la vista hacia los mayores, y me pareció raro porque ninguno le contestó, al contrario, miraron al suelo.

Por la noche, en la cama, tenía tantas ideas en la cabeza que no podía dormir. Eran todas ideas buenas, o casi. Pensaba en qué podría escribir en mi mensaje para meter en una botella, y ya tenía claro desde qué sitio de la playa iba a lanzarla al mar. Pensaba en mis juguetes nuevos y en las bolsitas de cumpleaños que al día siguiente podría llevarles a mis amigos de la *ikastola*. Pensaba en todos mis amigos, en Laura, en Gonzalo, en Silvia e Iñaki, y también en Isabel y en Lázaro y en Jon y en los otros mayores que me querían tanto. Pensaba en mis padres y en Quique: ¿podría llevarle conmigo en la bici montado en la cestita? Al día siguiente se lo preguntaría a mi madre.

38

¿CULEBRA O SERPIENTE?

Tres asesinatos y un secuestro en 24 horas.
Asesinado el delegado de la Telefónica en Guipúzcoa.
(El País, 24 de octubre de 1980).
Encuentros populares «Lemoiz gelditu» *[paralizar Lemóniz]*
el próximo sábado y domingo organizados
por los Comités Antinucleares en la Feria de Muestras de Bilbao.
(Hoja del Lunes, 3 de noviembre de 1980).

—Síííí, mamááá, ya estoooy.

—Cojo a Quique y nos vamos. Hoy os llevo yo, que Isabel tiene que ir a vacunar a Jorge.

—¿Y por qué no vamos en la furgo?

—Es que con estos horarios no hay manera, a ver si mañana nos levantamos antes y nos da tiempo de que la cojáis...

Ya habían entrado todos cuando llegamos, así que mi madre nos acompañó dentro. Al abrir la puerta de la clase todas las miradas se volvieron hacia nosotros y se hizo el silencio, pero entonces Quique soltó uno de sus gemiditos de alegría y todos se echaron a reír.

—Perdona, Begoña, otra vez se nos ha echado el tiempo encima.

—No pasa nada, mujer. *Ea Laura eta Angela, jezarri Irantzuarekin batera eta zertan ari garen esango dizue berak.*

Le dije adiós a mi madre con la mano y en voz bajita le pregunté a Irantzu:

—¿Y Asier?

—Está malo.

—No vinisteis a mi cumple, pero os he traído una bolsita, y otra para Asier.

—Qué bien, gracias, Ángela. A mi mamá le dolía mucho la cabeza y no pudo llevarme.

—En el recreo os las doy.

A Irantzu le encantaban los Chimos y se puso muy contenta cuando abrió la bolsita de cumpleaños. Todos querían la suya, pero yo solo había podido traer dos.

—Las tengo en casa. Os las guardo y cuando podáis venir os las doy.

—Me parece que yo no voy a poder ir a tu casa, Ángela. Mi mamá me ha dicho que no podemos ir porque vivís muy lejos.

—Ah, ¿y en el parque?

—En el parque a lo mejor sí, no lo sé.

Había sido mala suerte: cada cual por un motivo, ninguno había podido venir... Pero pensé que, si podíamos juntarnos en el parque y yo les llevaba sus bolsitas, sería como celebrar dos veces mi cumpleaños.

Acabábamos de volver del recreo cuando mi madre apareció de nuevo en la puerta.

—Jo, mamá, ¿por qué nos vamos tan pronto? Si no practicamos las palabras nuevas luego es muy difícil entender a la *irakasle*.

—Es que no podíamos venir más tarde, pero vamos a hacer algo divertido, ya veréis.

—¿El qué?

—Vamos a comprar telas y a hacer unas cortinas nuevas.

—¿Por qué? A mí eso me parece un rollo...

—Y a mí.

—Que no, ya veréis, y vamos a dejar las casas muy bonitas para darles una sorpresa a papá y a Lázaro cuando vengan.

—¿Y mi mamá? —preguntó Laura.

—Hemos quedado en la tienda. Pero ¿por qué vas tan cargada? Se te están cayendo las cosas.

Laura había querido llevarse los dibujos que había hecho ese día, y como mi madre había aparcado lejos y caminaba deprisa con Quique en brazos, se le caían los papeles a cada paso. La ayudé a recogerlos y seguimos dando carreritas para no apartarnos de su lado. No entendía por qué tenía que aparcar tan lejos si había sitio delante de la *ikastola*. A veces a la hora de la salida estaba todo lleno, pero cuando venían pronto había un montón de sitio y ellas, de todas formas, aparcaban lejos.

—Carmen, más despacio, por fa, que se nos cae todo.

—A ver, dejadme, yo os ayudo —dijo, y se apoyó a Quique en la cadera, nos cogió los papeles de las manos y se los metió debajo del brazo para poder volver a sujetar a mi hermano con las dos manos.

—Hala, así no, me los has arrugado…

—Pero ¿por qué te llevas los dibujos a casa, Laura?

—Los he hecho para Gonzalo, son aviones y árboles, pero todavía me faltaba colorearlos cuando has llegado.

—Vale, perdona, princesa, luego los metemos debajo de un libro para que se estiren, ¿quieres?

Cuando llegamos al coche, mi madre lo rodeó un par de veces como buscando algo, y luego abrió la puerta del copiloto antes que la del conductor.

—¿Por qué hace eso?

—No sé, pero mejor no preguntes.

Fuimos dando una vuelta larga, por un camino nuevo, así que pensé que a lo mejor era que la tienda no estaba en Zilgora. Mi madre conducía muy rápido y eso ella nunca lo hacía, y me pareció que hasta se saltaba los semáforos. En las curvas, el Dos Caballos se inclinaba mucho y daba la impresión de que íbamos a volcar. Era muy divertido.

Por fin llegamos y, sí, la tienda estaba en Zilgora, en la calle principal.

—Niñas, ahí está Isabel, bajad, que yo voy a aparcar y ahora vengo.

Entramos con Isabel y con Jorge en la tienda.

—Buenos días.

—Hola —dijo la señora de la tienda sin mirarnos.

—Quería unas telas para unas cortinas, ¿podría enseñarme lo que tenga?

La señora no dijo nada. Se metió por una puertecita que había al fondo y salió con un montón de rollos de tela de distintos colores y estampados, que empezó a tirar sobre el mostrador de malos modos. Entonces entró mi madre.

—Hola, Carmen. Mira, ¿qué te parecen estas?

—Tienen que ser opacas.

—Sí, mejor de colores claros. Si no se ve a través que por lo menos no sean oscuras.

En alguna parte sonaba una radio:

—*HB está planteándose abandonar las instituciones y pasar a la clandestinidad, lo que significaría que…*

—Nos quedamos con estas, córtenos tres metros de cada, por favor.

De camino al coche, Isabel y mi madre iban cargadas con las telas y empujando al tiempo los carritos de nuestros hermanos, yo no sé cómo podían ir tan rápido, de todas formas. Y Laura y yo a la carrera agarradas de los carritos.

Al llegar a casa, antes de bajar al garaje, mi madre dio unas cuantas vueltas a la manzana. Cada día hacían más cosas raras.

Mi madre tenía razón: no fue un rollo. Estuvieron cortando y cosiendo toda la tarde, y a nosotras nos daban retales para jugar y, un ratito, hasta nos dejaron coger las agujas y probar a dar unas puntadas. Yo quería hacerle una capa a la Nancy. Además, Isabel nos puso el casete de Parchís, que nos encantaba.

Comando G, Comando G,
siempre alerta está.

Riiing, riiing, riiing.

—Mamááá, mamááá, el teléfonooo.

—Déjalo sonar, preciosa, no esperamos ninguna llamada.

Se cortó y al ratito volvió a sonar, pero era como si ellas no lo oyeran.

—¿Y si es papá?

—No, no es papá. Veréis, a partir de ahora vamos a jugar a otro juego. Cuando suene el teléfono, no lo cogemos.

—¿Nunca?

—No, solo cuando suene tres veces.

—Pero ahora ha sonado tres veces.

—Ya, pero no así. Cuando suene un *ring,* se corte, otro *ring,* se corte, y otro más, entonces sí lo cogemos.

—Es un lío.

Laura me miró con los ojos llenos de risa.

—Y hace mucho ruido, jajaja.

Volvió a sonar varias veces. Y en realidad no era difícil jugar a eso, aunque tampoco era muy divertido, ni siquiera parecía un juego. Laura y yo hacíamos como que no lo oíamos, igual que nuestras madres, y seguíamos jugando con los retales. Cada vez había más y eso sí era divertido, mi Nancy ya tenía su armario lleno.

—Pues venga, vamos a probarlas y luego las descolgamos para lavarlas y plancharlas y listo, cortinas nuevas. A mí me parece que nos han quedado muy bien. ¿Recogemos? Ángela, ¿traes una bolsa de la cocina para tirar todo esto? Y hay que llevarse estos juguetes al cuarto…

Me gustaba recoger y verlo todo ordenado, me gustaba que a mi madre le gustara y hacerlo juntas como dos buenas amigas. Fui corriendo a la cocina a por la bolsa y entonces sonó el telefonillo. Miré a mi madre, que primero miró el reloj, luego miró a Isabel y se apresuró hacia la entrada. Yo fui detrás.

—¿Quién es?

—…

—Ah, hola. Claro, sube.

Cuando sonó el timbre de la puerta, mamá miró por la mirilla. Después abrió la puerta y, *clac,* vi cómo esa cadenita nueva se tensaba y no dejaba que la puerta se abriera del todo.

—Hola, Igarne. Espera, te abro.

Me habían explicado que la cadenita servía para ver quién estaba fuera antes de abrir: lo mismo que la mirilla, ¿no?

—Pasa.

—No quiero interrumpir, ya veo que estáis muy ocupadas…

—No te preocupes, acabábamos de terminar, nos pillas recogiendo.

—¿Cortinas nuevas?

—Sí.

—Opacas, ¿no?

—Sí.

—Ya… ¡Felicidades, Ángela! —me dijo la madre de Borja—. Te he traído un regalito, siento mucho que no pudiéramos venir ayer.

Me senté en el suelo del salón con Laura a abrir mi regalo. Me gustó. Era un estuche con cremallera y un montón de rotuladores y reglas de distintas formas, con gomitas para que se mantuvieran ordenados dentro. Mamá hizo café y ellas tres se sentaron a charlar en el sofá. Quique y Jorge estaban en su mantita de colorines, peleando por el mismo juguete.

—He estado llamándote toda la tarde… ¿No cogéis el teléfono?

—Estábamos muy liadas, no lo habremos escuchado.

—Ya… Solo quería decirte que me habría encantado estar aquí con vosotras, pero no pude. Mi marido trabaja en la construcción de la central, creo que ya lo sabes, pero su primo fue uno de los que ocuparon las oficinas de Iberduero, así que…

—No hacía falta que vinieras.

—Bueno…, sois mis amigas. Por eso, pero en el pueblo se habla…

—Créeme que lo notamos.

—Solo quiero pediros disculpas. Es mejor que mi hijo no juegue con vuestras hijas, lo siento muchísimo, de verdad, sois unas personas estupendas, pero…

—Entiendo que tampoco te llamamos para el aperitivo, ¿no?

—En todo caso os llamaría yo. Espero que me entendáis, todo esto no me hace sentir bien, solo que…

—... te da miedo que te vean con nosotras.

—Han aprobado el plan de trabajo —intervino Isabel—, lo sabes, ¿no? Eso es dinero para tu familia.

—Sí, lo sé... Y he visto que la empresa está organizando visitas guiadas a otras instalaciones para explicar la seguridad. Yo no entiendo mucho de eso, pero me parece razonable lo que dicen. Y, en cualquier caso, vosotros no tenéis culpa de nada, pero...

—Pero tienes miedo.

—Después de las últimas detenciones, oigo a mi marido hablar con su primo y...

—¿Y qué dicen? Estaremos de acuerdo en que lo de esas detenciones es bueno, ¿no?

—Supongo, sí.

Se quedaron calladas un rato y en el salón solo se escuchaban los gemiditos de nuestros hermanos y el tintineo de las cucharitas al remover el azúcar.

—Bueno, Carmen, Isabel, tengo que irme. Gracias por el café... y por todo, de verdad. *Agur!*

Cuando las tres se abrazaron en la puerta de casa, Laura me miró y yo entendí perfectamente lo que quería decirme: ya no podría darle su bolsita de cumpleaños a Borja.

—Mamá, *agur* significa «adiós», ¿lo sabías?

—Sí, Ángela, eso me lo sé.

—¿Estás yendo al cole de *euskera* para mayores con Isabel?

—No, cariño.

—¿Por qué?

—Porque no me da tiempo. En cuanto Quique esté bien del todo, me apuntaré a las clases, ¿vale?

—Sí, así podremos practicar juntas en casa. Tengo que practicar mucho porque la *irakasle* nos habla muy rápido.

Riiing, y se cortó: Laura y yo miramos hacia el teléfono. *Riiing,* y volvió a cortarse: Laura y yo nos pusimos de pie. *Riiing:* mamá descolgó el auricular.

—¿Sí?

—…

—Sí, espera que le pregunto. Isabel, ya vienen, ¿esperas aquí a Lázaro?

—Mejor, sí, prefiero que nos acompañe.

—¿David?

—…

—Que sí, le esperan aquí.

—…

—Vale, nos vemos ahora.

Quique se echó a llorar: pensé que debía de tener hambre y había esperado pacientemente a que mamá terminara de hablar. Ella lo cogió en brazos, se fue hacia la ventana y allí se quedó mirando a la calle desde una esquinita. Supuse que tendría muchas ganas de ver aparecer a papá. Yo también las tenía. Cuando sonó el telefonillo, fue corriendo a la entrada.

—¿Si?

—…

—Correctooo. —Y después se dirigió a Isabel—: Ya hemos escogido nuestra clave. Te la digo si no te ríes.

—Jajaja, dime.

—Siempre unidos, jajaja.

—Pues si te cuento la nuestra…

—¡Dale, que peor no puede ser!

—Abracadabra.

—¡Venga ya! Esa es superobvia, cambiadla.

Mamá quitó la cadenita, papá abrió desde fuera con sus llaves, y él y Lázaro entraron en casa.

—Hola a todas, ¿qué tal vuestro día?

—Bien, hemos avanzado mucho, casi tenemos las cortinas, y lo del cerrojo nuevo para las persianas ya está. Mañana nos toca en casa de Isabel. Las niñas nos han ayudado mucho.

—¿De verdad, pequeñajas?

—¡Ya sabemos coser! Mi Nancy tiene el armario lleno de ropa nueva.

—¡Pero qué bien!

—Y vosotros ¿qué?

—Otra vez culebra, parece que vamos a tener que acostumbrarnos. Y hoy han quitado la escalera, así que ha sido un poco más difícil llegar al monte. Pero al final nos las hemos apañado, y Jon estaba esperándonos allí con el coche, no sabría decir si es mejor amigo que jefe o al revés.

—¿Culebra es lo mismo que serpiente? —saltó Laura.

—Hum, no, son cosas diferentes pero parecidas, una culebra es menos peligrosa que una serpiente, las serpientes son venenosas, las culebras no.

—Ah. Lo que pintan en la calle, ¿son serpientes o culebras?

—Da igual, Laura, no hay que hacer caso de eso —dijo Lázaro—. Yo me sé un juego que se llama la culebra. ¿Os cuento cómo es?

—Síí.

—Es parecido al pilla-pilla, uno se la lleva y los otros van todos en fila uno detrás de otro, metiendo bulla, y la culebra gana si consigue tocar al que se la lleva.

—Ah, ¿y en el trabajo jugáis a la culebra?

No nos contestaron.

39

La ventana y el reloj

Personalidades del mundo de la cultura piden la paralización de Lemóniz.
(*El Correo,* 8 de noviembre de 1980).
«Lock out» *indefinido de las contratas de Lemóniz. Varios trabajadores detenidos y trasladados a comisaría.*
(*Deia,* 14 de noviembre de 1980).

Los jueves, después de *ballet,* ya no íbamos andando hasta la esquina de la Virgen a esperar a Aarón; nos quedábamos con Silvia en la puerta de la escuela y alguien venía a buscarnos, unas veces era Ana, otras el tío de Silvia. La primera vez que vino él, Laura y yo no queríamos subirnos al coche.

—Silvia, no podemos montarnos en coches con desconocidos.

—Es mi tío Pablo.

—Pero nosotras no le conocemos.

—A mí sí me conocéis, preciosas, y yo le conozco a él.

Le costó un buen rato convencernos.

Era mejor antes porque ahora teníamos muy poco tiempo para hablar con Silvia sin que hubiera mayores delante, y cuando había mayores ella no nos contestaba igual de bien, ni tampoco a nosotras nos apetecía hacerle tantas preguntas.

Fue Ana quien vino ese día. En el coche, Silvia se sentó detrás con nosotras: pensé que lo hacía para que pudiéramos hablar, aunque fuera en voz baja.

—¿Cómo van mis bailarinas preferidas?

—Hoy hemos sentido la música: nosotras ya sabíamos porque nos enseñó Pilar.

—Pues yo tengo una supernoticia: ¡ya tengo piano en casa! Un día toco para que vosotras bailéis, ¿vale?

—¡Sííí! Podemos hacer una función para los mayores.

A pesar de la lluvia, que caía con fuerza, reconocí dónde estábamos: no quedaba mucho para llegar a casa.

—¿Sabes? Ahora tenemos contraseñas para entrar en casa —le anuncié.

—Ah, ¿sí?

—Sí, son como palabras mágicas, pero es secreto.

—Ya. ¿Y en la *ikastola* qué tal?

—Bien, pero a veces vienen a buscarnos antes que a los otros niños y tenemos que dejar las cosas a medias. Menos mal que Isabel va al cole de *euskera* y puede ayudarnos en casa.

—¡Yo he hecho un montón de dibujos para Gonzalo!

—¿En la *ikastola?*

—Sí, pero como no me dio tiempo a terminarlos, me los llevé a casa.

—¿Y de qué son esos dibujos?

—De aviones, de árboles y de gente jugando al pilla-pilla.

—¿Al pilla-pilla? ¿Eso cómo se dibuja?

—Gonzalo me contó que un día jugó al pilla-pilla con su papá, y que había mucha otra gente jugando. Tuvo un poco de miedo, pero luego no pasó nada, solo era un juego.

—¿Y qué has dibujado para él?

—Bueno…, no es el pilla-pilla, es el juego de la culebra, que es lo mismo pero en fila unos detrás de otros y sin correr. Nosotras nunca hemos jugado, pero nuestros papás sí, en el trabajo.

Estaba oscuro cuando Ana paró el coche frente al portal de mi casa. Dejó el motor encendido y salió.

—Silvia, ¿nos bajamos?

—No, esperad aquí conmigo.

—No va a poder entrar.

—¿Por qué?

—Si ya te lo hemos contado…, por lo de la contraseña.

Ana volvió a montarse en el coche.

—¡Puf, me he empapado! Creo que tu madre no está en casa todavía, Ángela, se habrá entretenido con el pediatra. Vamos a tu casa, Laura, ¿vale?, y os dejamos a las dos allí. Esperad, que vuelvo enseguida.

Cuando volvió a salir, Laura le dijo a Silvia:

—La nuestra tampoco se la sabe, no va a poder entrar.

La vimos hablar por el telefonillo y volver de nuevo apresurada bajo la lluvia.

—Aparco y subimos las cuatro.

Isabel nos abrió antes de que tocáramos el timbre.

—Carmen sigue en Bilbao, hoy Quique tenía una revisión un poco más larga. Lucía ha ido con ellos.

—Me lo he imaginado.

—Y Lázaro y David ya están de camino, acaban de llamarme.

—Bien. Aarón también iba para casa, pasa a recoger a Iñaki y va para allá, no quería que hoy fuera solo en autobús.

Cuando entramos en el salón me fijé en las cortinas, todavía no las había visto colgadas en casa de Laura. Y entonces, el juego del teléfono, igual que en mi casa: tres tonos separados e Isabel descolgó.

—¿Dígame?

—…

—Hola, Rafa, ¿cómo estás?

—…

—Sí, leímos la noticia ayer. ¿Tú sabes qué está pasando realmente?

—…

—Todo lo que nos dijiste, sí, y tenemos mucho cuidado con el teléfono.

—…

—No lo sé, justo está aquí Ana, ahora le pregunto.

—...

—¿Para qué?

—...

—Vale, en cuanto lleguen les decimos que te llamen. Un beso para todos.

—...

Cuando colgó, Isabel se dirigió a Ana con voz apagada; cuando hablaban así, parecía como si se olvidaran de que nosotras estábamos delante.

—Era Rafael, que si nos habíamos enterado de lo del delegado de Telefónica en Guipúzcoa. Dice que cree que vosotros le conocíais.

—Yo no. Lázaro no sé, pero ayer apenas lo comentamos, no creo que le conociera.

—Rafael insiste en que tengamos cuidado con las conversaciones por teléfono. Parece ser que le mataron porque consideran que Telefónica está ayudando a la Policía con escuchas. Rafa dice que es posible que alguno de ellos esté metido en Telefónica...

—Qué horror, están en todas partes.

—Eso parece. También me ha dicho que nos compremos una grabadora para el teléfono, por si necesitamos demostrar algo.

—¿Demostrar qué?

—Las amenazas y eso.

—Ah.

—¿Te puedes creer que el otro día un compañero de la escuela de *euskera* a la que estoy yendo llamó a casa diciendo que era del comando Donosti? No me hizo ni la más mínima gracia, ya te imaginarás.

—No te creo.

—Te lo prometo, casi me muero... Fue justo antes de que empezáramos a hacer lo de los tres tonos. La gente no se da cuenta de que esto no es para hacer bromas. David recibió una llamada de esas, y no precisamente de broma.

Isabel se acercó a la ventana, retiró un poco la cortina, miró el reloj y luego otra vez por la ventana, igual que mi madre.

—Habéis cambiado la decoración, ¿no? Esas cortinas no me suenan.

—Las hemos cambiado esta semana, sí; las otras eran medio transparentes y con la luz encendida se veía todo desde la calle, y también hemos puesto cerrojos en las persianas. Igual nos estamos pasando, pero yo qué sé…

—Ay, Isabel, ¿de verdad no os planteáis veniros a vivir a Bilbao? En los pueblos la presión es mucho mayor.

—Ya pasará, Ana, tiene que pasar.

—Ojalá. Aarón está cada día más raro, hace meses que no canta, ni tararea siquiera, parece otro. De todas formas, insiste en que todo va a tranquilizarse, y está contento con los últimos informes.

—Lázaro igual, más y más taciturno cada vez, y a nosotras no nos cuentan casi nada, pero eso no es nuevo —hablaba sin dejar de mirar por la ventana—. ¡Ya están aquí!

Silvia nos había pedido que le enseñáramos las posiciones de *ballet:* la quinta ya nos salía bien del todo, pero no nos acordábamos bien de cómo eran los brazos. Estábamos muy entretenidas con eso y no nos dimos cuenta de que papá y Lázaro habían llegado.

—Ángela, coge tus cosas, nos vamos, mamá está ya en casa con Quique.

Estaba muy serio, tanto que ni le pedí mi beso. En la calle, me cogió de la mano y echamos a correr. Seguía lloviendo mucho.

—Siempre juntos. Corre, abre.

La puerta del portal se abrió y subimos corriendo también las escaleras hasta casa.

—Cariño, da dos golpes en la puerta, a ver cómo lo haces.

Toc toc. Me hice un poco de daño en los nudillos, pero mamá abrió enseguida.

—Estoy al teléfono con la abuela, id a cambiaros que venís empapados.

Mi padre me llevó al baño, abrió el grifo de la bañera y esperó a que yo estuviera dentro para ir a cambiarse él. Luego me sacó y me puso esa bata calentita y feísima que no sé quién me había regalado. Mi madre seguía al teléfono. Y estábamos los dos en la cocina preguntándonos qué habría de cenar cuando entró ella con Quique en brazos.

—Han llamado a casa de mis padres preguntando por nosotros, David.

—¿Qué va a cenar la niña?

—¿Has oído lo que te he dicho?

—Sí, Carmen, ¿y tú me has oído a mí?

40
Los intrépidos montañeros

Cierres patronales en las obras de Lemóniz ante los últimos incidentes.
(*El Correo,* 14 de noviembre de 1980).
Las empresas contratadas por la central nuclear de Lemóniz cierran sus centros.
(*ABC,* 14 de noviembre de 1980).

Por algún motivo, papá empezó a quedarse en casa algunos días, pero tenía mucho trabajo, me decía: se encerraba durante horas en su «cuarto de los deberes» y se ponía a leer y a escribir. Pero ¿qué tenía eso que ver con hacer luz? De todas formas, me gustaba que estuviera en casa, a veces me colaba en su cuarto, me acercaba despacito y esperaba sin decir nada a que él pudiera atenderme. Con un beso y una sonrisa breve me bastaba.

Había empezado el frío de verdad y casi todos los fines de semana hacíamos planes con los amigos de mis padres. Pero ese fin de semana era muy especial porque íbamos a ir todos juntos al pueblo de mis abuelos, me moría de ganas de enseñarles la montaña del fraile a Laura, a Gonzalo, a Silvia y a Iñaki. Isabel y mi madre llevaban toda la semana de preparativos.

—¿Estamos?

—Estamos.

—Pues avisa a Lázaro. Saco el coche y os espero en la esquina, dadme cinco minutos.

Laura iba a venir detrás de nosotros en su coche, no sé por qué esa vez no nos dejaron ir juntas. El viaje era largo y yo quería verla detrás por el camino. Fuimos hasta donde nos esperaba mi padre con el motor en marcha, nos montamos los tres detrás y el coche se puso en movimiento. Me puse hacia atrás de rodillas en el asiento y vi el coche de Lázaro todavía parado y a todos dentro. Saludé a Laura con la mano, ella me devolvió el saludo y su coche empezó a moverse. Pero entonces otro coche salió muy rápido de una bocacalle y se interpuso entre los nuestros.

—Mamá, hay un coche detrás que no me deja ver a Laura.

—Siéntate, cariño, siéntate, por favor. —Y en un tono muy diferente—: David, métete por la siguiente.

—Es dirección prohibida.

—Da igual.

En el coche de detrás iban dos señores.

—¿Ves a Lázaro?

—Sí, está detrás, ha puesto el intermitente.

Entonces mi madre nos sujetó a Quique y a mí con fuerza y mi padre giró bruscamente y pisó el acelerador. Escuché el chirrido de las ruedas. Me sorprendió mucho.

—¿Ya?

—Sí, han seguido de frente, falsa alarma. Lázaro está detrás.

De un brinco volví a darme la vuelta y vi la cabeza de Laura sobresaliendo un poco en el asiento de atrás.

—¡Que te sientes bien, Ángela!

De otro brinco me coloqué en el asiento y me quedé mirando a mi madre otra vez sorprendida.

—Lo siento, ya está; así vas muy bien, preciosa.

El viaje se me hizo muy largo, aunque mi padre todo el rato puso música clásica y también mi casete nuevo de Parchís. Iban muy callados, pero ahí sí se pusieron a cantar conmigo esa canción que Isabel llevaba semanas cantando y bailando, desde mucho antes de que mi madre me comprara el casete. La letra era difícil, pero el estribillo, la melodía y los movimientos me los sabía de memorieta.

Yo quisiera darte un beso chiquitín
con un swing, por aquí, por allí…

Cuando se acabó la canción, volvió el silencio.

—¿Cuánto queda?

—Todavía bastante, Ángela, intenta dormirte un rato.

—No tengo sueño, mamá. Me aburro…

—¿Quieres que juguemos al veo-veo?

—Sííí.

Era de noche cuando llegamos a Navaleta. Paramos un momento a saludar al abuelo Santiago y a Vica, y después seguimos hasta la casa grande donde íbamos a quedarnos todos. Fuimos los primeros en llegar. Al poquito vino Laura y después ya no sé muy bien qué pasó porque había ido nerviosa, sin dormir todo el viaje, y al llegar me quedé dormida enseguida. Ni siquiera pude abrir los ojos cuando oi a lo lejos las voces de Silvia, de Iñaki y de Jon entre las otras voces.

Laura me tocó un ojo para despertarme y me asusté.

—Ángela, huele a desayuno.

Seguimos el ruido hasta la cocina y nos paramos emocionadas en la puerta. Estaban todos, y todos hablaban unos con otros en voz alta, bromeaban y se movían en una especie de danza espontánea mientras preparaban el desayuno o se disponían a comérselo.

En una esquina estaba Carlos leyendo el periódico y tomándose una taza grande de café con leche. Era la primera vez que le veía tranquilo. Karlitos vino hacia nosotras.

Tardamos mucho en estar todos listos para salir, pero debía de ser temprano cuando nos levantamos porque fuera el sol apenas calentaba, aunque no había nubes en el cielo. Lo que sí había era niebla, y yo sabía que la montaña y el fraile Ángel estaban ahí detrás, en alguna parte. Nuestros padres llevaban mochilas con la comida que habían preparado nuestras madres, y todos llevábamos botas de campo, abrigos, gorros y bufandas.

—¿Estamos todos? A ver, quietos, uno, dos, tres, cuatro… —Jon era siempre el que nos contaba—. Vale, estamos todos. Isabel, ¿seguro que quieres venir? Mira que las mujeres van a aprovechar para contarse todo lo que no se puede contar…

—Jajaja, sí, necesitáis una mujer que ponga orden, y además ellas se quedan con los pequeños, no sé yo qué es peor…

Era un camino largo y empinado hasta el pico de la montaña, que ya asomaba entre la niebla. Los más pequeños empezamos a cansarnos y Jon propuso que hiciéramos una parada para comer algo.

—¿Y si no llegamos, papá?

—No pasa nada, lo importante es estar un rato todos juntos.

—Pero si no llegamos no veremos al fraile Ángel…

—Siempre podemos volver mañana en coche.

Cuando paramos, Silvia vino conmigo.

—¿Qué pasa, Cascabel? Que somos tantos que casi ni hemos hablado… ¿Cómo estás?

—Bien.

—Con tantos niños, vamos a poder jugar a muchas cosas.

—Sí, yo luego quiero jugar a la culebra.

—Vale, ¿y os han enseñado algún juego nuevo?

—Algunos, pero son un poco rollo.

—¿Y eso?

—No sé, como el del teléfono, no me gusta escuchar el timbre y no poder cogerlo.

—Ese juego no me lo sé, pero no parece muy divertido, no.

Entonces se nos acercó Iñaki.

—¿Queréis un poco de Mirinda de naranja?

—Síií.

—¿La sacas tú, Silvia? Está en mi mochila.

—Claro… ¿Sabes, Iñaki?, las pequeñajas juegan a no coger el teléfono cuando suena.

—Cuando suena tres veces sí se coge, pero solo si se para también tres veces. ¡Y tenemos palabras mágicas para entrar en casa!

—¿Palabras mágicas?

—Huy, se me ha escapado...

Me levanté de la piedra en la que estaba sentada y fui con mi padre.

—Papá, papá, ¿es secreto decir que tenemos palabras mágicas para entrar en casa? —le dije al oído.

—¿Y esa pregunta?

—No sé si Iñaki puede saberlo.

—No pasa nada, preciosa, aquí somos todos amigos y no tenemos secretos entre nosotros. Puedes contarle a Iñaki todo lo que quieras.

Volví a mi piedra.

—Silvia, a vosotros sí podemos contároslo porque somos amigos. ¿Vosotros tenéis palabras mágicas para entrar en casa?

—No, nosotros no.

Silvia le dijo a Iñaki algo al oído y él se fue con Lázaro y con mi padre. Luego vino Javier y se puso a hablar con ella, así que yo me levanté también y fui a juntarme con mi padre.

—... solo por seguridad.

—Yaaa, es que nosotros no hacemos nada de eso... Bueno, mi padre nos dice que no digamos quiénes somos por teléfono, pero ya, ni siquiera me había parado a pensarlo mucho...

Por lo visto, en casa de Iñaki también había lío con el teléfono. Me acordé de una vez que mi padre le dijo a mi madre que no hablara tanto por teléfono, que luego había que pagar un dineral; a lo mejor era por eso.

Carlos se acercó a nosotros. No me gustaba mucho que viniera, me ponía nerviosa. Se puso entre Lázaro y mi padre y les pasó un brazo a cada uno por los hombros.

—Ay, amigos míos, ¡qué bien se está lejos de casa!

—No sabría decirte, Carlos, este lugar es un poco mi casa también...

—Claro, pero no la mía, y me siento mucho más tranquilo aquí, es una lástima... Allí no consigo relajarme, y mira que lo intento. Intento por todos los medios hacer como vosotros, pero no lo consigo.

—Mejor no hablemos de eso ahora, ¿quieres?

—No tengo muchas oportunidades de hablar, ¿sabéis?, y verdaderamente lo necesito… ¿Estabais con el tema del teléfono?

—Sí, más o menos, solo comentando las precauciones que hay que tomar y eso…

—He leído en *El Diario Vasco* que Telefónica niega las escuchas a los violentos. ¿Sabéis qué creo? Que también hay infiltrados ahí.

—¿Y por qué piensas eso?

—Porque están en todas partes. Y de lo de los escoltas ¿qué me decís? A Jon creo que ya se lo han ofrecido: sigue sin ellos, así que entiendo que él no ha querido. Yo lo valoraría antes de rechazarlo. ¿Vosotros?

—Ni lo he pensado, la verdad, nosotros no sabemos nada de eso… En cualquier caso, la empresa siempre vela por nosotros y hará lo que crea necesario para protegernos.

—Pues yo últimamente te veo mucho mejor, Carlos, más tranquilo, ¿no? —dijo Lázaro.

—Sí, bueno, con las pastillas se duerme y se ven las cosas de otra manera, es increíble lo que hacen los químicos en el cerebro… Pero la realidad sigue ahí, es muy obstinada. Lo de las llamadas es un suplicio, a mi casa solo han llamado una vez y no estoy muy seguro de que fueran ellos, pero ya se te mete en el cuerpo el miedo al teléfono, cada vez que suena se me ponen los pelos de punta. ¿A vosotros os llaman?

—Alguna vez, nada serio.

—En la puerta de mi casa han pintado una señal que ni sé lo que significa, pero para qué voy a ir a contárselo a la Policía… Y Rafael me ha enviado por correo un documento de protección personal que insiste mucho en el control de los buzones, de los paquetes y hasta de las cartas, que si pesan más de lo normal o huelen a avellana… Es de locos: una carta donde se advierte de la posible llegada de otras cartas…

—Los protocolos de seguridad son así, Carlos, es como leerse los prospectos de los medicamentos, a veces generan más alarma de la necesaria.

—Carlos, yo he recibido una carta de amenaza, y no soy el único, ahora están amenazando así a los responsables de la obra, pero no es más que eso, una forma de hacer presión. Te lo digo para que no te preocupes demasiado si te llega a ti una de esas. Deben de mandar cientos así.

—Pero, entonces, ¿esas no hay que tener cuidado de abrirlas sin que haya otras personas cerca?

—No, son solo cartas de amenaza, no pesan más ni huelen a nada especial.

—¿Y se las habéis enseñado a vuestras mujeres?

—No, ¿para qué? Les hemos contado que nos han llegado y punto. Es mejor para ellas así, ¿no te parece?

—Supongo, sí.

Entre las piernas de mi padre estaba calentita, aunque soplaba el viento y la niebla había bajado hasta donde estábamos. Iñaki me hacía gestos cariñosos en silencio de vez en cuando mientras los mayores hablaban de lo que fuera. Me sentía muy bien allí.

—Papá, tengo sed.

—Espera, bonita, llevo agua en la mochila.

Carlos se dirigió a mí en tono afectuoso:

—Estás hecha toda una montañera, ¿eh, Ángela? —Tocó el pompón de mi gorro de lana y se fue caminando hacia donde estaban Jon y Aarón.

—David, ¿los padres de tu mujer saben algo de todo esto? —preguntó Lázaro.

—Lo justo, tuvimos que contarles algo porque les llamaron aquí para intentar sacarles información sobre nosotros. Les hemos avisado de que nunca le digan nada a nadie.

—¿Y ella, David? ¿Cómo está Carmen? Isabel no siempre lo lleva bien, ya sabes…

—Está asustada. Lo de la carta ha sido un golpe duro, y eso que no la ha visto… ¿Tú sabes si Jon o Aarón han recibido algo?

—No lo sé, solo lo he hablado contigo, y no sé si nos hemos ido de la lengua con Carlos, luego se pone más nervioso.

De pronto Iñaki se levantó, se puso las dos manos alrededor de la boca y dijo en voz muy alta:

—¡¡¡Venga!!! Todos arriba, nos vamos, que hace frío y a este paso no vamos a llegar a ningún lado.

No logramos llegar a la cima, tuvimos que volvernos antes porque empezó a soplar un aire fuerte y frío de verdad, y la cuesta parecía interminable... Pero llegamos muy arriba, por encima de la niebla, y a la vuelta todos se pasaron la tarde haciéndoles bromas a las mujeres sobre lo fatigosa que había sido nuestra aventura, y que si cuánto mérito teníamos y cuánto nos merecíamos sus cuidados y sus atenciones. Ellas contestaban entre risas burlonas y decían que ya sería para menos, pero de todas formas nos cuidaron como si hubiéramos ascendido al Everest, y Ana preparó empanada y hubo chorizos y queso y pan de los de Vica, y hasta se frieron buñuelos. La cena duró horas. Los niños íbamos y veníamos de la mesa enorme del salón de aquella casa enorme, entrábamos y salíamos de las habitaciones, jugamos al pilla-pilla y a la culebra, Jon nos contó adivinanzas, y Laura y yo hasta preparamos una pequeña función con ayuda de Silvia para sorprender a nuestros padres.

Karlitos y Javier por fin habían empezado a participar en nuestros juegos, y tuvimos grandes charlas todos los niños también, igual que los mayores.

—Mi papá tiene un coche nuevo. Es muy bonito —dijo Karlitos.

—Pues el mío tiene una avioneta.

Laura y yo nos miramos con cara de sorpresa.

—¿Tu papá tiene una avioneta, Gonzalo?

—Sí. La tenemos en mi cuarto. ¿Y el coche nuevo de tu papá, cómo es?

Karlitos fue corriendo a la bolsa donde había traído sus juguetes y sacó un coche gris.

—Como este.

—Qué bonito —dijo Gonzalo.

—Sí, qué bonito —corroboró Laura.

—¿Vuestros papás qué coche tienen?

—Nosotras tenemos muchos coches —dije yo, que estaba confundida ya con el tema del cambio de coches—, pero el que más nos gusta a Laura y a mí es el Dos Caballos de mi mamá. Es azul clarito.

—¡Hala, qué suerte!

—Sí, cada día cambiamos, pero no son tan bonitos como el de tu papá.

—Ya, lo malo es que mi papá nos dijo que no lo iba a sacar más, y acabábamos de estrenarlo.

—¿Por qué?

—No sé. Fuimos a uno de esos sitios donde se junta mucha gente.

—¿A una manifestación?

—No sé qué es eso…Fuimos con papá y mamá, aparcamos el coche nuevo y luego fuimos andando.

—Nosotras nunca vamos a eso.

—Era para pedir paz.

—¿Paz? —pregunté yo.

—Sí.

—¿Paz? —preguntó Laura.

—Sí, pero tuvimos que salir corriendo.

Silvia y Javier se acercaron a nosotros.

—¿En qué andáis?

—Estamos hablando de paz.

—¿De paz? —preguntó Silvia en voz alta.

—Sí, de cuando fuimos Javier y yo con nuestros papás a pedir paz con otro montón de gente, y de nuestro coche nuevo…

Carlos nos miró desde el otro extremo del salón y dijo:

—Hijo, ¿qué les estás contando a las niñas?

—Lo de la paaaz.

—Ah, sí, fuimos a la manifestación de San Sebastián a favor de la paz de hace unos días, pero salimos pitando, se montó una buena… De todas formas, está bien que la gente esté saliendo a la calle.

—Sí —dijo Iñaki—, está muy bien, ¿no? Pero en la facultad me he enterado de que se están montando ferias de arte para protestar contra las nucleares.

—Lo que nosotros preferiríamos es que se hablara menos del tema y nos dejaran trabajar más —le contestó Aarón.

—Estos ingenieros…, todos cortados por el mismo patrón, ellos solo a sus planos y a sus construcciones…

Hubo una carcajada general, y creo que, si tuviera que escoger uno solo de los recuerdos de aquellos días en Navaleta con nuestros amigos, me quedaría con esa carcajada unánime y contagiosa.

41
Los payasos también mienten

Las empresas contratadas por la central nuclear de Lemóniz cierran sus centros.
(*ABC,* 14 de noviembre de 1980).
ETA reivindica la voladura de una subestación eléctrica de Iberduero en Getxo.
(*El País,* 22 de noviembre de 1980).
Juzgado un presunto colaborador de ETA.
(*ABC*, 27 de noviembre de 1980).

De vuelta en Zilgora, mi madre me dijo que no podíamos contar a nadie dónde habíamos estado el fin de semana.

—Pero eso es mentir, ¿no?

—Bueno, no exactamente…

—Y mentir es malo, ¿no?

—Sí, cariño, mentir es malo.

—Entonces, si mientes, ¿eres malo?

—Sí.

—Entonces, ¿yo soy mala?

—No, tú no eres mala.

—Pero digo mentiras.

—¿Cuándo dices mentiras?

—A vosotros no, a la gente… Si me preguntan, tengo que decir siempre que papá no está en casa, y no puedo contarle a nadie dónde vivimos, y ahora tampoco puedo contar que hemos estado en Navaleta, y yo tenía muchas ganas de contarlo en la *ikastola*… —Me salió un pucherito, aunque yo no quería—. Así que no entiendo por qué, si mentir es malo, vosotros me pedís que mienta.

Entonces mi madre se quedó callada, pero por el rabillo del ojo vi que Isabel estaba sonriendo.

—A ver cómo sales de esta, Carmen.

Pero ella siempre encontraba respuestas para mí, aunque tuviera que buscarlas un rato. Y hacía una cosa que me gustaba: cuando yo le hacía una pregunta, ella encontraba otras preguntas que yo sí sabía responder y que me ayudaban a encontrar por mí misma la solución.

—Cariño, cuando tú nos has contado alguna mentira, ¿por qué lo has hecho?

—Para que no os enfadéis por algo que a lo mejor no tenía que haber hecho.

—¿Y qué pasa cuando te regañamos?

—Que lo paso mal y me pongo triste.

—¿Por qué nos mentiste cuando Laura perdió su abrigo?

—Porque Laura es mi amiga, y no quería que le riñerais.

—Entonces, lo hiciste para protegerla, ¿no?

—Sí.

—A veces tenemos que decir alguna mentira para protegernos, para protegeros, pero son mentiras que no hacen daño a otras personas.

—No lo entiendo, mamá.

—Preciosa, no contar en la *ikastola* dónde has estado el fin de semana no es mentir, hazme caso, y además, a la gente no tiene por qué interesarle lo que hacemos los fines de semana. A veces es bueno que la gente no sepa todo lo que haces… ¿Te acuerdas cuando llamó la abuela Sole y me preguntó cómo estaba Quique?

—Sí.

—¿Y qué le dije yo?

—Que bien.

—Quique ese día estaba malito, pero yo no quise preocuparla.

—Eso sí lo entiendo.

—Muy bien, pues hacemos una cosa, tú siempre dime la verdad, y si alguna vez tenemos que decir una mentirijilla, te explicaré por qué para que puedas entender la diferencia.

—Vale.

—Carmen, te felicito, creo que ahora todas lo hemos entendido perfectamente, ¿verdad, Laura? —dijo Isabel.

—Sí, mamá.

Pero al día siguiente, en la *ikastola,* yo evitaba a los otros niños porque si me juntaba con ellos acabaría contándoles lo del fin de semana. Y Laura no lo entendía, y yo no supe explicárselo, y además era el cumple de Irantzu y todos querían jugar con ella, yo también. A la salida, su padre había traído bolsitas de cumpleaños y ahí sí que ya no pude resistirme: nos pidió que hiciéramos una fila y yo me puse a la cola como los demás. Entonces llegó mi madre.

—Vamos, Ángela, Laura, a casa.

—Pero, mamááá…

Me quedé sin mi bolsita. Menos mal que Laura sí pudo coger la suya y en el coche compartió sus caramelos conmigo.

—Mamá, no he podido coger mi bolsita del cumple de Irantzu.

—¿No estáis compartiendo la de Laura?

—Sí.

—Pues eso. Y escuchadme una cosa importante: nunca, nunca, nunca cojáis nada que os den en la calle ni en ningún otro sitio.

—Pero si era el papá de Irantzu.

—Me da igual. Nunca, ¿me habéis oído?, ni siquiera en la *ikastola.*

—Sí, mamá, te hemos oído.

—Perfecto, pues vamos a recoger a Isabel, que está en su clase de *euskera,* y luego vamos un rato al parque.

—¡Bieeen!

—¿Y Quique y Jorge?

—Están en casa con Maika, por eso no podemos entretenernos demasiado.

—¿Y no vamos a *ballet?*

—No, esta semana no, la que viene.

Lo dijo de tal manera que entendí perfectamente que se había acabado la conversación. Últimamente tenía menos paciencia con Quique y conmigo, ella misma lo decía. El resto del camino fue muy concentrada en esos juegos suyos a los que nosotras ya no queríamos jugar, mirando alrededor, contando matrículas y buscando caras conocidas.

Cuando llegamos a la calle de la escuela de mayores, Isabel ya había salido y nos esperaba caminando rápido de un lado a otro de la acera. Mi madre paró un segundo y ella se montó a toda prisa.

—¿Cómo te ha ido?

—Creo que voy a tener que dejar las clases.

—¿Y eso?

—Una discusión, yo no he dicho ni mu, pero he oído los comentarios sobre el juicio de Madariaga y te juro que no quiero tener que escuchar cosas así.

—Ese es el que les pasaba información, ¿no?

—Sí, por lo visto llevaba haciéndolo años, y parece que hasta de los ingenieros y de sus familias hacía informes... Vamos, de nosotros, Carmen. Y el profesor va y dice que es que a algunos hay que tenerlos controlados, y no se refería precisamente a Madariaga...

—Isabel, te he hecho una copia de los teléfonos de emergencias, y creo que deberíamos enseñar a las niñas a que marquen al menos el de la Policía. Debajo te he puesto el de casa, ayer nos dieron la línea nueva.

—Voy a decirle a Lázaro que gestionemos nosotros también un cambio de línea. Esta mañana han llamado otra vez.

—¿Y?

—Nada, solo llamar y colgar, no como las otras veces. ¿Lo has hablado con David?

—No.

—Yo con Lázaro tampoco.

Se puso a llover a cántaros y hacía frío, y en el coche de mi madre se notaba más que en los otros coches.

—¿Luego podemos ver la tele?

—Sí, al parque no vamos a poder ir, hace muy malo. Hoy sí os dejamos ver un ratito la tele, ¿vale?

Cuando estaba sola Maika con nuestros hermanos en casa, no se decían las palabras mágicas por el telefonillo. Mi madre llamaba dos veces largas seguidas y luego entrábamos con su llave.

—¿Todo bien?

—Sí, ningún problema.

—¿Ha sonado el teléfono?

—Sí, pero no lo he cogido, como me dijiste.

Normalmente nos juntábamos en mi casa más que en la de Laura por las tardes porque la comida de Quique era un lío de llevar de un sitio para otro, y Jorge, en cambio, comía ya casi lo mismo que nosotras. Además, mi tele era más chula que la de Laura; en realidad, era más chula que ninguna, la había traído mi padre de Alemania y yo creo que era la única en todo el pueblo con mando a distancia. Se podía cambiar de canal y subir y bajar el volumen, nada más, ¡y era fenomenal! Aunque en realidad a nosotras no nos dejaban cambiar de canal, ni con el mando a distancia ni levantándonos a apretar los botones. Ellas nos ponían un programa a la hora exacta a la que empezaba y, cuando terminaba, apagaban la televisión o nos pedían que la apagáramos y ya. Veíamos mucho *Barrio Sésamo,* a mí era el que más me gustaba, pero Laura prefería *El gran circo,* y ese día ella tuvo suerte porque tocaron los payasos de la tele.

—¿Has visto? Los payasos también dicen mentiras… Han escondido los globos y les dicen a los niños que no lo digan, pero se les ven…

—Es verdad, jajaja.

—Cuando se miente, se nota, jajaja.

—Oye, Ángela, yo quiero ir al circo —decía siempre Laura cuando salían los acróbatas y los magos.

—Ahora, cuando acabe, les decimos que si nos llevan un día, ¿vale?

—Vale.

—¿Se lo dices tú?

—Vale.

Cuando acabó, Laura apagó la tele con el mando (le tocaba a ella, un día ella y otro yo) y fuimos a la cocina a hablar con Isabel y con mi madre. Nos habían puesto la merienda en el salón y nos habían dicho que viéramos los payasos mientras ellas se tomaban un té en la cocina y controlaban a los pequeños.

—Mamá, mamá.

—Niñas, ahora no, estamos hablando —dijo mi madre, que tenía unas hojas en la mano y las sacudía con fuerza.

—Es que se han acabado los payasos.

—Pues id al cuarto a jugar.

—Mamá —dijo Laura—, es que queríamos deciros que tenemos muchas ganas de ir al circo.

Era como si no nos escucharan.

—¿Desde cuándo tienes esto, Isabel? ¿Cómo no me lo habías enseñado antes?

—Lo trajo Lázaro a casa el lunes, creo. Lo ha remitido el Ministerio del Interior a la empresa para que ellos nos lo faciliten. Creí que David también lo habría hablado contigo… ¿Qué día es hoy? ¿Jueves? No sé, como ya no podemos telefonearnos es difícil encontrar el momento de hablar hasta entre nosotras, con las niñas todo el día alrededor y eso…

—David ni me lo ha mencionado, no sabía que existiera una cosa así… «Manual de autoprotección».

—Dice lo mismo que nos ha ido contando Rafael, pero impresiona verlo por escrito y dirigido a nosotros en concreto.

—«Situaciones de riesgo personal: amenazas de muerte por carta o llamada telefónica, peligro de secuestro, peligro de atentado personal…». Por Dios, Isabel…

—Mira…, tenemos hasta nuestra propia sección… La esposa… Ve esto tu madre y a más de uno lo pone firme.

—Lo de mi madre no es normal. En mi casa las mujeres siempre hemos mandado mucho, pero ya sabes lo que hay por ahí… «Fijarse especialmente en hombres entre dieciocho y treinta años, con vaqueros, mochilas…». Pues como todos los hombres entre dieciocho y treinta años, ¿no?

Pensé que estaban hablando de Iñaki, que siempre llevaba vaqueros y mochila, pero sabía que no era el momento de comentar nada.

Isabel, Laura y Jorge se fueron antes de que llegaran nuestros padres, no esperaron en casa a que los recogiera Lázaro como otras veces. Mi madre nos preparó la cena a Quique y a mí, y a los dos nos costó mucho terminárnosla. Él casi siempre estaba desganado, y yo estaba cansada ese día, inquieta y triste sin saber por qué.

Ring. Ring. Ring.

—¿Sí?

—…

—Vale, ten cuidado.

Desde la cama escuché los dos *toc toc* en la puerta. Debían de gustarles mucho sus juegos porque los hacían hasta cuando no había niños delante.

Entre sueños sentí el beso de mi padre.

42
El reloj de Petete y todo bien

Llamamiento a formar «comités antiuranio».
Tendrán como objeto vigilar y denunciar
cualquier intento de introducir en Euskadi el combustible
para la central de Lemóniz.
(Egin, 5 de diciembre de 1980).
ETA-m responsable de la bomba contra Iberduero.
(La Vanguardia, 16 de diciembre de 1980).

Necesitaba ver a mi madre contenta, y creo que por eso aprendí a querer aún más a mi hermano: sus avances con la comida eran ahora la causa más visible de la alegría de mi madre. Quique ya casi nunca devolvía, era raro que yo tuviera que salir corriendo a por la palangana como antes. Había superado las comidas de color naranja, verde, amarillo…, y algunos días hasta podía tomar cosas de dos colores a la vez.

—¿Entonces ya va a poder comer con nosotros, mamá?

—Aún no, pero porque todavía es pequeñito, en cuanto crezca un poco podremos sentarnos juntos a la mesa, ya verás.

—Me gusta cuando pone esa carita.

—Sí, está tranquilo, lleva ya muchos días sin pasarlo mal.

—Se ríe más.

—Claro, ¡porque se encuentra bien!

Ya no estaba pálido y se entretenía jugando solo mucho rato, así que mi madre a veces me dejaba vigilándolo mientras ella estaba en otra parte de la casa haciendo algo. Lo dejaba metido en el parque, pero él enseguida aprendió a escaparse, era muy listo, y me gustaba que se escapara y vigilarlo de cerquita para que no se hiciera daño con nada.

En el coche, cuando íbamos con Isabel, mi madre había empezado a sentarse delante y nosotros cuatro íbamos solos detrás.

—Mamá, ¡ya sé escribir mi nombre entero! Y me sé más números que los otros, voy por delante. Tengo que contárselo a papá —dije cuando Laura y yo nos montamos en el coche a la salida de la *ikastola*.

—Laura, ¿vienes otra vez con mil papeles?

—Sí, quiero pintar los números en casa.

—¿Y no lo puedes hacer mañana?

—¿Y si mañana no venimos?

Isabel no dijo nada, y Laura me miró con cara de pilla: tenía razón, nunca sabíamos si íbamos a ir al día siguiente o no.

De pronto me di cuenta de que no reconocía el camino.

—Mamááá, queremos ir a casaaa.

—Sííí, que nos vamos a perder *Barrio Sésamo*.

—Niñas, por favor, no provoquéis a vuestros hermanos, que van muy tranquilitos.

—Pero, mamááá.

—Vamos a ir a hacer la compra y luego enseguida a casa. No os preocupéis, iremos rápido y estaremos de vuelta a tiempo.

—¿Y por qué no vamos donde siempre?

—Así vemos otras tiendas.

—¿Por qué?

—Porque es divertido.

—¿Por qué?

—Porque lo digo yo. Venga, sentaos bien, por favor.

Isabel paró el coche, pero dejó el motor en marcha, y mi madre se quedó con nosotros.

—¿No bajamos?

—No, que si no tardamos mucho.

Vi salir a Isabel de la tienda y, detrás de ella, a dos hombres que se quedaron mirándonos en la puerta.

—Abre, Carmen, abre.

Mi madre salió del coche, abrió el maletero y las dos volvieron a montarse a toda prisa.

—Tengo hambre.

—Y yo.

—Tomad, os he comprado esto, pero cuidadito no llenéis el coche de migas, ¿vale?

Hicimos varias paradas de esas, pero era verdad que en cada una solo teníamos que esperar un poquito a que volviera Isabel con más y más bolsas.

—¿Qué son todas esas cosas, mamá?

—Pues comida, y cosas para la casa.

—¿Por qué no vamos andando a comprar?

—Ya os lo hemos dicho, es divertido conocer las tiendas de otros pueblos.

—A mí me gustan las tiendas de Zilgora.

—Y a mí.

—¿Este pueblo no os gusta?

—No sé, no lo hemos visto.

—Mamááá, mamááá, cuando volvamos, ¿podemos ir un rato al parque?

—No, bonita, hace mucho frío y tenemos que descargar la compra. Y, además, ¿no queríais ver la tele?

—Sí.

—Pues venga, que llegamos a *El libro gordo de Petete* —dijo Isabel, y se puso a recitar mientras conducía:

El libro gordo te enseña,
el libro gordo entretiene,
y yo te digo contento…,
hasta el programa que viene.

—¡Yo también me lo sé! ¡Yo también me lo sé!

—¡Y yo!

Cuando llegamos a casa, Isabel se quedó con nosotros y mi madre tuvo que hacer varios viajes arriba y abajo por las escaleras con las bolsas.

—Uf, qué agotamiento.

—Mamááá, ¿qué hora eees?

—Las siete y cuarto.

—¿Y a qué hora es *Petete?*

—En diez minutos, terminad de pintar los números de Laura y os avisamos para que pongáis la tele.

Yo quería tener un libro azul como el de Petete. Laura tenía un libro azul, pero no era como el de Petete. En ese libro había respuestas para todo. Ese día tocaban los relojes, y me enteré de que el primer reloj del mundo funcionaba con el sol.

—Laura, ¿tu mamá tiene reloj?

—Sí.

—¿Y lo mira mucho?

—Sí, sobre todo por las noches.

—Mi mamá igual. Si solo existieran relojes de sol, no podrían hacer eso.

—A mí me gusta que lo mire.

—¿Por qué?

—Porque cuando lo hace muchas veces seguidas, al ratito llega papá.

—Sí, a mí me pasa lo mismo.

—¿Están mirando ahora el reloj?

—No.

Isabel y mi madre acababan de terminar de colocar la compra en la cocina y se habían sentado resoplando en la mesa del salón. Quique y Jorge estaban en el sofá con nosotras. No creo que entendieran gran cosa, pero se quedaban hipnotizados con la tele.

—Bueno, creo que nos vamos a ir, tengo que ponerme con las duchas y preparar la cena. Voy a dejar la compra en el coche y luego le digo a Lázaro que baje. ¿Sabes si hoy van a llegar tarde?

—Ni idea.

—¿Mañana vengo a recogeros o llevas tú el coche?

—Mejor ven tú, al volver esta mañana me he hecho un lío y lo he dejado demasiado lejos, ya sabes…«No aparcar cerca de casa…», creo que lo recogerá David mañana.

Cuando se fueron, mi madre metió a Quique en el parque, se quedó un poquito con él hasta que estuvo entretenido y me dijo:

—Ángela, voy a darme una ducha rápida, ¿vigilas a Quique?

—Vale.

Luego nos bañaría a los dos, y a lo mejor nos metía a los dos juntos en la bañera porque cuando se hacía tarde nos bañaba juntos. ¿Era tarde? No lo sabía.

Mientras mi madre estaba en la ducha sonó el teléfono. Una vez, y se cortó; otra, y se cortó otra vez, y una más, dos, tres… La avisé, pero creo que lo hice intencionadamente en voz baja, había un misterio con eso de las llamadas que me atraía. Lo cogí.

—Hola.

—¿Hola?

—Hola. —Me acordé de que no debía decir quién era, como Silvia.

—¿Ángela?

—¿Papá?

—Cariño, ¿no te hemos dicho mil veces que no cojas el teléfono?

—Pero es que…

—¿Dónde está tu madre?

—En la ducha.

—¿Y tu hermano?

—Aquí conmigo.

—Dile a mamá que todo bien.

—¿Cuándo vienes?

—Dile a mamá que todo bien, pero díselo ya, ¿vale?

Colgó. No me dijo nada más, no contestó a mi pregunta, no me mandó un beso. Fui corriendo al baño.

—Mamááá.

—¿Qué pasa, Ángela?

—Dice papá que todo bien.

—¿Has cogido el teléfono?

—Sí.

—¿Qué te hemos dicho?

—Yaaa, pero solo era papá.

—¡Ni se te ocurra volver a hacerlo! ¿Me oyes? ¡Ni se te ocurra! —me gritó mamá mientras salía rápido de la bañera.

Se secó las manos y cogió el reloj que había dejado en el borde del lavabo; la escuché susurrar:

—Y veintiocho, y veintiocho, y veintiocho... A y cuarenta y ocho, a y cuarenta y ocho.

—Mamá, ¿estás contando?

—Sí, cariño, estoy contando. Por favor, vete a ver a tu hermano mientras me visto.

Volví al salón y Quique me miró cuando entré con cara de enfado, como diciendo: «Me habéis dejado aquí solo y estoy cansado de escaparme».

—Hola, Quique. Tú no sabes contar, ¿a que no?

Entonces volvió a sonar el teléfono, y después de la tercera vez mi madre lo cogió en su dormitorio.

—¿Sí?

—...

—Vale, gracias, Isabel.

Entró en el salón, cogió a Quique y lo sentó en su trona en la cocina. Yo fui con ellos.

—Cariño, papá llega en un minuto. Siéntate que vamos a cenar.

—¿Un minuto?

—Sí, un minuto.

—¿Cuánto es un minuto?

—Ven aquí.

Me sentó en su regazo y me enseñó el reloj de su muñeca.

—¿Ves esta aguja que se mueve?

—Sí.

—Pues cuando llegue aquí, habrá pasado un minuto.

Nos quedamos las dos mirando aquella aguja, en silencio. Y mi madre tenía razón, la aguja llegó donde ella me había dicho y sonó el telefonillo. Fue a la puerta y pulsó el botón sin decir nada.

Toc toc.

Mi madre abrió despacio y en bajito le preguntó a mi padre:

—¿Qué tal?

—Todo bien.

43
Las lágrimas de mamá

Desactivan un artefacto en las oficinas de FENSA en Pamplona.
(*Egin,* 20 de diciembre de 1980).
Proponen a Arzallus un debate abierto sobre Lemóniz.
(*ABC,* 30 de diciembre de 1980).

Llegaron las vacaciones de Navidad y la abuela Vica me dijo por teléfono que había mucha nieve en Navaleta. Tenía ganas de ir. Pero el tiempo transcurría con una lentitud desesperante. La última vez había sido especial, con todos nuestros amigos en la casa grande, pero casi no habíamos visto a los abuelos y los echaba de menos. Laura y Jorge se fueron con Isabel, pero Lázaro y mi padre todavía tenían trabajo, así que nosotros tuvimos que esperar unos días, días oscuros, largos días de lluvia y aburrimiento.

Y por fin se animó la casa con los preparativos del viaje. Mi madre empezó con aquel trajín que duraba varios días, y esta vez, de remate, lo llevaron todo a casa de Ana y lo dejaron allí el día anterior, y luego, no sé muy bien cómo, el día del viaje paramos a recogerlo.

—Pasado mañana nos vamos. Qué ganas, ¿verdad?

—Sííí, ¿estará también la tía?

—Claro. Ya he guardado tus juguetes.

—¿En mi maleta violeta?

—Sí.

—Quiero verla, ¿dónde está?

—Ya la verás cuando lleguemos, las maletas ya no las tenemos en casa.

Por la mañana, el día antes del viaje, me desperté con los gritos de Quique. Hacía mucho tiempo que no le oía gritar así. Me levanté y fui hasta la habitación de mis padres. Mi madre estaba sentada en la cama y tenía a Quique en brazos y repetía: «Mi niño bonito, qué te pasa, qué te pasa…». Pasaba algo malo. Ella cogió el teléfono sin dejar de acunar a mi hermano y llamó a Isabel. No debió de encontrarla porque colgó de golpe y exclamó:

—¡Maldita sea! Voy a llamar a David. —Yo no veía a mi madre tan nerviosa desde hacía mucho tiempo.

—¿Qué pasa, mamá?

—Nada, cariño, tranquila. Quique, que no sé qué tiene.

—¿Vamos al médico?

—Sí, pero tengo que conseguir que alguien nos lleve, Isabel no está. Estoy llamando a papá.

Después de varios intentos, alguien descolgó del otro lado.

—Buenos días, María, soy Carmen, ¿puedo hablar con David? Es urgente.

—…

—De acuerdo, gracias.

Quique había dejado de gritar, pero seguía llorando bajito, y temblaba.

—¿Era papá?

—No, bonita, papá no podía ponerse, pero le darán mi mensaje… Creo que voy a llamar a un taxi y nos vamos los tres. Venga, te acompaño a vestirte.

Se levantó con Quique en brazos y fuimos hacia mi cuarto. Pero sonó el teléfono y ella se dio la vuelta corriendo y lo cogió a la primera.

—¿Sí?

—…

—Hola, Jon. Sí, es que necesitaba localizarle, tengo a Quique muy malo y se me complica la vida con todos fuera y yo aquí sola con los niños. Bueno, y también que me he puesto un poco nerviosa, pero ya está, voy a coger un taxi y me los llevo a los dos.

—...

—No, hombre, ¿cómo vas a hacer eso?

—...

—Sí, a la entrada desde Bilbao, la llamo y le digo que vas a buscarla. Muchísimas gracias, de verdad.

Cogí el despertador de la mesilla de mi padre y me quedé mirando la aguja que se movía rápido.

—Ángela, va a venir Jon a llevarnos al médico. Traerá a Maika para que se quede contigo, ¿vale?

—¿Y papá?

—Papá está trabajando metido en un sitio del que no puede salir.

—Jon es muy bueno.

—No lo sabes bien, preciosa.

Me vestí y fui a sentarme al lado de mi madre en la cama. Esa vez no se le agotaba la paciencia, estuvo acunando y tratando de consolar a Quique hasta que sonó el telefonillo. No hubo palabras mágicas ni *toc toc* en la puerta de casa.

—Gracias, Jon. Vámonos.

—Hola, preciosa, volvemos pronto, pórtate bien, ¿vale?

No quise jugar con Maika ni quise jugar a nada yo sola. Me quedé en mi cuarto sentada en la cama mucho rato.

—Ángela, ven, que te pongo la comida.

—No quiero, quiero comer con mamá y con Quique.

—Esperamos un poco y, si no llegan, comemos, ¿vale? ¿Quieres ver la tele?

—No.

Al final comimos las dos en la cocina, pero yo casi ni toqué el plato. Estaba ya oscuro cuando volvieron, y con mi madre, Jon y Quique, venía también mi padre. Cuando los vi, me eché a llorar desconsolada.

—Pero, cariño, ¿qué te pasa?

No podía contestar, solo quería seguir mucho rato entre los brazos de mi padre y escuchar sus voces a mi alrededor.

—Pequeña, tranquila, está todo bien, Quique está bien.

Mi padre traía muchas cosas en la mano y las había dejado en el suelo para abrazarme. Cuando me tranquilicé un poco, me soltó y Jon me cogió en brazos y me llevó al salón.

—Qué mal rato, David, menos mal que ha podido venir Jon.

—Estaba en el recinto de contención y ahí no se nos puede localizar.

—Ya, me lo ha explicado antes Jon.

—Muchas gracias por hacerte cargo, no puedes ser mejor amigo.

Mi madre se quitó el abrigo y abrazó a Jon.

—No sabes cuánto te lo agradezco.

—Lo importante es que hemos llegado a tiempo —le dijo él en voz baja y sin soltarse de su abrazo.

—El médico es bueno, y de lo otro mejor ni hablamos.

—¿De qué otro?

—Luego te lo cuento, Jon tiene que irse a casa ya. Lucía le estará esperando desde hace rato.

—Sí, me voy. Vosotros id con cuidado mañana, ¿vale? Nos vemos en Reyes.

Se agachó y me dio un beso, y yo le coloqué las gafas, que se le habían deslizado como siempre hasta la puntita de la nariz. Cuando se fue, me senté al ladito de Quique en el sofá. Mi madre lo había colocado allí al llegar, estaba dormido y no parecía que le doliera nada.

—Ay, David, de verdad, qué miedo he pasado.

—Bueno, el niño está bien, eso te han dicho, ¿no?

—Sí, va a tener que tomar medicación una temporada, luego te cuento con detalle, pero, en cualquier caso, está fuera de peligro. Si no es por ese médico, hoy nuestro hijo no vuelve a casa.

—Y eso otro que decíais, ¿qué era?

—«Hoy hemos salvado a tu hijo, pero a ver quién salva a tu marido...». Eso me ha dicho, David, y Jon también lo ha oído. —Mi padre se quedó callado y ella volvió a hablar—: Pero ese hombre hoy ha salvado a mi hijo. Es todo muy confuso, David, muy confuso.

—Voy a ducharme, estoy agotado.

—¿Quieres que te prepare algo de cenar?

—No, no tengo hambre.

Mi madre llevó a Quique a su cuna y me preparó a mí una tortilla francesa. Mientras me la comía, mi padre entró, ya con el pijama puesto, y le dio a mi madre un sobre grande.

—Toma, lee esto, pero tranquila, ¿vale, Carmen?

—¿Qué es?

Ella sacó unas hojas del sobre, dejó el sobre encima de la mesa y se puso a leer. Leía y leía tan concentrada que no se dio cuenta de que yo ya había terminado de cenar y me había quedado mirándola. Después, se puso de pie, tiró las hojas sobre la mesa y se fue a su dormitorio sin decir nada. Aunque cerró la puerta, la escuché llorar.

—¿Qué le pasa a mamá?

No hubo respuesta.

44
UN SUEÑO

San Sebastián: explosión en las oficinas de Iberduero. Cuantiosos desperfectos en edificios colindantes.
(*El Correo,* 20 de enero de 1981).
Nuevo atentado contra Iberduero en el País Vasco. Dificultades para mantener el servicio eléctrico.
(*El País,* 23 de enero de 1981).
Iberduero: cientos de millones en pérdidas y tres víctimas mortales por atentados desde 1977: «El verdadero perjudicado es la sociedad vasca».
(*Hoja del Lunes,* 26 de enero de 1981).

En Navaleta esa Navidad mi padre reapareció. Disfruté como siempre de la compañía del abuelo Santiago y de Vica, y pude jugar con María a sus juegos montaraces de niña de campo, lanzar bolas de nieve y perderme por los pasillos forrados de libros de la casa del fraile Ángel. Pero sobre todo recuerdo de aquellas vacaciones las sonrisas de mi padre al sol de las mañanas frías frente a la casa y las largas conversaciones con él por las tardes, al calor del brasero.

—Papá, aquí María y yo podemos jugar fuera solas. En Zilgora no, ¿por qué?

—Porque este es un pueblo muy pequeño, Ángela. Zilgora es más grande y hay que tener más cuidado.

—¿Por eso nosotros tenemos tantas llaves en la puerta y la abuela no?

—Sí, por seguridad, para que no entren los ladrones.

—Ah, claro, por eso Vica deja siempre la puerta abierta, porque aquí no hay ladrones.

—Eso es, preciosa, eres una niña lista tú, ¿eh? Siempre lo entiendes todo a la primera.

—Y mira mi dibujo, papá, ¿te gusta?

En la mesa del brasero mi abuelo dejaba siempre un montoncito de papeles para pintar. Cortaba por la mitad las hojas que estaban escritas por una cara, y que ya no servían, y las colocaba en esos montoncitos con la cara blanca hacia arriba. Me gustaban los bordes rugosos de esos papelitos, y me gustaba mucho gastar las puntas de los lápices para ver cómo él los afilaba con un cuchillo de la cocina.

—Me encanta. Es una cometa, ¿no? —me preguntó.

—Sí. Hace mucho que no vamos a volar cometas. Cuando volvamos, ¿podemos ir?

—Bueno, cuando se acabe el invierno, Ángela, ahora con la lluvia no se puede estar en la playa, y además, si se mojan, las cometas no vuelan... ¿Por qué no pintas esto de rosa? Con el morado te va a quedar muy bonito.

—Vale.

—Yo te ayudo, ¿quieres? Mira, pongo este papel aquí para que no te salgas.

Durante un rato nos quedamos callados, concentrados en la labor de pintar de rosa un triángulo sin salirse de los bordes.

—Papá, en casa a veces mi corazón hace *bum bum* muy fuerte, aquí no.

—Cuidado, Ángela, que luego los lápices de colores se borran fatal...

—No me gusta que mi corazón haga *bum bum,* papá.

—Pero te gusta vivir en Zilgora, ¿no? A mí me gusta mucho nuestra casa, y vivir junto a la playa al lado de nuestros amigos.

—Sí, a mí también. Pero a veces no estoy contenta... Y no quiero que mamá llore. Nosotros no hacemos nada malo, ¿verdad?

—Claro que no, cariño. Anda, vamos a salir a buscar al abuelo y a ver si cenamos, que me está entrando hambre, ¿a ti no?

Igual que a la ida, hicimos el viaje de regreso de noche. Mi padre prefería conducir de noche, y decían que además así Quique y yo hacíamos el viaje dormidos y se nos pasaba rápido. Pero yo ya no podía dormir porque ahora, desde que la tapa para el agujero de la gasolina tenía candado, por algún motivo había que parar muchas veces. Me despertaba y, cuando el coche volvía a arrancar, me quedaba mirando la oscuridad por la ventanilla y mi reflejo en el cristal, escuchando el murmullo de la conversación de mis padres o el runrún del motor hasta que de nuevo conciliaba el sueño. Quique no, él dormía todo el camino. Me gustaba quedarme mirando su perfil en el interior negro del coche.

—¿No es suficiente con llenarlo cuando estemos llegando a casa?

—Prefiero ser metódico. En el manual dice que debe estar siempre lleno. Y Rafael nos lo dijo también. Ya sabes cómo es la cosa, algunas de las recomendaciones a mí también me parecen excesivas, pero ellos son los que saben de esto…

—Como en la guerra: la defensa altera las costumbres de la gente. Mi madre estos días me ha hablado de la guerra, dice que todo pasará, lo mismo que pasó aquello, y dice también que igual somos unos exagerados, que entonces sí que hubo muertos y destrozo. Pero ya la has visto, también se ofrece para lo que necesitemos. Cuando veo a Ángela en Navaleta me pregunto si no sería mejor para ella quedarse allí. Solo que es imposible: yo no puedo separarme de ella ni de Quique, y él necesita seguir con el tratamiento en Bilbao, y además, no puedo ni concebir separarnos de ti…

—Claro que no, Carmen, no saquemos las cosas de quicio.

—Tienes razón, perdona… Me agobio pensando en volver a la rutina después de estos días de vacaciones. ¡Menos mal que existen las vacaciones!

Por la noche no ponían música ni encendían la radio, y los silencios pautados por el sonido del motor eran arrulladores.

—¿Al final hubo acampada en la central?

—No sé…, pero vamos a disfrutar de estos últimos kilómetros, ¿quieres? Mañana será otro día.

Cuando me desperté entraba luz por debajo de la persiana. Pensé en mi ventana de casa de los abuelos. La casa estaba en silencio. Solo se escuchaba el sonido de la lluvia contra las persianas. Quique estaba dormido en su cuna.

Me noté el pijama mojado, pero yo ya no me hacía pis encima, y además, lo que tenía mojado era el pecho y el cuello. Me levanté sin hacer ruido. El pasillo se me hizo largo, pero el olor a café, el olor de las mañanas, me acompañó hasta la cocina.

—Hola, preciosa, buenos días.

—¿Y papá?

—En el despacho, trabajando.

—¿Puedo ir a decirle buenos días?

—Claro, ve —me dijo mi madre mientras me apartaba el pelo de la frente y me daba un beso.

La puerta del cuarto de los deberes de papá estaba entornada. La abrí un poco más, lo justo para entrar, muy despacito, y me puse al lado de mi padre, que estaba leyendo un montón de papeles y tomando notas. Hice sonar mi cascabel para que me prestara atención.

—Papá, estoy mojada.

—¿Y eso? ¿Qué ha pasado, pequeñaja?

—No sé, pero no es pis.

—Déjame ver… Es sudor, preciosa, ¿has pasado calor?

—He soñado un cuento.

—¿Un cuento?

—Sí, era como un cuento, pero de miedo.

—¿Me lo quieres contar?

—Íbamos corriendo por una calle, nos seguían unos señores. Estaba con Laura, con Silvia y con Iñaki, y ellos nos ayudaban a Laura, a Gonzalo y a mí a correr más rápido, pero yo estaba muy cansada.

—¿Y adónde ibais?

—Al final de la calle estaba Andrea. Ella no se podía mover, pero nos llamaba.

—¿Y quién os perseguía?

—Dos señores, y, aunque no se los veía, yo sabía que detrás venían muchos más. Y cuando casi estábamos llegando con Andrea, aparecía una serpiente muy grande que intentaba tirarnos al suelo. Laura decía que era la serpiente que había visto en las paredes.

—¿La que visteis con Silvia?

—Sí, y yo la vi también en la carta que hizo llorar a mamá.

—¿Y cómo terminaba el sueño?

—Iñaki y Silvia daban un salto y conseguían llegar hasta Andrea, pero Gonzalo, Laura y yo nos quedábamos detrás y la serpiente se enroscaba para atraparnos. Tuve miedo. Pero luego llegó una cometa con ojos, que podía moverse sola por el cielo, y con su cordón enredó a la serpiente y se la llevó volando.

—¿Y ya?

—Sí, me desperté, pero no estaba asustada. La cometa nos había salvado.

—Bueno, entonces has soñado un cuento de miedo con final feliz. Y, de todas formas, los sueños no son reales, no hay que tener miedo de las cosas que soñamos. Pero tú cuéntanos siempre cualquier cosa que te preocupe, ¿vale?

—Vale.

—Ven, que te quito esto, que estás empapada, y dile a mamá que te dé ropa limpia.

Mi madre me acompañó a vestirme. Cuando entramos en el cuarto, Quique estaba sentado en la cuna mirando alrededor con cara de sueño. Yo miré mi cascabel, que seguía en mi muñeca; se me había olvidado tocarlo en el sueño.

—Mamá, ¿este año vamos a ir a ver a los Reyes?

—Tenemos un plan aún mejor. Este año los Reyes tienen mucho trabajo, y además no para de llover, así que les han pedido a vuestros papás que los sustituyan. Iremos a casa de Jon, se disfrazarán y haremos una cabalgata solo para nosotros.

Eso me sonó muy raro, pero al final resultó ser divertidísimo. Fuimos con Laura y con Jorge a merendar a casa de Gonzalo, y también fueron Silvia e Iñaki. Aarón, Jon y Lázaro se disfrazaron de Reyes Magos y lanzaron caramelos por todo el salón. Nuestras madres no paraban de reírse. Ana había hecho un roscón de Reyes y nos dijo que dentro, en algún lugar, había escondido una sorpresa.

—Toma, David, come un poquito.

—No, gracias, Ana, no tengo hambre. Prefiero tomar solo el café.

—Venga, hombre, solo un poquito, si tú luego lo quemas enseguida con todo el ejercicio que haces.

—No te creas, ya no salgo a correr, solo no puedo ir y, aunque Lázaro quisiera animarse algún día..., casi prefiero no hacerlo. Así que nada de dulces.

Yo repetí tres veces: la segunda porque el roscón de Ana verdaderamente estaba delicioso, y la tercera porque quería que saliera de una vez la sorpresa. Pero no salió, y al despedirnos Iñaki me dijo al oído que en su casa el día de Reyes siempre se desayunaba roscón, y que si le salía la sorpresa la guardaría para dármela a mí. Sentí cosquillitas cuando me dijo eso.

Tardamos una eternidad en volver a casa. Yo quería reconocer los caminos, poder hacerme una idea de las distancias, pero cada vez los mayores encontraban una forma nueva de ir entre los dos mismos puntos. Eso me descolocaba, no lograba entender que pudiera haber más de una manera de llegar de un sitio a otro. Pero de alguna forma, como siempre, aparecimos por fin en la esquina de nuestra calle. Mi madre nos metió prisa para bajar, cogió a Quique en brazos y a mí de la mano, y recorrimos los pocos pasos que quedaban hasta el portal mientras mi padre iba a dejar el coche en el garaje.

—Rápido, rápido, que aún tenemos que hacer un montón de cosas.

Yo había dejado mi cuarto ordenado antes de irnos, pero todavía tenía que escoger los zapatos que iba a dejar en el salón y preparar la comida y la bebida para los Reyes y sus camellos.

—Venga, ve a escoger los zapatos, ponte el pijama y lávate las manos. Os caliento una sopita y a la cama rápido, que si no ya sabes...

Ring. Ring. Ring.

—Hola.

—Hola. ¿Ángela? Soy Isabel. ¿Está tu mamá?

—Sí.

—¿Le dices que se ponga?

—Está con Quique en la cocina. Vamos a cenar sopita. Los dos lo mismo.

—¡Qué bien! Ve a buscarla y pregúntale si puede ponerse, anda.

—¿Estás hablando por teléfono, Ángela? —me llegó la voz de mi madre desde la cocina.

—Sí, es Isabel.

—¿Y por qué lo coges? ¿No te hemos dicho mil veces que no lo cojas? —dijo entrando en el salón; pero no tenía cara de enfado, al contrario, sonreía—. Ven, dámelo.

—Es que ha sonado tres veces…

—¿Isabel?

—…

—Todavía no… Espera un momento. Ángela, ve a ver a tu hermano a la cocina, por favor.

Cuando mi padre entró en casa, ella seguía al teléfono con Isabel. Se lavó las manos en la pila, me sirvió un plato de sopa y cogió el cuenquito de Quique que mi madre había dejado apartado en la encimera.

—Papá, ¿por qué hablan por teléfono si acaban de verse?

—Se les habrá olvidado contarse algo.

Casi habíamos terminado cuando mi madre colgó y entró en la cocina.

—¡Pero qué bien comen estos niños! Los Reyes les van a traer cosas bonitas por ser tan buenos…

—¿Isabel qué quería? —le preguntó mi padre.

—Me ha contado que ellos han recibido también una carta. A Lázaro le han dicho que una de vuestras secretarias es la que está pasando información.

—¡¿Y te ha dicho eso por teléfono?!

—No, en casa de Jon. Ahora solo quería saber si lo había hablado ya contigo. David, no decimos nada comprometido por teléfono, hablamos por alusiones, ¿qué te crees?

—Sí, perdona…

—¿Es verdad lo de esa secretaria?

—Eso es una tontería.

—Isabel no dice tonterías.

—Al final, ¿has quedado con ellos para mañana?

—No. Habrá mucha gente y es horrible estar vigilando siempre. Como mucho nos juntamos en casa. El otro día estábamos las dos delante de un escaparate y nos dimos cuenta de que fingíamos estar mirando las cosas de la tienda cuando en realidad estábamos escrutando los reflejos por si había alguien detrás.

—Ya, bueno, lo que queráis…

—David, casi cien muertos este año, ¿sabes qué es eso? Un muerto cada sesenta horas.

45
La noche más extraña

ETA reivindica la «detención» del ingeniero jefe de Lemóniz.
(*Egin,* 30 de enero de 1981).
Secuestrado por ETA-m el ingeniero jefe de Lemóniz a la salida de su trabajo en la central nuclear.
(*Deía,* 30 de enero de 1981).
Suárez dimitió acosado por su propio partido.
(*ABC,* 30 de enero de 1981).

—Es imposible, Isabel, es imposible. He hablado hace un rato con David y me ha contado que Jon acababa de estar en su despacho, que han estado comentando lo de la dimisión de Suárez.

—…

—Que no, que acaban de estar juntos, Jon le ha dicho que si quería le traía a casa, pero David le ha dicho que se quedaba un rato más en la oficina.

—…

—Sí, si eso luego volvemos a hablar. Un beso.

Colgó y enseguida hizo otra llamada.

—David, me ha dicho Isabel que han secuestrado a Jon.

—…

—Sí, eso le he dicho.

—…

—Vale, hasta ahora.

Desde la cama, escuchaba hablar a mi madre. Luego sentí sus pasos hasta el dormitorio. Dio un portazo y escuché sollozos. Primero flojito, pero luego empezó a llorar fuerte, daba golpes contra algo y gritaba: «Jon, Jon, Jon…». Me asusté, nunca la había visto así. Me levanté y fui a su cuarto. Intenté abrir la puerta, pero había echado el pestillo.

—Mamááá, ¿qué pasaaa?

—¡Vete, Ángela, vete a tu cuarto!

Volví a mi cuarto y me quedé abrazada a Gomaespuma debajo de las mantas, llamándola con un hilo de voz. Quique estaba dormido. Quería que viniera papá, mi madre me estaba dando miedo. ¿Estaría malita? Volví a levantarme y me quedé de pie frente a la puerta cerrada. Ahora ella repetía: «¿Por qué? ¿Por qué? ¿Por qué?».

—Mamá, mamá, ¿estás malita?

—Cariño, por favor, no pasa nada, ahora salgo, dame un minuto.

Fue un minuto eterno, o eso me pareció a mí, aunque no tenía un reloj para ver la vuelta completa de la aguja larga. Seguía frente a la puerta, que ahora no dejaba pasar ningún sonido, cuando me sobresaltó el timbre del telefonillo. Mi madre descorrió el cerrojo y por fin salió. Tenía la cara hinchada. Me dedicó una sonrisa de las que se hacen con los labios sin que los ojos se den por enterados y fue hacia la entrada.

—¿Quién es?

—…

—Sube.

Toc, toc.

—¿Y los niños?

—Están con Maika.

Isabel y mi madre se abrazaron, las dos lloraban, se decían cosas al oído, pensé que mi madre se habría caído al suelo si no hubiera podido sujetarse de ese abrazo.

—Una llamada anónima, Carmen, dicen que tienen a Jon. Tenemos que irnos.

—David está en camino, hemos hablado por teléfono, estará a punto de llegar.

Entonces mi padre abrió la puerta con sus llaves.

—¡David! —Mi madre se le echó al cuello y él dejó caer su maletín y el abrigo que traía en la mano y se quedó petrificado, con los brazos tiesos a los lados del cuerpo—. Dime que no es verdad, dime que no es verdad… —repetía mientras le daba golpes en el pecho.

Quique se despertó y llamó a mamá, pero ella no le hizo caso, así que se echó a llorar. Miré la cara de mi padre: lloraba sin lágrimas, no parecía él. De pronto, reaccionó y sujetó fuerte a mi madre con las dos manos, como para que dejara de golpearle.

—Tranquila, Carmen, tranquila. Le van a soltar, no pueden hacer otra cosa. He hablado con Aarón desde el trabajo. Nos esperan. Prepara a los niños, ¿de acuerdo? Isabel, tú recoge a tus hijos y nos vemos allí. Lázaro está en Bilbao.

Algo malo estaba pasando, pero ¿qué?

—Ven, vamos a vestirte y a preparar a Quique, pobrecito, mira cómo llora.

—¿Por qué? ¿Adónde vamos?

—A casa de Silvia.

—¿De noche?

—Sí, Ángela, de noche, y no hagas más preguntas, por favor, hoy no.

En el coche, camino a casa de Silvia, mis padres hablaban como si nosotros no estuviéramos delante. No entendía nada de lo que decían, pero ni se me ocurría abrir la boca para preguntar. A lo mejor Silvia podía explicarme algo cuando llegáramos.

—Le estaban esperando a la salida, en la carretera hacia su casa. No sé ni cómo he podido llegar hasta aquí. En el coche puse la radio y ya estaban empezando a dar la noticia. Aunque es todo muy confuso, no sé… Parece que los de *Egin* han llamado a Lucía, le preguntaron si Jon estaba en casa, y cuando ella contestó que no, le dijeron que ETA asume la responsabilidad de su «detención». Pero Aarón dice que las condiciones que pondrán para liberarlo serán imposibles…

—¿Y qué condiciones son esas, David? ¿Tú lo sabes?

—No tengo ni idea. Pero puedo imaginármelo. A ver qué nos dice Aarón ahora.

Papá aparcó enfrente de la casa de Silvia, e Isabel, que llegó justo después, dejó su coche al lado, en doble fila. Laura llevaba su muñeco bebé y venía con el anorak encima del pijama, medio dormida. Llamaron al telefonillo y el portal se abrió sin mediar palabras.

—Hola, Ángela. ¿Has visto? Vengo en pijama.

—Sí, y yo con las zapatillas de estar en casa, pero creo que no se han dado cuenta.

—¿Tu mamá llora?

—Sí, y mi papá también, aunque sin lágrimas.

—Mi mamá llora todo el rato. ¿Tú sabes por qué lloran?

—No.

—Yo tampoco.

Ana nos esperaba en la puerta. Mi madre, Isabel y ella se dieron un abrazo largo en la entrada. Otra vez me pareció que mi madre iba a caerse, le temblaban las piernas.

—¿Dónde está Aarón? —preguntó mi padre.

—Ha ido a casa de Jon. Ha hablado con Lucía. Estamos todos yendo para allí.

—¿Se sabe algo más?

—No. El último que le vio fuiste tú, David, ¿no?

—Sí, eso creo.

—A lo mejor tienes que declarar. ¿No viste nada raro al irte?

—No, yo qué sé, lo de siempre. Cuando recibí la llamada de Carmen ya no quedaba nadie en la central. Había estado con él y le dije que no, que no podía ser. Si os digo la verdad, estaba tan impresionado, tan confuso, que era imposible que me diera cuenta de nada.

Seguíamos todos en la entrada. Ana gritó:

—¡Silvia, Iñaki, venid!

Vi salir a Silvia de su habitación, estaba muy seria y también parecía que había estado llorando. Me miró y me acarició el pelo, sin que cambiara la expresión dura de su cara. Iñaki venía detrás y ni nos miró.

—Nos vamos. Los dos pequeños vienen dormidos, los hemos dejado en mi habitación. Con un poco de suerte habremos vuelto antes de que se despierten, al menos alguno de nosotros. Y estas dos niñas, a la cama, que no son horas. Llamadnos a casa de Jon solo si es imprescindible.

—Vale —le contestó Silvia a su madre, y a mí me pareció admirable que dijera «vale» con todo lo que acababa de decirle.

—Iñaki, tú estás al cargo, ¿de acuerdo? Te decimos algo por teléfono en cuanto podamos. Tres llamadas.

—Sí.

Los mayores se fueron. Mi padre no se despidió de mí, ni me miró. Mi madre sí me miró, con un gesto de dolor que me ha costado años poder recordar sin que se me salten las lágrimas. Puedo imaginarme ahora que Laura y yo nos quedaríamos estupefactas mirando a Silvia y a Iñaki con caras de desamparo. Iñaki cogió los trastos de nuestros hermanos, y yo pensé que si Quique se hacía caca yo misma podría cambiarle el pañal, no creía que Iñaki supiera hacerlo, ni Silvia tampoco, al menos yo nunca les había visto hacerlo.

—Ángela, Laura, venid, vamos al salón —nos dijo Silvia con una voz que sonaba a cristal—, ¿o preferís ir a dormir directamente?

—No sé —dijo Laura.

Solo dijo eso, «no sé», y yo no sabía qué decir. Toqué mi cascabel.

—¿Tienes miedo?

—No sé —dije yo también, sin darme cuenta de que repetía las palabras de Laura.

—Venga, quitaos el anorak y vamos al salón, os voy a leer cuentos de cuando yo era pequeña, ¿queréis? —La voz de Silvia por fin era la voz de Silvia, sentí como si se destensaran un poco las cuerdas dentro de mí.

—Sí.

Eran cuentos de aventuras, con princesas, brujas, dragones, enanitos y osos parlanchines. Yo algunos los conocía. Un libro muy gordo con un dibujo grande para cada cuento, que Iñaki nos enseñaba y comentaba cuando Silvia terminaba de leer. Laura y yo no interrumpíamos, apenas contestábamos si Iñaki nos preguntaba algo, pero poco a poco sentí que iba entrando en los cuentos. El zapato de Cenicienta en la voz de Silvia se me mezcló con un sueño y dejé de escuchar...

Me desperté con la voz de mi madre y el llanto de Quique. Antes de abrir los ojos pensé que estábamos en casa, pero no, seguíamos en el sofá de casa de Silvia. Era de día y Laura seguía durmiendo a mi lado. La puerta del salón estaba abierta. Mi madre e Isabel estaban en la entrada hablando con Iñaki y con Silvia. Mi madre llevaba a Quique en brazos y Ana se acercaba por el pasillo con Jorge de la mano. Sonaban las voces de la radio.

—... lo siento mucho, de verdad, estaréis agotados —estaba diciendo mamá.

—No te preocupes, Carmen, en serio. Me gustan los niños hasta cuando lloran, o aún más cuando lloran.

—Algún día serás una madre fantástica. —Mamá vino a buscarme—. Ángela, ¿estás despierta?

Me asusté al verla de cerca. Estaba fea, despeinada, con los labios pálidos y ojeras.

—Sí, mamá.

—Pues venga, levanta, que nos vamos. Laura... —dijo, tocándole un hombro para despertarla.

—¿A la *ikastola?*

—No, a casa.

—¿Dónde está papá?

No me contestó. Isabel y mi madre hablaron muy poco con nosotras ese día. Estuvimos juntas en mi casa hasta que llegaron mi padre y Lázaro, ya muy tarde. De comer hubo macarrones, que se comían solo los días especiales, pero comimos solas en la cocina mientras Isabel y mi madre veían la tele en el salón. Luego nos mandaron a nosotras al salón y ellas se quedaron en la cocina con la radio. Tenían también los periódicos, que ya era tan raro ver por la casa. Isabel nos puso la tele.

—¿Qué es esto?

—*Los Waltons,* os va a encantar, es de una familia con muchos hijos.

—Pero es de mayores.

—No, ya veréis, y luego creo que viene *El libro gordo de Petete.* Y si no queréis ver la tele podéis traeros las pinturas o ir a jugar al cuarto, lo que queráis... Estamos en la cocina con vuestros hermanos, tenemos que hablar de unas cosas, ¿vais a portaros bien?

No me gustaron *Los Waltons,* no entendí casi nada, y cuando terminó *Petete* nos trajimos las pinturas y estuvimos dibujando sin cuidado de no salirnos del papel. Hicimos rayajos de colores en la mesa, y Laura estuvo sacando punta de todos los lápices y tirando las virutas al suelo. Yo fui a por el armario de la Nancy y desparramé sus vestidos por el sofá. Era consciente de que no nos estábamos portando demasiado bien...

Isabel había cerrado la puerta de la cocina al entrar, y a partir de un momento empecé a mirar la puerta cerrada con aprensión, temiéndome lo que pasaría cuando mi madre saliera de la cocina y viera el desaguisado. Pero antes de que se abriera aquella puerta, mi padre entró en casa con su llave, sin palabras mágicas ni nada. Tenía la cara gris, y Lázaro, que venía con él, también.

—Ángela, ¿dónde está mamá?

—¡Papááá!

Me abrazó sin agacharse, y con el mismo tono volvió a decir:

—¿Dónde está mamá?

—En la cocina.

Lázaro y él se metieron en la cocina y volvieron a cerrar la puerta. Pero de todas formas pude oír los sollozos de mi madre, que repetía: «David, David, David...».

Nadie me regañó por lo de la mesa ni me pidieron que recogiera los vestidos de la Nancy. Cuando Laura se fue, cené sin hambre y me mandaron a la cama sin sueño.

46
Es complicado

Ofensiva terrorista contra Iberduero. ETA exige la destrucción de la central de Lemóniz como rescate del ingeniero secuestrado.
(*La Vanguardia,* 31 de enero de 1981).
Unos 1.500 trabajadores de Iberduero se manifestaron contra el secuestro.
(*La Gaceta del Norte,* 31 de enero de 1981).
«No le hagan daño, porque destrozarían un hogar feliz».
(*La Gaceta del Norte,* 31 de enero de 1981).

—Mamá, ¿han secuestrado a Jon?

—¿Quién te ha dicho eso?

—Lo he oído.

—¿Dónde?

—No lo sé. En la tele, creo. Cuando estabais viéndola Isabel y tú mientras nosotras comíamos en la cocina.

—¿Y tú sabes lo que significa secuestrar?

—Sí, me lo explicó papá. Es cuando te quitan la libertad. ¿A Jon le han quitado la libertad?

—Sí.

—¿Por qué?

—Hay gente mala, cariño.

—¿Y por qué quieren quitarle la libertad a él?

—Esa gente mala pide cosas a cambio de devolvérsela.

—Pues que les den lo que piden.

—No se puede, cariño.

—¿Por qué?

—Porque lo que piden es imposible.

—Entonces, ¿por qué piden eso? Que pidan otra cosa.

—Es complicado, pero ya verás cómo al final todo se arregla. Yo te iré contando lo que pasa para que puedas estar tranquila y dejar de escucharnos a los mayores, ¿quieres?

—Sí.

Hablábamos mientras ella terminaba de darle de desayunar a Quique. Yo ya hacía rato que había acabado con mi tazón de galletas con leche.

—¿Vamos a la calle?

—No, nos quedamos en casa, luego vendrá Laura a jugar contigo.

—Quiero salir a la calle, mamá.

—Hoy hace frío, jugáis aquí, ¿vale? Además, yo tengo que hacer limpieza.

A mí no me parecía que la casa estuviera sucia, pero mamá sacó el aspirador y empezó a revolverlo todo. Iba de aquí para allá, se arrodillaba para frotar las juntas de las baldosas, sacó las cosas de los armarios de la cocina y pasó un trapo por dentro y por encima subida en la escalerilla, cambió las sábanas de mi cama y las de la cuna de Quique y puso varias lavadoras. Quique y yo pasábamos de nuestro cuarto al salón y del salón a la cocina obedeciendo sus órdenes. Otra vez el aspirador. Y entonces, aunque lo hizo bajito y el ruido del aspirador era fuerte, la escuché llorar de nuevo, solo un poquito, y enseguida entró con una bayeta y el líquido para los cristales, aparentemente muy concentrada en lo que hacía. Pero mientras pasaba la bayeta se puso a hablar en voz baja.

—¿Qué?

—Nada, Ángela, perdona, hablaba sola.

Hasta entonces yo no sabía que los mayores hablaran solos. Yo sí lo hacía a veces, pero era cuando jugaba a ponerles voces a mis muñecos. Ella hablaba con mi padre aunque él no estuviera, creo, o con Isabel o con la abuela o a lo mejor con Jon, o consigo misma. Volvió a hacerlo varias veces: por su tono supe que no se dirigía a mí y no dije nada.

—Voy a darle de comer a tu hermano —dijo cuando terminó con los cristales del salón.

—¿Cuándo viene papá?

—A comer.

—¿Qué día es hoy?

—Sábado.

—¿Y dónde está?

—Viene a comer, ¿vale?

—Vale.

Estaba en mi cuarto cuando al olor a productos de limpieza se superpuso un agradable olor a comida. Fui a la cocina atraída por ese olor. Tenía hambre.

—Mamá, ¿pongo la mesa?

—Sí, vamos, ayúdame. La ponemos en el salón, para seis. Deben de estar todos a punto de llegar. A ver si puedo dormir a tu hermano antes de que vengan.

Me senté en una silla frente a la mesa del salón, delante de los platos vacíos y los cubiertos sin tocar, echándole miradas al pan. Estaba a punto de echarle mano cuando sonó el telefonillo. Subieron todos juntos, Laura, Jorge, Isabel y también mi padre y Lázaro, que traía palmeras de chocolate para nosotras.

—Para después de comer, ¿vale?

Laura y yo nos sentamos a la mesa y mi madre nos sirvió a nosotras antes.

—Mi mamá ha estado haciendo un montón de rosquillas.

—¿Rosquillas?

—Sí, a lo mejor es que vienen amigos a merendar hoy.

—A lo mejor.

—Tiene toda la cocina llena de rosquillas, yo no tengo hambre, me he comido cuatro, pero ella no se ha dado cuenta.

—Bueno, seguro que si hoy no te lo comes todo no pasa nada.

—¿Tú crees?

—Mi mamá ha hecho limpieza.

Luego se sentaron también los mayores. Se escuchaba el ruido de los cubiertos: nadie hablaba. Cuando terminamos, Isabel nos llevó al salón y otra vez nos puso la tele. Estábamos de suerte…

—Os pongo un rato la tele y os quedáis aquí quietecitas, ¿vale? Luego os traigo las palmeras.

—Mamá, ¿vienen amigos hoy a merendar?

—No.

—¿Y por qué has hecho entonces tantas rosquillas?

—Anda, mirad, *Don Quijote de la Mancha,* os gusta mucho Don Quijote, ¿verdad?

Subió el volumen y se fue. En algún momento escuché que se abría y volvía a cerrarse la puerta de la calle con todos sus cerrojos.

—Creo que nuestros papás se han ido.

—¿Por qué?

—He escuchado la puerta.

—No han venido a decirnos adiós.

—No.

Estábamos con las palmeras y el casete de Parchís cuando sonó tres veces el teléfono y mi madre entró a cogerlo.

—¿Dígame?

—…

—Hola, Alba. Sí, seguimos esperando.

Isabel apagó el aparato de música y se sentó al lado de ella en el sofá.

—…

—Siete días desde las siete cuarenta y cinco de la tarde de antes de ayer.

—…

—No, nosotras no salimos de casa, y las niñas no van a ir al colegio.

—…

—¿Una visita del rey? ¿Pasado mañana? Si viene con él, sería estupendo poder verle, aunque solo fuera un rato.

—...

—Sí, espera, te la paso.

Isabel cogió el teléfono.

—Hola, Alba. Dios mío, ¿qué está pasando? ¿Qué te ha contado Rafael? ¡Y sin presidente en el Gobierno! ¿Tú crees que cumplirán lo que dicen en ese comunicado si no hay concesiones del Gobierno?

—...

—Ya, ya lo sé, perdona, estoy muy nerviosa. Ojalá pudiéramos hablar en persona.

—...

—¿Cuándo?

—...

—Sí, por favor, si viene que nos avise.

—...

—¿Y de lo de Suárez qué sabes?

—...

—Vale. Un abrazo, Alba. Gracias por llamar.

Isabel colgó y mi madre le preguntó ansiosa:

—¿Qué te ha dicho?

—No mucho, solo lo de la visita del rey, que estará pasado mañana en Vitoria. Si Rafa viene con él, hará lo posible por escaparse a vernos.

—Sí, ya me ha dicho. ¿Y de lo de Suárez?

—Rafael le ha contado que los militares se le metían en el despacho, que tenía miedo de sufrir un atentado, parece que en los últimos tiempos hasta iba con pistola, una pistola con una sola bala.

—¡Qué horror! Pero él tendría seguridad, ¿no?

—No lo sé, Carmen, debía de tener muchos frentes abiertos, no se lo estaban poniendo fácil, dicen que el partido no le ha tratado bien.

Le di un codazo a Laura.

—Laura, ya sé por qué ha hecho tantas rosquillas tu mamá.

—¿Por qué?

—Va a venir Andrea, con su papá y los reyes.

—¿Magos?

—No, los otros.

—¿Tu mamá está rara?

—Sí, llora, grita, ayer se quedó dormida en la mesa de la cocina.

—La mía también está rara, hoy se ha olvidado de darme el desayuno.

Queríamos preguntar qué pasaba, pero era como si no nos vieran. Y queríamos salir de casa, nos asfixiábamos. Antes, aunque lloviera, íbamos a jugar, ahora solo se limpiaba, se hacían rosquillas y se veía la tele.

47

SOMOS CINCO AMIGOS DE VERDAD

Forman un comité pro-liberación del ingeniero secuestrado.
(*El Correo,* 1 de febrero de 1981).
El Ejército protege las instalaciones de Iberduero en el País Vasco.
(*El País,* 3 de febrero de 1981).

Sonaba sin parar el telefonillo. Quique empezó a llorar y yo me desperté y me levanté de la cama. A lo mejor era Jon, que venía a casa como la otra vez. Las dos últimas noches había soñado con él. Sueños felices, llenos de árboles y abrazos.

Mi madre esperaba en la entrada junto a la puerta cerrada. Llamaron al timbre. Miró por la mirilla y puso la cadenita antes de abrir.

—Soy yo, Carmen, por Dios, ábreme.

Era Carlos. Hacía mucho tiempo que no le veía.

—¿No está David?

—Se ha ido muy pronto esta mañana, no sé adónde.

—Perdona, ¿te he despertado?

—No, llevo cuatro días sin pegar ojo.

—¿De verdad no sabes dónde está?

—Ya te he dicho que no. ¿Has llamado a Lázaro?

—Sí, acabo de pasar por su casa, él tampoco está, le he dicho a Isabel que venía para acá. Iba a vestir a los niños y se venía ella también.

—¿Y en qué puedo ayudarte yo, Carlos?

—Verás… Estamos organizándonos, se ha creado un comité y he quedado con unos cuantos compañeros para buscar alternativas.

—Sí, algo de eso he oído…

—Hemos intentando juntarnos en la central y en las oficinas, pero es imposible, hay mucha seguridad… Hay que proteger a toda costa las instalaciones porque la oleada de atentados no cede.

—Ya… Oye, y tu mujer ¿dónde está?

—Se ha ido con los niños unos días fuera del País Vasco, a casa de unos amigos, hasta que todo se tranquilice.

—¿Y tú cómo lo llevas?

—Pues mejor. Es raro, pero, ahora que mis sospechas se han confirmado, tengo la cabeza más despejada. Me siento triste y preocupado, pero ahora sé que lo que veía era cierto; nos han estado siguiendo y controlando. El tiempo corre y tenemos que conseguirlo como sea.

—Sí, han liberado a algunas personas en otras ocasiones, ¿no? Estoy segura de que esta vez también lo harán, no puede ser de otra forma.

—Demoler la central no es una opción, eso lo sabemos nosotros y lo saben ellos desde el principio. En nuestra reunión con el Gobierno…

—¿Qué reunión?

—¿No te ha dicho nada David?

—No.

—Pues sí, primero nos sentamos con el presidente de Iberduero y después se organizó una reunión con el Gobierno y con Txiki Benegas.

—¿Y?

—Poca cosa, nada concreto, que están barajando opciones. Por eso nosotros no podemos quedarnos parados, tenemos que hacer todo lo posible… Necesito hablar con David.

—Yo se lo digo en cuanto vuelva, no puedo hacer otra cosa.

—¿Sabes si venía Rafael con el rey a Vitoria?

—Sí, creo que sí.

—A lo mejor han quedado con él.

—Puede ser, no lo sé.

—Carmen, ¿puedo esperarle aquí? Solo en casa me subo por las paredes…

—Pero es que no sé cuándo va a volver, Carlos, ya te lo he dicho.

—Ya…, claro. Bueno, si te parece me quedo hasta que venga Isabel y luego me voy.

—Como quieras. Voy a cambiarme y a vestir a la niña. ¿Le echas un vistazo al pequeño?

—Por supuesto. Ve tranquila.

Mientras mi madre me estaba peinando, volvió a sonar el telefonillo. Carlos pulsó el botón directamente y a ella se le puso cara de fastidio, pero no dijo nada, siguió haciéndome las coletas.

Carlos abrió la puerta de casa también sin esperar a que llamaran dos veces, ni mirar por la mirilla ni nada. Mi madre y yo estábamos detrás, saliendo del baño. Ella también se había recogido el pelo. Casi nunca lo hacía y a mí me gustaba porque se le veía más la cara, aunque aquella cara suya tan rara no era muy agradable de ver… Era Isabel, que venía con Jorge y con Laura.

—Hola, Carlos, ¿alguna novedad?

—No, Carmen tampoco sabe dónde están vuestros maridos.

—Ya te lo había dicho yo.

Laura y yo nos fuimos a mi cuarto. Parecía que los mayores hoy tampoco iban a hacernos demasiado caso.

—Mira, mamá me ha comprado una carpeta para llevar mis dibujos.

—Qué bien, así no se te caen cuando haya que correr.

—Sí, y he metido todos los árboles que hemos pintado estos días. Ayer por la tarde hice más, ¿quieres verlos?

—Bueno…, pero yo lo que quiero es ir al parque, ¿tú no?

—Sí, o a la *ikastola*.

—¿Hoy es día de *ikastola?*

—No lo sé, vamos a preguntar.

Dejó su carpeta nueva abierta encima de mi cama, todavía sin hacer, y nos acercamos a la cocina. Mi madre, Isabel y Carlos hablaban en voz baja: caras largas y ojos tristes.

—Mamá, ¿hoy vamos a la *ikastola?*

—No, cariño, hoy no.

—¿Y cuándo?

—Pronto.

—¿Y Andrea va a venir? —pregunté yo.

—No, ¿por qué iba a venir?

—Ayer oí que su papá iba a venir con el rey.

—No sabemos si Rafael vendrá o no, pero, en cualquier caso, vendría a trabajar. Alba y los niños se quedan en Madrid.

—Ah.

Carlos se despidió y antes de irse nos pidió un beso a Laura y a mí. De nuevo nos quedamos los de siempre entre las cuatro paredes de casa, con todo el día por delante.

—Mamá, ¿podemos ir al parque?

—No, mi vida, hace mucho frío…

—A nosotras no nos importa que haga frío.

—No vamos a ir —zanjó ella.

—No —dijo también Isabel—, pero si queréis podemos cocinar juntas.

—¿Rosquillas? —preguntó Laura.

—No, bonita, rosquillas no, que tenemos todavía un montón. ¿Preparamos un bizcocho de yogur? Hemos pensado que a lo mejor esta tarde os apetece ir un ratito a ver a Gonzalo y a sus hermanos, y si nos sale bien podemos llevárselo.

—¡Sííí!

Ellas prepararon un bizcocho y nosotras otro, más pequeñito, en un molde con forma de corazón. Nos pusimos de rodillas en las banquetas de la cocina, frente a la mesa, y fuimos mezclando los ingredientes que ellas nos daban. Aunque el tono de su conversación era sombrío y el significado incomprensible, me gustó estar ese rato juntas en la cocina, como si todo fuera otra vez normal y no hubiera motivos para preocuparse. Quique y Jorge jugaban en el suelo: ahora se entretenían mucho solos los dos juntos.

—A primera hora, antes de venir, he recibido una de esas llamadas.

—Pero ¿por qué lo coges?

—No me he dado ni cuenta. Estoy con los nervios de punta. Cada vez que suena el teléfono, me abalanzo a cogerlo por si son noticias de Jon.

—¿Y qué te han dicho?

—Que ni mi apellido ni mis ideas van a salvarnos. Que tenemos que irnos, y que esto solo es el principio...

—¿Has podido grabarlo?

—Que va, ni he caído en poner la grabadora... Oye, ¿le has dicho a Carlos que David y Lázaro han ido a Vitoria?

—No, de lo poco que sé cuento la mitad.

—¿Tú crees que podrán ver a Rafael?

—No lo sé, iban a comer en el palacio de Escoriaza, y si no pueden verle allí lo intentarán en Bilbao. Los reyes estarán allí a última hora, creo que duermen en Murúa.

—Ojalá Rafael pueda darles algún contacto, cualquier cosa que abra opciones para la negociación.

—Sí, pero no me da ninguna tranquilidad que estén por Vitoria, ya veremos si se monta lío, la campaña en contra de la visita de los reyes lleva varios días abierta.

—Si son capaces hasta de interrumpir la emisión de la televisión, ¿qué no podrán hacer? ¿Tú llegaste a verlo?

—No, lo escuché en la radio.

—Yo no sé cómo lo llevará Alba... Rafael está en primera línea.

—Pues lo llevará por dentro, como todos nosotros. El miedo se te cuela dentro y ahí se queda agazapado mientras tú haces como si no pasara nada.

Comimos en la cocina y después nos mandaron a echar la siesta. Pero no teníamos sueño, queríamos que se hiciera ya la hora de ir a ver a Gonzalo. Sobre todo Laura, que estaba ilusionada con la idea de enseñarle su carpeta de dibujos. Esos días habíamos pintado muchos árboles porque nos acordábamos de los que plantaba Jon. Nos quedamos hablando en la cama, muy bajito para no despertar a Quique y a Jorge, que dormían juntos en la cuna de mi hermano.

—Mamá me ha dicho que le tratarán bien.

—¿A Jon?

—Sí.

—Pero ¿por qué se lo han llevado? ¿Se llevarán también a nuestros papás?

—Si se llevan a los buenos… Papá me dice que si pienso mucho, mucho en algo con los ojos cerrados, se cumple.

—¿Cerramos los ojos y pedimos que vuelva Jon?

Y con los ojos bien apretados seguíamos las dos cuando Isabel abrió la puerta.

—Arriba, perezosillas, que vamos a llevar esos bizcochos a casa de Gonzalo.

Laura se levantó de un salto, cogió la carpeta de dibujos y salió disparada, y yo detrás, con los zapatos en la mano. Era muy importante que viéramos a Gonzalo cuanto antes: teníamos que contarle que su papá iba a volver, ¡lo habíamos pedido!

Silvia, Iñaki y Ana estaban abajo esperándonos en su coche. Laura y yo nos montamos con ellos. Isabel y mi madre irían en el Dos Caballos con nuestros hermanos. Silvia venía detrás, y cuando nos sentamos nos dio un abrazo largo a las dos juntas. Iñaki iba en el asiento de delante, al lado de su madre, pero se dio la vuelta y nos sonrió. Ana estaba seria, como todos los mayores esos días, pero no parecía que fuera a echarse a llorar a cada momento.

—¿Listos? Nos vamos. Una cosa importante, niñas: cuando lleguemos, tenéis que cuidar mucho de Gonzalo; estará triste, así que pensad en cosas bonitas que podáis decirle, ¿vale? Y si no tiene ganas de hablar ni de jugar, no insistáis.

Quería contarle a Silvia que Laura y yo sabíamos que Jon iba a volver, pero después de las palabras tan serias de Ana, no me atrevía a decir nada. Miraba a Silvia y ella me devolvía la mirada.

—Cascabel, ¿te pasa algo? ¿Por qué me miras así?

—Es que sé una cosa.

—¿Qué cosa?

—Que Jon va a volver, Laura y yo lo hemos pedido con todas nuestras fuerzas.

—Claro que sí, va a volver.

—Pero ¿por qué se lo han llevado, si es bueno?

—Algunas cosas son difíciles de entender. Yo tampoco lo entiendo del todo, ¿sabes? Los mayores a veces parece que viven en el mundo al revés.

—Pero los buenos son buenos, y a los buenos no pueden hacerles cosas malas, ¿no?

—No deberían. Pero parece que aquí a los buenos les hacen daño y los malos hacen creer que son los que tienen razón.

—No lo entiendo.

—Da igual, vosotras no tenéis que preocuparos, hay mucha gente buscándole, seguro que le sueltan y, si no, la Policía, que está para protegernos, le encontrará.

La casa de Gonzalo tenía un jardín precioso: normal, porque era Jon quien cuidaba de ese jardín, y por dentro era también muy grande, con varias plantas y habitaciones espaciosas. Isabel llamó al timbre de la puerta, *ding dong,* y todos nos quedamos en silencio. Laura me cogió de la mano y yo busqué la de Silvia. Entonces la puerta se abrió: era Lucía.

—Pasad.

Tenía los ojos más grandes y más negros de lo que yo los recordaba, el pelo recogido en una coleta, sin horquillas. Se movía despacio, casi no hablaba, y algo extraño le ocurría a los gestos de su cara, estaban como movidos, fuera de lugar. Nos dio un beso y se giró lentamente hacia el interior de la casa. Ana se quedó la última, miró fuera como si faltara alguien y cerró la puerta.

La casa estaba llena de gente.

—Los niños están en el dormitorio de Gonzalo.

Silvia vino con nosotras, subimos al primer piso y abrió la puerta de una de las habitaciones. Dentro estaban Gonzalo y otros niños a los que yo no conocía. Me quedé paralizada, atrapada en la mirada llena de desamparo de Gonzalo. Laura reaccionó:

—Mira, Gonzalo, esto es para ti.

Él cogió la carpeta y la abrió. Todos miraban.

—¿Te gusta?

—Sí.

—¿Y sabes una cosa?

—¿Qué?

—Que tu papá va a volver: Ángela y yo hemos cerrado los ojos y lo hemos pedido con todas nuestras fuerzas.

Gonzalo no dijo nada, pero se le dibujó una sonrisita breve. Silvia me hizo un gesto y nos sentamos con los demás en el suelo.

—¿A qué estáis jugando?

—A detectives.

—¿Y eso cómo es?

—Si averiguamos dónde tienen escondido a mi *aita,* podremos decírselo a la Policía y que vayan a buscarle.

Cuando Gonzalo dijo eso, Silvia se levantó a darle un beso, volvió a sentarse, y dijo:

—Venga, ¿cómo se juega?

—Hay que pensar dónde esconderíamos nosotros cosas valiosas.

Era un juego muy importante. Los mayores hablaban de cosas serias, leían periódicos y escuchaban la radio, iban y venían en los coches por caminos desconocidos..., hacían muchas cosas de significado impreciso. Tal vez todo lo que hacían sirviera para traer a Jon de vuelta. Nosotros, el pequeño mundo de los niños, sentimos con fuerza en ese momento que nuestro juego era importante: si hubiera estado, él habría jugado con nosotros. Además, era un juego de hipótesis que permitía la divagación y el desahogo. Laura, pegadita a Gonzalo, le tiraba de la lengua:

—Nosotras no vamos a la *ikastola,* ¿tú vas al cole?

—Tampoco, el último día que fui *ama* me vino a buscar para ir a la tele.

—¿Y cómo es la tele? Mi papá también ha estado, pero no me ha contado nada. —Gonzalo se quedó mirando a Laura sin contestar, y ella siguió hablando—: A lo mejor tu papá te ha visto y os manda un mensaje diciendo dónde está.

—No sé, cuando *ama* fue a buscarme todo fue muy raro, había mucha gente y luces y ruidos y preguntas. Vienen todo el rato muchos que hacen preguntas. Quiero que mi *aita* vuelva.

—Va a volver.

—*Ama* está muy triste.

Entonces apareció Iñaki en el umbral de la puerta.

—Hay merienda en la cocina para los niños que tengan hambre.

Los otros tres o cuatro niños que había en la habitación cuando entramos salieron corriendo hacia allí, pero Gonzalo se quedó quieto donde estaba, y Laura a su lado. Yo miré a Iñaki, y él entró y se sentó a mi lado en el suelo.

—*Bat, bi, hiru, lau, bost* —contó Laura.

—Sí, cinco —dijo Silvia.

—Cinco, como en la canción de Parchís.

—¿Y cómo es esa canción?

—Es de cinco amigos. Gonzalo, ¿tú te la sabes?

—Un poco.

—Nosotras también un poco, ¿se la enseñamos a Iñaki y a Silvia para cantarla juntos?

—Vale —dijo Gonzalo, y aunque seguía triste, empezó a cantar con Laura y conmigo.

Somos cinco amigos de verdad,
con esta canción para soñar...

—Creo que no era así —dije yo.

—No importa —dijo Silvia—. Me encanta, a ver cómo es la música… Ven, Iñaki, canta tú también, vamos a darnos las manos.

Nos levantamos, nos cogimos de las manos, y repetimos muchas veces el primer verso de la canción, cantando cada vez más alto. Y Gonzalo cantaba también, y sonreía.

—Venga, y ahora sí vamos a ver si nos han dejado algo de merendar, ¿vale? —dijo Iñaki con una sonrisa pero otra vez esa tristeza en los ojos.

—Nosotras hemos preparado un bizcocho, lo traía mamá. Tiene una forma especial —dijo Laura, mirando a Gonzalo con su sonrisita encantadora.

Isabel había guardado nuestro bizcocho en un armario de la cocina. Cuando nos vio pasar por el salón, nos acompañó hasta allí, puso el bizcocho pequeñito con forma de corazón en la mesa, lo cortó en tres trocitos y nos sirvió unos vasos de leche. Iñaki y Silvia se habían quedado en el salón con los mayores.

Pensé que no debía de ser la hora de merendar porque ya era de noche, pero nuestro bizcocho me supo fenomenal y me lo terminé enseguida. Gonzalo también dijo que estaba muy bueno y nos dio las gracias; sin embargo, cuando Isabel y mi madre vinieron a buscarnos para irnos había pasado un buen rato, y me fijé en que casi no lo había probado.

Cuando nos fuimos, dentro y fuera de la casa quedaba todavía mucha gente, y en el jardín nos cruzamos con unos señores de traje que llegaban en ese momento. Íbamos con Isabel y con mi madre, los cuatro apretaditos en la parte de atrás del coche. Silvia e Iñaki se habían quedado un rato más en casa de Gonzalo y luego volverían con Ana. Había empezado a llover con fuerza. Durante todo el camino estuve escuchando el repiqueteo del agua sobre la capota del Dos Caballos. Hablamos poco, pero yo me sentía mucho más tranquila.

Isabel, Laura y Jorge subieron con nosotros a casa.

—Mejor así —dijo mi madre—, prefiero que estemos juntas hasta que lleguen.

Ring. Ring. Ring.

—¿Sí?

—…

—Pero ¿dónde estáis?

—…

—Sí, aquí conmigo, os esperamos aquí.

—…

—Vale, luego nos contáis. Venid con mucho cuidado, por favor.

Mi madre colgó. Isabel se quedó mirándola.

—Nada, que todo bien, están de camino, no sé por dónde, pero todavía tardan un rato. Cuando lleguen nos contarán. ¿Acostamos a los niños?

—¿Nos quedamos a dormir aquí, mamá? —preguntó Laura.

—Un ratito, sí. Luego, cuando venga papá, os llevamos a casa dormidos, ¿vale?

—Vale.

—¿Tenéis hambre?

—Yo no.

—Ni yo.

—Pues pijama, dientes, pis y a la cama —dijo mi madre.

—¿No podemos esperar nosotras también a papá y a Lázaro?

Mi madre miró a Isabel, que asintió con la cabeza.

—Venga, pijama, dientes, pis y os quedáis aquí con nosotras en el sofá hasta que vengan. Pero en cuanto lleguen, les dais un beso y a la cama.

—Vaaale.

Isabel y mi madre fueron a acostar a nuestros hermanos mientras nosotras estábamos en el baño. Después, Laura y yo nos acurrucamos en el sofá y nos taparon con la mantita. Ellas dos se sentaron al lado, y al cabo de un rato yo no sé si estaba dormida o despierta porque oía las voces de mi padre y de Lázaro pero no podía hablar. Luego, enseguida, dejé de escucharlos.

—Vaya día, hemos podido ver a Rafael, pero de qué manera…

—Isabel, tu marido es un valiente.

—No sé si quiero que me lo cuentes…

—Pues lo mismo que el tuyo, Carmen, lo que haga falta.

—Ya, bueno, pero ¿y qué? ¿Habéis visto a Rafael? ¿Cómo estaba la cosa en Vitoria?

—Mucha tensión, lluvia, niebla y esas pintadas por todo el recorrido, «Reyes *kanpora*» por todas partes, presos a la calle y esas cosas… Gritos y consignas a cada paso, y los de HB entonando el *Eusko gudariak*…

—Pero ¿pudisteis hablar con Rafael o no?

—Muy poco, nos ha dicho que él apenas tiene información, pero que sabe que hay varias vías abiertas para mediar, dice que es posible que contacten con nosotros, pero que no podía precisar más.

—¿Y eso qué significa?

—Lo que significa, Isabel. Mañana esperan bastante follón en la Casa de Juntas de Gernika, ya veremos si podemos quedar con él.

—Hoy hemos estado con Lucía. Había muchísima gente. Todo el mundo se está moviendo, y ella sabe lo que estáis intentando hacer por él. Está destrozada, pero también muy agradecida.

—Sí, y parece que ahora un fraile les ha escrito y les ha dicho que puede pasarles contactos útiles. Alguien de la familia está intentando contactar con alguna persona de dentro… Yo qué sé, puede que hasta haya discrepancias dentro de la banda. Han recibido cartas de *abertzales* diciéndoles que no están de acuerdo con lo que está pasando.

—Lo vamos a conseguir, lo conseguiremos sea como sea.

—Carlos ha estado esta mañana aquí. Nos ha dicho que se ha formado un comité con otros compañeros vuestros para lo mismo. No le hemos dicho dónde estabais.

—Mejor. Pero me alegro de que lo de ese comité salga adelante, todos los esfuerzos son pocos. Mañana hablaremos con él.

Me desperté cuando se acabaron las voces. Abrí los ojos un poquito y vi que Laura ya no estaba a mi lado. Mi padre me cogió en brazos, me llevó a la cama y me dio un beso en la frente.

—Angelito, te quiero.

—Y yo a ti, papá. No van a llevarte con Jon, ¿verdad?

—No, cariño, y Jon va a volver con nosotros.

48
La multitud silenciosa

La esposa e hijos del secuestrado encabezarán la manifestación.
(*La Gaceta del Norte,* 5 de febrero de 1981).
ETA anuncia más acciones contra directivos de Iberduero.
(*ABC,* 7 de febrero de 1981).
Protesta contra ETA en Bilbao.
(*La Vanguardia,* 7 de febrero de 1981).

Me desperté emocionada, llena de ilusión: Jon había vuelto. Fui corriendo a la cocina para contárselo a mi madre.

—¡Mamá, mamá, ya está aquí Jon!

—¿Qué dices, cariño?

—Síií, ha venido montado en un avión. En uno muy parecido al que él hizo para mí. El avión aterrizó en el monte, y Jon se bajó y nos abrazó como hace siempre. Estábamos todos allí para recibirlo.

—Cariño…

—Que sí, mamá. Llama a Gonzalo, tenemos que contárselo.

—Ha sido un sueño, Ángela, solo un sueño.

—Que no, mamá, ¡¡¡que no!!!

—Ven aquí, preciosa.

Me sentó encima de sus piernas y me explicó que a veces los sueños parecen reales y que, cuando se desea algo con mucha fuerza, es normal que soñemos con ello.

—Y ahora, vamos, tómate rápido el desayuno, que hoy vamos a llevaros al colegio. Hace un montón que no vais.

Desayuné y me preparé muy rápido, tenía muchas ganas de ver a mis amigos de la *ikastola*. Cuando llegaron Isabel, Laura y Jorge, yo ya estaba lista en la entrada, esperándolos. Isabel se quedó en casa con los pequeños y mi madre nos llevó. Aparcó cerca, no enfrente, pero sí muy cerca.

—Os acompaño dentro, que hemos llegado un poco tarde.

En el pasillo hasta nuestra clase, nos cruzamos con las madres de Irantzu y de Asier. Mamá las saludó, pero ellas bajaron la cabeza y no contestaron.

—Mamá, eso es de mala educación, ¿no?

—No se han dado cuenta, van pensando en sus cosas.

—Pero siempre hay que saludar, ¿no?

—Sí, siempre… Supongo que ni nos han visto.

Tocó a la puerta de la clase y la *irakasle* vino a abrir.

—Buenos días, Begoña. Aquí te traigo a estas dos pequeñitas. Siento que no vengan mucho…, están siendo unos días complicados.

—Lo sé. *Aurrera, neskatilak!*

La clase estaba distinta: había dibujos nuevos en las paredes. Todos se quedaron en silencio, mirándonos como si fuéramos nuevas en el colegio. Al fondo, Asier me miraba muy serio también y, cuando yo le devolví la mirada y le sonreí, él bajó la cabeza.

Mi madre cerró la puerta despacito y nos lanzó un beso por el cristal.

Había palabras nuevas y muchos más números, y ahora yo ya no iba por delante porque, además, hacía mucho que mi padre y yo no jugábamos con el ábaco en casa. En el recreo, al principio, Laura y yo estuvimos solas, pero luego vino Irantzu y se juntó con nosotras. De vuelta en la clase, antes de que sonara la campana, vimos la sonrisa de Isabel detrás del cristal, y me pareció como si acabáramos de ver el beso de despedida de mi madre a través de ese mismo cristal. ¿Ya era la hora de irnos a casa? Begoña abrió la puerta y nosotras nos levantamos sin decir nada.

Isabel venía con Jorge y había traído un coche distinto. Ya ni nos fijábamos en las novedades de cada coche. Nos montábamos sin chistar.

—Vamos a comer prontito, que esta tarde nos vamos a Bilbao.

—¿A *ballet?*

—No, vamos a ir a pedir que liberen a Jon.

Laura y yo nos miramos: ¿adónde había que ir para pedir eso?

Fuimos a casa de Laura, Isabel había dejado hecha la comida, y al ratito llegaron mi madre y Quique. Comimos los cuatro juntos en la cocina, y mi hermano se comió el pescadito y un yogur, como los demás. Ya casi se me había olvidado de que había estado enfermo.

El teléfono no paraba de sonar. Isabel decía unas pocas palabras, «sí», «vale», «allí nos vemos», «adiós», colgaba, y enseguida volvía a sonar y otra vez lo mismo.

Cuando estábamos terminando de comer, llegó Maika.

—¿Maika viene con nosotros, mamá?

—No, vamos a dejar a vuestros hermanos con ella, vosotras os venís —dijo Isabel.

—¿No sería mejor que se quedaran aquí también las niñas?

—Es que la madre de Maika sigue delicada y es posible que tenga que irse para allá con los niños. Irse ella sola con los cuatro es imposible.

—Ah, no sabía que siguiera enferma... Me preocupa meterlas en un sitio con tanta gente, pero así tendrá que ser.

El día estaba gris, más que de costumbre, nos abrigaron mucho y nos pusieron las katiuskas y los chubasqueros. Fuimos en el coche nuevo que había traído Isabel a la *ikastola.*

—Ahí están.

—¡Venga ya!

—Nada, nosotras como si nada. En Bilbao habrá un montón de policía, seguro.

—Hoy nos cambian otra vez el número de teléfono.

—Sí, creo que a nosotros también.

La ciudad estaba atestada de gente, y Laura y yo íbamos pegaditas a las ventanillas, mirándolo todo. Isabel aparcó y nos metieron prisa para salir. Y luego también para correr por las calles sorteando personas.

—¿Adónde vamos?

—De momento a buscar a vuestros padres, hemos quedado con ellos un poco más adelante.

—¿Y dónde hay que ir para pedir que liberen a Jon?

—Ahora vais a verlo, pero, por favor, de la mano todo el rato.

Empezó a llover, mi madre me soltó la mano para abrir el paraguas y en ese mismo momento vi a mi padre y a Lázaro al otro lado de la calle, caminando de un lado a otro de la acera. Salí corriendo.

—¡Papááá, papááá!

Escuché a mi madre gritar mi nombre detrás de mí, pero no me di la vuelta. Mi padre me vio, dio unas zancadas rápidas hacia mí y se agachó en mitad de la calle para recibirme con los brazos abiertos. Entonces miré rápidamente a los lados y me di cuenta de que no había coches, la gente caminaba por la calzada, todos en la misma dirección, como si se hubieran puesto de acuerdo para ir a alguna parte. Le abracé tan fuerte que se levantó conmigo en brazos.

—Papááá.

—Preciosa, ¿cómo estás?

—Te quiero.

—Y yo a ti, cariño.

Luego me puso en el suelo, me colocó la capucha, saludó a mi madre, que ya había llegado a nuestra altura, me dio la mano, y todos juntos echamos a andar en la dirección que llevaba la gente. Íbamos a por Jon.

Cuanto más avanzábamos, más gente había. Algunos llevaban pancartas. Y lo asombroso era que toda esa multitud avanzaba en silencio. Y era un silencio extraño, la presencia de toda esa gente y el sonido de las pisadas y el de la lluvia sobre el mar de paraguas lo hacía más profundo. Me acordé de cuando Jon nos contaba que la lluvia alimentaba las plantas y las hacía crecer.

—Mira, cariño, ¿ves ahí donde está esa pancarta tan grande? —me dijo mi padre aupándome.

—Sí.

—Ahí están Gonzalo, Marcos y su mamá con Fernando.

—¿Podemos ir con ellos?

—No, están con su familia y tienen que ir los primeros. Nosotros los acompañamos desde aquí.

—¿Todos esos señores son de la familia de Jon?

—También hay personas de la empresa donde trabajamos, y gente del Gobierno.

—¿Y qué pone en esa pancarta?

—Piden libertad para Jon.

Me bajó al suelo.

—No veo nada.

—No hace falta que veas nada, solo tenemos que estar aquí, por él y por su familia.

Caminábamos muy despacio, casi no nos movíamos. Detrás venía Laura, a hombros de Lázaro, y mamá e Isabel de la mano. Mamá lloraba, pero mantenía la cabeza muy alta y no hacía ningún gesto. De repente escuché gritos, gente corriendo que venía de alguna parte, se oyó *bum* y sentí miedo. Mi padre me cogió en brazos.

—No pasa nada, tranquila.

Más ruidos, lanzaban cosas por el aire, gritaban palabras que yo no entendía, todo el rato las mismas. Hundí la cabeza en el pecho de mi padre. No quería ver nada, el corazón me iba muy deprisa y me costaba respirar. Pero él me estrechó fuerte, me repetía en bajito: «Todo está bien, todo está bien, mi vida», y poco a poco me relajé en sus brazos, le solté el cuello y dejé que me pusiera en el suelo.

—Ya se han ido. Solo eran unos cuantos que querían molestar, pero ya está, ¿ves? Somos muchos, no pueden hacernos nada.

Ahora la gente no se movía, el silencio era de nuevo estruendoso.

—Está hablando la mamá de Gonzalo, ¿la oyes?

—No.

—En cuanto termine de hablar os vais a casa, estás tiritando.

—¿Y tú?

No me contestó. Miraba hacia donde estaba la pancarta, como todo el mundo. Algunos lloraban, pero también había caras de rabia, y se escuchaba corear la palabra libertad.

—Mira, Carmen, se está acercando gente a besar a Lucía.

—Sí, ¿quiénes son?

—Gente del pueblo, no creo que ella tampoco los conozca, pero es una clara demostración de apoyo espontáneo, la gente del País Vasco expresa también su rechazo a lo que está pasando.

—Sí, pero *ellos* no podían faltar, ni siquiera hoy.

Al cabo de un rato la gente volvió a caminar, ahora ya no iban todos en la misma dirección. Y enseguida se disipó la multitud, como si hubieran buscado en alguna parte refugio de la lluvia. Cuanta menos gente había, más rápido caminábamos, hasta que llegamos al sitio donde Isabel había aparcado.

Isabel se montó en el coche y, desde dentro, abrió las puertas para que subiéramos nosotras.

—Venga, niñas, arriba, que estáis heladitas —dijo mi madre abriendo la puerta de atrás.

—Papá, ¿tú no vienes?

—No, pequeñaja, me quedo con Lázaro; tenemos una cosa que hacer.

—¿Buscar a Jon?

—Eso es.

—Yo quiero que vengas a casa.

Me cogió en brazos y me estrechó con fuerza, y yo me eché a llorar. No quería separarme de él, me ponía muy triste tener que regresar a casa con mi madre, con Quique y sin él. Tenía el presentimiento de que no volvería a verlo, de que le pasaría algo malo. Mi madre me cogió por la cintura y tiró de mí, pero yo seguía llorando, con los brazos agarrotados alrededor del cuello de mi padre. Por fin ella logró cogerme. Me quedé con los brazos estirados en dirección a él, como para tratar de alcanzarlo, y llorando me metieron en el coche.

Al ceder los hipos de mi llanto, en el interior del coche solo había silencio, y en completo silencio íbamos las cuatro cuando, a la entrada de Zilgora, unos señores nos dieron el alto.

—¿Qué pasa? —preguntó Laura.

—Nada, tranquilas, es solo la Guardia Civil, un control.

—¿Un control?

Isabel bajó la ventanilla y le dijeron algo, pero solo pude escucharla a ella:

—Venimos de Bilbao.

Uno de aquellos señores metió la cabeza por la ventanilla, nos miró a Laura y a mí y nos hizo una señal para que siguiéramos.

Al llegar a casa, mi madre me desnudó de arriba abajo, estaba empapada, y me puso el pijama. Después se fue a atender a Quique, que llevaba toda la tarde con Maika. Yo me metí sola en la cama, no quería cenar ni hablar con nadie ni ver nada. Apagué la luz. Enseguida volvió a entrar mi madre, con Quique en brazos.

—Pero, Ángela, ¿no quieres cenar nada?

—No.

Me sorprendió mucho que no me obligara.

—No te duermas, espera un segundito, ahora vuelvo.

Me tapé la cabeza con el embozo de la sábana y, cuando volvió, ella solo levantó un poquito la sábana y me dijo:

—Mira, tengo una cosa importante aquí para que la guardes.

Me asomé un poquito. Llevaba en las manos un pájaro de peluche, un loro verde y amarillo.

—Rafael le ha comprado este loro a Andrea, pero se le ha olvidado en el coche de papá. Así que tienes que cuidarlo muy bien hasta que podamos dárselo. A lo mejor puedes ir un día de estos con papá a enviarlo por correo, ¿no crees? Para que Andrea no tenga que esperar tanto…

Saqué una mano y cogí el peluche. Era suave. Me dormí acariciándolo, convencida por fin de que mi padre iba a volver, porque teníamos que enviarle su loro a Andrea.

49

Cuando el reloj marque las horas

ETA asesinó anoche al ingeniero de Lemóniz.
(*ABC*, 7 de febrero de 1981).
Protesta de un millón de ingenieros europeos.
(*El País,* 7 de febrero de 1981).
Sindicatos y partidos políticos convocan una huelga general y manifestación para mañana.

Al entrar en la cocina por la mañana noté que también a mi madre le habían crecido los ojos, como a Lucía, o quizá era que tenía la cara más fina, afilada y pálida, y sus ojos inmóviles entre los párpados enrojecidos parecían más grandes.

—Hola, mamá.

Pero ella no contestó, como si no me viera ni viera tampoco frente a ella a Quique en su trona, que sostenía el biberón entre sus manitas.

—Vamos a ir a casa de Isabel —dijo por fin.

Se levantó muy despacio y me puso el desayuno.

«La *irakasle* se va a enfadar —pensé—. Y le había dicho a Irantzu que hoy jugaríamos a detectives en el recreo… Pero no».

Antes de salir, fue hacia la mesita del teléfono, descolgó el auricular y lo dejó sobre la mesa. Me extrañó mucho; era la primera vez que la veía hacer eso, pero no dije nada. Cogió su bolso y su abrigo, cogió a mi hermano en brazos y se lo apoyó en la cadera, miró por la mirilla, quitó la cadenita, recogió con la mano libre la bolsa con las cosas de Quique, que había dejado en el suelo, y se la colgó del hombro, y por fin abrió la puerta. Asomó la cabeza, miró escaleras arriba y abajo, me hizo un gesto mínimo con la cabeza para que fuera junto a ella, y bajamos sin hacer ruido las escaleras.

La puerta del portal chirrió más que nunca. Y, como siempre, marcó los dos tiempos de la ceremonia de salida: del silencio y la lentitud, a la carrera en la calle, en este caso hasta el portal de casa de Laura.

—Siempre juntas. —Eran las palabras mágicas entre mi madre e Isabel.

Antes de que abriera la puerta de su casa, en las escaleras, escuché música. Me sorprendió que hubiera música tan alta en casa de Isabel, «música moderna», como decía ella. Y entonces pensé que también hacía mucho que mi padre no ponía sus discos de música clásica en casa.

Cuando abrió la puerta, el volumen era atronador.

—Hola —dijo mi madre sin más, como si no oyera esa música que lo llenaba todo.

Si mi madre actuaba a cámara lenta, Isabel lo hacía a cámara rápida: las dos ausentes, cada una a su manera.

—Pasad, pasad. ¿Qué tal has dormido, Ángela? —Y sin darme tiempo a contestar—: Laura y Jorge están perezosos hoy, ve al cuarto a espabilarlos, anda. ¿Quieres un café, Carmen?

—No, gracias. ¿Puedes bajar un poco eso, por favor?

—*Eso* —dijo ella girando un poco la rueda del volumen, pero solo un poco— es la gran Barbra Streisand, querida. ¿No te parece una canción maravillosa?

Se fue a la cocina y enseguida reapareció con un biberón, empuñándolo como si fuera un micrófono, y se puso a cantar en voz alta, moviéndose lentamente al ritmo de la canción.

And I do anything
To get you into my world…

Yo ya le había visto hacer eso antes, pero nunca de una manera tan exagerada. Aquel día los comportamientos de las personas a mi alrededor tenían todos un signo especial, o quizá sea que después, para siempre, lo que pasó aquel día se me grabó en el recuerdo de forma distinta. Los sucesos ordinarios se tiñeron de excepción y, así, con un color que no les es propio, los conserva mi memoria.

—*Woman in love*... Es tan triste que me pone contenta, me dan ganas de gritar, ¿a vosotras no?

—A mí hoy no, Isabel, la verdad.

—Vale, vale, vamos a probar con otra cosa.

Se quedó al lado del tocadiscos hasta que terminó la canción. Luego quitó el disco y puso otro.

—Robert Palmer, ¿mejor? *Johnny and Mary*...

Johnny's always running around
Trying to find certainty...

Estaba hipnotizada con el espectáculo y me olvidé de mi misión de ir a espabilar a Laura y a Jorge. Mientras Isabel cantaba, biberón en mano, mi madre se sentó en el sofá con Quique en el regazo. Pero enseguida volvió a levantarse y empezó a cantar y a bailar ella también, a un ritmo frenético, sin alegría. Era rarísimo verla hacer eso.

Laura apareció en la puerta del salón y se tapó la cara con la parte de arriba del pijama, como si le diera vergüenza ver a nuestras madres así. Pero yo sabía que no le daba vergüenza, era solo por jugar.

Después llegó nuestro turno. Isabel puso el casete de Enrique y Ana, y mi madre y ella se fueron a la cocina, jadeantes.

—Ángela, ¿qué te pasa?, ¿por qué lloras?

—Me da mucha pena que se vaya la mamá de Cocoguagua.

—Ya, a mí también.

Mi madre vino a darle la vuelta al casete y dejó las pinturas y unos folios encima de la mesa baja en la que Laura estaba terminando de desayunar. De nuevo la lentitud se había adueñado de sus movimientos.

—¿Todavía estás en pijama? —le dijo—. Ven, que te ayudo a vestirte.

Cuando volvieron, yo estaba muy concentrada pintando.

—¿Qué pintas? —preguntó Laura.

—El loro de Andrea. Es un peluche que le ha comprado su papá, pero se le ha olvidado llevárselo, y papá y yo vamos a enviárselo por correo. Mientras, lo tengo en casa. Si luego vamos, te lo enseño. Aunque anoche no le vi y esta mañana tampoco, mi papá va a volver porque es muy importante que le enviemos su loro a Andrea.

—Claro.

—Por eso…

—Hoy no vamos a la *ikastola,* ¿no?

—No. La *irakasle* se va a enfadar.

—Ya…

—¿Crees que podremos bajar al parque?

—No sé, no creo.

Jorge intentó quitarle a Quique la pieza de madera con la que estaba jugando, tiró de ella, se cayó hacia atrás y se dio con la cabeza en el suelo. Isabel entró corriendo. Llevaba un delantal manchado de blanco.

—¿Qué ha pasado? —dijo, agachándose para recoger a Jorge del suelo y consolarlo.

—Ha sido culpa suya —contestó Laura.

—¡No he preguntado de quién ha sido la culpa! —saltó Isabel, muy enfadada de pronto, y enseguida—: Perdóname, Laura, me he puesto nerviosa. Ya está, bonito, ya está…, déjame ver… Pero si no te has hecho nada…

—¿Vamos a bajar hoy al parque? —se atrevió a preguntar Laura.

—No.

—¿Por qué?

—Vamos a esperar a papá y a David.

Otra vez esa palabra: *esperar.* Decían eso todo el tiempo: «Vamos a esperar…», «Hay que esperar…», «Lo importante es esperar…».

Mi madre e Isabel se metieron en la cocina a trajinar, pero casi no hablaban. Pusieron la radio.

Nos aburríamos. Nos tumbamos en el suelo y empezamos a meter las piernas por debajo de los cojines del sofá. Eso no se podía hacer, lo sabíamos, y a lo mejor, precisamente por eso, lo hacíamos, para llamar su atención. Pero su atención, aparentemente, estaba toda en la tarea fundamental de seguir cocinando y cocinando. Ollas en los fogones, montoncitos de verduras picadas encima de la tabla, algo de olor apetecible dentro del horno…, y ellas dos venga a trajinar toda la mañana, mudas, perfectamente compenetradas.

Comimos los seis en el salón. Había platos para mi padre y para Lázaro también, pero ellos no llegaron. Nos mandaron a echar la siesta: no estábamos cansadas, yo creo que nos dormimos de puro aburrimiento. Después, nos arrastramos perezosamente de nuevo hasta el sofá, que Isabel o mi madre habían recogido sin regañarnos.

Toc toc.

Isabel fue a la puerta, miró por la mirilla y quitó la cadenita. Abrió y se abalanzó en brazos de Lázaro.

—Cariño… ¿Dónde habéis estado?

—David está de camino. Tengo buenas noticias.

—Pero ¿dónde habéis estado?

—Da igual… ¿Es que no me has oído? Tengo buenas noticias.

Mi madre y ella se quedaron mirando a Lázaro con los ojos muy abiertos, sin pestañear. A mi madre le temblaban los labios y se frotaba las manos una y otra vez en el delantal. Lázaro, en cambio, parecía firme y sereno.

—Todo está solucionado. No será hoy porque no pueden ceder tan fácil, pero lo soltarán. Dos días más, tal vez, para exprimir nuestra angustia y quedar por encima, como hacen siempre. Solo dos días más.

—¿Por qué lo sabes? ¿Con quién habéis hablado?

Entonces Lázaro se fijó en nosotras, que nos habíamos acercado despacito hasta la puerta del salón.

—Papá… —susurró Laura—. Mañana es el cumpleaños de Fernando, el hermano de Gonzalo. Devolverán a su papá para que esté en la fiesta, ¿verdad?

—Ven aquí, mi niña. —La alzó en el aire con un solo brazo y, con la otra mano, me acarició a mí la cabeza—. ¿Cómo están estas dos princesitas? —Laura le contó lo del loro de Andrea, y yo sonreí en silencio—. Necesito una copa de vino.

—Ay, pues creo que no hay… Dame un minuto que voy a por una botella… Si consigo que me la vendan —terminó Isabel con una sonrisa triste.

Se puso una chamarra encima del delantal y salió a la carrera. Volvió enseguida, traía dos botellas de vino y mi padre venía con ella. Mi madre fue a abrazarlo, pero él solo le dio un beso breve en la mejilla, con los brazos caídos a los lados del cuerpo.

—Pero, David, es muy buena noticia… ¿Qué te pasa? ¿Estás cansado? ¡Qué pregunta!

—Vamos a esperar.

—¿Dónde habéis estado?

—¿Qué hora es?

—Las seis y media, casi.

—Poned la radio.

La hora de *Barrio Sésamo.* Laura y yo nos sabíamos esa hora perfectamente porque siempre nos decían: «Hasta las seis y media no hay tele». Y hubo tele ese día. Nos pusieron *Barrio Sésamo* y, cuando terminó, ellos seguían en la cocina con las voces de la radio, y vimos también *Las aventuras de Guillermo,* que era un poco rollo, pero bueno.

El teléfono sonó y vimos que nuestros padres se quedaron en silencio. Isabel salió corriendo para descolgarlo. Les miró sin decir una palabra y el teléfono se le cayó al suelo.

—¡¡¡Nooo!!! —El grito de mi madre se escuchó en toda la casa.

A Quique, que estaba a mi lado en el sofá, se le arrugó la carita y se echó a llorar. Más gritos, llantos, voces destempladas. Laura y yo, de la mano, fuimos hasta la cocina. Quique y Jorge nos siguieron.

—¿Qué pasa, mamá?

—Dios mío, no puede ser, ¡no puede ser! —repetía Isabel.

Lázaro le dio un puñetazo a la puerta de uno de los armarios altos, tan fuerte que hizo una raja en la madera. Laura se echó a llorar.

—¿Culpable de qué? ¡¿Culpable de qué?! —decía mi padre en voz muy alta, como retando a alguien que no estaba en la habitación.

—¿Le van a matar? ¿Le han matado? ¿Nos lo han quitado? —dijo mi madre, cada vez con menos voz, y se arrodilló en el suelo sujetándose la tripa.

Jon no iba a volver y Fernando no tendría fiesta de cumpleaños. Laura y yo nos quedamos quietas, sentadas en una esquina del salón. Lázaro abrió la puerta y entró Maika. Nuestros padres se fueron sin despedirse.

Solo me di cuenta cuando noté la humedad entre las piernas y me toqué el pantalón: me había hecho pis.

50
El llanto de mi madre

Esposa de un ingeniero murió al conocer la noticia.
(*El País,* 7 de febrero de 1981).
Mañana huelga general en Vizcaya y Guipúzcoa.
(*La Vanguardia,* 8 de febrero de 1981).

Me desperté y me fui hacia la cocina. Maika estaba recogiendo sus cosas para marcharse. Mis padres estaban allí, con tazas de café delante de ellos. Tenían los ojos rojos e hinchados.

—¿Y Laura?

Mamá se levantó con la taza en la mano, fue hasta los fogones y se sirvió otro café. Después se agachó a mi lado, dejó la taza en el suelo, me retiró los rizos de la cara y me dio un beso largo y lento en la mejilla.

—Ángela, seguramente no podrás ver a Laura en una temporada.

—¿Por qué?

—Ha tenido que irse con sus tíos, pero va a volver.

—No me ha dicho adiós.

—No ha podido, todo ha sido muy rápido…

Miré a mi padre, pero él miraba fijamente el fondo de su taza. Me asomé a mirar yo también: estaba vacía.

Entonces, aunque yo no quería, mi cara se arrugó en un mohín de llanto y empezaron a correrme lagrimones por las mejillas.

—Ángela, no llores, mi vida, no llores… Vas a volver a ver a Laura. Solo será un tiempo. Y el tiempo pasa muy rápido, ya verás.

Me acariciaba el pelo mientras me hablaba y con la otra mano me sujetaba fuerte un brazo. Sentía su mano firme abarcando mi brazo entero.

—¿Está enfadada conmigo? —pude decir después de intentarlo unas cuantas veces, embotada de hipo y mocos.

—No, preciosa, ¿cómo se te ocurre? Estará triste de no estar contigo, igual que tú. Laura te quiere mucho. Es solo que sus padres han decidido que se vaya con sus tíos a pasar unos días, como cuando tú estuviste con los abuelos, ¿te acuerdas?

—No voy a poder jugar con nadie… —Hipo, hipo, hipo—. A los otros no les caigo bien.

—¿A qué otros, princesa? ¿A quién no le caes bien tú?

—A los niños de la *ikastola,* y a los del parque… —Y otra vez mi voz quebrada en sollozos.

—Pero, Ángela, eso no es verdad. A los niños de la *ikastola* sí les caes bien, lo que pasa es que nosotros hemos tenido mucho lío y algunos días no has podido ir, por eso los notas raros. Y lo del parque es por este invierno y esta lluvia que parece que no se acaban, pero ya verás cuando llegue la primavera y…

—¿Volaremos cometas cuando llegue la primavera?

—Claro que sí, mi vida, volaremos cometas. Y mientras también está Silvia…

—¿Iremos más a ver a Silvia y a Iñaki?

—Sí, sí, todo lo que quieras.

—¿Y a Gonzalo?

Una mueca de dolor le atravesó el rostro, solo un instante, pero la reconocí perfectamente sin necesidad de ponerle palabras, y después su gesto serio y afectuoso volvió a componerse y me miró con ternura. Pero no contestó.

—Todos estáis muy tristes, papá, y yo también me pongo triste.

—Ven aquí, cariño.

Me cogió en brazos y me llevó al salón. Mi madre vino también con nosotros. Nos sentamos los tres en el sofá. Ellos dos se miraron y fue mi madre quien empezó así:

—¿Sabes qué ha pasado?

—Que Laura se ha ido.

—¿Y qué más?

—Que le ha pasado algo malo a Jon.

—Sí. ¿Sabes qué le ha pasado?

—¿Que no le van a devolver?

—Eso es, ayer le hicieron algo malo y no va a poder volver.

—¿Qué le hicieron?

—Le obligaron a ir al cielo sin que él quisiera.

—¿Por qué?

—Hay personas que intentan conseguir lo que quieren haciéndole daño a la gente.

—Pero ¿por qué a Jon?

—Porque le consideraban su enemigo.

—¿Y entonces qué va a pasar con Gonzalo y con sus hermanos?

—Tienen a su mamá, cariño, pero estarán muy tristes y le echarán mucho de menos, pobrecitos míos. A Gonzalo le diremos que cuente con nosotros para lo que necesite, ¿verdad?

—Sí.

De nuevo se me puso un nudo en la garganta y el llanto se apoderó de mí.

—Nosotros también estamos muy tristes… Puedes llorar todo lo que necesites.

—¿Del cielo se puede volver?

—No, cariño, cuando alguien va al cielo ya no regresa nunca más.

—Pero yo quiero ver a Jon.

—Cuando la gente se va al cielo, aunque no podamos verlos, están con nosotros. Pero es normal que los echemos de menos. ¿Tú qué vas a echar de menos de Jon?

—Sus abrazos, sus historias de plantas, sus gafas…

—Yo te contaré historias de plantas y pensaremos en él... Si quieres podemos plantar un árbol y cuidarlo para que él lo vea desde el cielo, ¿quieres?

—Pero él no estará.

—No estará aquí, pero estará siempre en tu corazón, en el mío, en los corazones de todos los que le hemos querido. Por eso seguirá entre nosotros aunque no podamos verle ni tocarle.

Mi padre permanecía en silencio, con la mirada perdida, ausente pero con un gesto dulce petrificado en el rostro. Creo que las palabras de ella le consolaban también a él.

—Ángela —dijo como si volviera de muy lejos—, cuando alguien se va al cielo, se hace una despedida.

—¿Una despedida?

—Sí, todos los que le quieren se juntan para decirle adiós. Mañana iremos a esa despedida.

—¿Estará Gonzalo allí?

—Sí, y también sus hermanos, y Silvia e Iñaki y Karlitos..., habrá mucha gente porque a Jon le quería mucha gente. Estarán tristes, llorarán, pero es bueno juntarse así para llorar a los que se van. Gonzalo estará todo el tiempo con su familia y a lo mejor no podéis hablar, pero eso no quiere decir que esté enfadado contigo ni nada parecido, ¿vale? Él sabrá que le quieres igual.

—Ma-má, ma-má... ¡ma-má! —Quique había aprendido a decir su primera palabra y ahora, cuando se despertaba, en lugar de llorar llamaba a mamá, primero bajito y después cada vez más alto, como una sirena, hasta que ella iba a sacarle de la cuna.

Mi madre se levantó y volvió con Quique en brazos.

—Para algunas cosas es una suerte ser un pequeñajo como tu hermano y no enterarse de nada, ¿eh, Ángela? —me dijo mi padre mientras alzaba a Quique en sus brazos y después lo estrechaba en un abrazo tan grande que le hizo desaparecer.

—Sí.

—Princesa, ahora yo tengo que irme —me dijo papá—, pero mañana prontito estaré de vuelta e iremos juntos a la despedida de

Jon. Es muy importante que cuides hoy de mamá, que la ayudes con Quique y seas muy obediente, ¿vale? Mamá también está muy triste, lo sabes, ¿verdad? Y a los mayores, cuando estamos tristes, se nos agota antes la paciencia, y nos enfadamos y lloramos como niños... Pero no tengas miedo, bonita mía, mañana temprano estaré aquí y poco a poco todos estaremos mejor, ¿vale? Tú nunca tengas miedo.

Fue un día extraño, tan largo que aún no se ha acabado en mi memoria. Mi madre lloró varias veces, pero lo hizo de manera diferente a las otras que yo la había visto llorar, sin esconderse, y yo no tuve miedo. La primera, lloré con ella; después, simplemente me acercaba y me quedaba a su lado y la tocaba, sin decir nada. Ella entonces me miraba y respondía a mis caricias, sonreía un poquito entre sus lágrimas, se reponía y seguía con lo que estuviera haciendo antes de que el llanto la atrapara.

No salimos de casa. En cada uno de los juegos que intentaba sentía la ausencia de Laura, pero no me aburrí. El ambiente estaba tan tenso, había tanta pena, que se instauró como un estado de excepción, la rutina era la misma y sin embargo no se parecía en nada a la rutina de todos los días anteriores ni a la de todos los que vendrían después.

Por la mañana, mi madre tuvo la radio puesta en la cocina, pero a la hora de comer la apagó y después, durante la siesta y también cuando Quique se despertó y yo le ayudé a salir de la cuna antes de que empezara con su sirena. Reinó un silencio contenido en la casa, hablamos poco y en voz baja, como para no despertar al recuerdo de nuestra pena. El teléfono solo sonó una vez en todo el día, cuando mi madre acababa de dormir a Quique en el cuarto en penumbra y yo me quedé bocarriba en la cama, con los ojos abiertos, sin dormirme ni impacientarme en todo ese rato, quizá lidiando por primera vez con la idea de la muerte.

Enseguida supe que era Isabel quien llamaba. Al principio, cuando descolgó, mi madre solo lloraba, pero esa vez ella no necesitaba que yo fuera a consolarla porque del otro lado estaba Isabel, e Isabel era su Laura. La voz de mi madre me llegaba como un hilito a través del silencio espeso.

—Pero ¿dónde estáis?

—...

—¿Y la casa?

—...

—Sí, hay que irse de aquí, hay que irse... Yo no puedo, Isabel, de verdad que ya no puedo, pero David esta mañana todavía me hablaba del trabajo, de nuestro proyecto y todo eso.

—...

—David también. No sé dónde, ni él lo sabe todavía, pero en casa está claro que no puede quedarse.

—...

—Sí, yo también lo he leído. Amenazan a todos los cuadros superiores y dicen que la ejecución de Jon no es un hecho aislado, sino la apertura de un nuevo frente... Qué locura, Isabel, estamos en una situación terrible y no queremos admitirlo...

—...

—Esa mujer literalmente se ha muerto de miedo, es espantoso.

—...

—No, yo a ella no la conocía, a lo mejor la vi alguna vez pero no la recuerdo. A él sí, estaba el día del caserío, cuando se juntaron todos, pero vino sin su familia. ¿Sabes si tenían hijos?

—...

—Voy a quedarme muy sola sin ti, y David escondido en alguna parte... No voy a poder aguantarlo.

—...

—Están bien, Ángela triste sin Laura, ya te imaginarás.

—...

—Mañana en el funeral... Ay, Isabel, en el funeral, ¿cómo puede ser? Todavía no puedo creer que sea verdad.

La tarde se arrastró lenta y húmeda de lágrimas hasta que llegó la noche. Cenamos sin hambre y nos acostamos agotadas pero sin sueño. Mi madre se tumbó conmigo en mi cama. «Solo un poquito», dijo, pero por la mañana seguía a mi lado, vestida sobre las mantas.

51
Hasta siempre, Jon

La viuda agradece la solidaridad.
(*El País,* 10 de febrero de 1981).
«A mis hijos, como él hubiera querido, les inculcaré el amor que él sentía.»
(*La Vanguardia,* 10 de febrero de 1981).
40.000 personas se manifestaron en Vitoria.
(*El País,* 10 de febrero de 1981).

—¿Y papá?

—Ha ido a buscar a Maika, ahora viene.

—Yo no quiero quedarme con Maika.

—No, bonita, tú te vienes con nosotros, pero Quique tiene que quedarse en casa, él allí no pinta nada.

—¿Allí dónde, mamá?

—En la despedida de Jon, Ángela, te lo contamos ayer, ¿no te acuerdas?

—Sí. ¿Vamos a ir a su casa a despedirnos de él?

—No, es una ceremonia en una iglesia, en Bilbao.

—Ah.

—Venga, te pongo el desayuno y después nos vestimos, ¿vale? Tienes que ir muy guapa para que Jon te vea desde el cielo. Pero iremos vestidas de colores oscuros, ¿sabes?, porque a los funerales la gente va de negro, esa es la costumbre.

—Ah. ¿Qué son los funerales?

—Las despedidas que se les hacen a las personas cuando van al cielo.

—Ah.

Demasiada información para una cabecita tan pequeña. Me encuentro ahora de golpe con mi yo de entonces. Ahora, por fin, tantos años después, al hablar con mi madre y con Isabel de todos esos detalles y volver a ver las fotografías, nuestros álbumes de familia y también todas las fotos de nuestros amigos que se publicaron, y al encontrarme de nuevo con los lugares, al pasear estas calles con los titulares de las noticias de entonces en la cabeza…, ahora todas las piezas encajan y se funden con mis propias impresiones infantiles, poderosas y cargadas de verdad (de mi verdad, al menos) para componer escenas…

—¿Te hago unas trenzas?

—No.

—¿Una coleta?

—No. Quiero llevar el pelo suelto para que Jon vea mis ricitos.

Mi madre sonrió y a la vez se le enturbiaron los ojos de llanto y le cayeron dos grandes lágrimas por las mejillas.

—¿Mamá?

—No te preocupes, mi vida, está todo bien… Es solo que me he acordado mucho de Jon con eso que has dicho, y tienes toda la razón. Mira, voy a ponerte este lazo y te dejo el pelo suelto.

Era un lazo azul oscuro: ¿lo recuerdo? ¿Me lo ha contado mi madre? No salgo en las fotografías de ese día, eso seguro. Pero me veo a mí misma perfectamente con ese lazo oscuro que no había visto nunca antes. Ella se había puesto un vestido negro y se la veía delgadísima y pequeñita, como si fuera una niña, con los ojos enormes y el pelo recogido.

Mi padre llegó con Maika y vino directo al cuarto de baño.

—Cuando estéis listas nos vamos.

—Ya casi, David. Voy un segundo a hablar con Maika y estamos.

—¿Puedo llevar mi pulsera del cascabel?

—Sí, bonita, ve a cogerla.

—La ceremonia empieza a las once, pero hemos quedado allí un poco antes con todos. Vamos en el coche de Lázaro, nos espera en cinco minutos abajo.

—Vale, me doy prisa. Ponle este abrigo a la niña, por favor.

Fue muy raro ir en el coche yo sola con los cuatro mayores. Jorge también se había ido con sus tíos, como Laura. Isabel me contó que ella iría pronto a reunirse con ellos, y me dijo que había hablado con Laura por teléfono y que le había mandado un beso muy grande para mí. Ella también se había puesto un vestido negro que yo no le había visto nunca, y Lázaro y mi padre llevaban sus trajes oscuros de ir a trabajar. Cuando Isabel terminó de hablar conmigo, nadie más volvió a decir nada dentro del coche hasta que llegamos a Bilbao.

—Ahí está Aarón, voy a aparcar un poco más abajo y venimos andando.

En la calle, mi padre me cogió de la mano, echamos a andar y enseguida nos encontramos con Aarón, Ana, Silvia e Iñaki. Mi mano cambió de la de mi padre a la de Silvia, que iba de negro como el resto y tampoco sonreía.

—Iñaki, Silvia y tú sentaos con Ángela cerca de la entrada, si ves que hay demasiada gente o la niña se pone nerviosa, salís y os vais a casa, ¿vale?

—Vale, *aita*.

Era verdad que Jon tenía muchísimos amigos. La iglesia era grande y ya había mucha gente ocupando los bancos cuando entramos, y además no pararon de llegar durante todo el rato que estuvimos sentados en uno de los bancos del final, yo entre Silvia e Iñaki. Después, todo el mundo se puso de pie, se hizo el silencio y alguien empezó a hablar.

—¿Quién está hablando? ¿Qué dice? No veo nada.

—Shhh, Ángela, calladita. Es el cura el que habla, pero no importa que no le entiendas, tú solo estate calladita y piensa en Jon con todas tus fuerzas —me dijo Silvia susurrando.

De pronto la gente miró hacia atrás, todos al mismo tiempo, vi todas esas miradas y me volví yo también. Las puertas de la iglesia se habían abierto y varios hombres entraron con una caja grande, negra y brillante sobre los hombros. Se escucharon llantos. Miré a Silvia: ella también estaba llorando. Iñaki se inclinó hacia mí y me dio un beso.

—Tranquila…

—¿Qué es eso?

—Ahí dentro está el *aita* de Gonzalo.

—Pero mamá me ha dicho que está en el cielo.

—Su cuerpo está dentro de esa caja, pero él está en el cielo… Todo está bien, no te preocupes.

—¿Y Gonzalo?

—Está delante con toda su familia.

Me sentía mal. No tenía ganas de llorar; era peor, como si el llanto se hubiera atascado en mi pecho y no me dejara respirar. Sentía el corazón golpeándome por dentro. Silvia me miró y tocó el cascabel de mi muñeca, con mucho cuidado para que no sonara.

—Vámonos —le dijo a Iñaki—. Enseguida va a empezar a salir todo el mundo y Ángela está muy nerviosa.

La gente empezaba a moverse dentro de la iglesia, algunos se abrazaban y otros seguían llorando mientras avanzaban cabizbajos hacia la entrada. Iñaki nos agarró fuerte a las dos y salimos a la calle. No se podía andar, había muchísimas personas en aquella plaza, gente y más gente vestida de negro, y también hombres de uniforme, muy serios, caminando de dos en dos entre todo el mundo y parados en las esquinas de las calles que daban a la plaza.

—Hola —le dijo a Iñaki una chica que yo no conocía.

—Hola…

—¿No te acuerdas de mí?

—Hum… No, perdona, me suena mucho tu cara, pero ahora mismo…

—Soy Paula, la hija de uno de los trabajadores de Lemóniz que…

—Ah, sí, perdona. Hemos coincidido alguna vez desde entonces… ¿Cómo estás?

—Bien… Bueno, ya sabes. Oye, ¿te importa que hablemos un momento?

—No, claro… Silvia, espérame aquí con Ángela, no os mováis, enseguida vuelvo.

Silvia se agachó a mi lado y nos quedamos paradas al pie de las escaleras de la iglesia.

—¿Ahora sí puedo tocarlo? —señalé al cascabel.

—Sí, claro, tócalo muy fuerte, y respira tranquila, Ángela, en cuanto vuelva Iñaki nos vamos a casa, ¿vale?

De repente empezaron a escucharse aplausos, la gente se volvía a mirar hacia la puerta de la iglesia y aplaudía.

—¿Qué pasa?

—Están sacando el féretro

—¿El qué?

—La caja que viste antes. Por eso aplauden, es la manera de demostrar el cariño y la admiración.

—A Jon le quiere mucha gente.

—Sí, Ángela, mucha gente…

—Pero él no está ahí dentro, ¿no? Jon está en el cielo.

—Sí…

Cuando Iñaki y esa chica alta y delgada volvieron, ella se despidió de nosotras con un gesto y una mirada llorosa y se fue, y nosotros tres echamos a caminar de la mano entre la gente, un poco a empujones al principio, hasta que las calles dejaron de estar abarrotadas y pude soltarme. Me sudaban las manos.

—¿Qué quería?

—No lo sé, hablar. Desde que mataron a su padre ha pasado un calvario. Y ahora con esto de pronto le vuelve todo… Necesitaba hablar, es normal.

—¿El papá de esa chica también está en el cielo? ¿Se lo llevaron también como a Jon?

—Sí, Ángela, a él también —me contestó Silvia.

Y ahora, mientras escribo, recuerdo que fue Isabel quien me contó mucho después la conversación de Iñaki con Paula. Lo terrible que fue para ella, la soledad y el aislamiento de las víctimas. Después de lo de su padre, siguieron acosándolos en el pueblo y hasta hubo un sacerdote que le dijo que la muerte de su padre había sido necesaria, daños colaterales... Su madre se vino abajo, ella era la hermana mayor y acabó haciéndose cargo de sus hermanos y al final también de su propia madre.

—Vamos a buscar un taxi, chicas, ¿me ayudáis? —dijo Iñaki.

En su casa, sentados los tres en aquel sofá grande que yo conocía tan bien, por fin me sentí mejor. De pronto me di cuenta de que tenía mucha hambre y ganas de hacer pis. Silvia me acompañó al baño y cuando volvimos al salón Iñaki había traído una bandeja con fruta, galletas y agua.

—Pero ¿por qué no puede coger un avión y volver del cielo? Eso es lo que yo no entiendo.

—Cuando las personas se mueren, se van para siempre, Ángela. De ese cielo no se puede volver, está muy, muy lejos, más allá del cielo por el que van los aviones —me dijo Iñaki.

—¿Y a nuestros papás se los van a llevar también a ese cielo?

—No, claro que no, eso no va a pasar. ¿Viste los señores que iban de uniforme?

—Sí.

—Pues esos señores están ahí para protegernos, para que no nos pase nada malo.

—Pero a Jon se lo llevaron de todas formas...

—Sí..., a Jon sí.

52
No quiero

Iberduero suspende por el momento la actividad en la obra de Lemóniz.
(*El Correo,* 10 de febrero de 1981).
Huelga general y grandes manifestaciones populares contra el terrorismo de ETA en el País Vasco.
(*El País,* 10 de febrero de 1981).

—Pues ya está. No sé ni lo que he cogido... De todas formas, estaré viniendo para ver a Lázaro y veros a vosotros. Pero la casa se queda cerrada.

—Ay, Isabel, no sabes cuánto voy a echarte de menos.

—Estaremos en contacto por teléfono y te avisaré cada vez que venga. Yo también voy a echarte mucho de menos a ti, *siempre juntas...*

—¿Lo de la casa de tu hermano es definitivo?

—Qué va, estamos improvisando... Lo único que tengo claro es que no podemos seguir aquí. ¿Has visto la nota pública de Lucía?

—No, no me he atrevido... Es muy duro.

—¿Quieres que la leamos juntas? Ella como siempre, el comunicado es impecable, dice justo lo que hay que decir, desde el corazón, con agradecimientos a todos los que la están ayudando y hasta un mensaje de perdón. Ha tenido que resultarle dificilísimo, en medio de tanto dolor...

—Es una mujer admirable.

—¿Lo leemos? ¿Quieres que lo escuche Ángela?

—No sé si entenderá algo.

—Yo creo que sí, si no todo el contenido al menos le llegará el tono… Nuestras hijas han tenido que ver todos esos mensajes de odio, es inevitable, están por todas partes y nos hablan a nosotros…, creo que se merecen ver también los mensajes de paz.

—Era demasiado pronto para tener que enfrentarla a la idea de la muerte…, y de una muerte así, tan injusta y brutal. ¿Tú has hablado con Laura?

—Sí. Esa misma mañana, antes de que se fuera. Tampoco podía hacer otra cosa, lo vieron todo la noche anterior… Y por teléfono sigue preguntándome, le he dicho que hablaremos despacio en cuanto nos veamos. Las preguntas sin respuesta son peores que las respuestas duras, de eso estoy segura.

—Sí, supongo que sí.

Estaba en la puerta de mi cuarto, calladita, escuchando todo lo que decían con mucha atención para entender la mitad, pero sabía perfectamente que hablaban de nosotras, de Laura y de mí, y de la muerte de Jon.

Cuando escuché los pasos de mi madre por el salón hacia el pasillo, me metí rápido en la habitación. Quique se había despertado en ese momento y me puse a hacerle monerías entre los barrotes de la cuna: se reía con cualquier cosa.

—Ángela, ¿quieres…? Vaya, pero si ha amanecido este chiquitín también, buenos días, Quique. —Y lo alzó en brazos—. Ángela, ¿quieres venir con Isabel y conmigo al salón? Vamos a leer una carta de Lucía, ha escrito una carta para todos… ¿Quieres escucharla?

—Sí.

Claro que quería escucharla, Lucía siempre hablaba de una manera muy especial, me gustaba, hablaba despacio y casi siempre seria, pero yo sabía que su corazón sonreía, me lo decían sus ojos.

Isabel estaba sentada en el sofá con el periódico abierto en la mesa baja.

—Ven, siéntate aquí entre nosotras. Mira, esto es lo que ha escrito la mamá de Gonzalo. «Estoy profundamente agradecida a todos aquellos que han luchado por liberar a Jon, a todos los compañeros de explotación, a todos los trabajadores de Iberduero, a Iberduero como empresa, a todo el pueblo que acudió para pedir su liberación, a todos los que no pudieron acudir, pero desde su casa o desde su trabajo lo pedían interiormente; a todos los partidos políticos, centrales sindicales, instituciones provinciales, nacionales, internacionales, colegios profesionales, centros de enseñanza. A todos».

Mi madre tenía a Quique en el regazo y me había pasado a mí un brazo por encima de los hombros. Isabel dejó de leer, me miró y me sonrió. Después le dio un trago al vaso de agua que había encima de la mesa y siguió adelante:

—«También me queda decir que he conocido a Jon durante quince años, y lo conozco tan bien que me creo en la obligación de decir, aunque me cuesta hacerlo, que él lo perdona todo y nos pide a nosotros que perdonemos y que no engendremos odio. A mis hijos, como él hubiera querido, les inculcaré el amor que él sentía, tanto a esta tierra como a todas las personas, fueran de la condición y creencia que fueran, y también el amor que sentía por la naturaleza. Cada vez que plantaba un arbolito, de los cientos que plantó, se sentía un hombre feliz».

Isabel se quedó en silencio. Mi madre tenía los ojos vidriosos y una sonrisa en los labios. Había cogido el periódico y estaba leyendo otra vez la carta de Lucía, en voz baja.

—Mamá, ¿en el cielo pueden plantarse árboles?

—No, mi vida, los árboles necesitan hundir sus raíces en el suelo. Pero todos los árboles que Jon plantó en su vida seguirán creciendo, y él verá sus copas desde el cielo y verá a los niños jugar a su sombra, y eso le hará feliz.

En mi cuarto había un cubo de colores que no sé cómo había llegado allí. Era un juego muy difícil para mí, pero una vez, en casa de Jon, le vi a él con uno igual, y hacía todas las caras en un momento. De pronto me acordé de ese cubo, me levanté a buscarlo y volví con él al salón. Mi madre e Isabel estaban hablando cuando entré, las dos sentadas muy juntas en el sofá.

—... no quiero separarme de él, Isabel, y él ni ha mencionado la posibilidad. Pero tal vez los niños deberían irse con los abuelos un tiempo, puede ser, no sé... Voy a hablar con David esta noche.

—No descartes nada. Te llamo mañana desde allí.

Se quedaron calladas, mirándome. Yo seguía de pie en la puerta del salón. ¿Mi madre había dicho que los niños deberían irse? ¿Quique y yo? ¿Adónde? ¿Sin ellos?

—¡El cubo de Rubik! Ángela, no sabía que tenías uno. ¿A ver?

Le extendí el cubo a Isabel.

—¿Sabes hacerlo?

—¡Qué va! Lo intenté una vez y yo no tengo paciencia para eso, o visión espacial o lo que sea... ¿Tú sabes, Carmen?

—Una cara es fácil, pero no paso de ahí.

—Jon sabe.

—Sabía.

—¿Qué?

—Nada, bonita. Sí, a Jon se le daban bien estas cosas, como tantas otras, era un hombre inteligente...

—Yo voy a practicar a ver si lo consigo, ¿vale, Ángela?

—Vale, mamá.

—Bueno, Carmen, Ángela, chiquitín..., tengo que irme. Prometedme que vais a cuidaros mucho, ¿vale? Vendré a veros pronto, y enseguida estaremos todos juntos otra vez, de alguna forma...

Mi madre dejó a Quique en la alfombra, entretenido en darle golpes sin sentido a mi ábaco, y ella e Isabel se dirigieron a la entrada. De pronto tuve una idea. Salí corriendo a mi cuarto. Sabía perfectamente dónde estaba. Mi madre los había puesto a los dos encima de la cómoda, en la parte de atrás, para adornar. Hacía muchísimo tiempo que no jugábamos con ellos. Para alcanzarlo tenía que subirme a la cama y ponerme de puntillas inclinada en diagonal contra la cómoda. Era difícil pero podía hacerlo, ya había probado.

—¡Ángela! Isabel se va ya, ¿vienes a darle un beso?

Pero cuando volví con mi regalo para Laura, por el pasillo las escuché otra vez cuchichear, siempre en el mismo tono confidencial que se les ponía a las dos. Ahora lo entiendo: aprovechaban hasta el último segundo porque sabían que después ya no tendrían a nadie con quien hablar de aquella manera.

—... sí, es eso. Ahora es peor aún, más descarado, nos retiran la mirada, ya no son solo algunos...

—Estamos marcados, apartados, arrinconados, tenemos que dar gracias porque hoy nos hayan perdonado la vida.

—Ellos también tienen miedo, no te olvides de eso. Todo el mundo tiene miedo.

—Sí, como las del café, o como esos *abertzales* que escribieron a Lucía... Sé que no todo el mundo es malvado, no puede ser, pero se está cometiendo una injusticia terrible y no deberían... Ángela, pero ¿qué traes?

—Es para Laura.

—¡Pero si es Perrito! ¡Se va a poner como loca! Mañana habláis por teléfono, ¿quieres?

—Sí.

Isabel me dio un beso, y luego mi madre y ella se quedaron un rato abrazadas en la entrada. Yo me fui al salón con Quique y las dejé encontrar todo el consuelo posible en ese abrazo de despedida.

Mi madre se pasó todo el día a vueltas con el cubo. Lo dejaba encima de la mesa baja o en la encimera de la cocina y, en cuanto terminaba de hacer lo que estuviera haciendo, lo cogía y se ponía a mover los cuadraditos de colores de un lado a otro.

Por la noche, mientras Quique y yo estábamos cenando, llegó mi padre y vino a saludarnos a la cocina.

—Voy a mirar una cosa al despacho y vengo, yo también tengo hambre.

—Ángela, vigila a Quique, voy con papá un segundo.

Volvieron con la cara que se les pone a los mayores cuando quieren decir algo y no saben por dónde empezar. Mi padre se sentó a mi lado y pinchó un trozo de mi filete.

—Mmm, este para mí. Qué rico. ¿Quique también está comiendo carne?

—Sí —dijo mi madre frente a la sartén en la que chisporroteaba otro filete—. La carne le encanta y la tolera fenomenal.

—Qué bien, así está de fuerte mi muchachito… Oye, Ángela, mamá y yo hemos pensado una cosa.

—¿Qué cosa?

—Hemos pensado que a lo mejor es bueno que te vayas unos días con los abuelos a Navaleta.

—¿Unos días? ¿Cuándo? ¿Y vosotros?

—Yo te llevo y te quedas unos días con ellos y con la tía María, a lo mejor hasta puedes ir al cole con ella allí, y así conoces a otros niños y la abuela puede organizarse mejor.

—Pero si yo el cole de María no lo conozco… ¿Por qué tengo que ir al cole allí? ¿Voy a estar mucho tiempo?

—No, preciosa, solo unas semanas.

—¿Y eso cuánto es? ¿Unas semanas es lo mismo que unos días? No quiero… ¿Y Quique? ¿Por qué Quique sí puede quedarse aquí con vosotros?

—Quique se irá con los otros abuelos.

—¿Por qué nos vamos de aquí todos los niños?

53
Luis el de la radio

Recuerdo la entrevista más difícil, una entrevista que no busqué, simplemente me la encontré, fue con Jon Idígoras. Tras el asesinato del ingeniero de la central de Lemóniz, en antena, en mi programa de radio Protagonistas, *condené el asesinato y pedí a mis oyentes que lo condenaran.*
Entonces entró una llamada, Jon Idígoras me amenazó, me dijo que estaba envenenando a la sociedad vasca porque uno de mis objetivos siempre había sido ETA.
(Luis del Olmo).
El próximo lunes se reanudará la actividad en la central de Lemóniz.
(*El País,* 14 de febrero de 1981).

T*ara tara tara tara tara, na nana na na naaa naaa.*

Otro día sin cole. No era fin de semana porque el programa de Luis lo echaban los días de diario por la mañana, y mi madre lo ponía siempre. Su voz me era tan familiar que esas mañanas era como si nos visitara un amigo, como si entrara en casa un viejo conocido.

—*Buenos días, España, les habla Luis del Olmo...*

Laura también lo escuchaba en su casa, y una vez hasta jugamos a imaginárnoslo.

—Tiene voz de ser muy alto.

—Sí, y moreno.

—Pero con los ojos verdes como mi papá.

—Vale.

—¿Tendrá hijos?

—Claro, un niño y una niña.

—Pero si por la mañana está en esa radio, ¿cómo hará para ver a sus hijos? ¿Dónde vivirá?

—¡Mamááá!, ¿dónde vive Luis?

—En un pueblo en el norte de España.

—Ah, nosotros también, ¿no?

—Sí, pero el pueblo donde vive Luis está muy lejos de aquí.

—¿Y nunca vamos a poder verle?

—No creo, Ángela, no creo…

—¿Y es alto, mamá? ¿Por qué habla de tantas cosas? ¿Es muy listo?

—Sí, claro que lo es.

—¿Y ese es su trabajo? ¿Contar cosas por la radio?

—Sí, es periodista.

—¿Y qué es ser periodista?

—Pues es una persona que cuenta historias reales, cosas que pasan en el mundo, y da su opinión.

—Ah… Entonces, ¿los demás no cuentan historias reales?

—Sí, pero los periodistas cuentan historias reales que nos importan a todos, noticias.

—¿Noticias?

—Son las cosas importantes que pasan en el mundo.

—Ah.

Cuando estaban juntas en casa y Laura y yo no íbamos a la *ikastola,* Isabel y mi madre también escuchaban a Luis. Lo ponían mientras hacían las tareas de la casa y nosotras, sin dejar de jugar, escuchábamos de fondo esa voz grave y lenta que a veces se convertía en una sonrisa: se sabía, aunque no pudiera verse. Esa voz en la casa era un remanso de paz, el contrapunto a la hiperactividad de nuestras madres, que lo hacían siempre todo a toda pastilla, hablando en voz baja y muy rápido también.

Hoy mi madre escuchaba a Luis en la cocina. Quique y yo estábamos en el salón, un poco aburridos los dos, y entonces ella entró a toda prisa, con la radio de la cocina en una mano y el cable arrastrando por el suelo.

—Aquí se oye mejor, voy a enchufarla aquí, me interesa mucho lo que está pasando hoy en el programa de Luis.

Enchufó la radio al lado de la tele y empezó a mover nerviosa la antena hasta que la voz de Luis, muy seria, nos llegó nítida otra vez. Ella nunca se sentaba a escuchar la radio, solo la tenía puesta mientras hacía cosas, pero esta vez sí lo hizo y muy atenta. Tenía una taza de café en la mano. Noté que temblaba. Ella vio mi mirada y dejó la taza encima de la mesa.

¡Luis había dicho una palabrota! Me quedé mirando a mi madre con los ojos como platos. Escuché la palabra ETA, que significaba «y», yo lo sabía de la *ikastola,* y escuché también el nombre de Jon. Otro hombre habló con él y Luis se enfadó mucho. Mi madre se tapó la cara con las manos.

—¿Qué pasa?

—Luis está defendiendo a Jon. Y ese otro hombre ha llamado para amenazarle.

—¿Luis es amigo de Jon?

—No, pero defiende a las personas buenas como él, denuncia las injusticias, y por eso, de alguna manera, nos defiende a todos nosotros. Es muy valiente, ¿sabes, cariño? Se atreve a decir cosas que son verdad pero que otros tienen miedo de decir.

Ahora hablaba una mujer.

—*Bastante tengo yo con tener un hijo en ETA para que usted nos llame putas a las madres…*

—Mamá, ¿qué es puta?

—Él no le ha llamado eso a nadie. Ha sido una expresión, se le ha escapado, cuando la gente se enfada mucho a veces dice esas cosas… Pero has visto que le ha pedido perdón a esa señora, ¿no? Ha dicho una mala palabra y luego se ha disculpado.

—Sí, pero ¿qué es ser puta?

Ring. Ring. Ring.

Tres llamadas: Isabel o papá, seguro.

—¿Diga?

—…

—Sí, ha sido impresionante.

—...

—Es asombroso que haya dicho eso en antena.

—...

—Claro, claro que nos ayuda. Pero pienso que tendrá consecuencias para él, ¿tú no?

—...

—Sí, hasta me siento culpable: nuestra situación está afectando ya a personas que no tienen nada que ver con todo esto.

—...

—Es un alivio que fuera de aquí haya gente dispuesta a dar la cara.

—...

Me aburría. Le tiré un poquito de la camisa para reclamar su atención.

—Mamá, ¿es Isabel? ¿Está Laura con ella?

—Sí, espera un poco, cariño.

—Jo, mamá, tú siempre hablas con Isabel y yo nunca puedo hablar con Laura.

—Vale, vale... Isabel, ¿está tu hija contigo? Ángela quiere hablar con ella.

Me pasó el teléfono.

—¡Laura! ¿Te dio tu mamá mi regalo para ti?

—¡Sí! Esta mañana. Me encanta. Muchas gracias.

—De nada. Es para ti, no tienes que devolvérmelo.

—Pero cuando vuelva lo llevaré para que vea a Cua-cua, seguro que se echan de menos, como nosotras... ¿Has ido a la *ikastola?*

—No, no he vuelto a ir, y no quiero ir si tú no vienes. ¿Cuándo vas a venir?

—No lo sé...

—Ya. A mí mis papás me dijeron ayer que a lo mejor tengo que irme unos días al pueblo de mis abuelos, pero yo no quiero.

—Pues díselo.

—Ya se lo he dicho, pero...

—Venga, Ángela, despedíos y que se ponga Isabel.

—Un beso, Laura. Adiós.

—Adiós, Ángela.

Dejé a mi madre al teléfono con Isabel y me fui a mi cuarto. Quique acababa de despertarse. Estaba sentado en su cuna y al verme entrar sonrió y extendió sus bracitos hacia mí. Le di a Gomaespuma y me arrodillé en el suelo a su lado. Nos quedamos así un rato. Mi madre colgó, pero no vino con nosotros. Pensé que si Quique lloraba, ella vendría a estar con nosotros. Metí una mano entre los barrotes y le pellizqué con fuerza en la pantorrilla.

—¡Buaaa!

—¡Voy!

¡Funcionó!

No salimos de casa en todo el día. Mi padre vino un ratito por la noche, cuando yo ya estaba en la cama, pero luego se marchó a dormir fuera. Casi me había quedado dormida cuando él llegó. No oí la puerta, pero entre el sueño se me colaron las palabras de mis padres desde la cocina.

—... sí, fue impresionante. Tenía la radio puesta cuando la llamada de Idígoras.

—Esta misma mañana el Ministro del Interior le ha puesto escolta.

—Me da muchísima rabia que su vida privada se vea salpicada por todo esto, es terrible...

La conversación de mis padres acabó venciendo a mis sueños y me levanté para ir a ver a mi padre.

—Pero ¿qué haces despierta a estas horas, princesa? Ven, dame un beso y corriendo a la cama, que mañana salimos temprano.

—¿Y esas prisas? ¿No ibas a llevarla el fin de semana?

Mi padre sacó un sobre del bolsillo de su chaqueta y se lo extendió a mi madre.

—Otra... Mira.

Mi madre cogió el sobre, lo abrió, sacó una hoja y se quedó mirándola un rato. Mi padre me sentó en sus rodillas. Vi que los hombros de ella se agitaban: estaba llorando en silencio. Él se levantó conmigo en brazos.

—Vamos, te llevo a la cama.

Por encima de su hombro pude ver la hoja que mi madre sostenía en sus manos temblorosas. Debajo de las letras había un dibujo: un círculo, la palabra ETA. ¿Y?

54
Dominó

Los trabajadores de Iberduero piden garantías de seguridad en la reapertura de Lemóniz.
(Deia, 20 de febrero de 1981).
Asalto al Congreso. Asalto armado al Gobierno.
(Portada del *ABC,* 24 de febrero de 1981).
Nuevo atentado contra instalaciones de Iberduero en Baracaldo.
(Egin, 26 de febrero de 1981).

—A ver si sabes qué pesa más, ¿un kilo de paja o un kilo de piedras?, le pregunta Teo a Julia, que mira a su hermana por si le da una pista… —El abuelo Santiago me leía *Teo en la granja* todas las noches antes de ir a dormir—. Mañana, si quieres, puedes ordeñar tú a la vaca.

—¿Como Teo a Blanquito?

—Igual, pero tú mejor, porque ya me has visto a mí hacerlo muchas veces.

—¿Y podremos ver a los cerditos pequeños?

—Sí, ¿sabes que hay diez más? Ha parido otra cerda.

Desde que llegué a casa de los abuelos, mis padres habían venido dos veces a verme y después habían vuelto a irse, la vaca había tenido un ternero, las gallinas habían puesto mil huevos, había aprendido a subir al granero y a aguantar sin quejarme el picor de las pajitas que se metían entre la ropa, había visto crecer una calabaza tan grande que el abuelo tuvo que coger una carretilla para moverla y me había aficionado al sabor y al crujidito de los guisantes crudos, directamente de la huerta, antes de que la abuela Vica los cocinara.

Muchos días iba al colegio con María. No estaba en Navaleta, sino en otro pueblo más grande, y pasaba un autobús recogiendo a los niños por las casas para llevarnos. Era un colegio muy raro, no se parecía nada a mi *ikastola*. En la clase había niños de distintas edades, con una sola profesora para todos, y los más pequeños nos pasábamos todo el rato jugando a lo que queríamos. La segunda vez que vinieron, mis padres me trajeron un Casio; yo lo llevé al colegio y lo coloqué frente a una ventana, y cada mañana me ponía a tocarlo. No sonaba como el piano de la clase de *ballet,* pero yo me imaginaba la música y me gustaba ver mis dedos correteando por el teclado.

Los días que no había cole, cuando la mañana salía soleada, me quedaba jugando en la terraza con María o, si ella tenía que hacer deberes, yo sola. Los abuelos trabajaban en el huerto o en la casa y no se les podía molestar. Creo que fue entonces cuando empecé a aprender a disfrutar de la soledad, y ese aprendizaje iba a serme muy útil después en la vida.

En la tele de los abuelos se veían solo algunas imágenes en blanco y negro entre las rayas, decía Vica que era porque estábamos perdidos en mitad del monte. Se encendía poco, y cuando ellos querían ver algo, a uno de los dos le tocaba quedarse al lado del aparato para mover las antenas —que de verdad eran como las antenas de un insecto gigante—, mientras el otro se sentaba en el sofá y se quejaba del escaso éxito del técnico de turno.

La oscuridad y el silencio de las noches en Navaleta eran como un manto larguísimo. María y yo nos sentábamos en la mesa del brasero y pintábamos en los papelitos que preparaba el abuelo o jugábamos al dominó. Me costó bastante al principio, pero el abuelo Santiago se sentó conmigo hasta que aprendí.

—¡Pito, pito! No llevo…

De pronto escuchamos a Josefa, la vecina, que entró en casa a la carrera, gritando como loca.

—¡Ludovicaaa, Ludovicaaa!

La gente del pueblo entraba en casa de mis abuelos sin llamar. Daban la vuelta y pasaban por la puerta de la cocina, que siempre estaba abierta. Pero esta vez Josefa entró gritando y me sobresaltó. Vica estaba guisando unas patatas para la cena y, sin levantar la vista de la cacerola y sin que se le moviera un pelo, le preguntó:

—¿Qué pasa, Josefa?

—¡Ya están aquí otra vez! ¡Otra vez!

—¿Quién está aquí, Josefa? ¿De qué hablas?

—¡Los militares, Ludovica! Están disparando en el Congreso, pon la radio.

Vica puso la radio, que se escuchaba igual que se veía la tele, con rayas, y ella y la vecina se sentaron muy cerca a escuchar. Al poco entró el abuelo y, sin decir ni una palabra, se sentó al lado de las mujeres, con la ropa embarrada del campo.

—Malo, malo... —rumiaba Josefa.

—Tranquila, mujer, vamos a ver qué pasa —le dijo el abuelo.

—Ay, Dios mío, pero ¿por qué hacen estas cosas? Que nosotros ya hemos pasado una guerra. Esto es porque Suárez ha dimitido, te lo digo yo, y por ETA y porque...

—Josefa, ¿te quieres callar?

—Es que tengo miedo.

—Pues ten todo el miedo que quieras, pero en silencio.

Sonó el teléfono, y la abuela Vica, con ese aplomo suyo, fue despacio a cogerlo.

—¿Dígame?

—...

—Hola, hija. Sí, estamos escuchando la radio.

—...

—No te preocupes antes de tiempo, ¿quieres? Seguro que todo esto se resuelve, vamos a esperar a ver qué dicen las noticias.

—...

—¿Puedes tranquilizarte? La niña está bien.

—...

—Sí, te la paso… Ven, Ángela, mamá quiere hablar contigo.

—Hola, mamá.

—¿Qué tal estás, cariño?

—Bien. ¿Por qué lloras?

—No lloro, estoy resfriada.

—¿Y papá?

—Está de camino, le doy un beso de tu parte cuando llegue.

—Sí, que no se te olvide.

—Claro que no, preciosa. Te mando un beso enorme, ¿vale?

—Otro para ti, mamá.

La abuela me cogió el auricular y lo colgó. Me encantaba ese teléfono. Era negro brillante y pesaba un montón.

—Vica, mamá está malita.

—El cambio de estación, Ángela.

—¿Cómo están? —le preguntó el abuelo a Vica.

—Bien. Carmen está asustada por lo que pueda pasar, se siente culpable por haberse separado de los niños. Y además estos días han vuelto a recibir llamadas y han tenido que cambiar de teléfono otra vez. Se les junta todo…

—Recemos, escuchemos y esperemos. De momento no nos movamos de aquí. Josefa, ¿tu marido?

—¿De qué llamadas habláis? ¿Por qué han tenido que cambiar de teléfono?

—Nada, Josefa, nada, que está preocupada con todo esto, lo normal. ¿Y tu marido?

—No lo sé, he dejado nota en casa de que me venía para acá. ¿Deberíamos mirar si tenemos comida suficiente?

—No saquemos las cosas de quicio. Vamos a esperar, seguro que alguien viene a poner orden.

Recuerdo haber escuchado varias veces aquella noche la palabra *disparos,* en la radio y en boca de los abuelos y de Josefa, y después ya no recuerdo nada más. María y yo debimos de quedarnos dormidas en el sofá, aunque por la mañana yo estaba en mi cama y, cuando me levanté, los mayores seguían junto a la radio, con cara de cansancio y la misma ropa del día anterior. Ahora hablaban del rey, decían que muy tarde por la noche había dicho cosas importantes en la tele, y yo pensé que si el rey no había dormido, el padre de Andrea tampoco, lo mismo que el abuelo y Vica. ¿Por qué a veces los mayores se pasaban las noches en vela?

Una atmósfera pesada se adueñó de la casa los días siguientes. María y yo no fuimos al colegio, así que todos los días parecían el mismo día, y era un día de esos en los que los niños están de más. Creo que fue por eso por lo que la nostalgia de mi casa empezó a convertirse en un dolor sordo en el pecho. Pero la mañana que, todavía en la cama, escuché las ruedas de un coche contra la gravilla frente a la casa, el dolor en mi pecho se esfumó y, antes de comprobarlo, estuve segura de que eran mis padres que venían a buscarme.

—Papááá, mamááá.

Vica me gritó algo cuando atravesé la cocina a la carrera, pero no la escuché. Salí por la puerta de atrás, di la vuelta a la casa y me arrojé en brazos de mi madre.

—¡Mi niña! Qué sustos nos da la vida… Pero ¡qué mayor estás!

—¿Nos vamos a casa, mamá? Yo quiero volver a casa con vosotros.

—Sí, mi vida, nos vamos a casa… ¡Pero si vienes descalza! ¿Dónde está Vica? David, coge a Ángela, anda. Mírala, ha salido descalza. Yo saco a Quique del coche.

Pasé de los brazos de ella a los de él.

—¡Qué fuerte estás, lapita! El campo te ha sentado de maravilla.

—Pero habéis venido a buscarme, ¿verdad?

—¿No has estado bien con los abuelos?

—Sí, pero os he echado mucho de menos, y a Quique también. Quiero que estemos todos juntos otra vez.

—Pues así va a ser, preciosa, así va a ser.

Cuando mi padre me dejó en el suelo, me acerqué a mi hermano. Estaba muy cambiado. Las dos veces que mis padres habían ido a verme fueron sin él, así que mi hermano y yo llevaríamos sin vernos casi dos meses. Se quedó mirándome un poco serio y retraído. Le sonreí. Entonces él dio un par de pasitos titubeantes hacia mí y yo me abalancé hacia él, le cogí en brazos y los dos nos caímos al suelo muertos de risa.

—Qué susto, mamá, qué susto. He pasado mucho miedo, allí todo sigue regular y encima tenía que venir el loco ese a poner patas arriba el país. No sabes la tensión que había. ¿Aquí vosotros qué?

—Bueno…, a los viejos nos ha traído muchos malos recuerdos, pero yo sabía que no iba a prosperar, la gente no quiere que el pasado se repita. Tu padre el primer día sí estaba preocupado, y las vecinas ya te imaginas… ¿Cuánto os vais a quedar?

—Solo hoy, mañana hacemos el viaje, que pasado David tiene que trabajar.

Mientras tanto yo había metido toda mi ropa en una bolsa y, como pesaba mucho, la había arrastrado hasta la escalera y bajaba tirando de ella escalones abajo haciendo *clonc, clonc, clonc.*

—Jajaja, Ángela, pero ¿qué haces?

—¿Nos vamos?

—Pero, cariño, déjanos descansar un poco, que acabamos de llegar. Esta noche dormimos aquí y mañana por la mañana nos vamos a casa, ¿vale?

—Hum… Vale, pero mañana prontito, ¿vale?

55
PRONTO, PRONTO…

El Gobierno vasco se solidariza con los trabajadores de Lemóniz. El Comité de Empresa expuso al consejero de trabajo la psicosis de miedo en que viven.
(*La Gaceta del Norte,* 28 de febrero de 1981).

Medio centenar de técnicos de Lemóniz reciben cartas amenazadoras de ETA-m. La central se encuentra seriamente afectada.
(*Deia,* 21 de marzo de 1981).

Nuevo atentado de ETA contra Iberduero.
(*ABC,* 21 de abril de 1981).

Condenado el causante de la muerte de dos trabajadores de Lemóniz.
(*El País,* 25 de abril de 1981).

—Las clases de *ballet* ya no me gustan tanto. Sin Laura es un rollo. Pero, a veces, después veo a Silvia y eso sí me gusta. Y a la *ikastola* no quiero ir más, Jon. Voy unas veces sí y otras no, y cuando voy me siento siempre sola al fondo. Mamá me dice que hable con los otros niños, y yo lo intento, de verdad, pero no sé por qué ahora es muy difícil. Y papá no está casi nunca en casa…

Le hablaba al retrato de Jon que mi madre había colocado en un marco en el mueble del salón. Era temprano. Quique seguía dormido y mi madre estaba en el baño. *Ding dong.* El timbre del telefonillo. Mi madre fue a la entrada envuelta en una toalla.

—¿Quién es?

—…

—¡Siempre juntas, Isabel! ¡Qué alegría! Sube.

Toc toc. Quitó la cadenita y abrió directamente. Isabel entró rápido, cerró la puerta tras de sí y las dos se quedaron abrazadas un rato. Tampoco esta vez había traído a Laura. Se agachó, me dio un beso y me acarició el pelo.

—¿Cómo estás, Ángela?

—Bien. ¿Y Laura?

—Sigue con sus tíos, preciosa, pero va a volver pronto.

—¿Cuándo?

—Muy pronto, cuando haga más calor, y así bajamos juntas a la playa, ¿quieres?

A mi madre se le iluminaban los ojos cuando Isabel venía, aunque sus visitas fueran tan cortas. Hablaban siempre muy rápido y en voz baja. Era difícil entenderlas.

—Qué jaleo, Carmen. Yo no sé si terminaré instalándome allí o dónde. Me paso el día de un lado a otro, y cada vez que me marcho de aquí y vuelvo a cerrar la casa me doy cuenta de que me he olvidado de algo fundamental. Y con Lázaro igual que si fueran encuentros clandestinos, a salto de mata, un ratito en cualquier parte y adiós.

—Ya, yo con David casi igual. Viene sin avisar, se queda un par de horas y se marcha otra vez. A la central no están yendo, eso lo sé, pero no me dice dónde se meten entonces todo el día.

—A veces me da la impresión de que vivimos dentro de una película.

—O de una pesadilla… ¿Vosotros seguís en la idea de mantener la casa por el momento?

—No sé, esta semana he llamado a una inmobiliaria de Bilbao para informarme y la mujer me preguntó que si nos íbamos por miedo. Me dejó descolocada. Es como si todo el mundo estuviera al tanto de nuestras vidas.

—¿Y qué le dijiste?

—Pues, ¿sabes qué?, por primera vez le dije la verdad a un desconocido. Me salió así, le dije que sí, que el miedo es ya parte de nosotros y que me niego a que mis hijos vivan aterrorizados. ¡Es que no entiendo cómo lo hacen! ¡No lo entiendo! Cuando me faltan unos kilómetros para llegar, ya los tengo detrás. Siempre igual. Y lo mismo cuando me voy.

—Yo no hago vida en el pueblo, ya ni se me ocurre entrar en las tiendas de aquí, aprovecho cuando vamos a Bilbao, mientras Ángela está en *ballet* o en casa de Ana. Ella es prácticamente mi único apoyo ahora. Se portan muy bien con nosotros. La verdad es que si no fuera por ellos… ¿Tú cómo lo ves, Isabel? ¿Qué crees que va a pasar?

—No lo sé… Lázaro está intentando moverse para buscar otro trabajo, pero no hay manera. Parece que no vale de nada que sean los mejores en lo suyo. Él dice que es coincidencia y que acabará saliendo algo, pero es como si se les cerraran todas las puertas.

—David dice que Iberduero les ha ayudado siempre y que seguirá haciéndolo pase lo que pase. Me dice que poco a poco todo volverá a la normalidad. No sé si lo piensa de verdad.

—No sé, desde luego eso no es lo que piensa Rafael. Hablo bastante con él y con Alba. Ellos piensan que ETA se ha alineado con la causa antinuclear para seguir tensando la cuerda y que no van a dejar pasar esta oportunidad tan fácilmente. ¿Te acuerdas de Irune?

—¿La que estaba en uno de esos Comités Antinucleares que venía a veces a los cafés?

—Sí. Bueno, pues no me digas cómo me localizó después de lo de Jon y me dijo que sentía un montón todo lo que estaba ocurriendo, me dio a entender que estaba intentando dejarlo, pero parece que eso tampoco es fácil. La noté asustada…

—Ya, lo de siempre, por miedo o por lo que sea al final todo sigue igual, o peor. ¿Es que los antinucleares no pueden alzar la voz para decir eso?

—Debe de ser complicado, más de lo que nos imaginamos… Y de Lucía, ¿sabes algo?

—Casi nada. Me encantaría estar más cerca de ellos, pero no quiero ni imaginarme cómo deben de estar pasándolo. No cogen el teléfono, normal, hay que respetar su duelo, un dolor tan grande… Y los niños…

—Que algo habría hecho, he tenido que oír por ahí, es que no doy crédito. ¿Te has enterado de lo del que puso la bomba que se llevó por delante a aquellos dos trabajadores? Ha salido la sentencia. El tipo trabajaba para una empresa subcontratada por Iberduero. Es imposible controlarlo todo.

Quique apareció en la puerta del salón, con el pañal hinchado de tanto pis y carita de sueño.

—Buenos días, chiquitín —le dijo Isabel, pero él la miró muy serio y fue a cobijarse entre las rodillas de mi madre.

—¿No puedes quedarte a comer?

—Pues pensaba irme enseguida, pero voy a hacer una llamada y me quedo a pasar el día con vosotras, ¿vale? ¿Qué planes tenemos?

—Hoy quería llevar a Ángela a *ballet,* luego la recoge Aarón y la trae, a lo mejor podemos avisar a Ana para que se venga.

—Fenomenal. A Ana no la veo desde que me fui.

Cocinaron juntas y comimos los cuatro en la cocina, como antes... Aunque sin Laura. Mi madre estaba contenta y parlanchina. Cuando me levanté de la siesta, habían puesto música y seguían dándole a la lengua con un café.

—... sí, y he visto el montón de cartas en el mueble de la entrada.

—Ni las abro, y cuando no llevan remitente o pesan un poco directamente las tiro en una papelera de la calle.

—¿Nos estamos volviendo locas?

—No, yo creo... Buenas tardes, princesa, ¿has dormido bien? Ve a lavarte la cara, anda, que nos vamos a *ballet.*

Fuimos a Bilbao en el coche de Isabel, Quique y yo detrás y mi madre delante.

—¿Qué es esto?

Mi madre cogió algo que había en el suelo del coche, debajo de su asiento.

—¿El qué?

—Esto. Me he dado con el pie.

—Ah, ya, me lo dio Lázaro, por si acaso, él también lleva uno en el coche, ¿vosotros no?

Aunque, sin soltar el volante, Isabel empujaba con la mano derecha las manos de mi madre para que volviera a dejarlo donde estaba, pude ver aquel objeto: era un palo negro y brillante, parecido al que usaba mi abuelo cuando entraba en el corral de los toros a darles de comer.

—¿En serio, Isabel?

—Yo qué sé… Por seguridad. Lo pone en el manual.

—No he vuelto a leer el manual ese, me pone nerviosa, y llegado el caso tampoco sabría qué hacer con una cosa así.

—Ya, a veces hay que tomárselo con humor, no hay otra manera… ¿Te conté cuando Lázaro y yo nos fuimos a un descampado para ensayar lo que pone sobre cómo reaccionar si vas en el coche e intentan secuestrarte?

—Qué va… No te creo. ¿De verdad estuvisteis ensayando a embestir a otro coche?

—Esa era la idea, jajaja. Tenías que habernos visto, que si para atrás, que si para delante…, y al final terminamos muertos de la risa, entre los nervios y el sentido del ridículo.

Como siempre, Isabel aparcó lejos y tuvimos que ir a la carrera hasta la escuela, tanto correr para luego llegar la primera y tener que esperar un buen rato, y además, ahora sin sentido, porque iba yo sola y ya no me importaba coger un buen sitio en la clase.

Se me hizo largo. Me habían dicho que vendría a buscarme Silvia y yo solo quería que la clase terminara de una vez para poder encontrarme con ella. Hice la reverencia del final con desgana y me fui directa al vestuario sin hablar con nadie. Había dejado mi pulsera del cascabel en el bolsillo pequeño de la bolsa de *ballet.* En clase no se podía llevar, me lo dijo muy seria la profesora el primer día que fui a *ballet* sin Laura.

Silvia me esperaba detrás de la reja con su sonrisa y sus libros de música en las manos.

—¡¡¡Cascabel!!! ¿Cómo estás?

—Silviaaa. Mira, se me está rompiendo la cuerdecita por aquí, se me va a perder.

—Déjamela y te la arreglo, ¿vale?

Caminamos un ratito, despacio, ya casi no hacía frío, y en algún lugar que no era la esquina de siempre apareció Aarón junto a su coche aparcado. Dentro estaba Ana.

—Hola, Ángela, ¿me das un beso?

—Sí, y tú nos cantas una canción mientras vamos en el coche, ¿vale, Aarón? Me gusta mucho cómo cantas.

—¡Claro! Ahora que lo dices, chiquitina, hace demasiado tiempo que no cantamos... Silvia, vamos a quedarnos a merendar en casa de Carmen.

—Hola, niñas —nos saludó Ana cuando nos montamos en el coche.

Silvia me miró, su sonrisa se hizo más grande y me acarició una mejilla.

—*Una serrana hermosa, el sueño me está robando...* —empezó Aarón cuando el coche se puso en movimiento.

Silvia y Ana le siguieron en voz más baja. Yo conocía esa canción de otras veces, y me gustaba, pero la letra era muy difícil. Al poquito, Aarón dejó de cantar y solo Silvia siguió tarareando en bajito. Él miraba muy concentrado por los espejos.

Me di la vuelta para mirar hacia atrás igual que él. Había un coche con dos señores dentro.

—¿Qué haces, Cascabel?

—Nada.

—Pues quédate quieta que como demos un frenazo vas a hacerte daño.

—Voy a parar un momento aquí y me doy un salto a la pastelería.

—Sí, y sé generoso que al final me da a mí que vamos a juntarnos unos cuantos para merendar.

Me fijé en que el coche que venía detrás se detenía también.

—Cascabel, por favor, que no paras.

—Pero, Silvia..., es que...

—Venga; ¿cantamos otra canción?

Aarón nos lanzaba miradas a través de la cristalera de la pastelería, a nosotras y también a los dos señores de atrás. Luego salió corriendo, igual que había entrado, y volvió a ponerse al volante.

—Ocasiones especiales, pasteles especiales... Vais a ver qué ricos.

Cuando llegamos a casa, Silvia y yo nos bajamos en el portal y ellos se fueron a aparcar.

—¿Y tus padres? —preguntó Isabel.

—Ahora suben, ¡y traen pasteles!

Mi madre me besó.

—¿Cómo os ha ido la tarde?

—¿Papá también va a venir a merendar?

—Sí, cariño, creo que sí, creo que vendrá luego con Lázaro. Anda, id un ratito a la habitación y ahora os avisamos cuando esté la merienda.

—Carmen, ¿tienes unas tijeras y un cordón? Voy a ver si le arreglo a Ángela su cascabel.

En mi cuarto, sentada en la cama y sin levantar la mirada de la pulserita, Silvia me habló con el tono de confidencias que a veces ponía cuando estábamos solas y que tanto me gustaba.

—¿Cómo te va en la *ikastola,* Cascabel?

—Hum, no sé, no voy mucho.

—¿Y eso?

—A veces tengo que quedarme a ayudar a mamá o hay que *hacer cosas,* eso dice ella.

—Está muy bien que ayudes a tu mamá.

—Ya... Silvia, echo mucho de menos a Laura, y también a Gonzalo.

—Yo también los echo de menos, Ángela, pero pronto los veremos, no estés triste.

—Silvia...

—Dime.

—¿Tú has visto a los señores?

—¿Qué señores?

—Los del coche que venía todo el rato detrás de nosotros.

—Vaya, muy observadora tú, con lo chiquitina que eres... ¿Por eso estabas tan nerviosa?

—¿Son malos?

—No, Cascabel, todo lo contrario, son escoltas.

—¿Escoltas?

—Sí, se encargan de proteger a mi *aita*.

—¿Y eso por qué?

—Porque es jefe y tienen que estar pendientes de él, pues.

—¿Jefe como Jon?

—Jefe y ya, Cascabel.

—¿Le cuidan para que los malos no se lo lleven al cielo?

—Simplemente le protegen.

—¿Y a mi papá?

—Tienes que estar tranquila, preciosa, nada malo va a pasar, ¿vale?

—Silvia, ¿cuándo vamos a volver a ir a tu pueblo? Allí lo pasamos muy bien.

—No lo sé..., pero seguro que pronto.

Cuando Silvia y sus padres se marcharon, era ya de noche y mi padre no había venido, ni Lázaro tampoco. Durante la merienda, Silvia se había puesto a charlar con los mayores y yo no sabía muy bien qué hacer, así que me comí un montón de pasteles. De todas formas, sobraron muchos. Isabel se quedó a dormir porque se le había hecho tarde para coger el coche e ir a reunirse con Laura y con Jorge dondequiera que estuvieran.

—Mamá, me duele la tripa.

—¿Tienes hambre?

—No, he comido muchos pasteles.

—Ayyy, mi niña, ni me he fijado en lo que comías... Voy a prepararte una manzanilla y te la tomas antes de acostarte, te aliviará.

—Mamá, Aarón tiene unos señores que le siguen.

Mi madre e Isabel se miraron.

—¿Cómo que le siguen?

—Sí, pero son buenos, son señores que le cuidan, escoltas.

—Ah, sí, cariño.

—Yo quiero que cuiden a papá también, no quiero que nadie se lo lleve.

—Eso no ocurrirá.

—¿Cuándo va a venir?

—Pronto, Ángela, pronto.

56
El lazo azul

ETA militar asesinó ayer en el centro de Madrid
a tres militares al servicio directo del rey.
(El País, viernes 8 de mayo de 1981).
Iberduero informó al Parlamento vasco de la seguridad interior de Lemóniz.
Durante la sesión de la comisión se guardaron dos minutos de silencio,
mientras el representante de EE abandonó la sala.
(La Gaceta del Norte, 9 de mayo de 1981).

Cuando mi madre jugaba mucho a no encender las luces era bueno, eso significaba que a lo mejor venía papá. Además, había comprado velas, y cuando las prendía a veces me dejaba soplarlas, yo las apagaba y ella las encendía de nuevo.

Mi padre llegaba muy tarde, cuando Quique ya hacía rato que estaba dormido, y yo tenía aburrida a mi madre de tanto pedirle que me dejara esperarle un poquito más. Entraba en silencio, sin palabras mágicas ni llamadas en la puerta ni cadenita.

—Cariño, si llega papá, no hagas mucho ruido, ¿vale? Ven conmigo a la cocina, que vamos a hacer magia.

La casa estaba completamente a oscuras, y mi madre llevaba en la mano una linterna muy pequeña que apuntaba hacia el suelo para que yo la siguiera.

—Verás, voy a calentar esto aquí, es coñac, y cuando acerque el mechero vas a ver.

Se quedó quieta.

—¿Y cuándo va a ser eso?

—Cuando entre papá.

Y allí nos quedamos las dos sentadas a la mesa de la cocina, con nuestras batas, a oscuras, hasta que se escuchó la entrada sigilosa de mi padre.

—¿Puedo ir a ver?

—Espera, preciosa, mira, voy a calentar el coñac.

Mi madre acercó el mechero encendido al cazo que había puesto al fuego y, *fluuusssp,* apareció una llama grande y azulada. A la luz de la llama vi la silueta de mi padre.

—¡Hola! ¿Qué hacéis despiertas a estas horas vosotras dos?

—Te esperábamos. ¿Has visto cómo hacemos luz ahora, papá?

—Sí…, qué divertido, ¿no?

—¡Es magia! ¡Mamá es maga!

Mi madre volcó el líquido en un vasito pequeño y se lo dio a mi padre.

—¡Que se va a quemar!

—No, cariño, le duele la garganta y esto le va a sentar bien.

Mi padre se bebió aquel líquido mágico de un trago, fue a lavarse las manos y me acompañó a la cama.

—Voy a hacer todos los días luz con mamá para que vengas.

—Y yo vendré, Ángela, vendré siempre que pueda. Y ahora cierra los ojos y yo me quedo aquí contigo hasta que te duermas.

Al día siguiente me desperté muy pronto, la casa estaba en silencio y solo entraba una luz débil y blanquecina por debajo de las persianas. De puntillas me asomé a la habitación de mis padres: mi madre dormía sola en la cama grande. Busqué a mi padre por toda la casa, pero no estaba. Volví a meterme en la cama y me quedé con los ojos cerrados pero despierta hasta que mi madre vino a buscarme para desayunar, aunque la había oído entrar a buscar a mi hermano y trajinar luego con él por la casa.

Aún no me había terminado el tazón de leche con galletas y parecía que ya llegábamos tarde a alguna parte. Me había ayudado a vestirme antes de ponerme el desayuno, y cuando entré en la cocina

Quique ya estaba listo en la trona. A la *ikastola* no iba a llevarme, eso seguro. Pero ya no me importaba, habíamos empezado a estudiar en casa y las pocas veces que iba me lo sabía todo. Creo que Begoña le dio a mi madre unas pautas para hacerlo, pero no estoy segura, tengo que preguntarle. En cualquier caso, yo aprendía rápido y disfrutaba mucho con ese tiempo para el estudio que ella me dedicaba. Aprovechábamos las siestas de Quique porque, desde que mi hermano había aprendido a andar, mi madre tenía que ir siempre de un lado para otro por toda la casa detrás de él, no podía despistarse. Un día se llevó un susto tremendo porque cuando se levantó por la mañana tropezó con Quique al salir de su cuarto: se había escapado de la cuna por la noche y se había quedado dormido en el pasillo. Esa mañana ella cosió en una pernera del pijama de mi hermano un cascabel muy parecido al mío, pero a él no le gustó y el invento solo sirvió dos días, después aprendió a gatear de tal modo que conseguía que el cascabel no sonara, y cuando quería se escapaba de la cuna y aparecía en cualquier lugar por la mañana o después de alguna de sus siestas.

—¿Adónde vamos a ir, mamá?

—Tenemos que hacer cosas, anda, date prisa.

—¿Qué cosas?

—Va a venir a buscarnos Ana y tiene que estar al caer.

—¿Puedo llevar el lazo naranja?

Mi madre me ponía muchas veces lazos en el pelo. Mi favorito era el naranja con lunares blancos, pero ese me lo ponía poco porque decía que era difícil de conjuntar.

—Sí, corre, vete a por él, con esa rebeca gris te va a quedar fenomenal… La verdad es que yo no sé por qué Ana no está aquí ya tendría que haber llegado.

—¿Y viene Silvia?

—No, bonita, Silvia está en el instituto.

Mi madre vino al baño para volver a peinarme, trajo a Quique de la mano y me dio su jersey para que se lo fuera poniendo. Eso me dijo. Aunque yo ni lo intenté porque ponerles los jerséis a los niños pequeños es una cosa dificilísima. Hablaba en bajito consigo misma, pero yo ya reconocía esa manera suya de hablar y no le hacía mucho caso.

Riiing. Ella siguió concentrada como si nada. *Riiing.* Se quedó parada con el cepillo en la mano. *Riiing.* Dejó el cepillo en el lavabo y salió hacia el salón para coger el teléfono.

—...

—¿Isabel? ¿Dónde estás? ¿Qué pasa?

—...

Quique y yo nos asomamos a la puerta del salón, él se acercó a mi madre y yo me quedé ahí parada mirándola. Estaba callada, con un gesto de horror petrificado en la cara. Al cabo de un rato, apenas movió los labios para decir en un susurro:

—Vale.

Y colgó el teléfono.

—Vete al cuarto, Ángela, y llévate a tu hermano.

—¿No nos vamos?

—No.

De repente salió corriendo, se metió en el baño, se arrodilló y empezó a vomitar. Me acerqué a ella.

—Mamá...

—¡¡¡Vete de aquí, Ángela, vete de aquí!!!

Se sujetaba con las manos a la taza del váter. Quique se echó a llorar. Y entonces sonó el telefonillo. Yo no sabía qué hacer, tenía prohibido descolgar y abrir el portal, pero a lo mejor era Ana y podía ayudarla. Mi madre estaba mala, necesitaba ayuda. Arrastré una silla hasta la entrada desde la cocina. El telefonillo seguía sonando.

—¿Quién es?

—¿Ángela? Soy Lázaro, ábreme.

Antes de bajarme de la silla quité la cadenita. Luego me quedé con la oreja pegada a la puerta cerrada.

Toc, toc.

Con mucha dificultad descorrí los dos cerrojos y le di la vuelta a la llave.

—¡Ángela! ¿Dónde está tu madre?

—En el baño, está malita.

—¡Carmen! ¡Carmen!

Le seguí hasta el baño. Mi madre estaba tirada en el suelo, parecía que le faltaba el aire.

—Tranquila, Carmen, tranquila, respira, por favor.

—No puedo, no puedo, no puedo…

Y solo pudo erguirse lo suficiente para agarrarse a la taza y volver a vomitar. Lázaro le sujetó la cabeza y me dirigió a mí una mirada.

—Ángela, sal de aquí y llévate a tu hermano. En cuanto mamá esté mejor vamos nosotros.

Cerró la puerta. Quique ya no lloraba. Había cogido una pelota transparente que lanzaba por el pasillo e iba a buscar una y otra vez. Me senté en el suelo, con la espalda apoyada en la pared.

Pasó mucho tiempo, o eso me pareció. Por fin se abrió la puerta del baño. Vi a mi madre salir, apoyada en Lázaro, casi no podía andar, arrastraba los pies muy despacio hacia el salón, le temblaban las manos. No me miró.

Lázaro la dejó sentada en el sofá y se fue a la cocina. Me acerqué a ella.

—Mamá…

¿No me oía?

—Mamá…

Me miró, con ojos brillantes y desorbitados, y después, lentamente, buscó también a Quique con la mirada.

—Venid aquí los dos.

Al abrazarnos, su cuerpo empezó a agitarse con el llanto.

—¿Qué pasa, mamá?

—Os quiero, os quiero muchísimo a los dos.

—¿Estás malita, mamá? ¿Vas a ir a ver al médico?

—Os quiero muchísimo.

—Yo también te quiero, mamá, y a papá también.

Lázaro volvió con una taza en la mano. La dejó sobre la mesa baja y se sentó al lado de mi madre; ella apoyó la cabeza en su hombro y los dos lloraron en silencio. ¿Lázaro también lloraba? ¿Qué estaba pasando?

—¿Qué está pasando, Lázaro? ¿Qué vamos a hacer? —preguntó mi madre como si me hubiera leído el pensamiento.

—Esperar, llamarán aquí.

—¿Qué va a hacer Isabel?

—No lo sé todavía.

—¿Has localizado a David?

—Sí, está de camino.

Lázaro me miró y forzó una sonrisa.

—¿Cómo estás, pequeñita?

No contesté. Nadie dijo nada durante un buen rato. Solo se escuchaban los rebotes de la pelota de goma transparente de mi hermano. Hasta que Lázaro se levantó y puso la radio.

Sonó el telefonillo y Lázaro se levantó a abrir. Era Ana. En medio del silencio endurecido que las voces de la radio no conseguían romper, sus palabras atropelladas en la entrada fueron un alivio.

—Dios mío, Lázaro, ¿qué ha pasado? He venido escuchando en la radio.

—Es terrible, Ana, todo esto es terrible… En cuanto me he enterado he venido para acá. Carmen está rota, y me preocupa Isabel; estaba nerviosísima cuando hemos hablado por teléfono. Seguramente no tiene sentido que venga aquí, es mejor que vaya directa a Madrid.

—En la radio han dicho que eran dos en una moto, se pararon en un semáforo, dejaron una bolsa de El Corte Inglés encima del coche y salieron a toda velocidad. La bomba explotó enseguida. Rafael está muerto, Lázaro, ¡Rafael está muerto! Y otros dos compañeros suyos.

Mi madre empezó a sollozar, casi gritaba, se levantó y se agarró a Ana con desesperación.

—Esos niños, Ana, esos niños… ¡Y Alba! ¿Qué piensan ganar con tanto dolor? Les da igual todo, les da igual…

—¿Qué vais a hacer?

—No lo sé, supongo que en cuanto llegue David cogeremos las cosas y nos iremos a Madrid.

—¿Quieres que me quede con los niños?

—Pues…, sí, supongo que sí. Necesito hablar con David.

Las bombas hacían daño a las personas, las enviaban al cielo antes de tiempo. ¿Rafael estaba ahora en el cielo con Jon? ¿Y entonces Andrea y sus hermanos? ¿Quién iba a cuidar de ellos?

Mi padre entró en casa sin ningún sigilo y dio un portazo al cerrar.

—¿Dónde está Carmen?

—En vuestro cuarto.

—¿Ha llamado alguien?

—No.

—¿Tú te vienes con nosotros, Lázaro?

—Sí, Isabel va por su cuenta.

Riiing. Mi madre descolgó enseguida. Su voz con un extraño timbre agudo me llegaba desde su dormitorio. Mi padre fue con ella.

—… lo siento muchísimo. ¿Cómo está Alba? No sé ni qué decir.

—…

—Dile que la queremos mucho, en cuanto podamos vamos para allá. ¿Con quién estáis? ¿Y los niños?

Entré en el dormitorio yo también.

—Mamá, quiero hablar con Andrea. —Mi madre me apartó mientras seguía escuchando—. ¡Quiero hablar con Andrea!

Retiró la boca del micrófono y lo tapó con la mano.

—¡Ángela! ¿Te puedes callar, por favor? ¡Vete de aquí! ¡¿Me oyes?!

Sus gritos me asustaron. ¿Estaba enfadada conmigo? Yo solo quería hablar con Andrea para contarle que su papá estaba en el cielo con Jon y que desde allí podían vernos, para que no se pusiera triste. Me eché a llorar y me fui corriendo a mi habitación. Mi padre me siguió, se sentó en la cama a mi lado y me dio un abrazo.

—Ángela, mamá está nerviosa.

—¿Está enfadada conmigo?

—No, cariño.

—Yo soy buena, ¿por qué me ha castigado?

—No te ha castigado, bonita, es solo que está nerviosa y triste.

Mientras me abrazaba, noté que su cuerpo empezaba a agitarse.

—¿Estás llorando, papá? No llores, no llores…

Mi madre entró en la habitación y se arrodilló junto a la cama, a mi lado.

—Ángela, lo siento mucho, cariño, no quería gritarte.

—¿Quién era? —le preguntó mi padre.

—Una de las hermanas de Alba, ella está destrozada, desorientada. El funeral es mañana por la mañana, en El Pardo.

—Preparamos cuatro cosas y salimos de madrugada para estar allí pronto por la mañana.

—¿Y los niños? Ana me ha dicho que pueden quedarse con ella.

—Creo que es mejor que Ángela venga con nosotros y que Quique se quede aquí. Ángela, ¿tú quieres venir con nosotros a Madrid? Es un viaje largo, ya sabes, lo haremos esta noche y regresaremos mañana mismo. Será muy cansado. Pero a Andrea le gustará verte. Debe de estar muy triste, ¿sabes? ¿Entiendes lo que ha pasado?

—Sí. No sé. Quiero ir a ver a Andrea. ¿Su papá está en el cielo?

—Sí, mi vida, está en el cielo.

Me acostaron pronto y, cuando me desperté, estábamos en el coche, no en el de mi padre, en un coche nuevo que conducía Lázaro. Era de noche. Mi madre iba a mi lado. Quique no estaba. Volví a dormirme.

—Ángela, Ángela… Despierta, bonita, hemos llegado.

Eso no parecía Madrid, parecía el campo. Me froté los ojos y miré por la ventana. Volví a frotarme los ojos. A nuestro lado había un coche parado y dentro me había parecido ver a Laura. Sí, tenía que ser Laura porque Isabel iba al volante.

—¡Mamááá, mamááá, es Lauraaa, quiero saliiir!

—Espera un momento, Ángela, vamos a ver qué hacemos.

Lázaro salió del coche, se acercó al de Isabel y regresó.

—Isabel ha visto una cafetería abierta un poco más atrás. Desayunamos y luego vamos para allá, ¿os parece?

—Yo no quiero desayunar, quiero ver a Laura.

—Tranquila, ahora podrás verla.

Al menos «ahora» era mejor que «pronto»; de hecho, «ahora» significaba «pronto», y «pronto», no se sabe cuándo.

Creo recordar el olor a cañerías de aquella cafetería, y también cómo el mal olor se disipó en cuanto Laura apareció en la puerta. Nos dimos un abrazo largo (un poco como veíamos hacer a nuestras madres, me parece) y nos enredamos en nuestra charla igual que si la hubiéramos dejado interrumpida el día anterior. Los mayores se sentaron en la mesa de al lado, pidieron café, leche con Cola-Cao para nosotras y tostadas para todos. Apenas hablaban.

—Mamá, ¿me das un poco de tu tostada?

Tenía hambre. Ella no parecía que fuera a comerse la suya y yo ya me había terminado la mía.

—Sí, cómetela entera si quieres, toma.

Volvimos a los coches.

—¿Y adónde vamos ahora, mamá?

—Ven aquí, te voy a peinar, he traído un lazo.

—¿El naranja?

—No, el azul.

Era el mismo que me puso cuando fuimos a despedir a Jon: no quería ponerme ese lazo, pero dejé que ella lo hiciera sin rechistar.

Entramos en una especie de jardín rectangular, había mucha gente y mucho silencio, todos vestidos de negro salvo unos hombres con gorras y trajes de colores.

—¿Por qué van vestidos así?

—Son uniformes, Ángela, uniformes del Ejército —me contestó mi padre.

—¿Eso son banderas? ¿Por qué están ahí en medio? ¿Qué hay debajo?

—Ángela, tienes que estar callada, ¿vale?

—Pero ¿dónde está Andrea?

—Allí delante, Ángela, shhh.

A Andrea no podía verla, la gente estaba de pie y me tapaban, pero, entre las dos personas que tenía delante, en un momento logré ver a Alba. Llevaba gafas de sol, aunque no hacía sol, y un vestido negro como todas las otras mujeres. No me pareció que estuviera llorando, pero tenía la boca torcida en un gesto extraño. Entonces sonaron trompetas, campanas y tambores, y un hombre y una mujer avanzaron con paso marcial entre la gente hasta donde debía de estar Andrea aunque yo no pudiera verla. Detrás de ellos, dos filas de hombres uniformados.

—¿Quiénes son esos?

—Los reyes, Ángela. Están dándoles el pésame a las familias.

—¿Les están dando qué?

—Luego te lo explico.

La música sonaba como una tormenta e instintivamente miré al cielo. Después, otra vez silencio. Al lado de Alba había una mujer rubia que lloraba desconsolada. El rey era altísimo y pude ver cómo se agachaba para abrazar a Alba, a esa mujer y a otras personas que yo no sabía quiénes eran.

—Venga, ahora tenemos que irnos.

—Pero no he visto a Andrea.

—Les esperaremos fuera.

—¿Por qué hacen tantas fotos? ¿Quiénes son esos, papá?

—Periodistas.

—Ah… ¿Vamos a salir en la tele?

Lázaro les hizo una señal a mis padres. Juntos comenzamos a andar hacia Alba, Andrea y sus hermanos, que estaban parados a cierta distancia. Laura y yo íbamos agarradas de la mano.

—Andrea está llorando, papá, ¿podemos ir con ella?

Pero ella nos vio también, se acercó a pedirle algo a su madre y vino a reunirse con nosotras.

—Mira, es el último regalo que tendré de papá. Me llegó tu paquete. —Me mostraba el loro verde y amarillo que mi padre y yo le habíamos enviado por correo.

—Tu papá está en el cielo, Andrea, con el papá de Gonzalo, no estés triste...

—No le voy a ver más, dice mi hermano que no va a volver. Pero también me dijo que veníamos a un concierto y esto no es un concierto.

Lloraba sin parar, se cubría la cara con las manos y lloraba como un bebé.

—Pero él sí puede verte, y cocinará filloas, y él y Jon plantarán muchos árboles... ¿Te ha besado a ti también el rey?

—No, me dolía mucho la tripa.

—¿Estas malita?

—No sé, me dolía mucho y mi tía me acompañó al baño justo cuando el rey iba a venir a hablar con nosotros. Me lo perdí.

—¿Te duele mucho todavía?

—No, creo que es solo que me aprieta el pantalón.

—¿Qué pantalón?

—Se han olvidado de quitarme un pantalón de deporte que llevo debajo del vestido, mira. Por eso no estaba cuando vino el rey, pero ayer estuvieron con nosotros. El rey habló con Mario, le preguntó que qué quería ser de mayor.

—¿Y qué le dijo?

—Que quería que en nuestra casa siguiera habiendo siempre un uniforme.

—¿A ti también te lo preguntó?

—Conmigo vino a hablar la reina. Se sentó conmigo. Creo que yo solo decía todo el rato «¿Y papá?». No me acuerdo muy bien. Pero sí me acuerdo de que ella me dijo: «Quédate tranquila, que tú papá ha hecho un viaje muy importante y muy largo y te estará cuidando siempre».

No pudimos hablar más. Todo el mundo estaba yendo hacia los coches, había gente por todas partes y empezaba a llover con fuerza.

Mi padre me cogió en brazos. Solo pude despedirme de Laura con la mirada. Ella iba también en brazos de su padre, y cuando nos alejamos un poco vi en sus labios que gritaba mi nombre, pero el ruido de la lluvia contra los capós, las voces y los motores no me dejaron oírla.

Me quedé mirando por la ventanilla, dejándome arrullar por el ruido del motor, y luego rompí el silencio para preguntar con toda serenidad:

—¿Es normal que los niños se queden sin papá?

—No, Ángela, no es normal —me dijo mi madre, y se puso a llorar en bajito, como sin fuerza, durante mucho rato.

Me quedé dormida escuchando su llanto.

57

El mejor día de todos

Seis artefactos explosivos destruyen otras tantas instalaciones de Iberduero en Guipúzcoa.
(*El País,* 18 de julio de 1981).
Guipúzcoa: cuarenta y cinco mil personas, sin luz por atentados.
(*ABC,* 18 de julio de 1981).
Alarma de los empresarios de Vizcaya por los atentados a Iberduero.
(*ABC,* 23 de julio de 1981).

—¿Isabel quiere a Lázaro, mamá?

—Muchísimo. ¿Por qué preguntas eso?

—Porque viven en sitios distintos.

—Papá y yo nos queremos mucho y papá también vive en otros sitios a veces, aunque viene a vernos.

—¿Entonces tienen mucho dinero?

—No, ¿por qué?

—Porque cuando uno tiene muchas casas es porque tiene mucho dinero, ¿no?

—Es temporal.

—¿Qué es temporal?

—Que es solo por un tiempo. Primero Isabel estuvo viviendo con los tíos de Laura y después, para estar cerca de Lázaro, ha alquilado una casa cerca de aquí.

—¿Y la suya? ¿Por qué no sigue viviendo en su casa con Laura y con Jorge?

—Quieren venderla.

—¿Por qué?

—Para comprarse una más bonita.

—La suya era bonita.

—Pero otra más bonita, como son más necesitan más espacio.

—¿Volverán a vivir cerca de nosotros?

—No lo sé, Ángela, no lo sé.

—Nosotros somos, papá *bat,* tú *bi,* yo *hiru,* Quique *lau*... ¡Cuatro! Igual que ellos. ¿Nosotros necesitamos más espacio?

—¿Por qué haces tantas preguntas?

No supe contestar a esa pregunta.

Isabel cada vez venía más a vernos, aunque Laura seguía con sus tíos. Ahora, cuando salíamos a pasear, las escuchaba hablar más que antes, no podía alejarme y Quique iba en la sillita. Un día cogí un caracol cerca de la playa.

—Mamá, mamá, mira, es el más grande que he visto nunca.

—¡Es verdad! Es enorme.

—¿Me lo puedo llevar a casa?

A mamá no le gustaba tener animales en casa ni llevar cosas de la calle, pero aquel día me dejó. Nos sentamos en un banco y las dos recogieron unas hojas grandes para hacerle una cajita y que no se me rompiera, decían que la concha del caracol era muy delicada y que, si se rompía, el caracol se moría.

No hacía frío, pero mi madre e Isabel ahora siempre llevaban unos pañuelos muy bonitos en la cabeza.

—Es increíble la capacidad que tenemos de adaptarnos a las situaciones más terribles, ¿verdad?

—Sí.

—A Lucía no he podido verla. Ya te dije que hablamos un par de veces, pero al final nada. Es normal. Me imagino que necesitará apartarse de toda esta historia y nosotros estamos en medio, es normal que busque la compañía de otras personas.

—Laura pregunta mucho por Gonzalo, le sigue haciendo dibujos y me pregunta que cuándo podrá dárselos.

Seguían manipulando las hojas para hacerle la caja a mi caracol y me gustaba ver la delicadeza con la que movían los dedos.

—¿Sabes?

—Dime.

—Estoy pensando en regresar con los niños; necesito que estemos todos juntos otra vez, no podemos seguir escondidos siempre. Aquí todo sigue igual, pero han sido ya casi cuatro meses y al final me creo que estoy con ellos y en realidad estoy en la carretera, haciendo kilómetros para intentar estar en todas partes.

—¿Lo has hablado con Lázaro?

—Él sabe que no estoy bien, me ve todo el día de acá para allá, agotada, pero ellos…, qué te voy a contar, son hombres racionales…

—¿Y entonces el piso?

—No quiero venderlo. Quiero volver a mi casa con mi familia.

—¡Cómo son estos ingenieros, eh! Pero nosotras eso ya lo sabíamos, ¿verdad? Los conocemos desde siempre.

—Sí. ¿Sabes qué? Últimamente escucho mucho en mi cabeza la voz de mi padre contando las maravillas de esta tierra, como hacía siempre…

—¿Has vuelto a ir al pueblo de tu padre?

—Muy poco, vamos muy poco. La casa está cerrada, me muero de pena.

—Claro. Si te apetece un día podemos ir juntas a dar un paseo por allí.

—Sí, creo que me gustaría, es un lugar precioso y tengo millones de recuerdos… Quiero estar aquí otra vez, con vosotros, y que Laura y Jorge estén aquí también. Necesito que estemos todos cerca para tratar de superar juntos las cosas horribles que nos han pasado.

—Siempre juntas, ¿no era eso?

Se abrazaron, pero este era un abrazo de felicidad, no como todos los abrazos tristes que había visto últimamente. Laura iba a regresar, eso lo había entendido bien, y la cajita de hojas para mi caracol estaba terminada. Me sentí feliz.

Pero todavía pasaron muchos días hasta la mañana en que me desperté y no había nadie en casa; bueno, Quique estaba dormido en su cuna, pero mis padres no estaban. ¿Nos habían dejado solos? Fueron solo unos minutos, pero pasé miedo. Cuando mi madre entró, me encontró llorando.

—Mamááá, ¿por qué te has ido?

—No me he ido a ninguna parte, cariño, solo había acompañado abajo a papá, estabas dormida, lo hago siempre que viene, es un segundo... Anda, vamos a escoger la ropa: hoy tengo una sorpresa para ti.

Así que el día que me desperté sola en casa fue también el mejor día de todos: Laura había vuelto, por fin, y con total naturalidad, la rutina que se había deshecho volvió a rehacerse; retomamos nuestros juegos, nuestras charlas; volvimos a ir juntas a la *ikastola* y a las clases de *ballet,* y juntas íbamos los jueves por la tarde a casa de Silvia y nos quedábamos a cenar. Aarón ya no podía venir a recogernos, ahora venían siempre Ana o su hermano Pablo. Luego, Isabel iba a buscarnos al salir de su clase de *euskera* y nos llevaba a casa. Los días pasaban volando, y enseguida llegó el calor. Se acercaba el fin de curso. Estábamos preparando un festival para bailar delante de nuestros padres, ¡y por fin teníamos tutús!

Cuando las clases terminaron, algunas veces mi madre e Isabel nos llevaban a los columpios, solo un ratito, o bajábamos a la campa y a la playa. A Laura le encantaba jugar en la arena de la playa. Cuando veíamos el mar al fondo ella no podía evitar salir corriendo.

—Lauraaa, que te vas a caer, no corras tanto.

Y se cayó.

—¿Qué te he dicho?

Isabel la sentó en un banco, le limpió la herida, y allí nos quedamos todos a esperar a que Laura dejara de llorar. Se había hecho sangre. Me senté en el suelo a su lado, sin decir nada. Nuestras madres hablaban en voz baja, como siempre. Ese día no llevaban pañuelos, sino unos sombreros que les tapaban casi completamente las caras.

—Carmen..., tengo que contarte algo.

—Dime.

—Ya no sé si es miedo, es una sensación muy extraña... Nos hemos hecho fuertes, y yo no sé si insensibles... ¿Somos insensibles?

—Puede ser...

—Yo... he pensado en conseguir una pistola.

—¡¿Cómo?! ¡¿Tú estás loca?!

—Shhh, la gente..., las niñas...

—El otro día, cuando tuve que salir corriendo, pensé que tenía que hacer algo para defenderme, para defender a los niños si llega el caso...

—Pero ya hemos corrido otras veces, la primera vez estábamos con ellas, con nuestras niñas, ¿te acuerdas?

—Claro que me acuerdo, ahí ya empecé a darle vueltas a la cabeza...

—¿Quieres que te sople la herida? —le pregunté a Laura—. Ya no sale sangre.

—Pero me escuece.

—No puedes hacer eso, Isabel, no está bien.

—No lo sabe nadie, ni Lázaro. Creí que sería más difícil conseguirla, pero solo he tenido que hacer un par de llamadas. Ahora entiendo por qué es tan fácil matar.

—No te reconozco, de verdad.

—Más de doscientos atentados solo contra Iberduero, casi uno diario desde que he vuelto, cuatro muertos... Y hoy he leído en el periódico que han detenido a tres personas; pasaban información con un sistema bien rudimentario, un papelito dentro de una botella entre las rocas... Los vigilan, tienen claros sus objetivos. Esa gente es la que les facilitó la información para el secuestro de Jon.

Mi madre se levantó. Parecía enfadada.

—Nos vamos a casa, niñas.

—Carmen...

—No hagas tonterías, Isabel.

Ayudé a Laura a bajarse el pantalón.

—Ángela... ¿mamá ha dicho que tiene una pistola?

—No sé, no me he enterado bien. A lo mejor van a regalarnos pistolas de agua para jugar en la playa.

De camino a casa, Laura cojeaba un poco.

—Mamá, ¿puede ser verde? —preguntó a Isabel.

—¿El qué, cariño?

—La pistola. Ángela la quiere verde y yo azul.

Mi madre miró a Isabel con cara de enfado e Isabel bajó la vista al suelo.

—He dicho una tontería. Olvidad la pistola… ¿Sabéis? Hoy ponen *Los Picapiedra.* Si comemos rápido, podréis verlo entero.

La tele era diferente en verano, ponían otras cosas, y ahora me gustaba también ver los conciertos de música clásica, sobre todo cuando mi padre estaba en casa y se sentaba en el sofá con sus papeles desplegados sobre la mesa baja. Él escuchaba la música y de vez en cuando levantaba la mirada y le echaba un vistazo a la tele; luego a mí, y me sonreía. Con ayuda del Casio que me regalaron cuando estuve en casa de los abuelos, me había enseñado las notas.

—Escucha, preciosa, es el *Concierto 19* en fa mayor de Mozart.

—¿Las notas también pueden ser pequeñas y mayores, como las personas?

—Eso es.

Otra vez estaba concentrado en sus papeles: noté que me contestaba sin pensar. Salí corriendo a mi habitación y volví con las zapatillas de *ballet* en la mano. Me senté en el suelo a ponérmelas.

—Papá, mira cómo bailo.

Era una música muy alegre, empecé a dar vueltas y saltos, hice una reverencia y di un brinco para subirme en sus rodillas.

—Pequeñaja, que te vas a hacer daño.

Me sentó a su lado, me pasó un brazo por la cintura y, con la otra mano, volvió a coger uno de sus papeles y continuó leyendo. Yo seguía teniendo muchas ganas de bailar, pero preferí quedarme ahí quieta, pegadita a su lado.

—Papá, te quiero.

58

¡Me muero!

Iberduero y el Gobierno vasco eluden acudir a un debate público sobre Lemóniz mientras «sube la presión» en las Jornadas Antinucleares.
(*Egin,* 26 de agosto de 1981).

Mil personas protagonizaron en Bilbao un simulacro de accidente nuclear.
(*El País,* 26 de agosto de 1981).

Un comando de ETA-m roba documentos de una oficina de Iberduero.
(*El País,* 26 de agosto de 1981).

—Hay que ver el estirón que has pegado este verano. Ni los zapatos, ni los pantalones ni la chamarra, ni siquiera la ropa de *ballet.* No te sirve nada de nada.

—Me asfixio, mamá, me aprieta aquí, y tengo mucho calor.

—Sí, bonita, espera un segundo que ya te lo quito todo.

Así que íbamos a irnos de compras a Bilbao, a El Corte Inglés de la Gran Vía. Quique y Jorge se quedaban en casa con nuestros padres y «las chicas» nos íbamos de compras. Un buen plan, sobre todo por las escaleras mecánicas, que a Laura y a mí nos encantaban. Entonces yo todavía no había desarrollado esta aversión que siento por los centros comerciales; quién sabe, quizá comenzara precisamente ese día.

—David, cariño, si quedas con Lázaro nos dejáis una nota para decirnos dónde estáis, ¿vale?

Quique estaría dormido todavía, me imagino, porque habíamos terminado de comer hacía poco y yo iba a saltarme la siesta para que no se nos hiciera demasiado tarde en Bilbao.

Sin levantar la vista de sus papeles, mi padre contestó:

—Claro, ve tranquila. El pequeñajo se portará bien, no te preocupes, pero no volváis demasiado tarde, ¿de acuerdo?

—No, vamos a ver si podemos solucionarlo todo en El Corte Inglés y antes de cenar estamos de vuelta.

Bajé corriendo las escaleras y abrí la puerta del portal sin esperar a que mi madre me diera permiso: estaba impaciente. Laura me vio y me sonrió desde la ventanilla del coche de su madre. Abrí yo sola la portezuela, a la carrera, y me senté muy formalita para que mi madre me perdonara por mi impaciencia.

—¡Tarde de chicas! —dijo Isabel—. Yo voy a ver si me compro unas botas altas para este invierno, que tengo capricho, y Laura necesita de todo, ¡verás qué ruina!

—Pues lo mismo que Ángela; he estado probándole la ropa del curso pasado y no podía ni respirar la pobre.

—Jajaja.

Estaban de buen humor, por eso fue más evidente el cambio de tono cuando mi madre se quedó mirando a Isabel, que se había puesto a escudriñar los espejos con cara rara, y le preguntó:

—¿Están ahí?

—Sí, hay dos.

—Por favor… ¿Por qué nos hacen esto? Se me encoge el estómago.

—Mamá, ¿te duele la tripa?

No me contestó. Laura y yo nos cogimos de la mano y fuimos así el resto del camino, mirando por la ventanilla el agua en la ría a lo largo de la carretera. Ni siquiera dijimos nada cuando llegamos al puente levadizo y las ruedas del coche hicieron *clonc clonc* al pasar por el centro. «¡Que se rompe!, ¡que se rompe!», nos gustaba decir ahí para jugar.

—¿Lo meto en el *parking?*

—No, mejor en la calle. Cruza la Circular y buscamos sitio por ahí.

—Pues no, mira, está cortada; voy a dar la vuelta y lo dejo un poco más atrás.

—¿Qué pasará?

—No sé, está todo tranquilo, habrá obras o algo.

El Corte Inglés era como la calle, pero sin cielo ni ventanas y con olor a perfume. Podíamos caminar sin ir de la mano de nuestras madres y, cuando nos cansábamos y terminaban de comprar, nos invitaban a merendar a la cafetería.

—Hala, vámonos a casa que se nos está haciendo tarde.

Quedaba poca gente, era la tarde de un martes de finales de agosto de 1981 y los pocos que no estuvieran de vacaciones ya habrían terminado de hacer sus compras. Bajamos los cuatro tramos de escaleras mecánicas jugando a saltar cada vez al principio y al final, ansiosas ya de aire libre y luz natural.

Pero cuando salimos a la calle el contraste fue demasiado. Las puertas automáticas se abrieron y apareció una multitud. Todos caminaban en la misma dirección, como una avalancha que nos arrollaría en cuanto pusiéramos un pie fuera.

—Pero ¿qué pasa? ¿Adónde van? —dijo mi madre entre dientes.

—Ni idea, pero nosotras también tenemos que ir en esa dirección. Ven, Laura, dame la mano. Vamos rápido, Carmen.

—¿Y no podemos ir dando un rodeo?

—Si es que hemos aparcado justo del otro lado de la plaza, no nos queda otra. ¡Vamos!

Y nos lanzamos al río bien sujetas de sus manos y contagiadas de su miedo. Había pancartas blancas con letras negras que no podíamos pararnos a descifrar, y también los dibujos de los soles que durante un tiempo me gustaron y ahora no podía ver sin sentir un escalofrío. Muchos, muchísimos soles rojos sonrientes por todas partes. Y gritos y disfraces mitad mosca mitad astronauta. Me aterraban los ojos gigantes de esas máscaras y los tubos que salían de las bocas e iban a parar a las espaldas, pero no podía dejar de mirarlos.

—No me gustan esos disfraces, mamá, ¿por qué se visten así?

—Van a hacer una obra de teatro, Ángela, no tengas miedo. Enseguida llegamos al coche y nos vamos a casa, son cosas de mayores…

Otros llevaban pañuelos que les cubrían la nariz, o la cara entera tapada con pasamontañas.

—¡Se van a morir de calor! Y los que van de mosca ¿pueden respirar con eso?

—Vamos, Laura, no te pares, por favor.

Y de repente se hizo el silencio. Todo el mundo se quedó quieto y nosotras también nos paramos y miramos hacia donde miraban los demás. Hasta que un grito resonó en mitad de la plaza: «¡Me muero! ¡Nos morimos todos! ¡Lemóniz!», y entonces muchos empezaron a tirarse al suelo y se quedaban ahí tumbados sin moverse. A Laura y a mí nos entró una risa nerviosa.

—Shhh, calladitas —nos dijo Isabel con una seriedad que nos cortó la risa de golpe.

—¿Por qué dicen «me muero», mamá?

—Shhh.

Cuando los que se habían muerto volvieron a estar vivos y la gente de alrededor empezó a moverse por la plaza, nuestras madres se pusieron en marcha también y tiraron de nosotras cada vez más rápido hasta el coche.

—Ay, mamá, me aprietas.

—Lo siento, Ángela, pero no te sueltes, por favor. Vamos, ya estamos llegando.

En el camino de vuelta apenas nadie dijo nada, pero la ría estaba preciosa con los reflejos naranjas de la última luz y los destellos de las farolas. Isabel paró enfrente de nuestro portal y mi madre y yo nos bajamos con todas nuestras bolsas.

—¿Qué tal vuestra tarde de compras? Nosotros aquí fenomenal, aunque Quique ya llevaba un rato preocupado preguntando por su mamá, ¿verdad, pequeñajo? ¿Ves? Lo que yo te había dicho; ya está aquí mamá.

Mi hermano se abalanzó a abrazarse a mi madre y a ella se le destensó el gesto que traía en la cara desde Bilbao.

—¡Hemos comprado un montón de cosas, papá! ¡Hasta un maillot y una faldita para *ballet!* ¿Quieres verlo?

—Claro, a ver…

Mi madre empezó a rebuscar en las bolsas para encontrar las prendas que yo quería enseñarle a mi padre.

—Y mira lo que sé hacer... ¡Me muero! ¡Nos morimos todos!

Me tiré al suelo, cerré los ojos un segundo y enseguida volví a abrirlos para ver la impresión que había causado en él mi actuación.

—Pero vosotros tenéis que moriros también..., como yo.

Mi padre me miraba muy serio, era evidente que mi teatro no le había gustado nada. Sin dejar de mirarme, se dirigió a mi madre:

—¿Qué es eso, Carmen?

—Eso son las Jornadas Internacionales contra Lemóniz, David.

59

¿CUMPLEAÑOS FELIZ?

Linternas y sirenas iluminaron la noche de Pamplona. El atentado contra las instalaciones de FENSA dejó sin luz a más de 150.000 personas.
(*El País,* 17 de septiembre de 1981).
La asamblea nacional del PNV se manifiesta unánimemente a favor de la puesta en marcha de Lemóniz.
(*El País,* 18 de octubre de 1981).

—Yo creo que Bea puede ser Andrea.

—¿Por qué?

—Porque tiene el pelo rubio y largo y lleva siempre ropa muy bonita.

—Es verdad.

—Además Bea habla mucho, como Andrea.

—Ya no, desde que su papá se fue al cielo, ella ya casi no habla.

—Quique se llama como tu hermano. Quique podría ser Gonzalo, ¿no?

—Quique es mayor.

—Sí, pero nunca se mete en líos, y es callado y bueno.

—Y entonces Javi sería Iñaki: le hacen caso todos los niños, es el mayor, y además es muuuy guapo.

—Silvia es…, es Desi.

—Sí, siempre hace las cosas bien y cuando alguien se enfada ella lo arregla.

—¿Y nosotras?

—Es que no hay niñas, seríamos Tito, pero Tito es un niño.

Nos encantaba *Verano azul,* aunque ellos eran tan estupendos y lo hacían siempre todo tan bien que a veces daba rabia. Como cuando a Tito se le murió la lagartija. Le había dado de comer mortadela y se murió, así que él le hizo un funeral. Cuando a mí se me murió mi caracol no se me ocurrió hacerle un funeral, y eso que ya había visto dos de verdad. Mi madre lo tiraría a la basura, supongo, y ya.

El día de mi sexto cumpleaños mi madre preparó una tarta pequeña y tres bolsitas con chucherías para los niños pequeños, Gonzalo, Laura y yo. Iñaki y Silvia también iban a venir, pero a ellos ya no les hacían ilusión las bolsitas, eran demasiado mayores. Mis padres me habían explicado que sería una fiesta especial, solo para los más amigos, pero yo no terminaba de ver claro por qué no habíamos invitado a todos los otros niños, a mis amigos de la *ikastola,* a los del parque y a nuestras compañeras de *ballet.* De todas formas, había globos por la casa y una bandeja de sándwiches tapada con papel de aluminio en la encimera de la cocina, y yo esperaba contenta la llegada de mis invitados.

Sonó el timbre de la puerta y di un respingo en la silla de la cocina en la que me había sentado a esperar.

—Quédate ahí, yo voy a abrir.

Reconocí inmediatamente la voz de Isabel, y casi al mismo tiempo Laura apareció frente a mí con un paquete en las manos.

—Toma, felicidades.

—Gracias. ¿Lo abro ya?

—Mejor espera a abrir todos los regalos cuando lleguen los otros, ¿no?

—Vale. ¿Y cuándo llegan?

—Enseguida, y papá y Lázaro también. Vamos a llevar la merienda al salón, ¿nos ayudáis?

Pero en un santiamén estaba todo listo y nadie llegaba. Laura y yo empezábamos a impacientarnos, e Isabel y mi madre también, aunque trataran de disimularlo.

Ring. Ring. Ring, ring, ring… A la tercera mi madre descolgó el teléfono.

—¿Dígame?

—…

—Claro, Ana, lo entiendo perfectamente, no te preocupes. ¿Está Silvia por ahí? Creo que a Ángela le haría mucha ilusión hablar con ella.

—…

—Ah, ya. Bueno, llamad luego si podéis, ¿vale?

—…

—Sí. Un beso.

Cuando colgó, me quedé mirándola un rato sin hablar y luego le dije:

—No van a venir, ¿verdad?

—No, bonita, no pueden, se van al pueblo directamente.

—¿Y Gonzalo?

—Gonzalo tampoco, Lucía no puede traerle y la idea era que se viniera con Ana y los chicos, pero como ellos no vienen…

—¿Les caigo mal?

—Claro que no, qué cosas dices, es solo que no han podido; como todavía hace bueno, la gente se va de fin de semana.

—Pero me dijeron que vendrían.

—Lo sé, princesa, y Ana se sentía muy mal por eso, pero es que Aarón necesitaba ir al pueblo, ¿sabes? Le hace falta descansar… Pero Ana me ha dicho que nos invitan a ir dentro de un par de fines de semana y que podemos celebrarlo allí todos juntos, aunque sea con retraso, ¿quieres?

—Sí que quiero, pero sigo triste, mamá, me pone triste que no haya venido nadie.

—Pues nada de eso, vamos a hacer una fiesta preciosa, ya verás. ¿A que sí, Isabel?

—Por supuesto, ¡nada de tristezas! Voy a darme un salto a casa y ahora vuelvo: he tenido una idea.

—Perfecto. Yo llamo a David a ver cómo van.

Isabel salió a la carrera y de pasada cogió un sándwich de la mesa.

—Para el camino —dijo mirándonos con cara de pilla.

Mi madre descolgó el teléfono.

—Buenas tardes, María. Soy Carmen. ¿Puedes pasarme a David?

—...

—Gracias, espero.

—...

—David, ¿vais a tardar mucho?

—...

—Ana al final no va a venir, estamos aquí con Isabel y Laura y los pequeños... Ángela necesita que vengas.

—...

—Vale, hazme la llamada cuando estés saliendo.

Mi madre me miró con una gran sonrisa y me dio un beso.

—Papá y Lázaro vienen ya, tenían una reunión, pero acaban de terminar. Vamos a ver con qué nos sorprende esta vez la loquita de Isabel...

La loquita apareció en ese momento con una peluca naranja en la cabeza y dos bolsas grandes en las manos.

—¿Qué traes ahí? Lázaro y David vienen ya.

—No hay tiempo que perder, corred, vamos a organizarlo todo antes de que lleguen. Mirad en las bolsas, que cada una escoja lo que más le guste y se lo ponga, y vamos a coger algo también para los peques. Pero lo primero es lo primero: ¡un poco de música para inspirar a las artistas!

Escogí una peluca azul brillante y una estola de plumas. Y ella, con una bata de volantes encima de la ropa, metió un casete en el aparato de música y empezó a cantar.

—Esta va por ti, Ángela...

Tú, solo tú, cómo no,
miro al aire y eres tú,
siempre estás donde estoy yo...

Bailaba con mucha gracia y me señalaba cuando decía «tú, solo tú». Laura y yo la mirábamos pasmadas, y mi madre nos miraba a las tres mientras trataba de conseguir que Jorge y Quique dejaran de quitarse los sombreritos cónicos de cartón que había sacado de las bolsas para ellos.

—Es Bertín Osborne…, ¿no os gusta?

—No, pero tú bailas muy bien.

—Ya, pero se trata de que bailemos todos. A ver, ¿os pongo los *Pajaritos?*

—Sííí.

—Perfecto, pues vamos a ensayar la coreografía y cuando vengan David y Lázaro se la bailamos, ¿vale?

—¡Vale! —saltamos Laura y yo sin dudarlo.

—¿Vale, Carmen?

—Vaaale.

Pajaritos, a bailar.
Cuando acabas de nacer,
tu colita has de mover.

Tuvimos el tiempo justo para ensayar una vez antes de que la puerta se abriera y mi padre y Lázaro aparecieran cargados de paquetes. Se quedaron atónitos.

—¿Qué hacéis así vestidas?

—Papááá, ¡¡¡has venidooo!!!

—Claro, pequeñaja, ¿cómo no iba a venir?

—Hemos preparado una *coragrafía,* ¿queréis verla?

—Sea lo que sea eso, sí, queremos verla.

—Jajaja, una coreografía, Lázaro. Anda, poneos cómodos, que vais a ver lo que es bueno.

Se quitaron las chaquetas, dejaron sus papeles en el despacho y los paquetes al lado de la mesa del salón, donde estaba puesta la merienda, y se sentaron en el sofá con caras de gran expectación.

—A ver esa coreografía, estamos ansiosos.

Isabel volvió a poner la canción, cogió a mi madre de la mano y la levantó del sofá un poco a la fuerza.

—Tú no te escapas, aquí bailamos todos. Y vosotros dos, bien atentos, que luego os toca.

La tarde transcurrió entre risas, bromas y las culetadas de los pequeños, que no conseguían mantener el equilibrio cuando se agachaban para hacer de pajaritos. Comimos de todo, soplamos las velas y abrí mis regalos, y cuando ya era de noche y nuestros hermanos se habían ido a dormir, a Laura y a mí nos dejaron sentarnos a charlar con los mayores. Eran días sin cole, así que Laura podría quedarse a dormir conmigo. Y estábamos haciendo esfuerzos para seguir con los ojos abiertos cuando sonó el teléfono.

—Sí, estamos todos despiertos todavía, con la casa patas arriba.

—...

—Lo hemos pasado muy bien, Ana. Isabel ha hecho fotos. Ya te las enseñaremos porque David y Lázaro bailando los *Pajaritos* son cosa de no perderse.

—...

—Sí, jajaja.

—...

—No, no me ha dicho nada...

—...

—Ni idea, ahora le preguntaré.

—...

—Sí, te la paso... Ángela, ponte, es Ana, quiere felicitarte.

—Hola, Ana.

—Hola, bonita. ¡Muchas felicidades! Siento mucho que no hayamos podido ir.

—Tenía ganas de veros y al principio me puse un poco triste, pero luego ha sido muy divertido.

—Claro, las fiestas improvisadas al final siempre son las mejores. Te paso a Silvia, ¿vale?

—Sí.

—¡Felicidades, Cascabel!

—Gracias, Silvia, ojalá hubieras podido venir.

—Ya, lo siento, es que nos hemos venido al pueblo. Pero me ha dicho mi *ama* que dentro de un par de fines de semana vendremos todos juntos; me apetece un montón.

—Y a mí.

—Te mando un beso fuerte y te paso a Iñaki, ¿vale?, que está aquí intentando quitarme el teléfono.

—Un beso, Silvia.

—Hola, Ángela. Felicidades.

—Gracias, Iñaki.

—¿Lo has pasado bien en tu fiesta de cumple?

—Sí, ha sido genial, y Laura se va a quedar a dormir.

—¡Qué suerte! Un beso grande, bonita, nos vemos pronto.

—Un beso, Iñaki.

Mi madre estuvo hablando un poco más con Ana y, cuando colgó, estaba seria.

—David, me ha dicho Ana…

—Ya…, no me ha dado tiempo a comentároslo.

—¿Qué ha pasado? —preguntó Isabel.

—Llevaba tiempo viendo un coche siempre detrás, no me lo quitaba de encima…

—¿Y por qué no me lo contaste?

—No quería que te preocuparas sin necesidad, pero fui a hablar con la empresa…

—¿Y?

—Me han puesto seguridad, pero pensaron que era mejor no decírmelo para que no nos pusiéramos nerviosos. Se preocupan por nosotros.

—Pero ¿cómo no te avisaron? ¿Pensaban que no te darías cuenta?

—Ya te lo he dicho, no querían que me agobiara…, es solo por seguridad.

La conversación ya no era tan divertida, así que Laura y yo dejamos de oponer resistencia y nos fuimos a la cama.

—Laura, ¿tú crees que a nuestros papás ahora los cuidan igual que cuidan a Aarón?

—No sé, con nosotros no vienen señores.

—Con nosotros tampoco, pero papá ha dicho que hay gente que cuida de ellos.

—Pues si los cuidan es porque puede pasarles algo malo, ¿no?

Mi padre vino a taparnos y darnos besos de buenas noches.

—Papá, no quiero ir más a la *ikastola*.

—¿Por qué?

—No sé. ¿Tú eres muy jefe?

—¿Por qué me preguntas eso?

—Porque solo a los muy jefes los protegen.

—¿Quién te ha dicho eso?

—Silvia, a su papá le cuidan porque es muy jefe.

—Yo no soy muy jefe, solo…

—¿Te cuidan para que no te vayas al cielo pronto?

—No, cariño, solo para que pueda ir más rápido a todas partes y llegar pronto a casa para estar contigo y con tu hermano.

—Yo no quiero que te vayas al cielo.

—Ángela, confía en mí, no me iré a ninguna parte.

Volvió a besarme, apagó la luz y cerró la puerta al salir.

—Laura… ¿Sabes? Yo le doy muchos besos a mi papá.

—¿Muchos?

—Sí, por si un día se lo llevan al cielo con Jon y con Rafael.

—Pues yo también voy a darle muchos besos al mío.

60
SEGURO QUE VOLVERÁ

ETA relanza su campaña contra la central nuclear de Lemóniz.
(*El País,* 11 de noviembre de 1981).
El Gobierno vasco insta el referéndum sobre Lemóniz, comunicado del Ejecutivo al Parlamento de Vitoria, que hoy debate la central nuclear.
(*La Vanguardia,* 16 de diciembre de 1981).

Las katiuskas y los paraguas habían vuelto a adueñarse de nuestra rutina. Algunos días íbamos a la *ikastola* y otros no, y ahora Isabel también estudiaba, como nosotras, iba a «la facul», decía ella, para ser enfermera. Pero ella y mi madre estaban tristes, las escuchábamos decir que no eran normales las cosas normales, que no era normal vivir escondidos y perseguidos, aunque a Laura y a mí nos parecía que estaba bien esconderse de los malos: estaban en muchos sitios y habían conseguido llevarse a los padres de algunos de nuestros mejores amigos.

Es verdad que ya no queríamos montar en autobús ni salir a la calle cuando había mucha gente; ellas se ponían nerviosas y a veces hasta nos hacían daño al agarrarnos. Pero, por lo demás, no tengo el recuerdo de haber sufrido durante aquellos meses. Si había que correr, se corría, y ya.

Isabel, por lo que me ha contado ahora, cuando he recurrido a ella para completar las lagunas en las que mi madre no ha conseguido hacer pie, sí sufría; su carácter libre no se avenía con la existencia casi clandestina que tuvimos que llevar. Eso explica lo que pasó, aquella decisión que yo entonces fui incapaz de comprender y que tanto daño me causó.

Llovía a cántaros aquel día y al salir de la *ikastola* nos refugiamos en casa a pasar la tarde como hacíamos tantas veces, cada oveja con su pareja, Isabel y mi madre, Laura y yo, Jorge y Quique. Ellas charlaban en la cocina mientras nosotras nos dedicábamos a pintar en mi cuarto, también como tantas otras veces, y los pequeños vete tú a saber, andarían en sus juegos o en sus peleas. Nosotras estábamos calladitas, concentradas cada una en su libro de colorear, unos libros gordos que nos había comprado Lázaro, y escuchábamos las charlas de los otros por la casa, incomprensibles las dos aunque por motivos opuestos.

—Carmen, tengo que contarte algo…

—Ajá.

—Tenía que habértelo dicho antes.

—Ay, Isabel, no me asustes, anda.

—No, es solo que… Sabes que Lázaro lleva tiempo buscando alternativas… Siempre hay una gota que colma el vaso. Con todo lo que ha pasado, para mí esa gota fue lo de las últimas llamadas, ya te lo conté. Me dijeron: «Estáis en el punto de mira», y yo hice lo que nos han dicho que debemos hacer, cambiar de número, pero al día siguiente otra vez nos habían localizado. Esa sensación de estar acorralados ha terminado de minarme la moral. Hablé con Lázaro. Todo este tiempo he seguido insistiendo para que no deje de buscar… Ya no lo soporto más. Él va a seguir aquí hasta que consiga algo, pero yo me voy con los niños, Carmen, me voy de aquí.

Laura levantó la mirada de su libro de colorear y me dijo:

—Papá va a ser bombero.

—Qué bien, ¿no? Los bomberos salvan a la gente y a los gatos que no saben bajar de los árboles.

—Sí, no sé. Papá quiere trabajar en otra cosa y yo creo que va a ser bombero. Lo malo es que tendremos que irnos a otro sitio a vivir.

—Bah, pero será solo por un tiempo. Siempre es así.

—Yo no quiero ir a otro colegio, quiero ir a la *ikastola* contigo.

—Dentro de poco será Navidad, y en Navidad no se va al colegio. Después iremos juntas otra vez, ya verás. Y si no, les diré a mis papás que nos vayamos nosotros también con vosotros.

—¡Eso sería genial!

—¿Pintamos cómo sería vivir en otro sitio?

Dibujamos una fiesta con barbacoa como las que hacíamos en el pueblo de Silvia, y todo el mundo tenía la boca abierta porque en ese sitio se podía hablar en voz alta. Arriba, en el cielo, estaban Jon y Rafael, mirándonos con grandes sonrisas. Mientras yo estaba entretenida con las nubes, que no eran blancas, sino de colorines, Laura se puso a dibujar algo en una esquina del papel.

—¿Quiénes son esos?

—Los malos, ¿no ves que van de gris y están lejos?

—Sí, pero mejor los quitamos del todo, ¿no? Porque en ese sitio no va a haber malos.

—Hum…, ¿cómo?

—Los borramos.

—No se puede, están con rotulador.

—Entonces empezamos otra vez.

—¿Desde el principio?

—Sí, a los malos los pintamos en otra hoja y así sí que no pueden llegar hasta donde nosotros estamos.

—Vale.

El último día en la *ikastola,* antes de las vacaciones de Navidad, Begoña sacó los botes de pintura y la cartulina: eso significaba que algún niño iba a irse para siempre y teníamos que prepararle su regalo de despedida.

—¿Será para mí? —me preguntó Laura en un susurro—. Si es para mí quiere decir que sí me voy para siempre.

—Que no, tonta, es que la *irakasle* no se entera, tú hazme caso.

Cada uno escogimos un color y fuimos metiendo las manos en los cubos de pintura para plantarlas después en la cartulina blanca. Después, Begoña nos ayudó a escribir nuestros nombres debajo de las huellas de nuestras manos, y ella escribió arriba, en grandes letras de palo: «*Agur,* Laura».

La primera vez que se fue no le hicimos la cartulina de *agur,* ni tampoco me la hicieron a mí cuando estuve tanto tiempo en Navaleta. Así que todo parecía indicar que esta vez sería diferente, que Laura esta vez sí se iría para no volver, pero yo estaba convencida de que todos se equivocaban, no podía dar cabida en mi pequeña cabeza a la idea de una despedida para siempre.

—Mamá, ¿este año puedo pedir lo que quiera a los Reyes?

—Claro, ¿qué quieres pedirles?

—Laura y yo hemos pensado en una cosa…

—¿Cuál?

—Volver a ver a Gonzalo y a Andrea.

—Ese es un regalo precioso. Pero ¿no vas a pedir ningún juguete?

—Si se pueden pedir varias cosas, sí. ¿Se puede?

—Sí, tú puedes pedir lo que quieras, y luego ellos deciden qué traerte.

—Vale, pues también quiero pedir que traigan unos días a Jon y a Rafael desde el cielo

—Ay, cariño, eso es imposible. Ya sabes que del cielo no se puede volver.

—Pero ellos pueden hacer magia.

—Ese tipo de magia no, bonita, ni siquiera los Reyes pueden hacer algo así.

—Ah, qué pena… ¿Y puedo pedirles que tengamos una casa en otro sitio?

—¿En otro sitio?

—Sí.

—Bueno, tú pídeselo a ver…

—¿Y que papá venga siempre a dormir a casa?

—Me parece que vamos a tener que hacer una lista, son un montón de cosas…

—También quiero pedirles que papá y yo podamos pasear otra vez solos, y que los mayores no lloréis nunca más.

—Mira, tú sigue pensando qué cosas pedirles, y piensa también en algún juguete que te haga ilusión, y en estos días les escribimos la carta, ¿vale? Ahora vamos a ir a casa de Isabel y así tú juegas con Laura mientras yo le echo una mano con todo el lío que tiene.

Cuando entramos en casa de Isabel, no me quedó más remedio que empezar a considerar la posibilidad de que la cosa fuera en serio. La casa estaba desmantelada, no quedaban ni las cortinas en las ventanas, y había cajas amontonadas por todas partes. Laura me cogió de la mano y me llevó hasta su cuarto. Nos sentamos en el suelo, no sabíamos muy bien qué hacer, y de pronto vi cómo los ojos de mi amiga se empañaban y comenzaban a resbalarle lágrimas por las mejillas.

—No estés triste, seguro que volverás. Y además, ¿sabes qué?

—¿Qué?

—Que voy a escribir la carta a los Reyes Magos con mamá y voy a pedirles que siempre estemos juntas... Bueno, eso y otro montón de cosas, tengo un montón de cosas que pedirles, pero mamá me ha dicho que puedo. Y para que los Reyes se pongan contentos voy a meter en el sobre el dibujo que hicimos, de parte de las dos, ¿vale?

—¿Qué dibujo?

—El de la fiesta y las nubes de colores.

—Yo tengo la parte de los malos. ¿Qué te parece si la tiro a la basura cuando llegue al sitio nuevo?

—Genial, así no podrán encontrar el camino de vuelta.

Unos días después, en la mesa camilla de casa de mis abuelos, con la nieve cayendo del otro lado de la ventana, mi madre y yo nos sentamos a escribir mi carta a los Reyes Magos. Yo dictaba y ella escribía, y también esa carta logró sobrevivir a los vaivenes de la vida, guardada en la caja de los recuerdos, y hoy me emociono al leerla.

Queridos Reyes Magos:

Este año he sido muy buena. Mis papás a veces están tristes, pero creo que no es por mi culpa.

He decidido no pediros juguetes porque me he dado cuenta de que me pongo contenta con otras cosas que no son juguetes.

Algunos de mis mejores amigos lo han pasado muy mal este año. Sus papás se han ido, se los han llevado, y eso les pone tristes. He oído que Gonzalo ya no juega, que se ha hecho mayor de repente, yo no sé si ahora será mucho más alto, pero quiero que vuelva a jugar conmigo. Andrea casi no habla y lo que más me gustaba de ella eran todas las cosas que me contaba. Así que voy a pediros que mis amigos vuelvan a ser felices y poder verlos y jugar juntos como antes.

El cielo está lleno de gente. ¿Vosotros podéis hablar con la gente que está en el cielo? Si podéis, decidles a Jon y a Rafael que los quiero mucho, por favor, y contadle a Jon que mi abuelo Santiago y yo plantamos un árbol y está creciendo despacito.

También quiero que Laura vuelva pronto. Es muy importante porque ella y yo somos las mejores amigas y necesitamos estar juntas.

Como sois magos, quiero que me deis un superpoder, que los besos que le doy todas las noches a papá le protejan y que no se vaya pronto porque todavía tiene que enseñarme muchas cosas. Y que los malos desaparezcan y los mayores no tengan que llorar nunca más.

Estos son todos los regalos que quiero. Este año seguiré portándome bien.

Muchas gracias y un beso a los tres,

Ángela

61
Solos

El Consejo decide que no haya referéndum sobre Lemóniz. La paralización de las obras cuesta 100 millones de pesetas diarias.
(*El Correo,* 16 de enero de 1982).
La ETA, contra Lemóniz.
(*La Vanguardia*, 2 de febrero de 1982).

Mi madre utilizaba el frío como excusa para no llevarnos al parque, pero luego, a veces, íbamos a pasear por la playa hasta el siguiente pueblo, solos los tres. Quique ya sabía jugar a muchas cosas, y creo que fue por aquella época cuando nos dio por los tacos de papel perforado de la impresora. Los traía mi padre de la oficina, y a nosotros nos encantaba dibujar caminos larguísimos o utilizarlos para construir casas. Mi madre nos ayudaba a recortar las puertas y las ventanas y, cuando nuestras casas de papel ya estaban terminadas, las destruíamos con el mismo entusiasmo con el que acabábamos de construirlas. Construíamos y destruíamos, construíamos y destruíamos. Llovía y dejaba de llover, llovía y dejaba de llover. Y así se nos iban las tardes.

A la *ikastola,* desde que se fue Laura, no volví a ir, pero seguí yendo a las clases de *ballet,* y ahora venía Iñaki con Silvia a recogerme: se había sacado el carné de conducir y Ana le dejaba su coche, y para mí esos minutos en coche eran cada vez como una pequeña aventura. Ellos dos se habían convertido en mis únicos amigos. Los fines de semana en su pueblo dejaron de existir, iban ellos solos y nosotros nos quedábamos en Zilgora, pero «pronto» me llevarían, seguro, porque me lo habían prometido.

A veces me daban ganas de gritar, necesitaba salir, respirar al aire libre, estar con gente. Cuando mi hermano y yo ya no podíamos más y todos los recursos de mi madre se habían agotado, nos montaba en el coche y salíamos disparados a cualquier parte. Y allí, donde fuera, en lugares siempre solitarios y apartados, nosotros corríamos un rato como fierecillas recién escapadas de una jaula mientras ella miraba constantemente en todas direcciones, y cuando empezábamos a disfrutar nos montaba de nuevo en el coche y regresábamos a casa.

Era domingo. Estaba delante de la tele, viendo *Verano azul.*

—Cariño, ¿qué te pasa? ¿Por qué lloras?

—Chanquete se ha muerto.

—Es un actor, mi vida, no se ha muerto de verdad.

—Sí, se ha muerto, ¡se ha muerto!

Empecé a gritar y a patalear, fuera de control.

—Cariño, por favor, cálmate.

No podía hablar, sentía que me asfixiaba, un dolor grande en el pecho me quitaba el aire. Mi madre me abrazó con fuerza y empezó a acunarme. ¿Dónde estaba Quique mientras tanto? No puedo recordarlo. Todo lo que quedaba fuera de mi propio dolor había desaparecido.

—Ángela, respira, respira. Por favor, Ángela, ¿sientes tu corazón? Escúchalo, tienes que tranquilizarte. ¿Notas el mío? Está justo aquí, ¿lo notas?

Escuchaba perfectamente su corazón, y el mío fue acompasándose a su ritmo hasta que desaparecieron el dolor y el llanto y solo quedó la tristeza. Entonces sonó el timbre de la puerta. Mi madre no hizo ademán de ir a abrir. Pero el timbre seguía sonando con insistencia y al final se levantó, despacio, controlando mucho sus movimientos, y fue hasta la entrada. Miró por la mirilla y abrió la puerta sin quitar la cadena.

—Hola, Esther, ¿qué necesitas?

—Hola, Carmen. Nada. He traído esto para Ángela, ¿puedo pasar un momento?

¿Esther, la vecina? ¿Traía algo para mí?

—Sí, claro, espera un segundo.

Volvió a cerrar la puerta para quitar la cadena y, antes de abrir, me dijo:

—Ángela, vete a la cocina y cierra la puerta, por favor.

Hice lo que me mandaba, pero pegué la oreja todo lo que pude para escucharlas.

—¿Cómo estáis, Carmen? Últimamente no te veo mucho.

—Bien, estamos bien.

—Toma, para Ángela, espero que le guste.

—Gracias.

—Si necesitáis algo ya sabes dónde estamos.

—Sí, lo sé.

Escuché la puerta y los cerrojos y la llave y la cadena, y salí de la cocina.

—Mira, Ángela, Esther te ha traído esto.

—¿La vecina?

—Sí.

—¿Por qué?

No me contestó. Era una Barbie negra, con el pelo encrespado. Yo no tenía ninguna Barbie y me hizo ilusión, aunque esos rizos no iban a dejarse cepillar como el pelo liso de las otras Barbies.

Por la noche cenamos a la luz de las velas, con las persianas bajadas, aunque todavía no había oscurecido del todo, y ya era tarde cuando llamó Isabel. Telefoneaba muchas veces, pero casi siempre cuando nosotros estábamos ya acostados, así que yo no podía hablar con Laura. Entonces no lo entendía, ¿por qué no llamaba en algún otro momento de los largos días para que Laura y yo pudiéramos hablar? Ahora lo comprendo perfectamente: mi madre necesitaba hablar sin testigos para poder liberar un poco de la tensión horrible que soportaba. Pero yo la escuchaba bien desde mi cuarto con la casa en silencio.

—Sí, como siempre, pero sobre todo jaleo político estos días, creo, a mí ya me da igual, Isabel, de verdad, todo esto es demasiado.

—...

—Le veo bastante, viene a dormir muchos días, aunque llega tardísimo y se va temprano.

—...

—No, no hay nada en firme, pero está haciendo movimientos para buscar alternativas, o eso me dice.

—...

—¿En serio? ¿Os han preguntado eso?

—...

—Puede ser que nos hayamos acostumbrado a hacerlo así. Cuando venga David se lo cuento, le va a hacer hasta gracia.

—...

—Sí, he hablado con Alba, me cuenta lo duras que son las noches, que se sienten olvidados, que es difícil continuar con la vida, y los niños no están bien.

—...

—Sigue sin hablar, pobrecita, o lo justo. Duermen todos en la misma habitación y Alba me dice que se pasa horas y horas al pie de la cama de sus hijos. Se me parte el alma.

—...

—¿Si? Me alegro de que hayas podido hablar con ella. ¿Cómo están los niños?

—...

—Ya, a Ángela la voy sujetando, pero les falta aire a los dos... Ahora, en Semana Santa, bajaremos al pueblo con mis padres, necesitamos descansar y olvidarnos un poco de todo, pero especialmente estoy deseando que los niños puedan moverse con libertad.

—...

—Adiós, Isabel, un beso.

Laura no iba a volver, y mi cascabel me protegía del miedo, pero no de la soledad.

De todas formas, por la mañana me llevé una alegría tremenda cuando entré en la cocina y vi a mi padre desayunando. Estaba contento, hablaba con mi madre, aunque ella le daba la espalda y miraba muy concentrada la cafetera, que todavía no había empezado a hacer ruido.

—...yo tengo confianza, Carmen, de verdad, el mes que viene podríamos comenzar de nuevo y ahora sin ningún peligro, parece que todo está arreglado, hay acuerdo.

Ella no le contestó. Estaba muy seria, pero esbozó una sonrisa para decirme a mí:

—Buenos días, cariño, ¿has dormido bien?

—Sí.

—Hola, princesa.

—¡Hola, papá!

—Eh, dime, Carmen, es una buena noticia, ¿no te parece?

—No quiero hablar de eso ahora. Anoche hablé con Isabel.

—¿Y?

—Dice que tiene la sensación de que siguen estando controlados, aunque ya no estén aquí, puede que sea la impresión por la sentencia de los que vigilaban a Jon, los detalles sobre los seguimientos en el trabajo, en su casa... No sabe ya si es paranoia o realidad.

—¿Y de trabajo? ¿Tienen alguna novedad?

—Por el momento no tienen ni casa, un futuro compañero de Lázaro les ha dejado un chaletito a las afueras, y me he reído con ella por los comentarios que les han hecho...

—Mira, papá, me han regalado una muñeca.

—¿Y quién te ha hecho ese regalo?

—La vecina.

—¿Qué vecina?

Mi padre miró muy serio a mi madre.

—Esther —contestó ella—, la del primero.

—¿Y tú le has dejado que la coja?

—Ni lo he pensado, la verdad.

—Carmen...

—Les damos pena, David, es solo eso.

—Que sea la última vez.

—Tienes razón, lo siento… ¿Quieres que te cuente por qué nos reíamos Isabel y yo?

—Sí, dime.

—Pues porque les preguntan que qué les pasa, que por qué hablan tan bajito.

—¿En serio?

—Sí, hemos debido de acostumbrarnos. Y dice Isabel que no es la única diferencia que han notado, ahora que están fuera de aquí… ¿Y nosotros, David?

—La semana que entra tengo un par de reuniones importantes en Bilbao.

—¿En Bilbao? ¿Y cómo va lo de irnos de España?

—Poco a poco, Carmen, poco a poco. Aarón está al mando ahora, ya lo sabes, y él cree firmemente que todo está controlado y que podremos seguir adelante.

—Eso no es lo que dice el periódico de hoy.

¿El periódico? ¿Cómo hacía mi madre para leer el periódico sin que yo la viera? Porque hacía muchísimo tiempo que no entraban periódicos en casa, que yo supiera.

—¿Y qué dice el periódico, Carmen?

—Que los radicales piden a los técnicos de la central que no vuelvan al trabajo antes de que se celebre el referéndum, advierten de que la puesta en marcha de Lemóniz sin referéndum colocaría a los técnicos en una situación personal insostenible y daría pie a sucesos posteriores… Me aterra eso de los «sucesos posteriores», David, supongo que entiendes lo que quiero decir.

Él quizá sí, pero yo no entendía en absoluto qué podía querer decir eso. Por si acaso, me levanté, fui a sentarme en las rodillas de mi padre y le di un beso apretado y larguísimo.

—Qué cariñosa has amanecido tú hoy, princesita.

—Sí, tengo que darte muchos besos por si te mandan al cielo pronto.

62

La última cena

Lemóniz funcionará en 14 meses, según el presidente de Iberduero.
(*La Vanguardia,* 6 de abril de 1982).
60 técnicos cualificados se han reincorporado a su trabajo en Lemóniz coincidiendo con la firma de los acuerdos entre el Gobierno vasco y el central.
(*Deia,* 27 de abril de 1982).

—Anda, mamá, aunque solo sea un ratito…

—Parece que va a llover, Ángela. Mejor termina de merendar y hacemos algo divertido tú y yo, ¿quieres?

Desde la ventana de la cocina podía ver el parque de abajo.

—Pero hay niños jugando, mamá, y ahora no llueve. Si esperamos, a lo mejor se pone a llover y ya sí que no podremos bajar.

—Termina de merendar y ahora vemos. Tu hermano está un poco resfriado y no quiero que empeore…

Se quedó mirando por la ventana mientras yo me bebía la leche con desgana.

—¿Qué miras, mamá?

—El tiempo que hace.

Pero no miraba al cielo, miraba hacia abajo, hacia el parque.

—Venga, rápido, cálzate y bajamos al parque un ratito.

—¡Bieeen!

En un segundo estuve lista en la puerta, y ella también se dio mucha prisa en preparar a Quique. Pero cuando bajamos, ocurrió lo de tantas otras veces.

—Mamá, los niños ya se han ido.

—Mañana volverán.

—Yaaa, pero a lo mejor nosotros no venimos mañana, ¿por qué se han ido?

—Llevarían aquí ya mucho rato… No lo sé, Ángela.

—¿Y por qué nosotros no bajamos antes?

—Mira, ven, tienes que ayudarme; Quique quiere subir al tobogán. ¿Te tiras con él?

—Vaaale.

Estuvimos solo un ratito. Al subir a casa, sonaron los tres *rings,* mi madre lo cogió y solo dijo: «Vale», y miró el reloj. Eso significaba que mi padre iba a venir. A lo mejor llegaba a tiempo de que cenáramos juntos. Pero pasó un buen rato y no llegaba. Ella empezó a ponerse nerviosa. Caminaba de un lado a otro, subió un poco la persiana de la ventana del salón y se quedó mirando por los agujeritos. Casi sin dirigirnos la palabra, nos puso la cena a Quique y a mí en la cocina y volvió al salón para hacer una llamada.

—Ana, ¿ha llegado Aarón?

—…

—David todavía no, me ha dado el «toque» y está tardando demasiado. Estoy asustada.

—…

—Lo intento, Ana, de verdad que lo intento.

—…

Y justo entonces se escucharon las llaves de mi padre en la puerta.

—Te cuelgo, acaba de llegar.

Fui corriendo a la entrada para besarle, y Quique detrás. Siempre me imitaba y a mí me hacía gracia: me habían explicado que era su forma de aprender, imitar a los mayores.

—¡Papááá!

—Ángela, a tu cuarto.

—Pero, mamá…

—He dicho que a tu cuarto, y llévate a tu hermano contigo.

Cogí a Quique de la mano y me lo llevé al cuarto sin volver a replicar: no era normal que mi madre se pusiera tan seria, pero cuando lo hacía era mejor quitarse de en medio. Le dejé a Quique mi Barbie negra y me quedé junto a la puerta para escuchar lo que decían mis padres.

—¿Por qué has tardado tanto? ¿Qué ha pasado?

—Nada, me he entretenido comentando un par de cosas con un compañero.

—No puedes hacerme esto, sabes que tengo calculado el tiempo que tardas en llegar. Ya tengo suficiente con no saber dónde ni cómo estás los días que no vienes a dormir como para que me hagas pasar este rato el día que vienes.

—Carmen…

—Ni Carmen ni nada, llevo todo el día dándole vueltas a la cabeza, tantas horas en casa dan para mucho. Veo a los niños, me veo a mí, pienso en ti… Esta no es la vida que quiero para nosotros y nuestros hijos, David. Esto no es vida.

—Hoy nos han dicho…

—¿Os han dicho que todo está bien? ¿Que ya está todo solucionado? ¿Que no hay peligro?

—Más o menos, sí…

—Pero ¿tú no te das cuenta de que eso no es real? Hoy Isabel me ha contado que han llamado a Lázaro para pedirle que vuelva, que es muy importante que se reincorpore, que todo está arreglado y la central va a salir adelante, pero ella le ha dicho que de eso ni hablar.

—Sabes que estoy intentando encontrar trabajo, pero es imposible, da igual lo bien formados que estemos…

—Y que seáis la élite de la ingeniería en España… Ya me lo sé… David, me da igual, como si tenemos que ir a plantar lechugas. ¿A ti también te han dicho que eres imprescindible?

—Hoy he recibido noticias de México, pero la incorporación no sería hasta dentro de varios meses.

—No podemos esperar varios meses, David. Te voy a hablar muy en serio.

—El lunes que viene se reanuda el trabajo en la central, Carmen, nos lo han asegurado.

—Solo te voy a decir dos cosas: la primera es que te quiero más que a mi vida, y por eso te digo la segunda: si vuelves a la central, ese mismo día cogeré mis cosas, a los niños y me marcharé.

—Carmen, pero ¿adónde vamos a ir? Solo tenemos esta casa y la hipoteca y…

—No sigas, David, no sigas, todo eso me da igual… La gente se va, y a los que no se van los matan.

—Carmen, por favor.

—Más de cien muertos en el último año y medio, ¡más de cien!, ¿necesitas que te lo recuerde? Y, entre ellos, dos amigos tuyos… ¡¿No te das cuenta de que les da todo igual?!

—Carmen, no chilles…

—No quiero seguir mirando a todas partes, no quiero revisar más coches, no puedo recordar más caras, más matrículas, pensar todo el tiempo que alguien me está siguiendo… He perdido a mis amigas, tus hijos no pueden hacer vida normal, ¿y quieres que hablemos de ti?

—La idea sería incorporarme y, en cuanto me saliera otra cosa, irnos.

—David, que os siguen, que pasan información sobre vuestros movimientos, que nos llaman, nos amenazan, Aarón tiene escolta… Si seguimos aquí, un día no regresarás a casa.

Escuché un golpe y ruido de cristales rotos.

—¡¡¡Te he dicho que me voy, piénsatelo!!! Haré lo que tenga que hacer para sacar a mis hijos adelante, no necesito la ayuda de nadie, tengo dos manos y, de verdad, muchísimas ganas de olvidarme de todo esto.

Pasos fuertes por el pasillo. Un portazo. Solo después de mucho tiempo me atreví a salir de mi cuarto y fui sin hacer ruido hasta la puerta del salón. Mi padre estaba sentado en el sofá, con todos sus papeles desplegados sobre la mesa baja. Levantó la cabeza y se encontró con mi mirada.

—Ven aquí, princesa.

—Papá, ¿qué pasa? Mamá está muy enfadada, ¿no os queréis? Yo no quiero que nos vayamos sin ti.

—Tranquila, cariño, todo se va a solucionar, ¿vale? Siéntate aquí, termino esto, es un segundo, y te llevo a la cama. ¿Tu hermano?

—Dormido, le he puesto el pijama y le he metido en la cuna.

—Muy bien, Ángela, hay que ver lo mayor que te estás haciendo.

Esa noche tuve dos cuentos y mi padre durmió en el salón. Cuando me levanté por la mañana, mi madre se había puesto muy guapa, llevaba un vestido de colores, se había recogido el pelo y hasta llevaba un pañuelo al cuello.

—Ángela, nos vamos a dar un paseo, hago una llamada y salimos, ve vistiendo a tu hermano, le he dejado la ropa encima de la cómoda.

—Isabel, solo te llamo para decirte una cosa, por la tarde hablamos con calma si puedes. ¡Nos vamos!

—...

—Sí, esta mañana. Anoche tuvimos una discusión. Ya está decidido.

—...

—No lo sé, nos da igual. Si no es en España, será fuera, pero nos vamos.

—...

—Sí, ha ido a trabajar, no sé si hablará hoy con Aarón o si seguirá el procedimiento oficial.

—...

—Vale, sí, esta tarde te llamo.

Nos montamos en el coche y mi madre estuvo conduciendo mucho tiempo, pasó por muchos sitios que me sonaban de otras veces, playas, pueblos, caseríos. Pasamos incluso por delante de casa de Gonzalo, y yo creí que pararíamos a verlos, pero ella no apagó el motor, solo se detuvo y se quedó mirando la casa por la ventanilla, en silencio.

Luego dejó el coche en el arcén de una carretera estrecha y caminamos por un prado hasta el mar. Llovía un poco, pero ella no cogió el paraguas y esa vez no pensó en los resfriados de Quique, dejó que correteáramos por allí y nos dejó jugar con el viento, y los tres juntos, cogidos de la mano, nos asomamos al acantilado y nos quedamos viendo el mar golpeando contra las rocas y escuchando las olas.

Cuando volvimos, mi padre estaba en casa. Ese sábado por la tarde y el domingo estuvimos los cuatro juntos, comimos juntos en el salón y salimos juntos a pasear por el pueblo, como hacía muchísimo tiempo que no hacíamos. Y no sé si nos miraron por las calles, supongo que sí, pero nuestro amor nos ponía a salvo del mundo.

El lunes me extrañó mucho volver a verle sentado en la mesa de la cocina, desayunando con calma. Tenía a Quique en el regazo y compartía con él una tostada.

—¿Hoy qué día es?

—Buenos días, princesa. Lunes, hoy es lunes.

—¿Y no tienes que ir a trabajar?

—Sí, ahora voy. Tenía ganas de desayunar con vosotros.

Después, mi madre le acompañó a la puerta y le ayudó a ponerse la chaqueta.

—Cariño, estamos haciendo lo correcto, ¿verdad?

—¿Tienes alguna duda?

Estuvo toda la mañana lloviendo a mares y nosotros tres no salimos de casa. Después de comer, llegó mi padre. No parecía tan contento como por la mañana. Se pusieron a hablar sin prestarme casi atención.

—Aarón me ha preguntado que qué pienso hacer.

—¿Y?

—Lo que habíamos hablado, le he dicho que quiero romper con esto y empezar de nuevo en otra parte.

—¿Entonces?

—Me ha pedido que vayamos esta noche a cenar a su casa.

—Pues vamos, claro, son nuestros amigos, pero prométeme que no dejarás que te convenza de nada.

—Te lo prometo.

Antes de que mi madre viniera a buscarme para arreglarnos y salir, estuve mucho rato en mi cuarto, pintando. Sabía que íbamos a ir a casa de Silvia.

Cuando llegamos a Bilbao, mi padre aparcó al principio de la cuesta, de esa cuesta que cansaba tanto subir pero que ese día subí corriendo hasta el portal, feliz porque íbamos los cuatro a cenar con nuestros amigos. Llegué la primera y los esperé intentando llamar al telefonillo. No llegaba y sabía que no podría llegar por mucho que saltara, pero seguí pegando brincos todo el rato hasta que mis padres estuvieron a mi lado. En el ascensor, saqué del bolsillo de mi abrigo el papel con mi dibujo.

—He traído un regalo para Silvia y para Iñaki —le dije a mi madre.

—¿Qué es?

—Un dibujo.

—A ver… Es precioso, cariño, les va a encantar.

Silvia nos abrió.

—Cascabel…, pero ¡qué guapa estas! —Y me dio un abrazo fuerte, ella que normalmente siempre me daba un beso.

Cuando se deshizo nuestro abrazo, Iñaki estaba saludando a mis padres.

—¡Iñaki, Iñaki! Tengo un regalo para ti y para Silvia.

—¡Anda! ¿Y qué es?

—Está un poco arrugado porque venía en mi bolsillo…

—¿Me lo enseñas? ¿Nos sentamos a verlo?

—¡Vale!

Nos quedamos él y yo solos en el salón mientras todos se apiñaban en la cocina, como en todas las fiestas.

—Mira, estamos todos.

—Dime quién es cada uno.

—Estos somos nosotros y esta es Andrea con su mamá, y aquí está el loro, que es el que le manda los mensajes de Andrea a su papá.

—Pero está lejos de nosotros, ¿no?

—Claro, es que ella vive en Madrid. Mira, aquí están Laura y Jorge, y Lázaro con Isabel.

—Huy, qué lejos, ¿no?

—Sí, pero ¿ves ese hilo?

—Sí, ¿qué es?

—Es el teléfono. La voz va por un hilo; nos lo contó Isabel, ¡y nos enseñó a hacer teléfonos con yogures y funcionó!

—Llega hasta donde estamos nosotros ese hilo…

—Claro, no te enteras, así es como hablamos Laura y yo.

—¿Y este soy yo?

—Sí, Silvia, tú y yo estamos agarrados de la mano. No tenemos que soltarnos nunca, ¿vale?

—Vale.

—Y mira, vamos a ir aquí, es la casa de Gonzalo, ¿la ves?

—Qué bonita.

—Sí, es que la casa de Gonzalo es muy bonita.

—¿Y qué está haciendo Gonzalo?

—Pues está plantando un árbol en su jardín.

—¿Y esto?

—Eso son las ciudades del cielo.

Silvia entró en el salón con un montón de cosas en las manos.

—¿Me ayudáis?

Mi madre y Ana traían las bandejas con la comida. Me extrañó que mi padre y Aarón entraran tan serios porque todo iba bien.

—… solo te digo que está todo resuelto, el Gobierno y todos los partidos apoyan el proyecto y las negociaciones con ellos están muy avanzadas.

—Lo sé, Aarón, ya me lo has dicho, pero está decidido.

—Solo te pido que no te precipites.

—Carmen y yo hemos tomado la decisión de irnos del País Vasco, ya no tenemos ilusión por estar aquí, aunque todo se arregle.

Iñaki no dejaba de estar pendiente de mí, pero también debía de atender a lo que decían nuestros padres porque de pronto se giró hacia ellos para hablar:

—Me han dicho que en algunos colegios están poniendo de ejemplo los comandos para hacer los problemas, «tú eres del comando Madrid, tú del comando Bilbao»...

—Iñaki, pero ¿qué estás diciendo?

—Solo digo que los niños aprenden a sumar y a restar con policías y comandos.

—Nunca nos habías dicho nada de eso... Y además, ¿eso qué tiene que ver con lo que estamos hablando? Si no tienes nada que aportar, cállate, por favor, Iñaki.

—Vale, *aita,* lo siento, no te pongas así.

Después de cenar me entró sueño, pero no quería dormirme. Había creído entender que mis padres querían que nos marcháramos, así que aquello era algo así como una despedida y tenía que aprovechar hasta el último segundo para estar con mis amigos. Los dos se sentaron conmigo en el sofá y estuvieron contándome historias hasta que llegó la hora de irnos. Bajamos la cuesta hasta el coche corriendo. Mi padre me dijo que me echaba una carrera; él empujaba el carrito de Quique y no parecía importarle que se despertara.

—Están ahí.

¿Quiénes estaban ahí?

—Sí, me he dado cuenta. Vamos, rápido, sube. Ángela, vamos a jugar a dormirnos.

—¿A dormirnos?

—Sí, baja la cabeza y hazte la dormida.

Mi madre se giró y me empujó la cabeza hacia abajo, casi hasta que estuve encima de Quique.

—No te levantes hasta que te digamos, ¿vale, cariño?

No podía ver nada, pero notaba que mi padre conducía rápido. Sentí náuseas.

63

Si eres jefe, los malos te matan

El asesinato del director de Lemóniz abre una nueva ofensiva de ETA-m. Hoy concentración y mañana manifestación en Bilbao. Renace entre los técnicos el miedo a volver a trabajar. Gobierno vasco: «Lemóniz seguirá adelante».
(*El Diario Vasco,* 6 de mayo de 1982).

Innumerables muestras de dolor en el funeral por el ingeniero de Lemóniz.
(*ABC,* 7 de mayo de 1982).

El 92 por 100 de los vascos rechaza las acciones de ETA en Lemóniz.
(*ABC,* 8 de mayo de 1982).

Un atentado terrorista en San Sebastián deja sin luz a 60.000 personas.
(*El País,* 12 de mayo de 1982).

—Ya está.

—¿Qué te ha dicho?

—No había perdido la esperanza de que hubiéramos cambiado de opinión. Pero ha leído atentamente mi carta de cese voluntario y me ha acompañado a entregársela al director general. Luego, de vuelta en su despacho, me ha dado el contacto de dos empresas que están buscando ingenieros. ¡Somos libres, Carmen! Aarón es un gran amigo y un gran profesional, respeta mi decisión, aunque no la comparta, y está facilitándome la salida.

—¡Es una noticia maravillosa! ¿Cuándo vas a llamar?

—Puf, no sé, ahora mismo no tengo la moral suficientemente alta como para presentarme delante de nadie a exponer mis capacidades. Mejor vamos a ocuparnos de cerrar bien todos nuestros asuntos aquí. Hay que ver qué hacemos con la casa, y sobre todo tenemos que hablar con Ángela y explicárselo bien.

—Sí, no hago más que darle vueltas a eso…

—Los niños se adaptan fácilmente, no te agobies, hasta ahora no ha tenido ningún problema para encajarlo todo. Tal vez deberíamos mandarla un tiempo a casa de tus padres, mientras nosotros buscamos el nuevo destino y ponemos en orden nuestras cosas.

—Yo no estoy tan segura de que los niños no sufran, David... Laura ha tardado en adaptarse a la nueva situación y sigue con algunos de los tics que contrajo aquí.

Hablaban de mí, así que seguí jugando a hacerme la dormida. Era la hora de la siesta y me quedé escuchando la respiración pausada de mi hermano. Tal vez volví a dormirme.

—Ángela, princesa... —me dijo mi padre en voz baja, arrodillado junto a mi cama—, ¿vienes con mamá y conmigo a la cocina? Tenemos que hablar contigo.

Yo ya sabía lo que iban a decirme, pero no dije nada. Me levanté y le seguí en silencio.

—Papá y mamá han decidido que vamos a irnos de aquí y buscar otro lugar donde vivir.

—¿Por qué?

—Porque papá va a trabajar en otra parte.

—¿Y volveremos?

—No, cariño, no volveremos.

—¿Nos iremos a otra casa?

—Sí, todo será nuevo.

—¿Otro cole?

—Sí, y podrás hacer muchos amigos nuevos.

—Yo no quiero amigos nuevos, quiero a mis amigos de aquí.

—Ángela...

—Quiero que vuelva Laura, quiero ir a la *ikastola* otra vez, quiero que todo sea como antes. ¿Por qué no puede ser todo como antes?

—Porque no puede ser, mi vida. ¿Te acuerdas de aquel dibujo que hicisteis Laura y tú?

—¿Cuál?

—Aquel en el que salíamos todos muy contentos y los malos estaban lejos.

—Sí, me acuerdo.

—Pues eso es lo que vamos a hacer.

—¿Irnos a un sitio donde no haya malos?

—Eso es.

—¿Con Laura?

—Todavía no sabemos dónde, pero, estemos donde estemos, iremos a ver a Laura, ¿de acuerdo?

—¿Y Silvia e Iñaki también vienen con nosotros?

—No, pero seguiremos viéndonos en vacaciones, seguro.

—¿Por qué no habláis con sus papás y nos vamos todos juntos?

—Las cosas de mayores a veces son complicadas... Y mientras papá y yo buscamos un nuevo lugar donde vivir, tú irás unos días con los abuelos Santiago y Vica, ¿vale?

—No, yo quiero ir con vosotros. ¿Y Quique?

—Quique se irá con los otros abuelos.

—No quiero.

—Solo serán unos días, preciosa, te lo prometo.

—No me gusta el cole de Navaleta.

—No tendrás que ir si no quieres, y hablaremos todos los días, ¿de acuerdo? Además, a ti te encanta estar en la granja con el abuelo, ¿a que sí?

—Sí...

Aunque hacía tiempo que no iba a la *ikastola,* mi madre me llevó una última vez para que pudiera despedirme de mis amigos y de la *irakasle*. Así que ahora yo también tenía una cartulina de *agur* como la de Laura: «*Agur,* Ángela», decía la mía, y tenía también las manos de colores y los nombres de todos mis compañeros. Mi madre me dijo que debíamos dejarla toda la noche encima de la mesa, sin tocarla, para que la pintura se secara bien, y me prometió que la pondríamos en la pared de mi nueva habitación.

Cuando me levanté, fui corriendo a ver si la pintura ya no manchaba. Toqué con mucho cuidado las manitas de colores: estaban secas. Iba a despertar a mis padres para decírselo cuando el teléfono empezó a sonar. Ese timbre me daba dolor de tripa, sobre todo cuando sonaba a horas poco habituales. Mi padre se levantó con cara de sueño, me saludó con un gesto y fue a cogerlo.

—¿Dígame?

—...

—Pero ¿qué estás diciendo? Es imposible. ¿Dónde estáis?

—...

—Ay, Dios, Dios... Salgo para allá ahora mismo.

Mi madre se había levantado también y le miraba con cara de preocupación, sujetándose la bata con los brazos cruzados.

—¿Qué pasa?

—Carmen... Siéntate, por favor.

—Me estás asustando. ¿Qué ha pasado?

—Han matado a Aarón.

—¡¿Qué?! Me estás mintiendo, es imposible, imposible, no puede ser.

Mi padre se sentó a su lado, la cara se le contrajo en un gesto de dolor y empezó a llorar. Se abrazaron, llorando los dos como si fueran niños.

—Ana, mis pequeños, Aarón... Es imposible, imposible. Se trata de un error, no le han matado, a él no, han matado a otra persona.

—Cariño..., Carmen... Tenemos que ser fuertes. Prepárate rápido: Ana te necesita y yo tengo que ir a Iberduero.

El remolino de los recuerdos se convierte en un tornado. Todo sucedía muy rápido. De pronto estábamos los cuatro montados en el coche. Mis padres seguían llorando y Quique lloraba también. Me sentía aturdida, había escuchado lo que acababan de decir —«Han matado a Aarón»—, pero era incapaz de procesarlo.

—¿Dónde vamos? ¿Por qué tenemos tanta prisa?

—A casa de Silvia, cariño.

—Pero ¿por qué lloráis?

—Estamos muy tristes, Ángela.

—Pero, mamá, Aarón no puede haberse ido al cielo porque tiene a unos señores que le cuidan. Me lo dijo Silvia. Él es jefe y le protegen, no puede pasarle nada malo.

No podía comprender por qué mis palabras parecían herirlos: no me contestaban, pero su llanto se hacía más y más fuerte. Mi madre gritaba, hipaba, le faltaba el aire.

—Ángela, cuando lleguemos, tienes que quedarte donde mamá te diga, sin moverte, ¿de acuerdo?

Mi padre paró frente a la casa y nos bajamos. ¿El llanto puede agotarse? De pronto mi madre estaba muy entera, seria y con la mirada vacía, pero serena. Había gente por todas partes, los periodistas con sus cámaras y hombres uniformados. El portal estaba abierto. En el ascensor, mi madre se miró al espejo y se colocó el pelo detrás de las orejas. Después se fijó en mí.

—Cariño, llevas el pijama puesto.

—Sí.

—¿Y qué es eso que llevas?

—Mi cartulina de *agur.* Quiero que Silvia e Iñaki pongan sus manos.

—No es el momento, Ángela.

—Pero es que sus manos tienen que estar, mamá.

—Te he dicho que ni lo menciones.

La puerta de su piso también estaba abierta y en el rellano, sentada en las escaleras que iban a la parte de arriba, estaba Silvia, mirando al frente, sin expresión alguna en la cara.

—Silvia, cariño, ¿dónde está tu madre?

—No lo sé.

—¿Cómo que no lo sabes?

—No hay nadie en casa, mi *ama* no está, ha bajado con Iñaki a ver a *aita.*

—¿Quieres contarme qué ha pasado?

—*Aita* había salido con Iñaki de casa, yo estaba en el baño preparándome para ir al instituto, y mi *ama* no sé, andaría en la cocina. Llamaron a la puerta.

Mi madre se había sentado al lado de Silvia. Tenía a Quique en una rodilla y lo sujetaba con un brazo; con el otro abrazaba a Silvia, pero ella estaba tiesa, no movía el cuerpo ni modulaba la voz. De pie, frente a ellas, yo trataba de atraer su atención, casi como si fuera un juego, haciendo monerías, pero ninguna de las dos parecía verme.

—*Ama* gritó: «¡No, señor, no puede ser, no me digas eso, hijo, no me digas eso!». Después no sé qué más pasó, solo que me senté aquí a esperar.

Mi madre se levantó con Quique en brazos.

—No os mováis, ahora vuelvo.

Me senté en el sitio que mi madre había dejado libre. Silvia llevaba el pelo recogido en una coleta medio deshecha e iba vestida con la parte de abajo del pijama y una camisa blanca mal abrochada.

—Toma, yo ya no tengo miedo —le dije mientras me quitaba la pulsera del cascabel y se la daba; ella se la enrolló en un dedo e hizo sonar el cascabel.

—No hay nada en mi cabeza, estoy angustiada, no puedo respirar.

—Siente tu corazón. Si lo sientes, podrás respirar. Me lo contó mamá y es verdad que funciona.

Mi madre volvió y se quedó con nosotras. Había empezado a entrar gente en la casa, iban y venían, y también vi a Iñaki, que tenía algo en el brazo, como una venda, y entró en el salón con unos hombres de uniforme. El teléfono no paraba de sonar.

Silvia, poco a poco, fue ablandándose, y a ratos lloraba bajito, con grandes lágrimas pero casi sin mover la cara. Algunas de las personas que pasaban por nuestro lado se paraban a hablar con ella, la besaban y después seguían su camino.

Entró mi padre con un señor al que yo no conocía.

—¿Qué hacéis aquí?

—Nada.

—Silvia, ¿tu hermano?

—En el salón, creo, con unos policías.

Mi madre, siempre con mi hermano en brazos, fue a acompañar a Silvia al baño y yo me quedé sola en aquel peldaño. Me habían dicho que no me moviera, pero tenía hambre, así que me levanté y fui hasta la cocina. Había magdalenas encima de la mesa. Cogí dos y busqué algún lugar donde poder comérmelas sin que nadie me viera. Entré en la habitación de Iñaki y cerré la puerta. Me senté en el suelo. Iba dándole pellizquitos a las magdalenas y comiéndomelas así, muy despacio, para que me duraran mucho. Cuando se acabaron, me comí también las miguitas que se me habían caído, hice una bola con los papeles en los que venían envueltas y me quedé acurrucada en la cama, con la bola de papel apretada en el puño.

Al cabo de un rato, Iñaki y mi padre entraron en la habitación y yo cerré los ojos con fuerza.

—Pero mira quién está aquí…

—Está dormida, espera que me la llevo.

—No, déjala. Me tumbo a su lado, solo quiero descansar un rato, no me molesta, al contrario.

—Iñaki…, ¿quieres hablar?

—No, yo… Es que… Desde que pasó lo de Jon, mi *aita* ya no era el de antes. Estaba como enfadado siempre, solo volvía a aparecer durante las escapadas al pueblo, decía que el aire de allí le curaba.

—Es difícil contener la tensión.

—Sí, me imagino. Mi madre también le disculpaba así, pero a veces no era agradable… Hace un par de semanas me dio a leer una carta; me dijo que era la tercera que recibía del mismo tipo. La firmaba ETA. Decían que, si no abandonaba su trabajo, lo matarían. Y han cumplido su palabra.

—Yo he recibido tres cartas de esas.

—Mi *aita* me preguntó que qué haría yo. ¿Que qué haría yo? Abandonar inmediatamente, eso le dije, David, que abandonara lo que estaba haciendo.

—Era muy difícil pensar en abandonar.

—Ya, él me dijo que no iba a hacerlo y que tenía dos motivos: el primero, que creía profundamente en lo que hacía; el segundo, que le había costado muchísimo llegar hasta donde había llegado.

—Lo comprendo bien, Iñaki, créeme que lo comprendo bien, a mí me pasa lo mismo.

—Y me dijo una última cosa: «Si alguna vez me pasa algo, quiero que te ocupes de tu madre y de tu hermana». Eso me dijo. Pero ¿cómo voy a hacer yo eso, David? ¿Cómo?

—Tu madre es una mujer fuerte, Iñaki. Saldréis adelante.

—Él quería que yo fuera brillante, como Silvia, no sabes lo que me ha reñido por las notas… Esperaba más de mí, pero le defraudé, y ahora ya no está.

—Nunca te culpabilices, Iñaki. Él estaba muy orgulloso de ti, mucho. ¿Te acuerdas de ese trabajo sobre la energía nuclear que tuviste que hacer en el instituto?

—Sí, claro, le pedí ayuda y él solo me dejó un par de libros, no quiso ayudarme. Pero ¿tú cómo sabes eso?

—Él me lo contó. Se moría de ganas de ayudarte, pero quería que te enfrentaras solo a los retos, que te hicieras a ti mismo igual que se hizo él. Me lo trajo a la oficina, ¿sabes? Y daba gusto verlo, estaba henchido, feliz.

—Nunca me lo dijo.

—Algunas veces los padres no decimos ciertas cosas, y sin duda es un error. Supongo que hay una mezcla de exigencia y pudor ahí.

—Pero ¿cómo pudo no verlo, David? ¿Cómo, con lo inteligente que era?

—No lo vemos. Desde dentro es imposible verlo, y él…

—Tenéis que iros de aquí, salvarla a ella. Mírala, es tan pequeñita… Un coche se atravesó en la calle y se bajaron dos hombres. Había otro en la acera, de pie, con el periódico en las manos. El del periódico sacó el arma primero y luego los otros dos. Nunca antes había oído disparos. Más de veinte, me ha dicho la Policía. Puse la carpeta delante de él. ¡Basta! Eso me dije. ¡Basta! Me dieron aquí. Y no duele, ¿sabes?, al menos yo no lo sentí en ese momento, solo mucho después vi la sangre en mi brazo, pero creí que era suya. Los escoltas no pudieron evitarlo. Murió en el acto, no pudo decirme nada, pero aquella frase me volvió nítida a la cabeza: «Quiero que te ocupes de tu madre y de tu hermana». Le abracé, no quería irme, no quería dejarle solo, pero tenía que venir a casa a contárselo a mi *ama*. Es la tercera vez que lo cuento, estoy agotado, vacío, seco…

—Descansa un poco, Iñaki, intenta dormir. Estaremos aquí, ¿de acuerdo?

La puerta se abrió y volvió a cerrarse. Iñaki se tumbó a mi lado y me pasó un brazo por encima.

—¿Duermes?

—No.

—¿Te molesto?

—No.

Se estaba muy bien así. Todo el miedo y la pena y el dolor se habían quedado fuera de aquella habitación, fuera del abrazo de Iñaki.

De vuelta a casa, en el coche, me metí el dedo gordo en la boca y empecé a succionar como si fuera una costumbre antigua, pero era raro porque yo nunca me había chupado el dedo. Mi madre se giró varias veces para sacármelo de la boca, con suavidad, sin regañarme.

Al poco de llegar, llamaron al telefonillo. Miré a mi padre y él asintió y me sonrió mientras se dirigía a la entrada para abrir: eso significaba que no debía preocuparme, que eran amigos. ¡Y vaya si lo eran! Laura, Jorge y sus padres, y además iban a pasar la noche con nosotros en casa. Como las otras veces, Laura y yo retomamos nuestra charla igual que si hubiéramos estado juntas el día anterior.

—¿Sabes? Hoy he visto a Aarón en la tele.

—¿Y qué hacía?

—Estaba dormido. Aunque mamá me dijo que de ese sueño ya no podrá despertarse.

—Se ha muerto.

—¿Se ha muerto?

—Sí, como los demás.

—¿También está en el cielo?

—Sí. Y yo creo que mi papá ira pronto al cielo también.

—¿Y el mío?

—Todos van... A lo mejor, si le hubiera enseñado nuestro dibujo a Aarón, no lo habrían matado.

—¿Qué dibujo?

—Ese en el que los malos estaban lejos.

—Ah, es verdad, a lo mejor... Entonces, ¿nosotras tenemos la culpa?

—No lo sé. Donde tú vives ahora, ¿hay malos?

—No sé, creo que no porque salimos a jugar a la calle y no hace falta correr ni mirar a todas partes.

—Qué suerte. Yo también me voy a ir a un sitio sin malos, aunque no sé si nos dará tiempo de irnos antes de que maten a papá...

—Ya...

—¿Pintamos?

—Vale.

Las dos sabíamos por qué había venido Laura y qué ocurriría al día siguiente: cuando los padres se van al cielo hay que ir a despedirlos, las calles se llenan de gente, los periodistas hacen fotos, la gente llora, también nuestros amigos, pero no podemos acercarnos a ellos para consolarlos, y además, después desaparecen, dejan de hablar, se quedan solos con sus mamás y ellas siempre están tristes.

Por la mañana yo misma cogí el lazo azul y se lo di a mi madre para que me lo pusiera.

Isabel nos llamó desde la cocina.

—Niñas, venid aquí.

¿Habíamos hecho algo malo?

—¿Qué es este dibujo?

—Lo hicimos ayer.

—¿Me lo explicáis?

—Es el cielo y la tierra, ¿ves?

—¿Y quiénes son estos de aquí?

—Pues David y papá, ¿o no lo ves?

—No me hables así, Laura, solo quiero que me contéis por qué están ahí.

—Pues igual que los otros. Ellos también irán al cielo y podrán encontrarse con Jon y con Rafael y con Aarón. A lo mejor hacen una fiesta en el cielo para celebrar que están todos juntos.

—No, bonitas... Quiero que me escuchéis con atención: a nosotros no va a pasarnos nada malo, ¿estamos? No tenéis que tener miedo: todo ha terminado. Hoy iremos a despedirnos de Aarón. Ana, Iñaki y Silvia nos necesitan hoy a su lado. Después nos marcharemos y viviremos felices lejos de aquí.

En la iglesia pude ver a Gonzalo de lejos, con Lucía, Marcos y Fernando, pero creo que él no me vio. Ana, Iñaki y Silvia estaban delante: esta vez les tocaba a ellos llorar y recibir los abrazos de toda esa gente. El cura habló mucho rato, pero era imposible entender nada. Fuera, la calle estaba abarrotada, gente y más gente por todas partes. Me agarraba con fuerza a la mano de mi padre para no perderme, o tal vez para que él no se perdiera. Porque yo no quería tener que ocupar nunca esa fila de delante, no quería que nos miraran con pena, a nosotros no.

64

LAS MONTAÑAS PROTECTORAS

Rentería: un niño gravísimo al dar una patada a una mochila-bomba colocada en la acera, junto a unas dependencias de Iberduero.
(*Deia,* 27 de junio de 1982).
Iberduero ratificó ayer su voluntad de no seguir con las obras de Lemóniz.
(*El País,* 27 de junio de 1982).

Habían pasado varios días desde que nos despedimos de Aarón. Mi madre no había parado de hacer cajas desde entonces, y nuestro piso estaba patas arriba. La escuché hablar al teléfono:

—Ha sido impresionante, Isabel, todo el País Vasco se ha movilizado. Me alegro de haber estado aquí para asistir a la manifestación. Quién sabe, quizá ahora las cosas sí empiecen a cambiar…

—…

—No, claro que no, nosotros nos vamos. Ya te lo he dicho, David va a buscar trabajo donde sea. Será difícil, pero estamos convencidos de que algo saldrá.

—…

—Sí, lo leí. La gente está empezando a hablar. Me impresionó mucho verlo todo negro sobre blanco, el miedo, las cartas, las persecuciones… Hablaba de nosotros, pero me parecía como si fueran las vidas de otros…

—…

—No, no hemos vuelto a verlos. Ya sabes cómo es esto. El duelo es algo que no se puede compartir.

—...

—Ángela estará con Vica en Navaleta y Quique con los otros abuelos. Mientras, David y yo iremos de un sitio a otro.

—...

—Claro, sí, hablamos mañana. Un beso.

Mi madre se agachó para colgar el teléfono, que estaba en el suelo. Luego se dirigió a mí:

—Bueno, Ángela, ¿lista para ir a Navaleta?

Estuve en Navaleta tres meses, pero, como mi madre me había dicho, no tuve que ir al colegio de María. Los días eran cada vez más cálidos y largos, y la sensación de libertad volvió a llenarme como las otras veces: podía salir de casa y caminar por el pueblo yo sola, jugaba durante horas en la terraza, acompañaba a mi abuelo a ver a los animales por las tardes y disfrutaba tranquilamente de mi propio aburrimiento.

Volvíamos esa mañana María y yo de darnos un chapuzón en el río con el abuelo y se me desbocó el corazón cuando vi el coche de mi padre aparcado frente a la casa. Al entrar, a quien primero vi fue a Quique, que estaba enorme. Le abracé con fuerza, tal vez con demasiada fuerza, y él se revolvió para deshacerse de mi abrazo. Entonces levanté la mirada y me encontré con las sonrisas de mis padres.

—¡Mamááá! ¡Papááá!

Mi madre se acuclilló para abrazarme, me comió a besos y acabamos las dos sentadas en el suelo, riéndonos sin saber muy bien de qué. Mi padre se reía también, de pie junto a nosotras.

—Ven aquí, pequeñaja... ¿Nos has echado de menos?

—Muuucho. Pero ¿qué le pasa a Quique?

—Está un poco enfadado con todos nosotros. Lo recogimos ayer en casa de los otros abuelos. Él es muy pequeño para entender las razones de los adultos, y pensaría que no íbamos a volver.

—Pero, Quique, papá y mamá no van a dejarnos nunca, ¿qué te piensas?

La abuela Vica había cocinado como si fuera un día de fiesta y puso la mesa fuera, bajo el emparrado.

—¡Vamos, María, Ángela, Quique! ¡A comer!

Mi madre y la abuela Vica no paraban de hablar.

—¿Y el piso?

—Lo estamos malvendiendo, pero qué más da, mamá, empezamos de nuevo, con una mano delante y otra detrás, tan felices.

—No quiero ni imaginarme el palizón que te habrás metido tú sola con la mudanza.

—Es lo que tocaba, mamá. David tenía que dedicarse a buscar trabajo. Pero lo que más me costó fue cerrar aquella puerta para siempre, esa casa fue el comienzo de una ilusión, cada cosa que poníamos, cada detalle... Cuando la vi vacía fue como si todos los recuerdos se quedaran allí de alguna manera. Lloré de pena, de rabia..., pero creo que también de esperanza. Una parte de nosotros se ha quedado allí; todos los buenos momentos, pero también los malos, mamá, demasiados malos momentos. Pero ahora nos espera Ponferrada, que me parece un lugar tan bueno como cualquier otro.

—Así es la vida... Lo importante es que vosotros sí vais a tener otra oportunidad. ¿Cómo están vuestros amigos?

—Ya no queda casi nadie, todos se han ido. Ana y sus hijos están en Madrid. Ellos también van a empezar de nuevo, pero su situación no tiene nada que ver con la nuestra...

Madrugamos mucho al día siguiente para empezar el viaje hasta nuestro nuevo hogar.

—¡Qué de montañas!

—Sí, los de aquí dicen que estas montañas a veces protegen y otras aíslan.

—¿Y a nosotros nos protegerán?

—Sí, a nosotros nos protegerán, Ángela, aquí estaremos a salvo.

La casa nueva tenía ascensor, era un piso muy alto, y desde las ventanas se veía una gran montaña negra de carbón.

—Dejamos las cosas y bajamos al parque a estirar un poco las piernas, ¿queréis?

—¡Sííí!

En mi nueva habitación estaban todas mis cosas: mi mesa azul con las flores blancas pintadas en las patas, mi banquito, mi cama, mis juguetes… y mi cartulina de *agur* colgada en la pared.

—Creí que la había perdido.

—No, bonita, te la dejaste en casa de Silvia.

—Ah. ¿Y de quién son esas manos?

—De Silvia y de Iñaki, de Gonzalo, Andrea y Laura. ¿Ves? Ahí están sus nombres. Antes de irme de Zilgora fui a recogerla y les pedí a los chicos que pusieran sus manos. Quería que fuera una sorpresa para ti, ¿te gusta?

—Mucho, mamá. La voy a guardar siempre.

Al bajar, Quique y yo nos sentimos un poco intimidados y nos quedamos sentaditos en un banco, uno a cada lado de mi madre.

—¿Por qué lloras, mamá?

—No lloro, cariño, soy muy feliz.

—¿Eres muy feliz porque bajemos al parque?

—Sí, mi vida, hoy es el día más feliz de mi vida. Mira qué de niños hay. Venga, a jugar, yo estaré por aquí.

Si me ponía de puntillas, llegaba al botón del número 6: ese era nuestro piso, el sexto.

—No, cariño, dale al cinco; voy a presentaros a Azucena.

—¿Y quién es Azucena?

—Una vecina. Ha sido muy buena conmigo desde que llegué, ¿sabes?

Todo me sorprendía: los niños en el parque, el volumen de las voces claras, las puertas con una sola llave, la hospitalidad de los desconocidos.

—Pero ¿cómo se llaman estos niños tan bonitos?

—Yo soy Ángela y él es mi hermano Quique.

—Pasad, pasad. ¿Por qué no avisas a tu marido y picamos algo aquí, Carmen? Satur estará al llegar. ¡Martaaa!

Una niña morena y gordita, más o menos como yo de alta, entró en la habitación con una sonrisilla tímida y las manos a la espalda.

—Mira, Ángela, te presento a mi hija Marta. Creo que vosotras dos vais a hacer muy buenas migas.

Y sí que las hicimos, sí. No habría pasado ni una semana cuando Marta y yo empezamos a subir o bajar de una casa a la otra, por las escaleras, sin que ningún mayor tuviera que acompañarnos.

—¡Ángela! Tu mamá, que si quieres acompañarla a hacer la compra.

—Voy, un momentito.

Hacer la compra en nuestro barrio fue otra de esas rutinas que tardaron un tiempo en perder su brillo novedoso y normalizarse. Comprábamos en las tiendas de alrededor, nos parábamos en el kiosco, la gente nos sonreía y enseguida empezaron a llamarnos por nuestros nombres. Teníamos un carrito, y a la ida, cuando iba vacío, mi madre me dejaba llevarlo.

De vuelta, un día al poco de haber llegado, mi madre abrió el buzón. Había una carta. Al ver el sobre blanco y abultado en sus manos se me encogió el corazón y en mi cara debió de reflejarse ese sentimiento oscuro porque ella enseguida me dijo:

—No, mi vida... ¡Es una carta de Silvia! Corre, llama al ascensor y la leemos arriba.

—Antes de colocar la compra, ¿vale? ¡Antes de colocar la compra!

—Meto el pescado en la nevera y nos sentamos a leerla, te lo prometo.

Aquella fue la primera de muchas. Silvia me escribía para contarme detalles de su nueva vida y a veces hasta metía regalitos en el sobre: una flor seca, el recortable de una muñeca con sus vestiditos, una entrada de cine, la servilleta de una cafetería madrileña con el dibujo de una chulapa... Después, poco a poco, fueron llegando menos cartas, hasta que un día, sin que me diera cuenta, dejaron de llegar definitivamente.

En una de aquellas cartas Silvia me contaba cómo era su nueva escuela de música, el Real Conservatorio Superior de Música, me dijo que se llamaba, y recuerdo que me impresionó mucho ese nombre.

—Mamá, yo también quiero estudiar música.

Mi madre estaba sentada en mi cama y yo, ya dentro, lista para dormir. Los días que había carta de Silvia, siempre le pedía que me la leyera en la cama en lugar del cuento, aunque ya me la hubiera leído antes, durante el día.

—¿Y no quieres seguir yendo a clases de *ballet?*

—No, mamá, ya no. Todo el rato hay música dentro de mi cabeza; a veces son las canciones que ponía Isabel, otras las de los dibujos o la música sin palabras de papá y de *ballet...,* pero de los movimientos ya casi no me acuerdo.

—Muy bien, pues buscaremos una escuela de música para ti. Quién sabe, a lo mejor esa es tu vocación.

También fue sorprendente el primer paseo nocturno, la tranquilidad con la que la gente caminaba por las calles de noche, los niños correteando por ahí con la excitación de lo oscuro. Y fue en una de esas insólitas noches del primer verano cuando me choqué con Luis.

—¡Ángela, ten más cuidado! —me dijo mi madre como si estuviera enfadada, aunque en realidad no lo estaba.

—Perdone, señor, ha sido sin querer.

—No te preocupes, bonita, he sido yo que me he parado de pronto.

Solo dijo eso, pero identifiqué inmediatamente su voz y, en cuanto se alejó unos pasos, le dije a mi madre:

—¡Era Luis, mamá, Luis el de la radio!

—Qué buen oído tienes, mi niña, de verdad va a ser que lo tuyo es la música... Sí que era Luis el de la radio, Luis del Olmo se llama, y este es su pueblo, ¿sabes? Él es de aquí.

—¿Y por qué van dos señores detrás de él igual que los que iban detrás de Aarón, si aquí no hay malos? Porque aquí no hay malos, ¿verdad?

—No, cariño, ningún malo llegará aquí. Nunca jamás.

Notaba cómo las cosas cambiaban, pero las fotos de Jon, la de Rafael y Andrea, y la de todos juntos en casa de Aarón seguían en su lugar. Un día vi cómo mi madre hacía un hueco en aquel lugar especial del salón y colocaba una foto de nosotros cuatro, y los cuatro sonreíamos.

Se cierra el círculo
Madrid, sábado 28 de abril de 2018

Guardar ese documento y apagar el ordenador fue como salir de un trance. Revivir todos aquellos acontecimientos me había hecho ser consciente de lo que realmente vivimos aquellos años. Y ahora encontraba sentido a las palabras que decía mi padre ante cualquier problema: «Hija, lo más importante es la salud, que todos estemos bien y que nos queramos. Con salud y amor se termina solucionando cualquier problema».

Hasta ese momento, no me había dado cuenta del sentido profundo de esas palabras. También estaba claro por qué me había sumergido en aquella búsqueda en ese momento de mi vida. Me toqué de nuevo el vientre.

Y me encontré de vuelta en Ponferrada, pero viendo mis recuerdos de otra manera. En su día, no me di cuenta de que la llegada a esa ciudad nos había dado la libertad.

En nuestro nuevo hogar los susurros se convirtieron en gritos de mi madre desde el balcón, llamándome para lanzar las llaves de casa envueltas en papel de periódico.

Por las noches, cuando mi padre llegaba a casa, las persianas estaban subidas y no había candados en las ventanas.

Nadie me decía que mi padre era malo, ni veía a nadie hacerle gestos malintencionados por la calle. Nadie me criticaba por mi acento y ningún niño me dejaba de lado. Se aparcaba delante de casa. Y no volvimos a jugar a buscar duendes debajo del coche. Cuando mirábamos un escaparate, no lo hacíamos para ver en el reflejo si teníamos a alguien detrás.

Mi madre volvió a tener amigas y ya no había miedo cuando metía la llave para abrir el buzón de casa.

Las cartas de Silvia se espaciaron hasta desaparecer. Y yo olvidé aquellos recuerdos de mi vida en Zilgora.

Unos días más tarde, cargada con una carpeta voluminosa llena de folios, llegué a un restaurante donde habíamos quedado para comer: mis padres, mi hermano y su mujer con mis sobrinos. Celebrábamos mi mudanza (y de paso se apiadaban de mí, que no tenía cocina en condiciones para prepararme ni un plato de sopa en la nueva casa). Sabía por experiencia que mi padre llegaría el primero y que le encontraría ya en la mesa, con una copa de vino delante.

—Hola, papá.

—Hola, Ángela. Has llegado muy pronto. Tu hermano, Carla y los niños no llegarán hasta las dos. Y mamá está haciendo recados, también se retrasa un poco.

—Ya, es que...

—No sabes por dónde empezar, ¿eh? Tranquila, ya sé que tienes algo importante que contarme.

—Sí, yo... He escrito algo, ¿sabes? Y me gustaría que lo leyeras.

—Claro, hija.

—Sí, bueno... Creo que ahora entiendo mejor algunas cosas de tu forma de ser, y de la mía.

—Eso está bien.

—He tratado de reconstruir lo que pasó aquellos años, cuando yo era pequeña. Pero todavía sigo haciéndome una pregunta, o no sé si es exactamente una pregunta. Y no sé por qué me lo planteo siempre desde el punto de vista de Jon: ¿qué pensaría él hoy si estuviera vivo, papá?

—Jon era un hombre justo y bueno. Siempre ayudó a todos los que estaban a su alrededor. ¿Sabes, Ángela? Si estuviera aquí con nosotros, creo que nos diría que disfrutáramos de la vida, que no consintiéramos que nadie nos hiciera tener miedo.

Me quedé un rato callada. Entendí que la mujer que era a día de hoy era el resultado de muchas cosas que habían pasado en mi vida. Ahora, por fin, el puzle estaba completo, y lo contemplaba en mi cabeza con un placentero sentimiento de serenidad. ¿Completo del todo?

Mi reflexión se vio interrumpida por la llegada de mis sobrinos, alborotados como siempre. Carla y Quique les seguían, intentando en vano poner un poco de orden. Luego llegó mi madre, con menos paquetes de los que yo esperaba. «Hija, no he encontrado nada de lo que buscaba», me espetó. Fue una comida estupenda, y ya con los cafés, no pude dejar de imaginar cómo serían las comidas futuras, con todos ellos, pero también con Javier y con esa nueva personita que crecía dentro de mí.

Ya en nuestra nueva casa, con casi todas las cajas sin abrir, decidí volver a la de los «recuerditos». Cogí de nuevo aquella cartulina y le di la vuelta. Allí estaban esas otras manos de colores diferentes y algo más grandes: Laura, Silvia, Iñaki, Gonzalo, Andrea... No les había olvidado, solo les había colocado en un compartimento especial en mi mente. Donde se guardan esas cosas que sabes que son importantes, que siempre lo serán y que prefieres no tocar por si se rompen o te las quitan.

Cogí el móvil y marqué. Dos tonos...

—¿Sí?

—¡Laura! ¿Qué tal todo por Dublín?

El marco histórico

Cuando arrancaron las obras en 1972, nadie sospechaba la enorme controversia que terminaría suscitando la central nuclear de Lemóniz. Ubicada en un rincón de la costa vizcaína, iba a ser la joya de Iberduero, la empresa promotora, pero se convirtió en su peor pesadilla.

En 1976, la Comisión de Defensa de una Costa Vasca No Nuclear comenzó a protestar contra el proyecto. Pronto se sumaron a ella los Comités Antinucleares, en los que se integraron numerosos jóvenes activistas de la izquierda y del nacionalismo radical.

Entre los argumentos empleados para oponerse a la central, solía insistirse en la cercanía del Gran Bilbao, una conurbación de cerca de un millón de habitantes. En caso de un accidente nuclear, se decía que sería imposible evacuar de forma ordenada a todos los posibles afectados, exponiéndolos a la contaminación. Después, los casos de Chernóbil (1986) y Fukushima (2011) demostrarían que el riesgo de una fuga radioactiva de consecuencias catastróficas era real.

En Lemóniz también se produjo otra catástrofe, pero, irónicamente, no fue en los términos que los ecologistas sospechaban.

En primer lugar, la Comisión de Defensa y los Comités Antinucleares convocaron manifestaciones pacíficas que reunieron a decenas de miles de personas. Plencia, Gorliz, Bilbao, Lemóniz fueron escenarios de las más multitudinarias. El movimiento antinuclear fue uno de los más grandes, activos y persistentes de los que protagonizaron la transición en Euskadi, una comunidad donde, ya de por sí, el grado de movilización de la sociedad era alto. Muchos se asustaron ante la posibilidad de tener una planta atómica cerca de casa. Así, paulatinamente, a ojos de una parte de la población, Iberduero se fue convirtiendo en la quintaesencia del mal.

En segundo lugar, ETA no tardó en instrumentalizar el tema para sus propios fines. En los años sesenta, alguno de sus miembros había teorizado sobre las bondades de la energía nuclear de cara a obtener la independencia energética de Euskadi. Pero en los setenta, las cosas se veían de diferente manera. Primero, el ecologismo político se había desarrollado en la estela de Mayo del 68, propugnando la necesidad de un cambio de vida y, en este caso, también de la relación con la naturaleza. Segundo, la crisis del petróleo hizo disminuir la necesidad de energía eléctrica. Fue el prolegómeno del desmantelamiento industrial, que afectó duramente a Euskadi. Tercero, ETA había ganado muchas simpatías por su oposición a la dictadura. En la transición, lejos de abandonar las armas, aprovechó esa aura de legitimidad para emprender una campaña de violencia brutal. Entre 1976 y 1982, las diferentes ramas de dicha banda terrorista acabaron con la vida de trescientas cuarenta y siete personas: militares, policías, guardias civiles, acusados de ser confidentes o traficantes de droga... Esos fueron exactamente los años en los que ventiló la controversia (anti) nuclear.

En ese contexto extremadamente tenso, el terrorismo de extrema derecha también se cobró su cuota de sangre. Por si fuera poco, no faltaron policías de gatillo fácil, que causaron varios muertos en controles de tráfico o en diversas manifestaciones. Pero, sin duda, el mayor reto contra las libertades públicas lo encarnó ETA, la organización terrorista más sangrienta, más longeva y la que ha contado con más apoyo social en (una parte de) España.

ETA, a su manera, enarboló la bandera antinuclear. En total, según cálculos de Florencio Domínguez, cometió trescientos atentados dentro de su campaña contra Lemóniz. Primero arremetió contra instalaciones de Iberduero: torres de alta tensión, subestaciones eléctricas, vehículos de la empresa. Después atentó contra personas. En 1978, coló una bomba en las obras de Lemóniz, que al explotar mató a dos trabajadores de las contratas, Alberto Negro y Andrés Guerra. Al año siguiente, otro obrero, Ángel Baños, perdió la vida en similares circunstancias. En 1981, ETA secuestró al ingeniero jefe de la central nuclear, José María Ryan. Dio una semana de plazo para demoler las obras «bajo la supervisión de los organismos populares correspondientes». Fue la crónica de una muerte anunciada. Su cuerpo apareció tiroteado en una cuneta. En 1982, Ángel Pascual, el sustituto de Ryan, fue acribillado a balazos junto a su casa de Bilbao.

Después de estos asesinatos, nada volvió a ser lo mismo. El movimiento antinuclear se dividió. Aquellos que no estaban dispuestos a que se matara en su nombre se retiraron discretamente. Por su parte, los técnicos de Iberduero, atemorizados, dejaron de ir a Lemóniz. Sabían que podían ser los siguientes de esa lista macabra. Los políticos discutieron sobre cómo desatascar la situación: mediante un referéndum, haciendo depender la gestión de la central de un ente autonómico, etcétera. Pero el miedo fue el factor determinante que hizo que el proyecto quedara abandonado para siempre.

Contra lo que pudiera pensarse, Lemóniz también tuvo partidarios, más silenciosos que sus detractores, pero a los que no podemos ignorar. En el Parlamento Vasco, PNV, AP y UCD se posicionaron, cada uno con sus matices, a favor del funcionamiento de la central. Azterka, una empresa de análisis de la opinión pública, realizó el único estudio existente sobre las preferencias de los vascos en torno a Lemóniz. Según el mismo, los partidarios de la paralización definitiva de las obras de la central ascendían al 41 por ciento de los encuestados.

Los favorables a que funcionara eran el 38 por ciento. El peso de ambas posturas era similar. Pero para ETA las cosas estaban claras: ellos, interpretando la supuesta «voluntad popular», se ocuparían de que Lemóniz nunca llegara a entrar en marcha.

El terror cumplió con su función. Lo que no había conseguido la movilización de una parte de la ciudadanía, lo logró un grupo de pistoleros que abrazó circunstancialmente una causa «verde». Para ETA, Lemóniz fue su trofeo de guerra.

Hasta aquí la historia. Las páginas que preceden a este texto ofrecen otra visión de aquellos hechos. Una visión personal, basada en sucesos tristemente reales. La mirada desde el testimonio novelado es importante: nos ayuda a completar el cuadro de los oscuros años de plomo.

Raúl López Romo
Historiador
Centro para la Memoria de las Víctimas del Terrorismo

AGRADECIMIENTOS

A mi madre, por transmitirme esa fuerza y libertad que me ha hecho ser la mujer que soy hoy.

A ti, papá, por tu generosidad al abrir tu corazón e inculcarme los valores importantes de la vida, por entenderme en los buenos y malos momentos. Gracias por tener siempre tiempo para escucharme. Gracias por mostrarme cada día tu amor por mí.

A mi familia, gracias por estar siempre ahí.

A Espe, mi compañera de aventuras de la infancia y con la que compartí todos esos momentos. A esa amistad incondicional que realmente nunca se había perdido a pesar de la distancia y el tiempo.

A Angelines, mi confidente; sin tu ayuda este libro no habría sido posible. Gracias por tu paciencia, tu cariño y comprensión.

Gracias, María J., por sostenerme y apoyarme en todo el proceso. Mi guía personal, facilitadora y amiga.

Íñigo, gracias porque ante mi inseguridad, mis dudas en cada paso que daba, siempre has estado en el momento correcto para decir ese «venga, ánimo, todo va a salir bien».

María, la primera vez que te hablé del proyecto pensaste que estaba loca, pero bastaron pocos minutos para que nuestros corazones entraran en sintonía. Gracias por abrirme las puertas de tu casa y formar parte de esta familia que hemos creado.

A Nuria; nunca olvidaré ese día, esa cafetería, cómo bajaste tus gafas de sol y empezaste a hablar. Se suponía que yo tenía que consolarte y fuiste tú la que me hiciste el regalo más grande.

Mar, gracias por tu accesibilidad, tu confianza y cariño, y por transmitirme tranquilidad, serenidad y seguridad.

Raúl, gracias por cederme parte de tu conocimiento y por acompañarme en esta aventura.

A Manuel, Joaquín y Marcela por animarme a escribir una historia diferente, por quitarme los miedos y apostar por los pálpitos.

A Pepe, que ha vivido cada letra, cada momento, cada fase, y siempre me ha dedicado una sonrisa al otro lado del teléfono. Gracias, Virginia, que desde la sombra has estado meses consiguiendo que esto sea real.

A Luis, cuando pensé en quién podría prologar este libro, salió tu nombre. Sin pensar, busqué tu contacto, y tu respuesta fue un sí inmediato. Gracias por demostrarme que no hay nada imposible y recordarme que el corazón mueve montañas. Begoña, gracias por tu implicación, compromiso y comprensión.

Paula, Elena, Irantzu, Julia, Marta, mis almas… Un día contamos historias juntas y ahora habéis vuelto a hacer magia para que yo no dejara de contar esta.

Nacho, Guille, Carlos, gracias por poner música a mis momentos.

Begoña, Rosi, Lorena, Amparo, por ser parte del camino de mi vida, y especialmente por haber viajado conmigo a mi infancia.

Bea, por hacer fácil las partes más tediosas, siempre con una sonrisa y con la dulzura que tanto admiro.

Alfredo, gracias por tus consejos, tu sabiduría y por mostrarme lo que es la humildad en mayúsculas.

A J. Bardají, Celso, Miguel, Alfonso, Ivonne, Irene, Ismael, David, Hugo, Alberto, y a todas esas personas que me han ayudado con tanto cariño y generosidad, con las que he compartido este proyecto porque creían en esta manera de contar esta historia.

A Rosa, porque nos dejaste cuando estaba en la recta final, pero sé que has estado apoyándome desde ahí arriba.

Gracias a todos esos niños y no tan niños que han hecho posible que este libro sea una realidad.

Marcos, mi alma gemela, desde el primer momento entendiste la importancia de este proyecto para mí, sufriste mis noches, mis madrugadas, mis momentos difíciles y los de celebración. Gracias por ser mi despertador cada mañana para que continuara escribiendo y mi voz tranquilizadora en mis noches en vela. Gracias por estar siempre ahí, y por quererme como lo haces.

A ti, querido lector, gracias por leer este libro.

Bibliografía

Prensa

Hemerotecas de *El Diario Vasco, El País, La Vanguardia, ABC, La Gaceta del Norte, Egin, El Correo Español-El Pueblo Vasco, Deia, Punto y Hora de Euskal Herria, La Bicicleta, La Hoja del Lunes, Ere.*

Libros

Alonso, Rogelio, Domínguez, Florencio, y García Rey, Marcos, *Vidas rotas. Historia de los hombres, mujeres y niños víctimas de ETA,* Espasa, Madrid, 2010.

Bárcena, Iñaki, Ibarra, Pedro, y Zubiaga, Mario, *Nacionalismo y ecología. Conflicto e institucionalización en el movimiento ecologista vasco,* Los Libros de la Catarata, Madrid, 1995.

Calderín, Juan Fernando, *Agujeros del sistema: Más de 300 asesinatos de ETA sin resolver,* Editorial Ikusager, Vitoria, 2014.

Calleja, José María, *Contra la barbarie. Un alegato a favor de las víctimas de ETA*, Temas de Hoy, Madrid, 1997.

COMISIÓN DE DEFENSA DE UNA COSTA VASCA NO NUCLEAR, *Euskadi o Lemóniz,* Lur, San Sebastián, 1979.

ESTEBARANZ, Juantxo, *Los pulsos de la intransigencia. Lemoiz, Leizaran, Itoiz,* Muturreko Burutazioak, Bilbao, 2008.

EGUZKI, *Lemoiz 1972-1987,* Eguzki, Bilbao, 1987.

FERNÁNDEZ, Joaquín, *El ecologismo español,* Alianza, Madrid, 1999.

JIMÉNEZ RAMOS, María, *El valor del testimonio. Aportaciones de las víctimas al relato y a la sensibilización de la sociedad,* Tesis doctoral, Universidad de Navarra, noviembre de 2018.

LÓPEZ ROMO, Raúl, «¿Democracia desde abajo? Violencia y no violencia en la controversia sobre la central nuclear de Lemóniz (Euskadi, 1976-1982)», *Historia, Trabajo y Sociedad,* 2, 2011, pp. 91-117.

—, «Antinucleares y nacionalistas», *Historia Contemporánea,* 43, 2011, pp. 749-778.

—, *Euskadi en duelo. La central nuclear de Lemóniz como símbolo de la transición vasca,* Fundación 2012, Bilbao, 2012.

—, «Lo puro frente a lo contaminado: la absolutización política en la Euskadi de la transición», en Daniel Lanero (ed.), *Por surcos y calles. Movilización social e identidades en Galicia y el País Vasco (1968-1980),* Los Libros de la Catarata, Madrid, 2013, pp. 173-211.

MARRODÁN, Javier, ARALUCE, Gonzalo, GARCÍA DE LEÁNIZ, Rocío, y JIMÉNEZ, María, *Relatos de plomo. Historia del terrorismo en Navarra (1960-1986),* Gobierno de Navarra, Pamplona, 2013.

MARTÍNEZ LÓPEZ, Ladislao, «El movimiento ecologista. La lucha antinuclear contra el modelo energético en España», *Mientras tanto,* 91-92, 2004, pp. 83-106.

OLARAN, Juan Luis, *El contubernio nuclear: Lemoiz,* Arabera, Vitoria, 2010.

PÉREZ, Kepa, *Secuestrados. Todos los secuestrados de ETA 1970-1997,* Asociación para la Defensa de la Dignidad Humana, Bilbao, 2008.

RUBIO-VARAS, Mar y DE LA TORRE, Joseba (eds.), *The Economic History of Nuclear Energy in Spain. Governance, Business and Finance,* Palgrave & MacMillan, Hampshire, 2017.